EDITION SF

Herausgegeben von
Klaus-Dietrich Petersen

Science Fiction Anthologie

Band 2: Die Fünfziger Jahre II

Herausgegeben von
Hans Joachim Alpers
und Werner Fuchs

EDITION SF

Hohenheim Verlag 1982

ISBN 3-8147-0019-8

Lektorat: Klaus-Dietrich Petersen, Hamburg
Titelgrafik: Oliviero Berni, Mailand
Umschlaggestaltung: SCOPE Werbeagentur, Leverkusen
Satzherstellung: Deutscher Ärzte-Verlag GmbH, Köln-Lövenich
Druck und Bindung: May & Co., Darmstadt

Inhalt

Vorbemerkung 7

Einleitung 9

1955:

James H. Schmitz
Opa 19
(Grandpa)

Cordwainer Smith
Das Spiel Ratte und Drachen 48
(The Game of Rat and Dragon)

1956:

Frederik Pohl
Happy Birthday, lieber Jesus 73
(Happy Birthday, Dear Jesus)

Poul Anderson
Der Mann, der zu früh kam 104
(The Man Who Came Early)

1957:

Daniel F. Galouye
Stoßtrupp 142
(Shock Troop)

James E. Gunn
Kein allzu großer Feind 164
(Not so Great an Enemy)

1958:

Robert Sheckly
Der Tod spielt mit 228
(Prize of Peril)

Clifford D. Simak
Der große Vorgarten 252
(The Big Front Yard)

1959:

Daniel Keyes
Blumen für Algernon 317
(Flowers for Algernon)

Theodore Sturgeon
Verlorene See 357
(The Man Who Lost the Sea)

Anhang

Die besten Science Fiction-Romane der fünfziger Jahre . . . 372

Sekundärliteratur zur Science Fiction der fünfziger Jahre . . 373

Vorbemerkung

Seit 1960 kann der deutsche Leser Science Fiction-Romane und -Kurzgeschichtenbände aus einem ständig anwachsenden Taschenbuch- und Buchangebot auswählen, und insbesondere in den letzten fünf Jahren war ein rapider Zuwachs an Neuerscheinungen zu verzeichnen. Es gibt heute so gut wie keinen wichtigen SF-Roman aus dem „Golden Age" der Science Fiction und der Zeit danach, der nicht in einer deutschen Fassung erhältlich wäre. Etwas anders bestellt ist es auf dem Gebiet der Kurzgeschichte. Da sich im deutschen Sprachraum SF-Magazine schwertaten und Taschenbuch- und Buchanthologien vergleichsweise selten waren, blieben eine Reihe von guten Erzählungen bislang noch unübersetzt. Dennoch gilt auch hier, daß der größte Teil des wichtigsten Kurzgeschichtenmaterials — wenn auch auf eine Vielzahl von Publikationen verteilt — eine Übersetzung ins Deutsche erfahren hat.
Eines allerdings gab es bisher nicht: eine mehrbändige Anthologie mit der Zielsetzung, aus dem Fundus der besten SF-Kurzgeschichten der Welt jene zu einer Sammlung zu vereinigen, die in besonderer Weise zeittypisch, charakteristisch oder für die Entwicklung der Science Fiction von besonderer Bedeutung sind. Dieses Ziel haben wir uns bei der Zusammenstellung der **Science Fiction-Anthologie in 15 Bänden** gesteckt. Das Buch, das Sie jetzt in Händen halten, ist Teil dieses chronologisch angeordneten Werkes. Bitte beachten Sie, daß die einzelnen Bände zwar in sich chronologisch geordnet sind, aber im Erscheinungsmodus nicht zwingend von den Klassikern bis zur Moderne vorstoßen. Insgesamt sind 10 Bände zur angloamerikanischen Science Fiction (je einer zur SF der zwanziger sowie der dreißiger Jahre, je zwei zur SF der vierziger, fünfziger, sechziger und siebziger Jahre) geplant. Drei weitere Bände widmen sich den Klassikern (ein Band angloamerikanische Klassiker, ein Band europäische

Klassiker, ein Band deutsche Klassiker), zwei Bände schließlich sind der modernen europäischen beziehungsweise deutschen Science Fiction vorbehalten.
Zu den Intentionen der Herausgeber gehört es, ein Kernwerk der Science Fiction (für den Bereich der kürzeren Texte) zu schaffen, das dem Leser einen Überblick über die literarische Entwicklung des Genres bietet und die wichtigsten Autoren mit je einer Story vorstellt. Es soll dabei versucht werden, Story und Autor der Gesamtentwicklung zuzuordnen und nach Möglichkeit in einen zeitgenössischen Kontext zu setzen. Zugleich wird versucht, bei der Auswahl der Beiträge in jeder Hinsicht ein möglichst breites Spektrum zu wahren und im Zweifelsfalle eher zugunsten unübersetzten Materials zu entscheiden. Letzteres bedeutet: Entscheidend sind die eingangs genannten Kriterien. Stehen jedoch gemäß diesen Kriterien von einem Autor mehrere gleichwertige Stories zur Verfügung, wird meistens jene Story berücksichtigt, die im deutschen Sprachraum die unbekanntere ist. Es gibt allerdings Fälle, dies als Einschränkung, in denen der Name eines Autors so eng mit einer einzigen Story verbunden ist, daß ein solcher Dualismus nicht ignoriert werden kann.
Eine weitere Einschränkung muß an dieser Stelle erwähnt werden: Wir haben in der Regel darauf verzichtet, Kurzgeschichten in diese Sammlung aufzunehmen, die später zu Romanen erweitert wurden, weil wir davon ausgehen, daß in diesen Fällen die Romanfassung die endgültige, vom Urheber autorisierte Fassung ist, die nicht durch Früh- und Teilfassungen torpediert werden sollte.
Genau wie im ersten Band gibt es jedoch auch in diesem Band eine Ausnahme, nämlich Daniel Keyes' **„Flowers for Algernon"**, eine Erzählung, die schon in dieser ersten, kürzeren Fassung so berühmt wurde, daß ihre Eigenständigkeit auch durch den späteren Roman nicht angetastet werden konnte. Eine weitere Erzählung, **„Not so Great an Enemy"**, wurde zwar später Bestandteil eines Romans, blieb aber ansonsten unverändert erhalten.

Hans Joachim Alpers
Werner Fuchs

Einleitung

Lange Zeit hindurch galten die fünfziger Jahre im Bewußtsein vieler, vor allem jüngerer Menschen als eine besonders langweilige Dekade, die sich durch Ereignislosigkeit deutlich von den mörderisch-entbehrungsreichen Vierzigern und den durch Aufbruchstimmung, Protest und Popkultur geprägten Sechzigern abhoben. Die Beschäftigung mit den fünfziger Jahren, in einer Reihe von Medien inzwischen erfolgt, sensibilisierte jedoch für eine neue Betrachtungsweise. Unter der häufig erstarrten Oberfläche tradierter Normen begann es in jener Dekade zu brodeln, besonders in der Jugend, die nach neuer Identität suchte und sich teilweise wiederfand in rebellischen Leinwandidolen wie James Dean oder im Rock 'n' Roll. Ob in der Politik, in der Kultur oder sonstwo in der Gesellschaft: Das Unbehagen am scheinbaren Stillstand, an überkommenen Normen wuchs weltweit, neue Inhalte und Ausdrucksformen wurden gesucht.
Auch auf der Ereignisebene gab es einen Wandel: Hatte sich lange nichts anderes als Kalter Krieg ereignet (der „heiße" Krieg in Korea schien so fern zu sein wie die andere Seite des Mondes), so rückte die Unruhe in der zweiten Hälfte der fünfziger Jahre näher. Es gab einen Nahostkrieg mit Interventionen von England und Frankreich und einen Aufstand in Ungarn. Eine militärische Auseinandersetzung zwischen Ost und West schien greifbar nahe zu sein. Atom- und Wasserstoffbombentests mit ständig wachsender Megatonnenzahl ließen die atomare Bedrohung immer spürbarer werden. Und während der bundesrepublikanische Wohlstand wuchs, Comics und Science Fiction nach Deutschland kamen, die Taschenbuchproduktion aufgenommen und

neue Medien wie das Fernsehen etabliert wurden, stand der Start des Sputnik für den Beginn des Weltraumzeitalters, zugleich aber auch für den Siegeszug der Computer und anderer technisch-wissenschaftlicher Innovationen.
Inwieweit sich diese Stimmungen und Tendenzen auf die Science Fiction auswirkten, was sich überhaupt für die Literaturgattung in den fünfziger Jahren veränderte und wie sie auf diese Dekade reagierte, sie widerspiegelte, wurde in der Einleitung zum ersten Band dieser Anthologie thematisiert. Dies geschah für die fünfziger Jahre allgemein, jedoch unter besonderer Berücksichtigung der Jahre 1950—1954. Wir kamen dabei zu dem Ergebnis, daß die fünfziger Jahre die Science Fiction aus dem Weltraum zur Erde zurückholten. Die literarische Qualität wurde gesteigert, bisher ausgeklammerte Lebensbereiche wurden thematisch einbezogen, die „weichen" Wissenschaften eroberten auf Kosten der „harten" Terrain, die Science Fiction wurde realistischer (im Sinne von gegenwartsbewußt und -bezogen), und sie wurde menschlicher. Was den Science Fiction-Markt angeht, so blühten neue Magazine auf, deren erfolgreichste Vertreter, nämlich **„The Magazine of Fantasy and Science Fiction"** und **„Galaxy"** dem bislang führenden Magazin **„Astounding"** den Rang abliefen, und parallel dazu wurden außerhalb der Magazinszene neue Marktkonturen im Buch- und Taschenbuchbereich sichtbar.
In der in diesem Band behandelten zweiten Hälfte der Dekade kommt es nach dem Boom der frühen fünfziger Jahre auf dem Magazinsektor zu einem Niedergang. 1955 werden mit **„Startling Stories"**, **„Planet Stories"** und **„Thrilling Wonder Stories"** drei führende Publikationen eingestellt, die die Veränderung vom Pulp zum Digest nicht mitmachten. 1959 fällt die Zahl der Publikationen auf ein Niveau zurück, das unter dem von 1950 liegt. Für diese Entwicklung gibt es mehrere Gründe. Zum einen bekommt das Magazin mehr und mehr Konkurrenz vom Taschenbuch, wo Verlage wie Ballantine, Avon und Ace sich der Science Fiction annehmen. Zum zweiten hatte der Boom der Jahre zuvor zwar viele gute Geschichten hervorgebracht, aber die Mehrzahl der Publikationen war von eher durchschnittlichem Niveau, viele wa-

ren ausgesprochen schlecht. Zweitklassige Autoren nisteten sich hier ein, solange der Markt etwas hergab, und produzierten nichts weiter als billige Klischees. Die Folge davon konnte nur sein, daß der aufgeblähte Markt in sich zusammensank, als der Leser das Angebot nach Qualitätsmaßstäben zu sichten begann. Ein weiterer wichtiger Grund, vielleicht sogar der wichtigste: Mit der American News Company ging ein Pressevertriebsgigant in Konkurs, der viele kleinere Verlage mit sich riß und ihnen die Chance nahm, ihre Magazine weiterhin an den Verkaufsstellen präsent zu haben. Und schließlich bauten einst charismatische Herausgeberpersönlichkeiten langsam ab (Campbell) beziehungsweise verließen das Genre (Gold, Howard V. Browne), was Auswirkungen auf die von ihnen betreuten Objekte hatte.
1955 gab es 19 SF-Magazine am amerikanischen Markt, die insgesamt 111 Ausgaben herausbrachten, 1956 waren es 23 Magazine mit 125 Ausgaben, 1957 gab es 24 Magazine mit 150 Ausgaben, 1958 sank die Zahl auf 17 Magazine mit 120 Ausgaben, und 1959 schrumpfte die Magazinszene auf 11 Magazine mit 86 Ausgaben. **„The Magazine of Fantasy and Science Fiction“** wird in diesen Jahren zum unumstrittenen Spitzenreiter und präsentiert eine Reihe von guten Stories und Romanen. Diese Position wird auch dadurch dokumentiert, daß **„F&SF“** in den Jahren 1958, 1959 und 1960 der Hugo für das beste Magazin verliehen wird und weitere drei Hugos an Texte gehen, die in **„F&SF“** erschienen waren. Diese Erfolge sind um so beachtlicher, wenn man bedenkt, daß die Hugo Awards von Fans verliehen werden und daß diese Fans stark durch **„Astounding“** geprägt und damit eher technisch-konservativ ausgerichtet waren. Die starke Position von **„F&SF“** kommt auch in unserer Auswahl zum Tragen. Neben den **„F&SF“**-Stories dieses Bandes sind als herausragende Beispiele zu nennen: Millers **„Leibowitz“**-Novellen (1955—1957), Sturgeons **„And Now the News“** (1956), Farmers **„The Night of Light“** (1957), McKennas **„Casey Agonistes“** (1958), Blochs **„That Hellbound Train“** (1958), ferner drei Heinlein-Romane. **„Astounding“** und **„Galaxy“** vermochten da kaum mitzuhalten. Eine Reihe von wichtigen Autoren mußten in den beiden Antho-

logien, die den fünfziger Jahren gewidmet sind, leider unberücksichtigt bleiben und werden auch nicht in den anderen Dekadenbänden auftauchen, weil der Schwerpunkt ihres Schaffens den Fünfzigern zuzurechnen ist. Für den Interessierten möchten wir trotzdem jene Beiträge nennen, die wir in der engeren Wahl hatten und bei mehr Platz präsentiert hätten:

Jerome Bixby: **„It's a Good Life"** (1953)
H. Beam Piper: **„Omnilingual"** (1957)
Mark Clifton: **„We're Civilized"** (1953)
Katherine MacLean: **„Incommunicado"** (1950)
Wyman Guin: **„Beyond Bedlam"** (1951)
Theodore R. Cogswell: **„The Specter General"** (1953)
Anthony Boucher: **„The Quest for St. Aquin"** (1951)
Zenna Henderson: **„Ararat"** (1952)
F. L. Wallace: **„Delay in Transit"** (1952)
Tom Godwin: **„The Cold Equations"** (1954)
Avram Davidson: **„Or All the Seas with Oysters"** (1958)
Robert Bloch: **„That Hellbound Train"** (1958)
Chad Oliver: **„Didn't He Ramble"** (1957)

Diese Geschichten stehen qualitativ kaum hinter denen zurück, die in diesem Band zu finden sind, aber die Autoren selbst hatten auf die Science Fiction insgesamt nicht jenen Einfluß wie die hier vertretenen Autoren, und dieser Gesichtspunkt gab den Ausschlag bei der Auswahl. Andere Autoren, die mancher Leser an dieser Stelle vermissen mag und die auch für die fünfziger Jahre von größter Wichtigkeit sind — etwa Ray Bradbury, Jack Vance, John Wyndham, Kate Wilhelm, Damon Knight, Brian Aldiss u. a. —, werden in anderen Dekadenbänden vorgestellt.

Was die zwischen 1955 und 1959 veröffentlichten Romane angeht, so haben wir die unserer Ansicht nach besten Romane der gesamten Dekade am Schluß des Buches aufgelistet. Es zeigt sich dabei, daß zwar eine Reihe von recht guten Titeln in der zweiten Halbdekade erschienen sind, die Meilensteine aber nicht mehr so eng gesetzt sind wie in der ersten Halbdekade. Immerhin wuchs die Anzahl der Romane und damit das Verhältnis Ro-

man/Kurzgeschichte durch den aufblühenden Buch- bzw. Taschenbuchmarkt für Science Fiction an.
Während 1958 mit Henry Kuttner und C. M. Kornbluth zwei wichtige SF-Autoren relativ jung starben, begannen die folgenden SF-Autoren in der zweiten Hälfte der fünfziger Jahre ihre Karrieren:

1955: G. C. Edmondson, Philip E. High
1956: J. G. Ballard, Harlan Ellison, Christopher Anvil, Lloyd Biggle jr.
1957: J. F. Bone, David R. Bunch
1958: John Rackham (J. T. Phillifent), T. B. Swann, Richard McKenna, Colin Kapp
1959: Michael Moorcock, Joanna Russ, Phyllis Gottlieb, Keith Laumer

Schließlich ein Blick auf die SF-Kunst: Die wichtigsten Coverzeichner bzw. -maler dieser Periode sind Ed Emshwiller (**„F&SF“**, **„Galaxy“**), Frank Kelly Freas (**„Astounding“**, **„Super SF“**), John Schoenherr (**„Astounding“**) und Virgil Finlay (**„Fantastic“** u.a.).

Was nun die in diesem Band vorgestellten Autoren und Kurzgeschichten betrifft, so finden Sie nähere Informationen in den separaten Einleitungen zu diesen Stories. Wir haben uns wie im ersten Band erneut darum bemüht, zeitgenössische Tendenzen der SF sichtbar zu machen. So dokumentieren diese Stories das weitere Vordringen der „weichen“ Wissenschaften: In **„Grandpa“** wird ein biologisches Thema aufgegriffen, in **„Not So Great an Enemy“** ist es die Medizin, in **„Flowers for Algernon“** die Psychologie, in **„Happy Birthday, Dear Jesus“** werden Wirtschaftswissenschaften und Soziologie mit kritischen Untertönen thematisiert, **„The Man Who Came Early“** stellt Geschichte/Anthropologie, verbunden mit Zweifeln an der Überlegenheit des modernen Amerikaners, in den Mittelpunkt.
Daneben werden in **„Happy Birthday, Dear Jesus“** und **„The Prize of Peril“** Tendenzen in der Industrie und den Medien attakkiert, und auch eine Story wie **„The Man Who Lost the Sea“**, die

in erster Linie eine der Stimmungsmalerei verpflichtete Stilgeschichte ist, drückt einen Zweifel-Hoffnung-Dualismus im Zusammenhang mit der Raumfahrt aus: ansatzweise ein Schritt in die Richtung des Inner Space, der später in der New Wave zu einem Begriff wurde. Auch der pastorale Clifford D. Simak deutet in **„The Big Front Yard“** eine Abkehr von der technisch-naturwissenschaftlich geprägten Science Fiction an. Das Spektrum der Themen dieser Stories hat sich, wie man sieht, erheblich verbreitert, und einige der Beiträge sind durchaus als literarisch zu bezeichnen.

So bleibt abschließend die interessante Erkenntnis, daß in einer Dekade, die mit der Raumfahrt einen Traum der frühen Science Fiction ansatzweise zu verwirklichen begann, in der Science Fiction selbst das Interesse an eben dieser Raumfahrt und andere Technologie im Schwinden begriffen war. Angesichts der durch Technik sichtbar gewordenen Dimensionen der Vernichtung begann — mit einer gewissen Parallele zur SF des späten neunzehnten Jahrhunderts, als die Auswirkungen der Industrialisierung auf Mensch und Umwelt ebenfalls die dem technischen Fortschritt entgegengebrachten Heilserwartungen in Mißtrauen umschlagen ließen — eine Abwendung von der Technik und eine Hinwendung zum Menschen.

Hamburg/Erkrath, im Oktober 1981

Hans Joachim Alpers
Werner Fuchs

1955

James H. Schmitz

Opa

(Grandpa)

Cordwainer Smith

Das Spiel „Ratte und Drache“

(The Game of Rat and Dragon)

1955 ...

Elia Kazan dreht mit James Dean in der Hauptrolle den amerikanischen Spielfilm „Jenseits von Eden". Otto Hahn, Entdecker der Spaltung des Urankerns, warnt vor den verheerenden Wirkungen einer Atombombe mit Kobaltmantel. Rot-Weiß Essen schlägt im Endspiel um die deutsche Fußballmeisterschaft den 1. FC Kaiserslautern mit 4:3. Hans Günter Winkler wird zum zweiten Mal Weltmeister der Springreiter. Die USA verkünden eine Politik der Stärke. Im USA-Staat Mississippi verüben Rassisten einen Lynchmord an einem vierzehnjährigen Schwarzen, weil sich eine weiße Frau durch dessen Pfiff beleidigt fühlte. Die Täter werden freigesprochen. Der Film „Die Saat der Gewalt" greift das Thema Jugendkriminalität auf. Jugendliche auf Mopeds, bekleidet mit Lederjacken und Jeans, tauchen in den bundesrepublikanischen Städten auf, zeigen erste Ansätze einer Jugendrevolte und Gegenkultur. Von der Öffentlichkeit werden sie als „Halbstarke" tituliert, ihre Probleme werden mit dem Etikett „Jugendverwahrlosung" versehen. „Sugar" Ray Robinson holt sich in einem Kampf gegen Carl Bobo Olson den Weltmeistertitel im Boxen der Mittelgewichtsklasse zurück. Das Pariser Modediktat schreibt die A-Linie in der Damenmode vor: hängende Schultern, unbetonte Hüften, breite Röcke. Malenkow tritt als Ministerpräsident der Sowjetunion zurück. Sein Nachfolger wird Nikolai A. Bulganin. Bill Haleys „Rock Around the Clock" wird weltweit ein Riesenhit. Der Siegeszug des Rock 'n' Roll beginnt. Winston Churchill tritt als englischer Premierminister zurück und wird geadelt. Hans H. Kirst veröffentlicht mit dem Buch „Null-acht-fünfzehn" einen Roman über den Kommiß im Zweiten Weltkrieg. Caterina Valente singt „Ganz Paris träumt von der Liebe". Hermann Hesse erhält den Friedenspreis des deutschen Buchhandels. Bundeskanzler Adenauer fliegt zu einem Staatsbesuch nach Moskau; es werden diplomatische Beziehungen aufgenommen, und die UdSSR entläßt weitere Kriegsgefangene. Theodor Blanck wird erster deutscher Verteidigungsminister. Österreich erhält einen Staatsvertrag und wird neutral. Jules Dassin dreht „Rififi".

James H. Schmitz

Opa

(Grandpa)

James H. Schmitz wurde 1911 als Sohn amerikanischer Eltern in Hamburg geboren und starb 1981. 1943 wurde seine erste Story ***„Greenface"*** *in* ***„Astounding"*** *veröffentlicht, jenem Magazin, in dem er seine besten Werke veröffentlichen sollte.* ***„Greenface"*** *folgten 60 Stories und 10 Bücher, obwohl Schmitz lange Zeit nur nebenberuflich schrieb. Erst ab 1959 war er hauptberuflich Schriftsteller. Schmitz' Romane sind aus einem besonderen Grund bemerkenswert: Als einer der wenigen Autoren des Genres verwendete er weibliche Protagonisten, und das zu einer Zeit, als solche emanzipatorischen Kraftakte noch gar nicht Mode waren — so in der Serie um die Mutantin Telzey Amberdon,* ***„The Universe Against Her"*** *(1964),* ***(„Die Xenotelepathin"),*** ***„The Lion Game"*** *(1973)* ***„Das Psi-Spiel" „The Telzey Toy*** *(1973), aber auch Trigger Argee in* ***„Legacy"*** *(1979) und die Hexen in* ***„The Witches of Karres"*** (1966) zählen dazu.

Seine besten Kurzgeschichten sind samt und sonders in ***„Astounding"*** *erschienen. Zu ihnen gehören die Kurzfassung von* ***„The Witches of Karres"*** *(1949),* ***„Balanced Ecology"*** *(1965) und die von uns ausgewählte Erzählung* ***„Grandpa"*** *(1955). Gegenstand dieser Geschichte ist wie bei* ***„Balanced Ecology"*** *die phantastische Biologie eines fernen Planeten, in diesem Falle einer Wasserwelt.* ***„Grandpa"*** *ist ein gutes Beispiel dafür, daß die Spannung bei der Behandlung „weicher" Wissenschaften keines-*

wegs zu kurz kommen muß. Es handelt sich um eine pralle, farbige SF-Erzählung, bei der exotische Lebensformen im Mittelpunkt stehen.

Ein aufgeplustertes, grüngeflügeltes Ding von der Größe einer Henne flatterte über den Abhang und blieb ein paar Meter über Cords Kopf in der Luft stehen. Cord, ein fünfzehnjähriger Junge, lehnte an einem Kurzstreckenboot und beobachtete das Wesen nachdenklich. Er befand sich am Äquator einer Welt, die erst seit vier Erdenjahren Menschen kannte. In der legeren Terminologie des Sutang-Kolonialteams hieß das Ding Sumpfmücke. Im weichen Pelz hinter dem Kopf der Mücke verbarg sich ein kleines Halbschmarotzerwesen, der sogenannte Mückenreiter.
Die Sumpfmücke selbst schien zu einer bis dahin unbekannten Art zu gehören. Vielleicht war ihr Parasit ebenfalls unbekannt. Cord war der geborene Forscher; unzählige Fragen waren ihm durch den Kopf geschossen, als er das sonderbare fliegende Gespann zum erstenmal gesehen hatte. Wie funktionierte die Gemeinschaft und weshalb? Konnte man die Geschöpfe irgendwie einsetzen, wenn man ihre Gewohnheiten erst einmal kannte?
Normalerweise hinderten ihn die Umstände, seinem Forscherdrang nachzugeben. Das Kolonialteam war nüchtern und arbeitete schwer — zweitausend Menschen, die zwanzig Jahre Zeit hatten, um die brandneue Welt Sutang so zu erkunden und zu zähmen, daß sich hunderttausend Kolonisten verhältnismäßig sicher und bequem ansiedeln konnten. Selbst von Anfängern wie Cord erwartete man, daß sie ihre Neugier auf die Forschungsarbeit beschränkten, die ihre jeweilige Station zu leisten hatte. Cords Neigung zu Privatexperimenten war seinen Vorgesetzten schon oft unangenehm aufgefallen.
Er warf einen unauffälligen Blick in Richtung Yoger-Bay-Station. In dem niedrigen, festungsähnlichen Bau mitten am Berg war keinerlei Aktivität zu erkennen. Die Hauptschleuse hatte sich noch nicht geöffnet. In einer Viertelstunde sollte die Planetarische Herrscherin die Station verlassen. Sie inspizierte heute Yoger-Bay-Station und die Aufbauarbeit, welche die Kolonie geleistet hatte.
Eine Viertelstunde genügte, um etwas über die neue Mücke in Erfahrung zu bringen, dachte Cord.

Aber zuerst mußte er sich das Ding holen.
Er zog eine der beiden Handwaffen aus dem Gürtel; sie gehörte zu seinem persönlichen Besitz — eine vanadische Projektilpistole. Cord stellte die Betäubungsdosis für Kleinwild ein und brachte die immer noch über ihm schwebende Sumpfmücke mit einem Kopfschuß zu Fall.
Sobald die Mücke am Boden aufschlug, verließ der Reiter ihren Rücken. Ein winziger scharlachroter Dämon, rund und federnd wie ein Gummiball — so jagte er mit drei langen Sprüngen auf Cord zu. Er hatte das Maul aufgerissen und zeigte die gifttropfenden Fänge. Ziemlich atemlos zielte Cord zum zweitenmal und betäubte den Angreifer mitten im Sprung. Eine neue Art, tatsächlich! Die meisten Mückenreiter waren harmlose Pflanzenfresser, die Saft aus dem Grünzeug holten...
„Cord!" Eine weibliche Stimme.
Cord fluchte vor sich hin. Er hatte die Hauptschleuse nicht klikken gehört. Das Mädchen war vermutlich von der anderen Seite der Station gekommen.
„Hallo, Grayan!" rief er unschuldig, ohne sich mit seinem Körper umzudrehen. „Sieh dir mal an, was ich da entdeckt habe! Eine neue Art."
Grayan Mahoney, ein schlankes dunkelhaariges Mädchen, das zwei Jahre älter als er war, kam den Hang heruntergelaufen. Sie war Sutangs beste Kolonialstudentin, und Nirmond, der Stations-Manager, hatte sie mehr als einmal Cord als leuchtendes Beispiel hingestellt. Dennoch war sie mit Cord befreundet, und er hatte bis auf die Tatsache, daß sie ihn ständig herumdirigierte, wenig an ihr auszusetzen. „Cord, du Esel!" sagte sie stirnrunzelnd, als sie ihn erreicht hatte. „Hör auf, den Sammler zu spielen. Wenn die Herrscherin jetzt käme, säßest du in der Patsche. Nirmond hat sich über dich beschwert."
„Was sagte er?" erkundigte sich Cord erschrocken.
„Erstens, daß du deine Aufträge meistens nicht rechtzeitig und ordnungsgemäß erledigst", berichtete Grayan. „Zweitens, daß du mindestens einmal im Monat heimlich zu 1-Mann-Expeditionen aufbrichst und dann gerettet werden..."

„Bis jetzt mußte mich noch kein Mensch retten", unterbrach Cord heftig.
„Woher soll Nirmond wissen, daß du gesund und munter bist, wenn du einfach eine Woche lang verschwindest?" entgegnete Grayan. „Drittens" — sie hob noch einen ihrer schlanken Finger hoch — „hat er sich beklagt, daß du in den Wäldern hinter der Station einen Privatzoo mit unerforschtem und vermutlich tödlichem Gewürm hältst. Und viertens — nun, Nirmond möchte nicht länger die Verantwortung für dich tragen." Sie streckte ihm bedeutungsvoll die vier Finger entgegen.
„Mensch!" Cord schluckte entsetzt. In dieser Zusammenfassung sah er wirklich wie das schwarze Schaf der Kolonie aus.
„Ganz recht — Mensch! Ich warne dich ja immer. Jetzt möchte Nirmond, daß dich die Herrscherin nach Vanadia zurückschickt — in achtundvierzig Stunden landet ein Sternenschiff auf Neu-Venus." Neu-Venus war die Hauptsiedlung der Kolonie auf der gegenüberliegenden Seite von Sutang.
„Was soll ich tun?"
„Benimm dich endlich vernünftig!" Grayan lachte plötzlich. „Ich habe mich auch mit der Herrscherin unterhalten — noch ist Nirmond dich nicht los. Aber wenn du heute auf der Fahrt zu den Farmanlagen einen einzigen Schnitzer machst, hast du unser Team gesehen."
Sie wandte sich zu gehen. „Das Boot kannst du wieder wegräumen; wir benutzen es nicht. Nirmond fährt uns mit einem Tretwagen bis zum Rand der Bucht, und dort nehmen wir ein Floß. Aber verrate ja kein Wort, daß ich dich gewarnt habe!"
Cord sah ihr ein wenig verwirrt nach. Er hatte nicht gemerkt, daß sein Ruf so schlecht war. Für Grayan, deren Familie seit vier Generationen in Kolonialteams arbeitete, gab es nichts Schlimmeres als eine Entlassung und schmähliche Rückkehr auf den Heimatplaneten. Zu seiner großen Überraschung merkte Cord jetzt, daß er ebenso dachte.
Er ließ die eben eingefangenen Exemplare liegen — sie würden von selbst zu sich kommen — und flog das Boot im Bogen um die Station, wo er es in den Hangar brachte.

Drei Flöße lagen dicht vor dem Ufer der sumpfigen Bucht, zu der Nirmond sie in seinem Tretwagen gefahren hatte. Sie besaßen Ähnlichkeit mit überdimensionalen, breitkrempigen Spitzhüten, die grün und ledrig auf dem Wasser schwammen. Oder wie acht Meter breite Seerosenblätter, aus deren Zentrum sich eine große, graugrüne Ananashälfte hochschob. Es waren irgendwelche Pflanzentiere. Die Menschen befanden sich erst seit so kurzer Zeit auf Sutang, daß an eine Klassifizierung der Fauna und Flora noch nicht zu denken war. Die Flöße nun stellten eine lokale Besonderheit dar. Man hatte sie untersucht und herausgebracht, daß sie harmlos waren. In gewissem Maße nützten sie den Menschen sogar, weil man mit ihnen über das seichte, sumpfige Wasser der Yoger Bay segeln konnte. Mehr wollte das Kolonialteam im Moment gar nicht wissen.
Die Herrscherin hatte den Rücksitz des Wagens verlassen, wo Nirmond sie neben Cord untergebracht hatte. Grayan saß vorne beim Manager.
„Sind das unsere Gefährte?" Die Stimme der Herrscherin klang amüsiert.
Nirmond lächelte etwas säuerlich. „Unterschätzen Sie die Dinger nicht, Dane! Sie könnten sicherlich später einmal zu einem bedeutenden wirtschaftlichen Faktor dieser Region werden. Allerdings sind diese drei ein wenig klein." Er warf einen prüfenden Blick über das Schilf. „Normalerweise parkt doch hier ein wahres Monstrum..."
Grayan wandte sich an Cord. „Vielleicht weiß Cord, wo sich Opa versteckt."
Es war gut gemeint, aber Cord hatte gehofft, daß ihn niemand nach Opa fragen würde. Nun waren alle Augen auf ihn gerichtet.
„Oh, ihr wollt Opa?" sagte er ein wenig verlegen. „Nun, ich ließ ihn — ich meine, ich sah ihn vor ein paar Wochen eine gute Meile südlich..."
Grayan seufzte. Nirmond runzelte die Stirn und wandte sich an die Herrscherin: „Normalerweise bleiben die Flöße da, wo man sie hinsteuert, vorausgesetzt das Wasser ist seicht und schlammig. Sie saugen mit Hilfe eines Haarwurzelsystems Chemikalien

und mikroskopisch kleine Nahrungsteilchen direkt vom Boden der Bucht. Nun — Grayan, könntest du uns hinbringen?"
Cord nahm unbehaglich Platz, und das Gefährt setzte sich holpernd in Bewegung. Nirmond hegte den Verdacht, daß er Opa zu einem verbotenen Streifzug in diesem Gebiet mißbraucht hatte, und Nirmond hatte völlig recht.
„Soviel ich weiß, bist du ein Floßexperte, Cord", sagte Dane neben ihm. „Grayan erzählte mir, daß wir für unsere Besichtigung keinen besseren Steuermann oder Piloten, oder wie man das sonst nennt, finden könnte."
„Ich kann einigermaßen mit ihnen umgehen." Cord schwitzte. „Sie bieten aber auch keine Schwierigkeiten." Er hatte das Gefühl, daß er bisher keinen sonderlich guten Eindruck auf die Herrscherin gemacht hatte. Dane war eine junge, hübsche Frau, die gern plauderte und lachte, aber man hatte sie nicht umsonst zur Leiterin des Sutang-Kolonialteams gewählt. Man konnte sich ohne weiteres vorstellen, daß sie jemanden abschob, wenn er dem Leistungsniveau nicht entsprach.
„Einen großen Vorteil haben die Biester gegenüber unseren Booten", sagte Nirmond über die Schulter. „Man braucht nicht zu befürchten, daß Schnapper an Bord kommen." Er beschrieb ausführlich die stechenden, dünnen Tentakel, welche die Flöße unter Wasser ausbreiteten, um Geschöpfe abzuschrecken, die es auf ihre Weichteile abgesehen hatten. Die Schnapper und ein paar andere angriffslustige Arten in der Bucht hatten noch nicht gelernt, daß es unsinnig war, bewaffnete Menschen in einem Boot anzugreifen, aber sie verschwanden sofort, wenn eines der sanft schaukelnden Flöße näherkam.
Cord war froh, daß man ihn im Augenblick nicht beachtete. Die Herrscherin, Nirmond und Grayan kamen alle von der Erde, ebenso wie die meisten anderen Mitglieder der Kolonie; und Terraner, besonders wenn sie in Gruppen auftraten, machten ihn nervös. Seine Heimatwelt Vanadia hatte erst vor kurzem die Bezeichnung „terranische Kolonie" abgelegt. Vielleicht erklärte das den Unterschied. Alle Terraner, mit denen er bisher zusammengekommen war, kannten nur das Große Bild, wie Grayan Maho-

ney es nannte. Nirmond sprach gewöhnlich „von unserem Zweck hier". Sie handelten strikt nach den Vorschriften des Kolonialteams — auch dann, wenn es nach Cords Ansicht einfach verrückt war. Denn hin und wieder erfaßten die Vorschriften eine neue Situation nicht, und dann geschah es vielleicht, daß jemand getötet wurde. In so einem Fall änderte man die Vorschriften prompt, aber die Terraner ließen sich durch solche Ereignisse nicht aus der Ruhe bringen.

Grayan hatte einmal versucht, es Cord zu erklären:

„Wir können tatsächlich nicht immer im voraus wissen, wie es auf einer neuen Welt aussieht. Und sobald wir erst dort sind, gibt es soviel zu tun, daß wir die Umgebung nicht Schritt für Schritt studieren können. Man muß seinen Auftrag erfüllen, und man geht dabei ein Risiko ein. Aber wenn man sich streng an die Vorschriften hält, hat man die bestmöglichen Überlebenschancen."

Cord blieb weiterhin bei der Ansicht, daß der gesunde Menschenverstand den Vorschriften vorzuziehen sei.

Darauf erwiderte Grayan nur ungeduldig, daß er eben das Große Bild nicht erkennen könne...

Der Wagen schwenkte herum und hielt an. Grayan richtete sich auf. Sie deutete nach vorn. „Da drüben ist Opa."

Dane erhob sich ebenfalls und pfiff leise vor sich hin, offensichtlich beeindruckt von dem gewaltigen Durchmesser Opas. Cord sah sich überrascht um. Er war ziemlich sicher, daß er das große Floß vor ein paar Wochen hundert Meter weiter oben verlassen hatte; und wie Nirmond ganz richtig sagte, bewegten sich die Dinger im allgemeinen nicht.

Verwirrt folgte er den anderen über einen schmalen Pfad zum Wasser. Baumhohe Schilfpflanzen standen zu beiden Seiten. Hin und wieder konnte er Opas Schwimmplattform erkennen. Der Rand berührte das Ufer. Dann erweiterte sich der Pfad, und das Floß lag vor ihnen im Sonnenschein, mitten im seichten Wasser. Cord hielt kopfschüttelnd an.

Nirmond wollte eben vor Dane die Plattform betreten.

„Warten Sie!" rief Cord. Seine Stimme klang schrill vor Erregung. „Halt!"

Sie waren auf der Stelle stehengeblieben und drehten sich um. Cord holte sie ein.
„Was gibt es?" Nirmonds Stimme klang ruhig, aber bestimmt.
„Besteigen Sie das Floß nicht — es hat sich verändert." Cord spürte selbst, daß seine Stimme zitterte. „Vielleicht ist es nicht einmal Opa..."
Bevor er den Satz zu Ende geführt hatte, wußte er, daß die letzte Vermutung nicht stimmte. Am Rand des Floßes befanden sich farblose Flecken, verursacht von den verschiedensten Hitzestrahlern, darunter auch seinem eigenen. Man setzte auf diese Weise die trägen, verstandlosen Dinger in Bewegung. Cord deutete auf den kegelförmigen Aufsatz im Zentrum. „Da — sein Kopf! Er treibt aus!"
„Treibt aus?" wiederholte der Stationsmanager verständnislos. Opas Kopf war, wie es sich für seine Größe geziemte, vier Meter hoch und ebenso breit. Er war geschuppt wie der Rücken eines Dinosauriers, um Pflanzenfresser abzuhalten, aber noch vor zwei Wochen hatte er ebenmäßig wie die Kegel aller anderen Flöße gewirkt. Nun wuchsen aus seinen Flanken Dutzende von langen, knotigen, blattlosen Schlingpflanzen. Sie sahen aus wie grüne Drähte. Einige hatten sich wie Spiralen zusammengerollt, andere hingen schlaff über die Plattform. Die Kegelspitze war mit roten Knollen bedeckt, die an große Pickel erinnerten. Auch das hatte Cord bisher nicht gesehen. Opa wirkte krank.
„So, tatsächlich", sagte Nirmond. „Er treibt aus!" Grayan stieß einen erstickten Laut aus. Nirmond sah Cord an, als zweifelte er an irgend etwas. „Ist das alles, Cord?"
„Ja, natürlich!" sagte Cord erregt. Er hatte die Betonung des Wortes *alles* überhört. Er zitterte immer noch vor Entsetzen. „Keiner von ihnen hat je..."
Dann unterbrach er sich. Er erkannte an ihren Mienen, daß sie ihn nicht verstanden hatten. Oder genauer gesagt, sie hatten ihn verstanden, wollten aber deshalb nicht ihre Pläne ändern. Die Flöße waren als harmlos eingestuft, entsprechend den Vorschriften. Die Vorschriften galten immer. Niemand zog sie in Zweifel — nicht einmal die Herrscherin. Man hatte keine Zeit zum Zweifeln.

Er versuchte es noch einmal. „Es ist so...", begann er. Er wollte ihnen erklären, daß Opa mit einem zusätzlichen Faktor X nicht mehr Opa war. Er war eine unberechenbare, überdimensionale Lebensform, bis man wußte, was der unbekannte Faktor bedeutete.

Aber es hatte keinen Zweck. Er starrte sie hilflos an. „Ich..."

Dane wandte sich an Nirmond: „Vielleicht sollten Sie besser nachsehen", sagte sie. Sie fügte nicht hinzu: „... um den Jungen zu beruhigen!" Aber genau das meinte sie.

Cord spürte, daß er feuerrot wurde. Sie glaubten, daß er Angst hatte — das stimmte —, und sie bemitleideten ihn, wozu sie kein Recht besaßen. Aber er konnte im Moment nichts sagen oder unternehmen. Er sah zu, wie Nirmond ruhig über die Plattform ging. Opa zitterte ein paarmal, aber das taten die Flöße immer, wenn man sie betrat. Der Stations-Manager blieb vor einem der knotigen Auswüchse stehen, befühlte ihn und zog kräftig daran. Dann stocherte er an den Schwellungen herum. „Komische Dinger!" rief er über die Schulter. Er warf Cord noch einen Blick zu. „Hm, sie wirken ganz harmlos, Cord. Ihr könnt jetzt alle an Bord kommen."

Es war wie in einem Traum, wenn man schrie und schrie, und niemand hörte einen. Cord betrat steif die Plattform, nachdem Dane und Grayan vorausgegangen waren. Er wußte genau, was geschehen wäre, wenn er auch nur einen Moment lang gezögert hätte. Einer von ihnen hätte freundlich zu ihm gesagt: „Du mußt nicht mitkommen, wenn du nicht willst, Cord!" Sie hätten sich sogar Mühe gegeben, die Worte nicht verächtlich klingen zu lassen.

Grayan hatte ihren Hitzestrahler gezogen und machte sich daran, Opa in die Kanäle der Yoger Bay zu steuern.

Cord holte seine eigene Waffe aus dem Gürtel und sagte grob: „Das sollte doch meine Aufgabe sein."

„Bitte, Cord." Sie lächelte ihm kurz und unpersönlich zu, als sähe sie ihn heute zum erstenmal, und trat zur Seite.

Sie waren so verdammt höflich! Cord kam zu dem Schluß, daß seine Rückreise nach Vanadia nur noch eine Formalität war.

Eine Zeitlang hoffte Cord beinahe, daß prompt eine schreckliche Katastrophe eintreten würde. Die Leute vom Team sollten ihre Lehre erhalten! Aber nichts geschah. Wie immer schüttelte sich Opa versuchsweise, als er die Hitze am Rand der Plattform spürte, und beschloß dann, ihr auszuweichen, wie er es gewohnt war. Unsichtbar unter Wasser befanden sich die Arbeitswerkzeuge des Floßes: kurze dicke Blätter in Form von Paddel, die auch als solche benutzt wurden; dazu die schleimigen Nesselfäden, welche die Vegetarier der Yoger Bay vertrieben, und der Dschungel aus Haarwurzeln, der Opa zur Verankerung und zugleich zur Nahrungsaufnahme diente.
Die Paddel bewegten sich, die Plattform schwankte, die Haarwurzeln wurden aus dem Schlamm gezogen; und Opa machte sich schwerfällig auf den Weg.
Cord schob den Hitzestrahler wieder in den Gürtel und stand auf. Wenn die Flöße erst einmal in Bewegung waren, schwammen sie ohne Eile eine Zeitlang dahin. Wollte man sie anhalten, so richtete man den Hitzestrahler kurz gegen den Vorderrand der Plattform. Überhaupt, man konnte die Flöße in jede Richtung bewegen, wenn man die gegenüberliegende Seite unter Beschluß nahm.
Es war recht einfach. Cord sah die anderen nicht an. In seinem Innern brodelte es noch. Er beobachtete die vorübergleitenden Schilfstreifen, die allmählich zurückwichen und den Blick auf das dunstige, gelbgrüne Wasser jenseits der brackigen Bucht freigaben. Hinter dem Dunst, im Westen, lagen die Yoger-Bay-Straits, trügerische Gewässer zur Zeit der Flut; und hinter dem Engpaß befand sich das offene Meer, die große Zlanti-Tiefe. Sie stellte eine Welt für sich dar, und er hatte noch wenig von ihr kennengelernt.
Plötzlich schwindelte ihn bei der Erkenntnis, daß er das alles vermutlich nicht mehr erforschen durfte. Vanadia war ein freundlicher Planet; aber er besaß längst nicht mehr die Wildheit und Fremdartigkeit von Sutang.
Grayan, die neben Dane saß, rief ihm zu: „Wie kommt man von hier aus am besten zu den Farmen, Cord?"

„Durch den großen Kanal zur Rechten", erwiderte er. Ein wenig mürrisch fügte er hinzu: „Wir steuern ihn an."
Grayan kam zu ihm. „Die Herrscherin möchte nicht alles sehen", flüsterte sie. „Zuerst die Algen- und Planktonzuchten. Dann etwa drei Stunden lang das mutierte Getreide. Wenn du die Kulturen ansteuerst, die am besten stehen, ist dir Nirmond sicher dankbar."
Sie blinzelte mit Verschwörermiene. Cord sah ihr unsicher nach. Sie benahm sich ganz normal. Vielleicht...
Er hatte einen Hoffnungsschimmer. Es war schwer, den Leuten vom Team zu grollen, auch wenn sie sich in puncto Vorschriften so stur benahmen. Vielleicht war es gerade dieses Zielbewußtsein, das ihnen ihre Vitalität und Antriebskraft gab, auch wenn es sie unnachsichtig gegenüber anderen und sich selbst machte. Außerdem, der Tag war noch nicht vorüber. Vielleicht gelang es ihm noch, die Herrscherin von seinen Fähigkeiten zu überzeugen. Irgend etwas konnte geschehen...
Cord hatte plötzlich die herrliche, wenn auch unwahrscheinliche Vision eines zähnefletschenden Bucht-Ungeheuers, das sich auf das Floß warf — und er jagte einen Energiestrahl durch sein Gehirn, bevor sich die andern, insbesondere Nirmond, der Gefahr überhaupt bewußt wurden. Die Bucht-Ungeheuer wichen Opa natürlich aus, aber vielleicht konnte man eines davon irgendwie anlocken.
Doch dann erkannte Cord, daß er sich von seinen Gefühlen beherrschen ließ. Es wurde höchste Zeit, daß er zu denken begann.
Erst einmal Opa. Er hatte also ausgetrieben — grüne Schlinggewächse und rote Knospen. Zweck unbekannt, keine Veränderung in der Verhaltensweise. Er war das größte Floß in diesem Teil der Bucht, obwohl seit Cords Ankunft vor zwei Jahren alle Plattformen gewachsen waren.
Sutangs Jahreszeiten wechselten langsam; ein Jahr entsprach etwa fünf terranischen Jahren. Selbst die Team-Mitglieder, die als erste hier gelandet waren, hatten noch kein volles Jahr erlebt.

Also wies Opa eine jahreszeitlich bedingte Veränderung auf. Die anderen Flöße waren noch nicht so weit entwickelt und würden etwas später eine ähnliche Umwandlung durchmachen. Pflanzentiere — vielleicht blühten sie und bereiteten sich auf die Fortpflanzung vor.
„Grayan", rief er, „wie entwickeln sich diese Flöße? Ich meine, wenn sie ganz klein sind."
Grayan sah ihn freundlich an, und Cords Hoffnungen stiegen noch ein Stückchen höher. Grayan stand wieder auf seiner Seite!
„Das weiß bis jetzt niemand", erwiderte sie. „Wir sprachen gerade darüber. Etwa die Hälfte der Fauna hier im Küstensumpfgebiet scheint ein Larvenstadium im Meer zu verbringen." Sie deutete auf die roten Kappen auf dem Floßkegel. „Es sieht so aus, als würde Opa blühen. Der Wind oder die Flut könnten dann die Samen über die Meerenge hinaustragen."
Es klang vernünftig. Es vernichtete aber auch Cords zaghafte Hoffnung, daß die Veränderung Opas sich als irgendwie drastisch erweisen und sein anfängliches Zögern rechtfertigen könnte. Cord betrachtete Opas Schuppenkopf noch einmal ganz genau — so ohne weiteres wollte er die Hoffnung nicht aufgeben. Zwischen den Schuppen befand sich eine Reihe von klebrigen senkrechten Schlitzen, die er zwei Wochen zuvor noch nicht bemerkt hatte. Es sah so aus, als wollte Opa aus den Nähten krachen. Das bedeutete möglicherweise, daß die Flöße, so groß sie auch waren, den Jahreszeitenzyklus nicht überlebten, sondern kurz blühten und dann abstarben. Allerdings schien es sicher, daß Opa nicht sein Leben aushauchen würde, bevor sie die Reise beendet hatten.
Cord erkannte, daß von Opa keine Hilfe zu erwarten war. Er klammerte sich wieder an die andere Idee — vielleicht gelang es ihm wirklich, ein Monstrum zum Angriff zu verlocken, um der Herrscherin zu zeigen, daß er nicht feige war.
Denn Ungeheuer gab es genug in der Bucht.
Wenn Cord am Rand der Plattform niederkniete und in das klare Wasser des tiefen Kanals starrte, huschten sie in allen Variationen vorbei.

Da waren einmal fünf oder sechs Schnapper. Wie große, abgeplattete Krebse, schokoladenbraun, mit grünen und roten Flekken auf dem Rückenpanzer. In manchen Gebieten wimmelte es von ihnen, so daß man sich die Frage stellte, wie sie überhaupt am Leben bleiben konnten. Allerdings fraßen sie so ziemlich alles, sogar den Schlamm, in dem sie zappelten. Ihre bevorzugte Nahrung war lebendes Fleisch in großen Brocken — mit ein Grund für das generelle Badeverbot in der Bucht. Hin und wieder griffen sie Boote an; aber mit einem schwimmenden Floß wollten sie nichts zu tun haben. Sie wichen an den Rand des Kanals aus, als Opa näherkam.
Auf dem Grund der Bucht befanden sich runde Löcher von ansehnlichem Durchmesser, die im Moment verlassen wirkten. Cord wußte, daß normalerweise Köpfe aus diesen Löchern ragten. Die Köpfe bestanden hauptsächlich aus Dreifachkiefern, die offenstanden, bis etwas in Reichweite kam. Die langen Würmer, zu denen die Köpfe gehörten, schnappten unerbittlich zu. Aber die Nesselfäden Opas, die das Wasser wie durchsichtige Wimpel durchfurchten, hatten auch die Würmer vertrieben.
Ansonsten vor allem Schwärme mit Kleinzeug — und dann ein scharlachroter Blitz, links hinter dem Floß, der aus dem Schilf geschossen kam. Das Ding schwamm in ihrem Kielwasser.
Cord beobachtete die nadelförmige Nase, ohne sich zu rühren. Er kannte das Biest, obwohl es selten in der Bucht zu sehen war und noch keinen Namen besaß. Schnell, angriffslustig — es schnappte sich sogar Sumpfmücken aus der Luft, wenn sie zu nahe über dem Wasser dahinflogen. Einmal hatte er eines mit einer Angelrute so lange gereizt, bis es sich auf ein festgemachtes Floß warf. Es hatte eine ganze Weile gedauert, bis es ihm gelungen war, das zappelnde Ding mit seinem Betäubungsstrahler zu treffen.
Keine Angelrute. Ein Taschentuch genügte vielleicht auch, wenn er einen Arm riskieren wollte...
„Was für bizarre Geschöpfe!“ Dane stand dicht hinter ihm.
„Gelbköpfe“, sagte Nirmond. „Sie sind sehr nützlich. Reduzieren die Zahl der Sumpfmücken.“

Cord stand lässig auf. Im Moment konnte er nichts unternehmen. Der Schilfstreifen zu ihrer Rechten wimmelte von Gelbköpfen, einer ganzen Kolonie. Sie waren mannsgroß und hatten etwa das Aussehen von Fröschen. Von allen Geschöpfen, die er in der Bucht entdeckt hatte, waren ihm die Gelbköpfe am unangenehmsten. Die wabbeligen, sackartigen Körper hingen an vier dünnen Gliedmaßen von den fünf Meter hohen Schilfrohren, die den Kanal säumten. Sie rührten sich fast nie, aber ihre großen, vorquellenden Augen schienen alles aufzunehmen, was in der Umgebung vorging. Hin und wieder kam eine Sumpfmücke nahe genug; dann öffnete ein Gelbkopf den senkrechten Maulschlitz mit den vielen kleinen Zähnen und dehnte das ganze Gesicht wie einen Ballon blitzschnell nach vorn; die Sumpfmücke verschwand. Vielleicht waren die Biester wirklich nützlich, aber Cord haßte sie.
„In etwa zehn Jahren kennen wir vielleicht den Zyklus der Küstenbewohner“, sagte Nirmond. „Als wir die Station an der Yoger Bay errichteten, waren nirgends Gelbköpfe zu sehen. Sie kamen im darauffolgenden Jahr. Anfangs wiesen sie Spuren einer Wasserlarvenform auf; aber die Metamorphose war nahezu vollkommen. Etwa dreißig Zentimeter lang...“
Dane erwiderte, daß sich dieses Schema überall finden ließ. Sie beobachtete die Gelbkopfkolonie mit einem Fernglas; dann senkte sie es und sah Cord lächelnd an. „Wie weit ist noch bis zu den Farmen?“
„Etwa zwanzig Minuten.“
„Der Schlüssel scheint das Zlanti-Becken zu sein“, sagte Nirmond. „Es muß im Frühling vor Leben wimmeln.“
„Oh ja“, bestätigte Dane. Sie hatte den Sutangfrühling vor vier Erdenjahren erlebt. „Es sieht so aus, als rechtfertige allein dieses Becken die Kolonisierung. Ich frage mich nur, wie solche Geschöpfe dorthin kommen.“ Sie deutete auf die Gelbköpfe.
Sie schlenderten auf die andere Seite des Floßes und unterhielten sich über Meeresströmungen. Cord hätte ihnen folgen können. Aber links von ihnen und gar nicht weit entfernt plumpste etwas ins Wasser. Nur die blaßgrünen riesigen Augen waren an

der Oberfläche, und sie starrten dem Floß nach. Cord hatte den Eindruck, daß sie sich geradewegs auf ihn richteten. In diesem Moment war ihm zum erstenmal klar, weshalb er die Gelbköpfe nicht mochte. In ihrem durchdringenden Blick war etwas wie Intelligenz und Berechnung. Und wozu konnten diese Geschöpfe eigentlich Intelligenz gebrauchen? Sie schien irgendwie fehl am Platze.
Eine Gänsehaut überlief ihn, als das Ding ganz versank und unter Wasser dem Floß nachschwamm. Erregung hatte ihn gepackt. Bisher war noch nie ein Gelbkopf aus dem Schilfstreifen gekommen. Vielleicht bot sich hier ganz unerwartet das Monstrum, nach dem er Ausschau gehalten hatte.
Nach einer halben Minute sah er es wieder. Es schwamm mit plumpen Bewegungen weit weg. Zumindest im Augenblick hatte es nicht die Absicht, das Floß zu stürmen. Cord beobachtete, wie es in Nesselnähe des Floßes kam. Mit sonderbar menschlich anmutenden Schwimmzügen schlüpfte es unter den Rand der Plattform.
Er stand auf, ein wenig verwundert. Der Gelbkopf hatte offenbar über die Nesseln Bescheid gewußt; seine Bewegungen hatten sehr sicher gewirkt. Cord wollte schon den anderen davon erzählen, aber dann wartete er. Vielleicht kam noch der Augenblick des Triumphes, wenn das Biest sabbernd über den Rand der Plattform gleiten und er es eigenhändig erledigen würde.
Außerdem war es fast Zeit, das Floß auf die Farmen hinzusteuern. Wenn bis dahin nichts geschah ...
Er paßte genau auf. Fünf Minuten vergingen, aber von dem Gelbkopf war nichts zu sehen. Immer noch verwundert und ein wenig unsicher gab er Opa eine genau berechnete Hitzedosis.
Nach einem Augenblick wiederholte er sie. Dann holte er tief Atem. Der Gelbkopf war vergessen.
„Nirmond!“ rief er scharf.
Die drei standen beinahe im Zentrum der Plattform, dicht neben dem schuppigen Kegel, und sahen zu den Farmen hinüber. Jetzt drehten sie sich um.
„Was ist denn hier nun wieder los, Cord?“

Cord brachte zuerst keinen Ton heraus. Er empfand mit einem Mal wieder entsetzliche Angst. Etwas stimmte hier nicht!
„Das Floß läßt sich nicht wenden", erklärte er.
„Versuch es mit einem kräftigen Strahl", schlug Nirmond vor.
Cord sah ihn an. Nirmond, der ein paar Schritte vorgetreten war, als wollte er Dane und Grayan schützen, setzte eine unbehagliche Miene auf. Kein Wunder. Cord hatte den Strahler bereits an drei verschiedenen Punkten der Plattform eingesetzt; aber Opa schien plötzlich unempfindlich gegen Hitze zu sein. Sie glitten mit gleichmäßigem Tempo auf die Buchtmitte zu.
Cord hielt den Atem an, stellte den Strahler voll ein und richtete ihn auf Opa. Ein breiter Fleck auf der Plattform warf Blasen, wurde braun, dann schwarz ...
Opa hielt an. Einfach so.
„Gut so! Mach..." Nirmond beendete seinen Befehl nicht.
Ein heftiges Schwanken. Cord taumelte zum Wasser hin.
Dann rollte sich der Saum des Floßes hinter ihm auf und klatschte wieder auf die Wasserfläche. Es klang, als habe jemand eine Kanone abgefeuert. Er warf sich im Hechtsprung auf die Plattform, mit dem Gesicht nach unten, und drückte sich flach auf den Boden. Sie rollte und schaukelte unter ihm. Noch zweimal das gewaltige Klatschen. Dann war alles still. Er sah sich nach den anderen um.
Er befand sich drei Meter vom Kegel entfernt. Zwanzig oder dreißig der geheimnisvollen neuen Ranken streckten sich wie dünne grüne Finger in seine Richtung. Sie konnten ihn nicht ganz erreichen. Die nächste Spitze war immer noch zwanzig Zentimeter von ihm entfernt.
Aber Opa hatte die anderen eingefangen, alle drei. Sie lagen dicht nebeneinander am Fuß des Kegels, umhüllt von einem dichten Netz aus grünen Ranken. Und sie rührten sich nicht.
Cord zog vorsichtig die Füße an und bereitete sich auf das nächste Schwanken vor. Aber nichts geschah. Dann entdeckte er, daß Opa seinen vorherigen Kurs wieder aufgenommen hatte. Der Hitzestrahler war verschwunden. Unauffällig holte er die vanadische Pistole hervor.

„Cord? Hoffentlich hat es dich nicht erwischt?“ Das war die Herrscherin.
„Nein“, erwiderte er leise. Erst jetzt kam ihm zu Bewußtsein, daß er die drei für tot gehalten hatte. Nun fühlte er sich elend und unsicher.
„Was hast du vor?“
Cord betrachtete Opas großen schuppigen Kopf mit einem gewissen Verlangen. Die Kegel waren innen hohl. Im Labor der Station war man zu der Auffassung gelangt, daß es ihre Hauptaufgabe war, so viel Luft anzusammeln, daß die Flöße schwimmen konnten. Aber in diesem Kegel befand sich auch das Organ, das Opas Reaktionsvermögen lenkte.
Er flüsterte: „Ich habe eine Pistole und zwölf Hochleistungskugeln. Zwei davon zerfetzen den Kegel.“
„Nützt nichts, Cord!“ sagte sie mit schmerzerfüllter Stimme. „Wenn das Ding sinkt, kommen wir garantiert um. Hast du auch Betäubungskapseln für diese Pistole?“
Er starrte ihren Rücken an. „Ja.“
„Gib Nirmond und dem Mädchen je eine Dosis, bevor du etwas anderes tust. Direkt ins Rückgrat, wenn du kannst. Aber komm nicht näher ...“
Irgendwie konnte Cord der Stimme nicht widerstehen. Er erhob sich vorsichtig. Zweimal zischte die Waffe.
„In Ordnung“, sagte er heiser. „Was soll ich jetzt tun?“
Dane schwieg einen Moment. „Es tut mir leid, Cord. Das weiß ich nicht. Ich werde dir raten, so gut ich kann ...“
Wieder machte sie eine Pause. „Dieses Ding hat nicht versucht, uns zu töten, Cord. Möglich wäre es ihm ohne weiteres gewesen. Es ist unglaublich stark. Ich sah, wie es Nirmond die Beine brach. Aber sobald wir uns nicht mehr rührten, hielt es uns nur fest.
Du hast folgende Anhaltspunkte: Es versuchte dich in den Bereich seiner Ranken oder Tentakel zu bringen, nicht wahr?“
„Ich glaube schon“, erwiderte Cord plötzlich zitternd. Natürlich, genau das hatte es versucht, und jeden Moment konnte es einen neuen heftigen Angriff starten.

„Jetzt führt es uns durch diese Ranken eine Art Betäubungsmittel zu. Mit winzigen Dornen. Eine Art Gefühllosigkeit ...“ Danes Stimme wurde ganz schwach. Dann sagte sie klar und deutlich: „Paß auf, Cord — es scheint, daß wir als Futter aufbewahrt werden. Verstehst du das?“
„Ja“, sagte er.
„Samenzeit für die Flöße. Es gibt Analogien. Vermutlich lebendige Nahrung für die Brut, nicht für das Floß. Wie sollte man das vorherahnen? Cord?“
„Ja, ich bin hier.“
„Ich möchte so lange wie möglich wachbleiben. Aber da ist noch etwas — das Floß schwimmt irgendwohin. Zu einem besonders günstigen Brutplatz. Und der könnte in Ufernähe sein. Vielleicht schaffst du es an Land; alles andere muß ich dir überlassen. Aber behalte die Ruhe und warte auf eine gute Gelegenheit. Keine Heldentaten, verstanden?“
„Natürlich“, versicherte Cord. Er merkte, daß er sie zu trösten versuchte, als sei sie nicht die Planetarische Herrscherin, sondern ein Mädchen wie Grayan.
„Nirmond geht es am schlechtesten“, fuhr Dane fort. „Das Mädchen verlor sofort das Bewußtsein. Wenn ich den Arm nicht verletzt hätte —. Aber falls wir in etwa fünf Stunden Hilfe erhalten, schaffen wir es. Sag mir Bescheid, wenn etwas geschieht, Cord.“
„In Ordnung“, sagte Cord sanft. Dann richtete er die Pistole sorgfältig auf einen Fleck zwischen Danes Schulterblättern. Wieder zischte die Waffe. Danes krampfhaft gespannter Körper wurde langsam schlaff. Damit war es geschehen.
Cord fand es wenig sinnvoll, sie bei Bewußtsein zu lassen; denn sie näherten sich keineswegs dem Ufer.
Die Schilfstreifen und Kanäle lagen bereits hinter ihnen, und Opa hatte seine Richtung nicht im geringsten geändert. Er schwamm in die offene Bucht hinaus — und er bekam Gesellschaft.
Im Moment konnte Cord im Umkreis von zwei Meilen sieben Flöße erkennen; und die drei, die ihm am nächsten waren, besaßen wuchernde grüne Ranken. Alle schwammen unbeirrt dahin; und

der Punkt, den sie ansteuerten, schien das tosende Zentrum der Yoger-Bay-Straits zu sein. Bis dorthin hatten sie noch etwa drei Meilen zurückzulegen.
Hinter den Straits lag die kalte Zlanti-Tiefe — die wallenden Nebel und das offene Meer. Es sah nicht so aus, als wollten die Flöße ihre Samen in der Bucht abgeben ...
Für einen Menschen war Cord ein ausgezeichneter Schwimmer. Er besaß ein Messer und eine Pistole; und obwohl Dane ihn gewarnt hatte — vielleicht blieb er Sieger gegen die Bestien in der Bucht. Aber die Chancen waren tatsächlich gering. Und vielleicht gab es noch andere Möglichkeiten. Er würde jedenfalls die Ruhe bewahren.
Natürlich würde niemand rechtzeitig nach ihnen suchen — außer es geschah ein großer Zufall. Und wenn man suchte, dann in der Gegend der Farmen. Eine Reihe von Flößen waren dort festgemacht; man würde vermuten, daß sie eines davon benutzt hatten. Und bis man herausgebracht hatte, was sich wirklich ereignet hatte, war es bestimmt zu spät.
Auch würde es in den nächsten Stunden kaum jemandem auffallen, daß die Flöße aus den Sümpfen und durch die Yoger-Bay-Straits wanderten. Ein Stück vom Ufer entfernt, nördlich der Meerenge, befand sich eine kleine Wetterstation, die hin und wieder einen Hubschrauber benutzte. Niedergeschlagen dachte Cord, daß er kaum die richtige Stelle überfliegen würde. Ebensogut konnte er auf einen niedrig fliegenden Düsentransporter rechnen.
Die Tatsache, daß wirklich alles von ihm abhing, wie die Herrscherin gesagt hatte, drang allmählich tiefer in ihn ein. Cord hatte sich noch nie im Leben so einsam und von allen Freunden verlassen gefühlt.
Einfach, weil er es früher oder später doch versuchen würde, führte er als nächstes ein Experiment durch, das er selbst als aussichtslos betrachtete. Er öffnete die Kammer mit den Betäubungsladungen und zählte fünfzig Kugeln ab — ziemlich hastig, denn er wollte nicht darüber nachdenken, wozu er sie letzten Endes benutzen würde. Danach waren noch etwa dreihundert La-

dungen in der Kammer. Und in den nächsten paar Minuten schoß Cord ein Drittel davon in Opas Kopf.
Er gab den Versuch auf. Selbst ein Wal hätte diesem Beschuß nicht standgehalten, ohne einzuschlafen. Opa paddelte unverdrossen weiter. Vielleicht war ein Teil des Kegels gefühllos geworden, aber seine Zellen leiteten die Wirkung des Mittels offensichtlich nicht weiter.
Bevor sie die Meerenge erreichten, konnte Cord nichts unternehmen. Bei der augenblicklichen Geschwindigkeit rechnete er damit, daß das in einer knappen Stunde der Fall war. Und sobald sie die Straits passierten, wollte er einen Schwimmversuch wagen. Er glaubte nicht, daß Dane unter diesen Umständen etwas dagegen eingewandt hätte. Wenn das Floß sie alle in die Nebel der Zlanti-Tiefe hinaustrug, gab es praktisch keine Überlebenschance mehr.
Inzwischen wurde Opa spürbar schneller. Und es gingen verschiedene kleine Veränderungen vor sich. Die pickeligen roten Schwellungen, die sich am oberen Teil des Kegels gebildet hatten, brachen allmählich auf. Aus ihrem Innern züngelten dünne, scharlachrote Würmer. Sie bewegten sich schwach, streckten sich ein paar Zentimeter in die Höhe, ruhten aus und schoben sich weiter nach oben. Die senkrechten schwarzen Schlitze zwischen den Schuppen wirkten tiefer und breiter als ein paar Minuten zuvor; aus einigen tropfte eine dunkle Flüssigkeit.
Cord wußte, daß ihn unter anderen Umständen Opas Entwicklung sicherlich fasziniert hätte. So aber erregte sie nur sein Mißtrauen, da er nicht wußte, wie sich die Veränderungen auswirken würden.
Dann geschah etwas ganz Abscheuliches. Grayan begann laut und schmerzerfüllt zu stöhnen und drehte sich mit einem Ruck herum. Cord wußte genau, daß er nur eine Sekunde gebraucht hatte, um ihre Bewegungen und Laute mit einer Betäubungsdosis zu unterdrücken; aber noch vorher hatten die Ranken sie gepackt, nicht biegsam, sondern hart und unbarmherzig wie die knochigen grünen Klauen eines monströsen Raubvogels. Wenn Dane ihn nicht gewarnt hätte ...

Bleich und mit Schweißtropfen auf der Stirn steckte Cord die Pistole ein. Die Ranken lockerten sich wieder. Grayan schien keine zusätzlichen Verletzungen erlitten zu haben; und sie hätte wohl als erste erkannt, daß sinnlose Wut nichts nützte. Ebensogut hätte er eine Maschine hassen können. Aber eine Zeitlang schwelgte Cord in der Vorstellung, daß er das Floß jederzeit in eine zerfetzte Pflanzenmasse verwandeln konnte.
Dann kam er zur Vernunft. Er gab Dane und Nirmond ebenfalls eine Ladung, um eine Wiederholung des Geschehens zu vermeiden. Die Kugeln wirkten mindestens vier Stunden. Fünf Schüsse ...
Cord unterdrückte hastig die Gedanken, die sich in den Vordergrund drängten. Aber sie tauchten hartnäckig immer wieder auf, bis er sie nicht länger leugnen konnte:
Ganz gleich, was noch alles geschehen mochte, fünf Schüsse nahmen den Gefangenen permanent das Bewußtsein. Entweder sie dämmerten in den Tod hinüber, oder sie wurden gerettet und erhielten ein Gegenmittel.
Entsetzt sagte er sich vor, daß er das nicht tun könne. Es kam ihm wie Mord vor.
Aber dann hob er ganz ruhig die Waffe und gab jedem der drei die volle Dosis. Zum erstenmal seit vier Jahren kämpfte Cord gegen das Weinen an, doch gleichzeitig verstand er, was Dane gemeint hatte, als sie sagte, er solle die Ruhe bewahren.
Eine knappe halbe Stunde später beobachtete er ein Floß von Opas Größe. Es glitt ein paar hundert Meter vor ihm in den weißen Gischt der Meerenge und wurde sofort von einem der heftigen Strudel zur Seite gerissen. Es kippte und kreiselte, schwamm ein Stück weiter und wurde wieder abgedrängt. Noch einmal richtete es sich auf und kämpfte gegen die Strömung an. Nicht wie eine gefühllose Pflanze, dachte Cord, sondern wie ein intelligentes Geschöpf, das zielbewußt die einmal gewählte Richtung zu halten versuchte.
Jedenfalls war es durch nichts zum Sinken zu bringen ...
Die Straits schäumten dicht vor ihm auf, und er legte sich mit dem Messer in der Hand flach auf die Plattform. Als das Floß un-

ter ihm zu schaukeln und zu kippen begann, stieß er mit aller Kraft das Messer in das Geflecht und hielt sich daran fest. Ein Schwall kalten Wassers spülte über ihn hinweg, und Opa zitterte wie eine überlastete Maschine. Plötzlich hatte Cord den furchtbaren Gedanken, daß das Floß seine ohnmächtigen Gefangenen während des Kampfes mit der Strömung loslassen könnte. Aber er unterschätzte Opa. Opa ließ in keiner Hinsicht locker.

Abrupt war alles vorbei. Sie glitten über einen langgestreckten Wellenkamm, und ganz in der Nähe waren drei andere Flöße. Die Strömung der Meerenge hatte sie zusammengeschoben, aber sie schienen kein Interesse an Gesellschaft zu besitzen. Als Cord schwankend aufstand und sich seiner Kleider entledigte, trennten sie sich bereits wieder. Eine der Plattformen lag halb unter Wasser; offenbar hatte sie zuviel Luft verloren und war umgeschlagen wie ein kleines Boot.

Die Strecke von hier bis zum Ufer maß nur zwei Meilen. Dazu kam eine weitere Meile landeinwärts bis zur Station der Meerenge. Er kannte die Strömung nicht; aber die Entfernung erschien ihm nicht allzu groß, und er konnte seine Waffen mitnehmen. Die Lebewesen der Bucht liebten den Schlamm und die Wärme. Sie wagten sich nicht über die Meerenge hinaus. In der Zlanti-Tiefe gab es zwar wieder andere gefährliche Bestien, allerdings selten in Ufernähe.

Es stand nicht ungünstig für Cord.

Während er die Kleider um die Schuhe wickelte und zu einem festen Bündel verknotete, hörte er über sich dünne Schreie, die an das Miauen von Katzen erinnerten. Er sah auf. Vier Geschöpfe kreisten über dem Floß; die großen Brüder der Sumpfmücken, die weite Meeresgebiete überfliegen konnten. Auch sie trugen unsichtbare Reiter in den Nackenfedern. Vermutlich harmlose Aasfresser — aber die Flügelspannweite von drei Metern machte doch Eindruck. Mit Unbehagen erinnerte sich Cord an die scharfen Zähne des Reiters, den er betäubt vor der Station hatte liegen gelassen.

Eines der Tiere senkte sich gemächlich und glitt auf ihn zu, umkreiste das Floß und schwebte ein Stückchen über dem Mittelkegel.

Der Reiter, der den hirnlosen Vogel dirigierte, hatte überhaupt kein Interesse an Cord! Er wurde von Opa angelockt!
Cord beobachtete fasziniert die Szene. Auf der Kuppe des Kegels wimmelte es jetzt von scharlachroten, wurmartigen Fäden, die aus den Schwellungen gewachsen waren. Vermutlich hielt der Reiter sie für eßbar.
Das Geschöpf senkte sich mit flatternden Bewegungen und berührte den Kegel. Im nächsten Moment zuckten die grünen Ranken hoch und schnürten die spröden Flügel so eng an den weichen Körper des Tieres, daß sie fast darin verschwanden …
Eine knappe Sekunde später machte Opa wieder einen Fang, diesmal aus dem Wasser. Cord sah flüchtig einen kleinen Seehund, der sich mit verzweifelter Hast auf den Plattformrand schnellte — und im nächsten Moment von den Ranken gegen den Kegel gepreßt wurde.
Nicht die Leichtigkeit, mit der Opa seine Opfer einfing, schokkierte Cord. Aber mit einem Schlag waren all seine Hoffnungen, ans Ufer zu schwimmen, vernichtet. Fünfzig Meter entfernt zeigte sich kurz das Geschöpf, vor dem der Seehund geflohen war; und ein Blick genügte vollauf. Der elfenbeinhelle Körper und die aufgerissenen Fänge hatten so starke Ähnlichkeit mit dem Aussehen eines terranischen Hais, daß Cord keinen Zweifel an der Natur des Verfolgers hegte. Dazu kam noch eine Tatsache: Die Tiere der Zlanti-Tiefe jagten immer in großen Rudeln.
Cord umklammerte sein Kleiderbündel und starrte zum Ufer. Er konnte es immer noch nicht fassen. Jetzt, da er wußte, wonach er suchen mußte, erkannte er auch die gewölbten hellen Rücken, die hier und da durch die Wellenkämme brachen und wieder verschwanden. Ganze Schwärme kleinerer Geschöpfe sprangen glitzernd hoch und fielen wieder zurück.
Die Biester hätten ihn wie eine Fliege geschnappt, bevor er ein Zehntel der Strecke geschwommen wäre.
Aber beinahe eine Minute verging, bis er begriffen hatte, daß nun sein Schicksal besiegelt war.

Opa begann zu fressen!
Die dunklen Schlitze in seinem Kegel waren Mäuler! Bis jetzt funktionierte nur eines davon, und auch dieses konnte sich noch nicht weit genug öffnen. Für das erste Opfer genügte es jedoch. Opa brauchte ein paar Minuten, bis er den Reiter aus der Halskrause der Sumpfmücke verschlungen hatte. Das Geschöpf war winzig, aber immerhin — der Anfang war gemacht.
Cord konnte nicht mehr klar denken. Er saß da, umklammerte sein Kleiderbündel und merkte kaum, daß Wellen über ihn hinwegspülten und er vor Kälte zitterte. Er beobachtete Opa genau. Vermutlich dauerte es noch mindestens einige Stunden, bis eines der schwarzen Mäuler groß genug war, um einen Menschen zu verschlingen; aber sobald Opa nach dem ersten seiner Gefangenen griff, wollte Cord das Floß sprengen. Die hellen Bestien im Wasser erledigten ihr Werk wenigstens rasch und gründlich. In dieser Hinsicht konnte er den Ausgang des Dramas noch beeinflussen ...
Inzwischen bestand nur die ganz schwache Hoffnung, daß der Helikopter der Wetterstation sie entdeckte.
Inzwischen dachte er auch mit einem Gemisch aus Entsetzen und Faszination darüber nach, was die furchtbare Veränderung in den Flößen hervorgerufen haben könnte. Er konnte sich jetzt vorstellen, wohin sie trieben; ganze Ketten von Flößen erstreckten sich bis zur Meerenge, und sie alle schwammen ungefähr in die gleiche Richtung wie Opa. Sie steuerten das Zlanti-Becken an, eine Stelle tausend Meilen im Norden, an der es von Plankton wimmelte. Selbst bewegliche Seerosenblätter wie die Flöße konnten die weite Strecke zurücklegen, wenn man ihnen genügend Zeit ließ. Schließlich ging es um die Erhaltung der Art. Aber nichts erklärte ihre plötzliche Verwandlung in flinke, gierige Raubtiere.
Er sah zu, wie als nächstes der Seehund von einem der Mäuler verschlungen wurde. Die Ranken brachen ihm das Genick und schoben ihn bis zu den Schultern in die schwarze Öffnung. Geduldig holten die Fänge den etwas zu großen Brocken nach innen. Inzwischen hörte man in der Luft immer wieder die dünnen

Schreie; und ein paar Minuten später wurden beinahe gleichzeitig zwei Flugtiere mit ihren Reitern der Speisekammer einverleibt. Opa ließ den Rest des toten Seehunds fallen und fraß einen Reiter. Der zweite Reiter sprang plötzlich aus der Halskrause seines Gefährten und grub die Zähne in die grünen Ranken. Im nächsten Moment wurde er an der Plattform zu Tode gedrückt.
Cord spürte, wie Haß gegen Opa in ihm hochstieg. Die Sumpfmücken besaßen fast kein Lebensbewußtsein; wenn man sie tötete, war es, als trennte man einen Ast vom Baum. Aber der Reiter hatte sein Mitgefühl erregt, denn er hatte sich mit Intelligenz zur Wehr gesetzt — und darin war er den Menschen näher als jener monströsen Lebensform, die zwar erfolgreich, aber völlig mechanisch ein Geschöpf nach dem anderen einfing. Danach schweiften seine Gedanken wieder ab; er dachte unbestimmt über die merkwürdige Symbiose nach, die zwei so verschiedene Wesen wie die Sumpfmücke und ihren Reiter zu einem einzigen Organismus verband.
Und dann zeigte sich Überraschung und Verständnis auf seinen Zügen.
Oh — nun wußte er Bescheid!
Cord stand hastig auf. Er zitterte sichtbar vor Erregung. Aber ihm war klar, wie er vorgehen mußte. Ein Dutzend lange Ranken schnellten sofort in seine Richtung, als er sich zu bewegen begann. Sie konnten ihn nicht erreichen, aber ihre rasche Reaktion ließ ihn einen Moment lang erstarren. Die Plattform unter seinen Füßen schwankte, als sei sie verärgert darüber, daß sie ihn nicht einfangen konnte. Aber hier ließ sie sich nicht überraschend hochklappen wie am Rand, um ihn in den Bereich der Ranken zu schleudern.
Immerhin, es war eine Warnung. Cord bewegte sich vorsichtig, bis er die gewünschte Stelle erreicht hatte — einen Platz auf der vorderen Hälfte des Floßes. Und dann wartete er. Er wartete lange, ganz bewegungslos, bis sein Herz zu pochen aufhörte und das wütende Aufbäumen des Floßes nachgelassen hatte. Er wartete, bis die letzte Ranke wieder schlaff am Kegel hing. Vielleicht

nützte es ihm bei seinem nächsten Schachzug, wenn Opa nicht genau wußte, wo er sich befand.
Einmal drehte er sich plötzlich um und überlegte, wie weit die Station der Meerenge entfernt sein mochte. Bestimmt ließ sie sich in einer Stunde erreichen. Und das war selbst bei pessimistischer Berechnung nahe — falls alles nach Plan ablaufen konnte.
Schließlich nahm Cord mit vorsichtigen Bewegungen das Messer in die linke Hand. Die Pistole ließ er im Halfter. Er hob das fest zusammengewickelte Kleiderbündel langsam über den Kopf und balancierte es in der Rechten. Mit einer geschmeidigen Bewegung warf er es über den Kegel hinweg, fast bis ans andere Ende der Plattform.
Es schlug mit einem schmatzenden Geräusch auf. Im nächsten Moment klappte der gegenüberliegende Rand der Plattform hoch und warf das Bündel den ständig lauernden Ranken zu.
Gleichzeitig rannte Cord vorwärts. Einen Moment lang hatte es den Anschein, als sei sein Ablenkungsmanöver geglückt. Dann, als der Rand der Plattform hochschlug, fiel er auf die Knie.
Er war zwei Meter von der Kante entfernt. Als sich die Plattform wieder senkte, warf er sich verzweifelt nach vorn.
Einen Augenblick später schoß er durch das kalte, klare Wasser, dicht vor dem Floß her. Mit elegantem Schwung drehte er sich um und kam zurück.
Das Floß glitt über ihm hinweg. Wolken von winzigen Meeresgeschöpfen flitzten durch den dunklen Dschungel der Nährwurzeln. Cord machte einen Bogen um ein breites, glasiggrünes Band und spürte ein Brennen an der Hüfte. Offenbar war er beim Ausweichen gegen eine weitere Nessel gestoßen. Er schob sich blindlings durch das schleimige Gewirr der schwarzen Haarwurzeln, die den Boden des Floßes bedeckten. Dann war über ihm ein grünlicher Schimmer. Er befand sich im Kegel des Floßes und tauchte auf.
Dämmerung und stickige, heiße Luft. Wasser plätscherte um ihn und versuchte ihn fortzudrängen. Er konnte sich nirgends festhalten. Dann, über ihm, zu seiner Rechten, gegen die Innenkurve

des Kegels gepreßt, als sei er angewachsen — der mannsgroße Gelbkopf.

Der Floßreiter ...

Cord griff nach oben, packte Opas Symbiosepartner an einem Hinterbein und tauchte ein Stück. Zweimal stieß er mit dem Messer zu, während sich die blaßgrünen Augen langsam öffneten.

Er hatte geglaubt, der Gelbkopf würde ein paar Sekunden brauchen, um sich von seinem Wirt zu trennen, so wie die Reiter der Sumpfmücken, bevor sie sich verteidigten. Der Gelbkopf drehte einfach den Kopf; das Maul schnellte nach unten und verbiß sich in Cords linkem Arm, dicht über dem Ellbogen. Cords Rechte jagte das Messer in das Auge der Bestie. Sie riß den Kopf zurück, und das Messer war verloren.

Cord glitt tiefer, umklammerte mit beiden Händen das schleimige Bein und ruckte daran. Einen Moment lang hielt sich der Gelbkopf fest. Dann lösten sich schmatzend die zahlreichen Nervenenden, die ihn mit dem Floß verbanden, und Cord und der Gelbkopf stürzten gemeinsam in die Tiefe.

Wieder das dunkle Gewirr von Wurzeln — und dann zwei brennende elektrische Stöße am Rücken und an den Beinen. Würgend ließ Cord los. Einen Moment lang sah er unter sich einen Körper, der mit sonderbar menschlichen Bewegungen dahintaumelte; dann schob ihn eine Wasserwand nach oben. Ein langer weißer Schatten nahm sich des Gelbkopfes an.

Cord kam vier Meter hinter dem Floß an die Wasseroberfläche. Und das wäre das Ende gewesen, wenn Opa seine Fahrt nicht bereits verlangsamt hätte.

Nach zwei Versuchen kletterte er auf den Rand der Plattform und lag eine Zeitlang hustend und keuchend da. Opa nahm seine Anwesenheit nicht übel. Ein paar Ranken zuckten, als versuchten sie, sich an ihre frühere Funktion zu erinnern, aber Cord merkte das nicht einmal. Er schleppte sich zum Kegel hin, um nach seinen Gefährten zu sehen.

Sie atmeten noch; und er wußte, daß es keinen Sinn hatte, sie provisorisch zu versorgen. Er zog Grayans Hitzestrahler aus dem Halfter. Opa hatte angehalten.

Cord war noch nicht so recht zur Besinnung gekommen, sonst hätte er sich Sorgen gemacht, ob Opa nach der gewaltsamen Trennung von seinem Partner überhaupt noch zu eigenen Bewegungen fähig war. So bestimmte er nur die ungefähre Richtung zur Station an der Meerenge, wählte den entsprechenden Punkt an der Plattform und verabreichte Opa eine Hitzedosis.
Im ersten Moment geschah nichts. Cord seufzte und erhöhte die Dosis ein wenig.
Opa schüttelte sich, und Cord stand auf.
Anfangs langsam und zögernd, dann gleichmäßig und zielbewußt, paddelte Opa zurück zur Meerenge. Seine Bewegungen wurden diesmal nicht von einem Gehirn gesteuert.

Cordwainer Smith

Das Spiel „Ratte und Drache"

(The Game of Rat and Dragon)

Cordwainer Smith ist das Pseudonym von Paul Myron Anthony Linebarger (1913—1966). Smith wurde in Milwaukee geboren, entstammte einer Diplomatenfamilie, lebte viele Jahre in China und war im Zweiten Weltkrieg Asienexperte und Spezialist für psychologische Kriegsführung: Sein Buch ***„Schlachten ohne Tote"*** *gilt als Standardwerk.*

Smith hatte bereits im Alter von fünfzehn Jahren (1928) die SF-Story ***„War No. 81-Q"*** *geschrieben, die in einer Schulzeitung erschien, aber als sein SF-Erstling gilt gemeinhin die Story* ***„Scanners Live in Vain"*** *(1950). Ein Großteil seiner Geschichten — alles in allem ist sein SF-Œuvre mit zwei Romanen und sechs Storysammlungen relativ schmal — hat ein gemeinsames „Universum" zum Hintergrund und umspannt einen Zeitraum von 14000 Jahren. Es ist das Universum der Instrumentalität, einer menschlichen Elitehierarchie, die die Untermenschen (die von Tieren abstammen) versklavt hält. Dieses Universum beleuchten Smiths Stories schlaglichtartig, wobei seine Helden ständig Zwängen ausgesetzt sind, die sie weder beeinflussen noch abschütteln können. Die bekannteren Stories daraus sind* ***„A Planet Named Shayol"*** *(1961),* ***„Alpha Ralpha Boulevard"*** *(1961) und* ***„The Ballad of Lost C'Mell"*** *(1962). Sie weisen intellektuelle Anspielungen auf und sind prall gefüllt mit Neologismen. Neben ihnen und* ***„Scanners Live in Vain"*** *zählt die von uns ausgewählte Story*

*„**The Game of Rat and Dragon**“ zu seinen besten Arbeiten. Hier ist es vor allem die bizarre Idee und die poetisch-emotionale Schreibweise des Autors, die überzeugen. Mit ihr wird der quintessentielle Smith vorgestellt — **der** Mythenschöpfer der SF.*

Der Spieltisch

Lichtstechen war eine elende Art, sich seinen Lebensunterhalt zu verdienen. Underhill war fuchsteufelswild, als er hinter sich die Tür schloß. Es ergab nicht viel Sinn, eine Uniform zu tragen und wie ein Soldat auszusehen, wenn die Menschen nicht einmal daran dachten, die geleistete Arbeit anzuerkennen.
Er setzte sich in seinen Sessel, legte den Kopf in die Kopfstütze zurück und zog den Helm über die Stirn.
Während er darauf wartete, daß das Stechgerät warmlief, dachte er an das Mädchen in dem äußeren Korridor. Sie hatte zuerst das Gerät und dann ihn verächtlich angesehen.
„Miau." Das war alles, was sie gesagt hatte. Aber es hatte ihn bis tief ins Innerste getroffen.
Was glaubte sie eigentlich, was er war — ein Narr, ein Faulenzer, eine uniformierte Null? Wußte sie nicht, daß er für jede halbe Stunde Lichtstechen mindestens einen zweimonatigen Erholungsaufenthalt im Krankenhaus benötigte?
Inzwischen war das Gerät warm geworden. Er fühlte die Raumquadrate rings um sich herum und sich als Zentrum eines gewaltigen Gitters, eines kubischen Gitters, in dem es nichts als Leere gab. Draußen in diesem Nichts spürte er den hohlen schmerzenden Schrecken des Weltraums selbst, und er empfand die entsetzliche Angst, der er immer begegnete, sobald sein Bewußtsein auch nur die geringste Spur inerten Staubes registrierte.
Als er sich entspannte, sickerte die tröstende Stabilität der Sonne in ihn hinein, das Uhrwerk der vertrauten Planeten und des Mondes. Unser eigenes Sonnensystem war so reizvoll und so einfach wie eine altertümliche Kuckucksuhr mit ihrem freundlichen Ticken und ihren beruhigenden Geräuschen. Die kauzigen kleinen Monde des Mars wirbelten um ihren Planeten wie tollgewordene Mäuschen, doch gerade in ihrer Regelmäßigkeit lag die Versicherung, daß alles in Ordnung war. Hoch über der Ebene der Ekliptik fühlte er eine halbe Tonne Staub, der mehr oder weniger außerhalb der Bahnen menschlicher Raumfahrt dahintrieb.

Hier gab es nichts, gegen das er kämpfen mußte, nichts, das den Geist herausforderte, die lebende Seele aus dem Körper riß, während ihre Wurzeln eine Aura verströmten, die so greifbar war wie Blut.
Nichts drang jemals in das Sonnensystem ein. Er konnte ewig das Stechgerät tragen und doch nicht mehr sein als eine Art telepathischer Astronom, ein Mann, der den heißen, warmen Schutz der Sonne fühlte, wie er in seinem lebendigen Geist pulsierte und brannte.
Woodley kam herein.
„Die gleiche alte tickende Welt", sagte Underhill. „Keine besonderen Vorkommnisse. Kein Wunder, daß man das Stechgerät erst entwickelt hatte, als man zu planoformen begann. Hier unter der heißen Sonne ist alles so schön und so ruhig. Man fühlt, wie alles sich dreht und rotiert. Es ist hübsch und klar und kompakt. Ebensogut könnte man zu Hause herumsitzen."
Woodley grunzte. Er hielt nicht viel von Höhenflügen der Fantasie. Unverdrossen fuhr Underhill fort. „Es muß damals, in den Zeiten der alten Menschen, sehr schön zu leben gewesen sein. Ich frage mich wirklich, warum sie ihre Welt mit Kriegen verwüsteten. Sie mußten nicht planoformen. Sie mußten nicht hinausfahren, um sich ihren Lebensunterhalt zwischen den Sternen zu verdienen. Sie mußten nicht den Ratten ein Schnippchen schlagen oder das Spiel spielen. Sie hätten das Lichtstechen nicht erfinden können, weil sie dafür keine Verwendung besaßen, meinst du nicht auch, Woodley?"
Woodley machte „Mhm." Woodley war sechsundzwanzig Jahre alt und würde in einem Jahr pensioniert werden. Er hatte sich bereits eine Farm ausgesucht. Er hatte zehn Jahre harter Arbeit als Lichtstecher hinter sich, mit den Besten unter ihnen zusammengearbeitet. Er war bei Verstand geblieben, weil er nicht zuviel über seine Arbeit nachdachte, seine Aufgaben erfüllte, wenn es Zeit dafür wurde, und sich erst wieder an seine Pflichten erinnerte, wenn der nächste Notfall eintrat.
Woodley hatte nie den Versuch gemacht, Freundschaft mit den Partnern zu schließen. Keiner der Partner mochte ihn besonders.

Einige von ihnen lehnten ihn sogar ab. Man verdächtigte ihn, daß er gelegentlich häßliche Gedanken über die Partner hegte, aber da sich noch niemand von den Partnern in artikulierter Form über ihn beschwert hatte, ließen ihn die anderen Lichtstecher und die Lords der Instrumentalität unbehelligt.

Im Gegensatz dazu war Underhill noch immer gefesselt von den Wundern ihrer Arbeit. Glücklich plapperte er weiter. „Was geschieht mit uns, wenn wir planoformen? Glaubst du, daß es eine Art des Sterbens ist? Bist du jemals einem Menschen begegnet, dem die Seele herausgerissen wurde?"

„Die Seele herausreißen, das ist nur eine Redensart", erklärte Woodley. „Nach all den Jahren weiß immer noch niemand genau, ob wir nun eine Seele haben oder nicht."

„Aber ich habe einmal eine gesehen. Ich habe Dogwood gesehen, als er entzweiging. Da war etwas Merkwürdiges. Es wirkte feucht und irgendwie klebrig, als ob es bluten würde, und es floß aus ihm heraus — und weißt du, was sie mit Dogwood gemacht haben? Sie schafften ihn fort, hinauf in den Teil des Krankenhauses, den du und ich niemals betreten dürfen — hinauf in die oberen Stockwerke, wo die anderen sind, wo die anderen immer hingebracht werden, wenn sie noch leben, nachdem die Ratten im Auf-und-Hinaus sie erwischt haben."

Woodley setzte sich und entzündete eine antike Pfeife. Darin verbrannte er etwas, das man als Tabak bezeichnete. Es war eine schmutzige Angewohnheit, aber die Pfeife ließ ihn sehr schneidig und verwegen aussehen.

„Hör mir einmal gut zu, Kleiner. Wegen diesem Zeug solltest du dir keine Gedanken machen. Das Lichtstechen wird laufend verbessert. Die Partner werden immer tüchtiger. Ich habe miterlebt, wie sie einmal binnen anderthalb Millisekunden zwei Ratten lichtgestochen haben, die vierundsechzig Millionen Meilen voneinander entfernt gewesen waren. Solange die Menschen gezwungen waren, die Stechgeräte allein zu bedienen, bestand immer das Risiko, daß wegen des Minimums von vierhundert Millisekunden, die der menschliche Geist zur Bündelung eines Stechlichtes benötigte, die Ratten nicht schnell genug gestochen werden konn-

ten, um unsere Planoformschiffe zu retten. Die Partner haben das geändert. Wenn sie es einmal können, dann sind sie schneller als die Ratten. Und sie werden es immer bleiben. Ich weiß, daß es nicht leicht ist, sein Bewußtsein mit einem Partner zu teilen ..."
„Für sie ist es verständlicherweise ebenfalls nicht leicht", warf Underhill ein.
„Mach dir ihretwegen keine Gedanken. Sie sind keine Menschen. Sie können selbst auf sich achtgeben. Ich habe mehr Lichtstecher gesehen, die verrückt wurden, weil sie sich zuviel um ihre Partner kümmerten, als solche, die von den Ratten erwischt wurden. Von wievielen weißt du eigentlich genau, daß sie in die Fänge der Ratten fielen?"
Underhill blickte auf seine Finger, die in dem durchdringenden Licht des eingeschalteten Stechgerätes grün und purpurn schimmerten, und zählte die verlorengegangenen Schiffe daran ab. Der Daumen für die *Andromeda,* verschollen samt Besatzung und Passagiere, Zeige- und Mittelfinger für die *Bergungsschiffe 43* und *56,* die man mit ausgebrannten Stechgeräten gefunden hatte, und jeder Mann, jede Frau und jedes Kind an Bord war tot oder verrückt gewesen. Der Ringfinger, der kleine Finger und der Daumen der anderen Hand standen für die ersten drei Schlachtschiffe, die man an die Ratten verloren hatte — bevor die Menschen erkannten, daß es dort draußen etwas gab, *unter dem Raum selbst,* etwas Lebendiges, Unberechenbares und Bösartiges.
Planoformen war irgendwie vergnüglich. Es war wie ...
Eigentlich wie nichts.
Wie das Prickeln eines milden elektrischen Schlages.
Wie der Schmerz in einem hohlen Zahn, wenn man ihn zum erstenmal durchbeißt.
Wie ein zart quälender Lichtblitz, der das Auge trifft.
Trotzdem verschwand in diesem Moment ein vierzigtausend Tonnen schweres Schiff nach dem Start von der Erde auf irgendeine Weise in zwei Dimensionen und tauchte in einer Entfernung von einem halben Lichtjahr oder von fünfzig Lichtjahren wieder auf.

Eines Tages würde er im Kampfraum sitzen, während das Stechgerät einsatzbereit war und das vertraute Sonnensystem in seinem Kopf tickte. Für eine Sekunde oder ein Jahr (niemals wußte er, wie lange es — subjektiv — wirklich war) durchzuckte ihn der sonderbare kleine Blitz, und dann war er allein im Auf-und-Hinaus, den schrecklichen leeren Räumen zwischen den Sternen, wo die Sterne selbst für sein telepathisches Bewußtsein wie Pikkel und die Planeten zu weit entfernt, um gefühlt oder gelesen zu werden.

Irgendwo in diesem äußeren Raum erwarteten ihn ein grausiger Tod und ein Schrecken, von einer Art, den der Mensch nicht gekannt hatte, bevor er hinausgriff nach dem interstellaren Weltraum selbst. Offensichtlich hielt das Licht der Sonnen die Drachen fern.

Drachen.

Diesen Namen hatten ihnen die Menschen verliehen. Für normale Menschen gab es dort nichts, nichts bis auf das Zittern des Planoformens und der Hammerschlag des plötzlichen Todes oder die düsteren Krämpfe, mit denen der Wahnsinn in die Gedanken einzog.

Aber für die Telepathen waren es Drachen.

In dem Sekundenbruchteil zwischen der Erkenntnis der Telepathen, daß es dort draußen in der schwarzen, hohlen Leere des Weltraums ein feindseliges Etwas gab, und der Wucht eines blindwütigen, vernichtenden psychischen Schlages gegen alles Lebende im Innern des Schiffes, hatten die Telepathen Wesen gespürt, die den Drachen der uralten Menschheitslegenden entsprachen — Bestien, die raffinierter waren als Bestien, Dämonen, die greifbarer waren als Dämonen, hungrige Strudel aus Lebenskraft und Haß, aus unbekannten Gründen aus dem dünnen, spärlichen Staub zwischen den Sternen entstanden.

Es mußte erst ein Schiff zurückkehren, um diese Neuigkeit zu verbreiten — ein Schiff, in dem durch puren Zufall ein Telepath einen Lichtstrahl gebündelt hatte und hinaus in den harmlosen Staub richtete, so daß im Panorama seines Bewußtseins der Drache zu absolutem Nichts zerfiel, und die anderen Passagiere, die nicht telepathisch begabt waren, setzten ihre Reise fort, ohne zu erkennen, daß sie einem plötzlichen Tod entgangen waren.

Von da an war es einfach — fast einfach.

Planoformschiffe führten jetzt immer Telepathen mit. Die Telepathen hatten durch die Stechgeräte ihre Sensitivität auf einen ungeheuer großen Bereich ausgedehnt; die Stechgeräte waren telepathische Verstärker, die auf das Bewußtsein von Säugetieren abgestimmt waren. Die Stechgeräte ihrerseits waren elektronisch mit kleinen lenkbaren Lichtbomben gekoppelt. Licht war die Lösung.

Licht ließ die Drachen zerbersten, ermöglichte es den Schiffen, in ihren dreidimensionalen Zustand zurückzukehren, während sie sprangen, sprangen, sprangen, von einem Stern zum anderen.

Plötzlich verringerte sich damit die Risikoquote von hundert zu eins gegen die Menschheit auf sechzig zu vierzig für die Menschheit.

Noch reichte dies nicht aus.

Die Telepathen wurden auf ultrahohe Sensitivität und auf die Wahrnehmung eines Drachen in weniger als eine Millisekunde trainiert.

Aber man fand heraus, daß die Drachen eine Million Meilen in weniger als zwei Millisekunden zurücklegen konnten, und diese Spanne war zu kurz für den menschlichen Verstand, um rechtzeitig die Lichtstrahlen zu aktivieren.

Es wurden Versuche gemacht, die Schiffe den ganzen Flug über in einen Lichtmantel zu hüllen.

Bald versagte diese Verteidigungseinrichtung.

Wie die Menschheit die Drachen kennenlernte, so lernten offensichtlich die Drachen auch die Menschheit kennen. Jedenfalls gelang es ihnen irgendwie, ihre Gestalt abzuplatten und sich auf extrem flachen Flugbahnen mit großer Geschwindigkeit zu nähern.

Intensives Licht war nötig, Licht von sonnengleicher Stärke. Dies konnte nur durch die Lichtbomben erzeugt werden. So entstand das Lichtstechen.

Lichtstechen bestand in der Detonation ultraheller miniaturisierter photonuklearer Bomben, die einige Unzen eines Magnesiumisotops in reine sichtbare Strahlung umwandelten.
Die Risikoquoten sanken weiter zugunsten der Menschheit, obwohl noch immer Schiffe verlorengingen.
Es wurde so schlimm, daß man nicht einmal mehr die Schiffe suchen mochte, weil die Rettungsmannschaften wußten, was sie erwartete. Es war traurig, dreihundert Leichname zurück zur Erde zu bringen, nur um sie dort zu begraben, und weitere zwei- oder dreihundert Verrückte, die man nicht mehr heilen, sondern nur noch wecken und füttern und säubern und zu Bett bringen und wieder wecken und füttern konnte, bis ans Lebensende.
Telepathen versuchten in das Bewußtsein der Psychotiker einzudringen, die von den Drachen geschädigt worden waren, aber sie stießen nur auf hochschießende Säulen aus grimmigem Entsetzen, das aus dem Ur-Ich selbst hervorbrach, der vulkanischen Quelle des Lebens.
Dann erschienen die Partner.
Zusammen gelang es den Menschen und den Partnern das, was den Menschen allein verwehrt blieb. Die Menschen besaßen den Verstand. Die Partner die Schnelligkeit.
Die Partner reisten in ihren winzigen Fahrzeugen, die nicht größer als ein Fußball waren, neben den Raumschiffen her. Sie planoformten mit den Schiffen. Sie umkreisten sie mit ihren sechs Pfund schweren Kapseln und waren zum Angriff bereit.
Die winzigen Schiffe der Partner waren flink. Jedes trug ein Dutzend Stechlichter, Bomben von der Größe eines Fingerhutes.
Die Lichtstecher warfen die Partner — warfen sie im buchstäblichen Sinne — mit Hilfe von telepathischen Abschuß-Relais den Drachen entgegen.
Was dem menschlichen Verstand als Drache erschien, zeigte sich im Bewußtsein der Partner als ungeheure Ratte.
Draußen in der gnadenlosen Leere des Weltraums folgte das Bewußtsein der Partner einem Instinkt, der so alt wie das Leben war. Die Partner griffen an, mit einer Geschwindigkeit, die weit größer war als die der Menschen, reihten Angriff an Angriff, bis

die Ratten oder sie selbst vernichtet waren. Fast immer blieben die Partner Sieger in der Auseinandersetzung.
Mit der zunehmenden Sicherheit, mit der die Schiffe durch den interstellaren Raum sprangen, sprangen, sprangen, von einem Stern zum anderen, verstärkte sich der rege und zunehmende Handel in unglaublichem Ausmaß, wuchsen die Bevölkerungszahlen auf allen Kolonien, und die Nachfrage nach ausgebildeten Partnern stieg.
Underhill und Woodley gehörten der dritten Generation Lichtstecher an, und trotzdem erschien es ihnen, als hätte es ihr Handwerk schon immer gegeben.
Die Verzahnung des Geistes und des Weltraums durch die Stechgeräte, dann noch die Verbindung mit dem Bewußtsein der Partner, die Anpassung des Geistes an die Spannung eines Kampfes, von dem alles abhing — das war mehr, als die menschlichen Synapsen auf die Dauer aushalten konnten. Underhill benötigte seine zweimonatige Erholungspause nach einer halben Stunde Kampf. Woodley benötigte seine Pensionierung nach zehn Jahren Dienst. Sie waren jung. Sie waren tüchtig. Aber sie kannten ihre Grenzen.
So viel hing von der Wahl der Partner ab, so viel von dem Zufall, der bestimmte, wer wen zog.

Das Mischen

Vater Mondbaum und das kleine Mädchen namens West betraten den Raum. Sie waren die anderen beiden Lichtstecher. Die menschliche Besatzung des Kampfraumes war nun komplett.
Vater Mondbaum war ein rotgesichtiger Mann von fünfundvierzig, der das friedliche Leben eines Farmers gelebt hatte, bis er schließlich das vierzigste Lebensjahr erreichte. Erst dann, sehr spät also, fanden die Behörden heraus, daß er Telepath war und erteilten ihm trotz seines hohen Alters die Genehmigung, die Laufbahn eines Lichtstechers einzuschlagen. Er verstand sein Geschäft, aber er war wirklich unglaublich alt für diese Art Arbeit.

Vater Mondbaum musterte den mürrischen Woodley und den in Gedanken versunkenen Underhill. „Na, wie geht's unserem hoffnungsvollen Nachwuchs heute? Seid ihr bereit für einen hübschen Kampf?"

„Vater denkt nur ans Kämpfen", kicherte das kleine Mädchen namens West. Sie war wirklich ein winzigkleines Mädchen. Ihr Kichern klang hoch und kindlich. Niemand, der sie sah, kam auf den Gedanken, daß ausgerechnet sie an einem rauhen, scharfen Lichtstech-Duell teilnehmen würde.

Underhill hatte eines Tages vergnügt festgestellt, daß einer der faulsten Partner glücklich gewesen war, nachdem er Kontakt mit dem Bewußtsein des Mädchens namens West gehabt hatte.

Gewöhnlich war es den Partnern gleich, mit welchem menschlichen Verstand sie für die Reise gekoppelt wurden. Die Partner schienen zu glauben, daß jeder menschliche Geist so komplex und verworren war, daß es schon keine Rolle mehr spielte. Niemals hatte ein Partner die Überlegenheit des menschlichen Geistes in Frage gestellt, obwohl nur sehr wenige Partner sich von dieser Überlegenheit beeindrucken ließen.

Die Partner mochten die Menschen. Sie waren bereit, mit ihnen zu kämpfen. Sie waren sogar bereit, für sie zu sterben. Aber wenn ein Partner einen bestimmten Menschen mochte, auf eine Art, wie zum Beispiel Kapitän Wow oder die Lady May Underhill mochten, dann hatte diese Zuneigung nichts mit dem Intellekt zu tun. Es war eine Sache des Temperaments, des Gefühls.

Underhill wußte sehr gut, daß Kapitän Wow sein, Underhills, Gehirn für beschränkt hielt. Was Kapitän Wow gefiel, das war Underhills freundliche emotionelle Struktur, die Fröhlichkeit und das Glitzern schalkhaften Vergnügens, das durch Underhills unterbewußte Gedankenmuster schoß, und die Unbekümmertheit, mit der Underhill der Gefahr ins Auge sah. Die Worte, die Geschichtsbücher, die Ideen, die Wissenschaft — Underhill fühlte in seinem Geist, der sich im Geist von Kapitän Wow spiegelte, daß all diese Dinge völliger Unsinn waren.

West sah Underhill an. „Ich wette, du hast die Würfel mit Leim bestrichen."

„Das habe ich nicht!"
Underhill spürte, wie er vor Verlegenheit rote Ohren bekam. Während seiner Lehrzeit hatte er einmal versucht, bei der Auslosung zu schwindeln, weil er sich zu einem bestimmten Partner besonders hingezogen fühlte, einer lieblichen jungen Mutter namens Murr. Es war so viel einfacher, mit Murr zusammenzuarbeiten, und sie war so zärtlich zu ihm, daß er vergaß, was für eine harte Arbeit Lichtstechen war und daß man nicht von ihm erwartete, mit seinem Partner eine schöne Zeit zu verleben. Sie beide waren ausgewählt und vorbereitet, gemeinsam in eine tödliche Schlacht zu ziehen.
Einmal schwindeln war eigentlich genug gewesen. Man hatte ihn dabei erwischt und noch nach vielen Jahren über ihn gelacht.
Vater Mondbaum griff nach dem Kunstlederbecher und schüttelte die steinernen Würfel durcheinander, die ihnen ihre Partner für die Reise zuweisen würden. Das Recht des Ältesten gestattete ihm den ersten Wurf.
Er schnitt eine Grimasse. Er hatte einen gierigen alten Kerl gewürfelt, einen streitsüchtigen verbiesterten Partner, dessen Verstand voller sabbernder Gedanken ans Essen war, vorzugsweise ganze Ozeane voller halbverdorbener Fische. Vater Mondbaum hatte einmal erzählt, daß er noch wochenlang nach der Zusammenarbeit mit diesem einzigartigen Vielfraß den Geschmack von Lebertran im Mund nicht losgeworden war, so stark hatte sich ihm das telepathische Bild der Fische eingeprägt. Doch dieser Vielfraß gierte nach Gefahren ebenso sehr wie nach Fisch. Er hatte dreiundsechzig Drachen getötet, mehr als jeder andere Partner in ihren Diensten, und er war buchstäblich sein Gewicht in Gold wert.
Das kleine Mädchen namens West war die nächste. Sie warf Kapitän Wow. Als sie sah, wen sie bekommen hatte, begann sie selig zu lächeln.
„Ich *mag* ihn", erklärte sie. „Es macht so viel Spaß, mit ihm zu kämpfen. Er fühlt sich in meinem Geist so hübsch und kuschelig an."

„Kuschelig? Daß ich nicht lache!" sagte Woodley. „Ich war ebenfalls in seinem Geist. Er ist der lüsternste Kerl auf diesem Schiff, und das mit Abstand."

„Du Ekel", wies ihn das kleine Mädchen zurecht. Es klang nur wie eine Feststellung, nicht wie ein Vorwurf.

Underhill sah sie an und fröstelte.

Er verstand nicht, wie sie Kapitän Wow so gelassen hinnehmen konnte. Kapitän Wows Geist *war* lüstern. Wenn Kapitän Wow mitten im Kampfgetümmel von Vergnügen überwältigt wurde, dann wirbelten in seinem Bewußtsein Bilder von Drachen, tödlichen Ratten und zerwühlten Betten, der Geruch von Fisch wild durcheinander, so daß sein eigener Geist und der von Kapitän Wow, verbunden durch das Stechgerät, sich in eine fantastische Mischung aus den Gedanken eines Menschen und einer Angorakatze verwandelten.

Dies war das Problem, wenn man mit Katzen zusammenarbeitete, dachte Underhill. Es war eine Schande, daß niemand sonst als Partner geeignet war. Mit Katzen kam man gut zurecht, sobald man telepathisch Kontakt mit ihnen aufgenommen hatte. Sie waren geschickt genug, um den Anforderungen des Fluges gerecht zu werden, aber ihre Antriebe und Wünsche unterschieden sich zweifellos von denen der Menschen.

Sie waren umgänglich, solange man nur greifbare Bilder zu ihnen dachte, aber ihr Bewußtsein kapselte sich sofort ab und begann zu dösen, wenn man Shakespeare oder Colegrove rezitierte oder wenn man ihnen zu erklären versuchte, was der Weltraum war.

Es war eine verrückte Vorstellung, wenn man daran dachte, wie grimmig und umsichtig die Partner hier draußen im All kämpften und daß sie dieselben niedlichen kleinen Tiere sein sollten, die auf der Erde seit Tausenden von Jahren als Haustiere gehalten wurden. Er hatte sich schon mehr als einmal blamiert, indem er auf der Erde ganz gewöhnliche, nichttelepathische Katzen gegrüßt hatte, weil ihm in dem Moment entfallen war, daß sie nicht zu den Partnern gehörten.

Er griff nach dem Becher und würfelte.

Er hatte Glück — hatte die Lady May geworfen.

Die Lady May war die klügste Partnerin, der er jemals begegnet war. In ihr hatte der Geist einer reinrassigen Angorakatze die höchste Entwicklungsstufe erreicht. Sie war komplizierter als jede menschliche Frau, aber ihre Kompliziertheit beruhte allein auf Gefühl, Erinnerung, Hoffnung und zahllosen Erfahrungen — Erfahrungen, die ohne die Hilfe von Worten verarbeitet worden waren.

Als er zum erstenmal mit ihrem Bewußtsein Kontakt aufgenommen hatte, war er bestürzt über seine Schärfe gewesen. Mit ihr zusammen erinnerte er sich an ihre Kätzchenzeit. Er erinnerte sich an jedes Paarungserlebnis, das sie jemals gehabt hatte. Er sah in einer halb verschwommenen erkennbaren Galerie all die anderen Lichtstecher, mit denen sie schon für einen Kampf zusammengekoppelt gewesen war. Und er sah sich selbst als strahlenden, fröhlichen und begehrenswerten Menschen.

Er glaubte sogar, einen Hauch erotischen Verlangens bemerkt zu haben ...

Einen sehr schmeichelhaften und sehnsuchtsvollen Gedanken: *Was für eine Schande, daß er kein Kater ist.*

Woodley würfelte mit dem letzten Stein. Er bekam, was er verdiente — einen mürrischen, narbenübersäten alten Kater, der nichts von dem Feuer des Kapitän Wow an sich hatte. Woodleys Partner war von allen Katzen an Bord des Schiffes der tierischste Charakter, ein stumpfsinniger, viehischer Typ mit einem trägen Geist. Nicht einmal die Telepathie hatte seinen Charakter verfeinert. Seine Ohren waren zerzaust von den ersten Kämpfen, die er bestanden hatte. Er war ein passabler Kämpfer, mehr aber nicht.

Woodley grunzte.

Underhill musterte ihn mit einem eigentümlichen Blick. Gab Woodley eigentlich nie etwas anderes als dieses Gegrunze von sich?

Vater Mondbaum sah die anderen drei an. „Ihr könnt euch ebensogut schon jetzt zu euren Partnern begeben. Ich sage dem Go-Kapitän Bescheid, daß wir fertig sind für den Start ins Auf-und-Hinaus."

Das Geben

Underhill drehte das Kombinationsschloß von Lady Mays Käfig. Behutsam weckte er sie und nahm sie auf den Arm. Sie buckelte behaglich, streckte ihre Krallen aus, begann zu schnurren, besann sich dann eines Besseren und leckte ihm statt dessen über das Handgelenk. Er hatte das Stechgerät noch nicht eingeschaltet, so daß ihre Gedanken einander noch nicht berührten, aber an der Stellung ihrer Schnurrhaare und den Bewegungen ihrer Ohren erkannte er, wie zufrieden sie war, ihn als Partner zu bekommen.

Er sprach auf sie ein, obwohl die Worte einer Katze nichts bedeuteten, solange das Stechgerät noch nicht eingeschaltet war. „Es ist eine verdammte Schande, ein so süßes kleines Ding wie dich hinaus in die Kälte des Nichts zu schleudern und auf Ratten zu hetzen, die nachweisbar größer und mörderischer sind als wir alle zusammen. Du hast nicht um diese Art Kampf gebeten, nicht wahr?"

Als Antwort leckte sie ihm die Hand, schnurrte und kitzelte seine Wange mit ihrem langen flauschigen Schwanz.

Für einen Moment trafen sich ihre Blicke, der Mann in der Hocke, die Katze auf den Hinterbeinen aufgerichtet, während sich die Krallen ihrer Vordertatzen in sein Knie gruben. Menschenaugen und Katzenaugen schauten über eine Unendlichkeit, die von keinen Worten, aber von einem einzigen liebevollen Blick überwunden werden konnte.

„Es wird Zeit, daß wir hineingehen", sagte er.

Folgsam lief sie zu ihrer sphäroiden Kapsel und kletterte hinein. Er sorgte dafür, daß ihr Miniatur-Stechgerät fest und bequem an der Unterseite ihres Gehirns saß und daß ihre Krallen gepolstert waren, damit sie sich nicht in der Aufregung der Schlacht selbst verletzen konnte.

„Fertig?" fragte er sie leise.

Als Antwort krümmte sie ihren Rücken, so gut es ihr Harnisch erlaubte, und schnurrte weich im Innern des Rahmens, der sie hielt.

Er ließ die Luke zuschnappen und beobachtete, wie das Dichtungsmittel austrat und die Fugen verschloß. Für einige Stunden war sie jetzt in ihrem Projektil eingeschweißt, bis ein Arbeiter mit einem Schneidbogen sie befreien würde, nachdem sie ihre Pflicht erfüllt hatte.
Er hob das ganze Projektil hoch und schob es in die Katapultröhre. Er schloß das Röhrenschott und drehte an dem Kombinationsschloß, glitt dann in seinen Sitz und legte sein eigenes Stechgerät an.
Wieder einmal betätigte er den Schalter.
Er saß in einem kleinen Raum, der war *klein* und *klein* und *warm* und *warm*, die Körper dreier anderer Menschen bewegten sich ganz in seiner Nähe, das spürbare Licht der Deckenlampe lastete grell und schwer auf seinen geschlossenen Augenlidern.
Als sich das Stechgerät erwärmt hatte, löste sich der Raum auf. Die anderen Menschen hörten auf, Menschen zu sein und wurden zu kleinen glühenden Feuerhäufchen, zu glosenden Kohlen, dunkelrotem Feuer, und das Bewußtsein, noch immer zu leben, glomm nur noch wie verglühende alte Holzkohle in einem ländlichen Kamin.
Als das Stechgerät sich weiter erwärmte, fühlte er die Erde dicht unter sich, fühlte, wie das Schiff davonglitt, fühlte den rotierenden Mond, wie er über die andere Seite der Welt kreiste, fühlte die Planeten und die heiße, klare Güte der Sonne, die die Sachen so weit von der Heimat der Menschen fernhielt.
Schließlich erreichte er die volle Höhe des Bewußtseins.
Seine telepathischen Fähigkeiten besaßen eine Reichweite von mehreren Millionen Meilen. Er spürte den Staub, den er schon zuvor hoch über der Ekliptik bemerkt hatte. Wie einen Schauer aus Wärme und Zärtlichkeit durchdrang ihn das Bewußtsein der Lady May. Ihr Bewußtsein war so sanft und klar und trotzdem scharf für den Geschmack seines Geistes wie parfümiertes Öl. Es schenkte ihm Ruhe und Sicherheit. Er spürte, wie sie ihn willkommen hieß. Es war weniger ein Gedanke, sondern nur ein rohes Gefühl der Begrüßung.
Dann waren sie wieder eins.

In einem winzigen fernen Winkel seines Bewußtseins, so winzig wie das kleinste Spielzeug, das er in seiner Kindheit besessen hatte, registrierte er noch immer den Raum und das Schiff, und er spürte, wie Vater Mondbaum den Telefonhörer abnahm und zu dem Go-Kapitän sprach, der für die Sicherheit des Schiffes verantwortlich war.
Sein telepathisches Bewußtsein verstand den Inhalt, lange bevor seine Ohren die Worte auffingen. Der Klang folgte dem Inhalt wie der Donner an einem Meeresstrand dem Blitz weit draußen auf hoher See.
„Im Kampfraum ist alles bereit. Alles klar zum Planoformen, Sir."

Das Spiel

Underhill war jedesmal ein wenig verblüfft, wenn Lady May ein Ereignis vor ihm wahrnahm. —
Er bereitete sich vor auf den schnellen sauren Schauder des Planoformens, doch er fing ihren Bericht auf, noch bevor sein eigenes Nervensystem registrierte, was geschah.
Die Erde war so weit zurückgefallen, daß er mehrere Millisekunden herumtasten mußte, bevor er die Sonne in der oberen hinteren rechten Ecke seines telepathischen Bewußtseins wiederentdeckte.
Dies war ein guter Sprung, dachte er. *Auf diese Weise schaffen wir es in vier oder fünf weiteren Etappen.*
Einige hundert Meilen vom Schiff entfernt, übermittelte ihm die Lady May telepathisch: „Oh warmherziger, oh großzügiger, oh riesiger Mensch! Oh mutiger, oh freundlicher, oh sanfter und zärtlicher Partner! Oh wie wundervoll ist es mit dir, so schön, schön, schön, warm, warm, jetzt kämpfen, jetzt fahren, so schön mit dir ..."
Er wußte, daß sie ihm keine Worte telepathierte, daß sein Geist das klare, liebenswerte Geplapper ihres Katzenverstandes aufnahm und es in Bilder übersetzte, die sein eigenes Denken aufnehmen und verstehen konnte.

Keiner von ihnen war aber nur mit dem Spiel der gegenseitigen Begrüßung beschäftigt. Er griff weit über ihren Wahrnehmungsbereich hinaus und kontrollierte, ob sich irgend etwas in der Nähe des Schiffes befand. Es war vergnüglich, zwei verschiedene Dinge zur gleichen Zeit tun zu können. Er konnte den Weltraum mit seinem Lichtstecherbewußtsein beobachten und trotzdem im gleichen Moment einen ihrer vagabundierenden Gedanken auffangen, einen lieblichen, freundlichen Gedanken über einen ihrer Söhne, der ein goldenes Gesicht und auf der Brust einen weichen, unvorstellbaren flauschigen weißen Pelz gehabt hatte.
Während er noch immer suchte, fing er ihre Warnung auf.
Wir springen wieder!
Und so geschah es. Das Schiff hatte zu einem zweiten Planoform angesetzt. Andere Sterne umgaben sie. Die Sonne lag unermeßlich weit hinter ihnen. Selbst die nächstliegenden Sterne waren kaum zu kontaktieren. Dies war ein gutes Drachengebiet, diese offene, schmutzige, hohle Leere des Raums. Er tastete weiter hinaus, hastiger, spürte und fühlte nach Gefahr, war bereit, die Lady May beim ersten Anzeichen einer Bedrohung loszuschikken.
Entsetzen loderte in seinem Bewußtsein auf, so scharf, so klar, daß er ihn als physischen Schmerz registrieren konnte.
Das kleine Mädchen namens West war auf etwas gestoßen — auf etwas Großes, Langes, Schwarzes, Beißendes, Gieriges, Schreckliches. Sie warf Kapitän Wow dem Etwas entgegen.
Underhill versuchte, seine Gedanken zu beruhigen. „Seid vorsichtig!" rief er telepathisch den anderen zu, während er versuchte, die Lady May herumzudrehen.
In einem Winkel des Schlachtfeldes fühlte er den lustvollen Zorn von Kapitän Wow, als der große Angorakater Lichtbomben detonieren ließ und sich dem Staubstreifen näherte, der das Schiff und die Menschen darin bedrohte.
Die Lichtbomben verfehlten ihr Ziel um Haaresbreite.
Der Staubstreifen verflachte sich, veränderte seine Gestalt von der eines Stechrochens in die eines Speeres.
Noch waren keine drei Millisekunden verstrichen.

Vater Mondbaum sprach menschliche Worte und sagte mit einer Stimme, die zäh dahinfloß wie kaltes Gelee aus einem schweren Krug: „K-a-p-i-t-ä-n." Underhill wußte, daß der ganze Satz „Kapitän, machen Sie schneller!" lauten sollte.

Die Schlacht würde geschlagen und zu Ende sein, bevor Vater Mondbaum seinen Satz beenden konnte.

Jetzt, Bruchteile einer Millisekunde später, war die Lady May genau in Position.

In solchen Augenblicken bewährte sich die Geschicklichkeit und Flinkheit der Partner. Sie konnte schneller als er reagieren. Sie nahm die Bedrohung als riesige Ratte wahr, die direkt auf sie zukam.

Sie konnte die Lichtbomben mit einer Zielsicherheit abfeuern, die er vermutlich niemals erreichen würde. Er war mit ihrem Bewußtsein gekoppelt, ohne ihr jedoch folgen zu können.

Der fremdartige Gegner riß eine klaffende Wunde in seine Gedanken. Es war keine Art Wunde, die man von der Erde her kannte — sie war ein roher, verrückter Schmerz, der als Brennen in seinem Nabel begann. Er begann sich in seinem Sitz zu winden.

In Wirklichkeit hatte er noch keine Zeit gehabt, einen Muskel zu bewegen, als die Lady May ihren Feind angriff.

Fünf gleichzeitig abgeschossene photonukleare Bomben verglühten in einer Entfernung von hunderttausend Meilen.

Der Schmerz in seinem Bewußtsein und in seinem Körper verschwand.

Er empfand einen Augenblick lang die wilde, schreckliche, ungezähmte Begeisterung in den Gedanken der Lady May, als sie den Feind getötet hatte. Es war für die Katzen jedesmal eine Enttäuschung, wenn sie miterlebten, wie ihre Feinde in der Sekunde ihrer Vernichtung verschwanden.

Dann fühlte er ihren Schmerz, ihre Qual und ihre Furcht, die dann auch ihn übermannte, während die Schlacht, die nicht länger gedauert hatte als ein Zwinkern, schon vorbei war. Im selben Moment bohrte sich in sie der scharfe und ätzende Stich des Planoformens.

Erneut hatte das Schiff zum Sprung angesetzt.

Er hörte Woodleys telepathische Mitteilung, „Ihr braucht euch jetzt nicht mehr darum zu kümmern. Der alte Haudegen und ich werden jetzt für eine Weile übernehmen."
Zweimal noch der Stich, der Sprung.
Er wußte nicht, wo er sich befand, bis unter ihm die Lichter des Raumhafens von Caledonia aufglommen.
Mit einer Müdigkeit, die fast außerhalb des Vorstellungsvermögens lag, brachte er seinen Geist wieder in Kontakt mit dem Stechgerät und dirigierte das Projektil mit der Lady May vorsichtig und präzise in die Katapultröhre zurück.
Sie war halb tot vor Erschöpfung, aber er konnte ihren Herzschlag wahrnehmen, ihr Keuchen hören und er empfing den Hauch eines frohen „Dankeschön", das von ihrem Bewußtsein in seine Gedanken wehte.

Das Zählen

Sie brachten ihn ins Krankenhaus von Caledonia.
Der Arzt war freundlich, aber bestimmt. „Dieser Drache hat Sie tatsächlich gestreift. Wie Sie ist noch niemand so knapp mit dem Leben davongekommen. Es ging alles so wahnsinnig schnell, daß es noch lange dauern wird, bis wir den Vorfall wissenschaftlich geklärt haben, aber ich glaube, daß Sie reif für die Psychiatrie wären, hätte der Kontakt auch nur einige Zehntel einer Millisekunde länger gedauert. Was für eine Art Katze hatten Sie denn vor sich?"
Underhill spürte, wie die Worte langsam aus ihm herauskamen. Worte waren so lästig im Vergleich mit der Geschwindigkeit und dem Vergnügen der Gedanken, die flink und scharf und klar von einem Bewußtsein zum anderen sprangen! Aber Worte waren alles, mit dem man normale Menschen wie diesen Arzt erreichen konnte.
Sein Mund bewegte sich schwerfällig, als er die Worte formte. „Sagen Sie nicht Katzen zu unseren Partnern. Der richtige Ausdruck für sie ist Partner. Sie kämpfen gemeinsam mit uns. Sie

sollten wissen, daß wir sie Partner und nicht Katzen nennen. Wie geht es meiner Partnerin?"
„Ich weiß es nicht", erwiderte der Arzt verlegen. „Wir können uns für Sie erkundigen. In der Zwischenzeit, mein Freund, tragen Sie es mit Fassung. Nur Ruhe kann Ihnen jetzt helfen. Können Sie von allein einschlafen, oder sollen wir Ihnen ein Sedativ geben?"
„Ich kann einschlafen", erklärte Underhill. „Ich will nur wissen, wie es der Lady May geht."
Die Schwester mischte sich ein. Etwas wie Feindseligkeit ging von ihr aus. „Möchten Sie nicht wissen, wie es den anderen Menschen geht?"
„Mit ihnen ist alles in Ordnung", wies Underhill sie zurecht. „Ich wußte dies schon, bevor man mich hierhin brachte."
Er streckte die Arme aus und seufzte und lächelte sie an. Er erkannte, daß sie erleichtert waren und in ihm allmählich nicht nur einen Patienten, sondern einen Menschen sahen.
„Ich bin in Ordnung", sagte er. „Ich möchte jetzt aber endlich erfahren, wann ich meine Partnerin sehen kann."
Ein Verdacht keimte in ihm auf. Ängstlich starrte er den Arzt an. „Man hat sie doch nicht mit dem Schiff weiterfahren lassen, oder?"
„Ich werde das gleich feststellen lassen", beruhigte ihn der Arzt. Er drückte beruhigend Underhills Schulter und verließ den Raum.
Die Schwester entfernte eine Serviette von einem Krug mit eisgekühltem Fruchtsaft.
Underhill versuchte ihr zuzulächeln. Irgend etwas schien mit dem Mädchen nicht zu stimmen. Er wünschte, sie würde ihn endlich allein lassen. Zu Beginn hatte sie sich bemüht, freundlich zu ihm zu sein, doch jetzt gab sie sich wieder ganz zurückhaltend. *Es ist ein Kreuz, ein Telepath zu sein,* dachte er. *Man versucht immer, sie zu erreichen, auch wenn man keinen Kontakt bekommt.*
Plötzlich drehte sie sich zu ihm um.
„Ihr Lichtstecher! Ihr und eure verdammten Katzen!"
In dem Moment, als sie hinausrauschte, brach er in ihr Bewußtsein ein. Er sah sich selbst als einen strahlenden Helden, bekleidet mit seiner eleganten Wildlederuniform, die Krone des

Stechgerätes gleißte wie ein antikes Diadem auf seinem Kopf. Er sah sein eigenes Gesicht, stattlich und männlich, wie es in ihren Gedanken glühte. Er sah sich in weiter Ferne, und er sah sich, während sie ihn haßte.

Sie haßte ihn in der Abgeschiedenheit ihres eigenen Geistes. Sie haßte ihn, weil er — wie sie glaubte — stolz und fremd und reich war, besser und schöner als Menschen von ihrer Art.

Er kappte die Verbindung zu ihrem Bewußtsein, und als er seinen Kopf im Kissen vergrub, da stieg in ihm ein Bild der Lady May auf.

„Sie ist eine Katze", dachte er. „Das ist alles, was sie ist — eine Katze!"

Aber in seinem Geist, da sah er sie anders — so flink, daß demgegenüber alle Vorstellungen von Schnelligkeit verblaßten, elegant, gewitzt, unglaublich anmutig, wunderschön, wortlos und anspruchslos.

Wo würde er jemals eine Frau finden, die sich mit ihr messen konnte?

1956

Frederik Pohl

Happy Birthday, lieber Jesus

(Happy Birthday, Dear Jesus)

Poul Anderson

Der Mann, der zu früh kam

(The Man Who Came Early)

1956 ...

Das Weltpotential an Atombomben wird auf 50.000 geschätzt; 35.000 davon sind im Besitz der USA. Bertold Brecht, Autor der „Dreigroschenoper" und anderer wichtiger Werke, stirbt in der DDR. Der Bundestag verabschiedet mit Zweidrittelmehrheit eine Wehrergänzung zum Grundgesetz; erste Einheiten der Bundeswehr werden aufgestellt. Elvis Presley singt „Heartbreak Hotel", „Don't Be Cruel" und „Hound Dog" und wird zum Superstar des Rock 'n' Roll. In der Metallindustrie der Bundesrepublik wird die 45-Stunden-Woche eingeführt. Das Oberste Bundesgericht der USA entscheidet, daß die Rassentrennung in amerikanischen Schulen unzulässig ist. Die Folge sind terroristische Aktionen und Krawalle des weißen Mobs in einigen Südstaaten. Die Universität von Alabama exmatrikuliert die Farbige Autherine Lucy unter dem Druck der Rassisten. Kurt Hoffmann dreht in der Bundesrepublik den Film „Ich denke oft an Piroschka", Elia Kazan dreht „Baby Doll" in den USA. In Ungarn kommt es zu antistalinistischen Demonstrationen, aus denen ein Aufstand unter der Führung von Imre Nagy erwächst. Der Aufstand wird von der Sowjetunion niedergeschlagen. Der ägyptische Präsident Nasser enteignet den Suezkanal, um aus den Kanalbenutzungsgebühren den Bau des Assuan-Staudammes zu finanzieren. Helmut Käutner realisiert in der Bundesrepublik den Film „Der Hauptmann von Köpenick". Die Olympischen Sommerspiele finden in Melbourne (Australien) statt. Großbritannien und Frankreich gehen militärisch gegen Ägypten vor. Als die UdSSR ihrerseits droht einzugreifen, wird eine UN-Polizeitruppe in das Krisengebiet entsandt. Die „Andrea Doria", ein italienisches Passagierschiff, sinkt nach einem Zusammenstoß mit dem schwedischen Schiff „Stockholm". Borussia Dortmund wird deutscher Fußballmeister. Auf dem 20. Parteitag der KP der UdSSR greift Chruschtschow scharf den Persönlichkeitskult um Stalin an und setzt damit die Entstalinisierung fort. Außerdem schlägt er eine Politik der „aktiven Koexistenz" mit anderen Ländern vor. Das Bruttomonatseinkommen eines bundesdeutschen Arbeitnehmers: 377,— DM.

Frederik Pohl

Happy Birthday, lieber Jesus

(Happy Birthday, Dear Jesus)

Frederik Pohl ist Jahrgang 1919 und hat im Feld der SF fast alles gemacht, was es zu machen gibt. Er war Fan, Magazinherausgeber, Literarischer Agent, Anthologist und natürlich Autor. Etwa 40 Bücher und über 100 Kurzgeschichten stammen aus seiner Feder. Viele seiner Romane entstanden in Zusammenarbeit mit anderen Autoren, so mit Jack Williamson, Lester del Rey und vor allem C. M. Kornbluth. Titel wie ***„The Space Merchants“*** *(1953,* ***„Eine Handvoll Venus ...“****),* ***„Search The Sky“*** *(1954,* ***„Die Letzte Antwort“****) und* ***„Gladiator at Law“*** *(1955,* ***„Die gläsernen Affen“****), die er zusammen mit Kornbluth schrieb, drückten den fünfziger Jahren ihren Stempel auf, wobei* ***„The Space Merchants“*** *als Meisterwerk und Klassiker des Genres sowie als die bedeutendste sozialkritische SF-Satire gilt. In Pohls Karriere gibt es zwei Höhepunkte: die fünfziger Jahre und die zweite Hälfte der siebziger Jahre mit Romanen wie* ***„Man Plus“*** *(1976,* ***„Der Plus-Mensch“****), der den Nebula, und* ***„Gateway“*** *(1977,* ***„Gateway“****), der Hugo und Nebula gewann. Von seinen Kurzgeschichten wurde die gemeinsam mit Kornbluth geschriebene Story* ***„The Meeting“*** *1973 mit dem Hugo ausgezeichnet. Daneben gab es weitere gute Erzählungen, die meisten zwischen 1954 und 1957 in Magazinen wie* ***„Galaxy“****,* ***„IF“*** *und* ***„The Mag. of F & SF“*** *erschienen:* ***„The Mapmakers“*** *(1955),* ***„The Tunnel Under the World“*** *(1955),* ***„The Census Takers“*** *(1956) und* ***„The Midas***

Plague" *(1954), eine ausgezeichnete Novelle, die für das deutsche Fernsehen verfilmt wurde. Die von uns ausgewählte Story erschien in Pohls Sammelband* ***„Alternating Currents"*** *im Jahr 1956 und zeigt seinen satirischen Biß vielleicht am besten.*

Ein so verrücktes Weihnachten hatte ich tatsächlich noch nie erlebt. Zum Teil war allerdings Heinemann daran schuld — er hatte sich eine neue Geschenkverpackung ausgedacht, die ganz gut aussah, uns aber zunächst einige Kopfschmerzen bereitete. Aber was mich in der Zeit vor Weihnachten wirklich durcheinanderbrachte, war das Mädchen.

Die Personalabteilung schickte es endlich herunter — nachdem ich selbst dreimal hintereinander oben gewesen war und mit der Faust auf den Tisch geschlagen hatte. Wir steckten mitten im Weihnachtsverkauf, und als das Mädchen mir erzählte, daß es sich schon vor *drei Wochen* um die Stelle beworben hätte, ließ ich alles liegen und stehen, ging in mein Büro und rief die Personalabteilung an. „Hier ist Martin", sagte ich. „Was ist eigentlich in euch gefahren? Das Mädchen ist doch wirklich erstklassig geeignet, aber ihr laßt es fast einen Monat lang warten, während ich..."

Crawford, der Leiter der Personalabteilung, unterbrach mich. „Haben Sie sich schon einmal länger mit dem Mädchen unterhalten?" wollte er wissen.

„Nein, aber ..."

„Rufen Sie mich wieder an, wenn Sie es getan haben", empfahl er mir und legte auf.

Ich ging in den Lagerraum zurück, wo das Mädchen geduldig auf meine Rückkehr gewartet hatte, und betrachtete es nachdenklich. Aber mir fiel eigentlich nichts an ihm auf. Die junge Frau — dieser Ausdruck paßte irgendwie besser zu ihr — war blond, hatte strahlend blaue Augen und war nicht sehr groß; sie lächelte auf eine Art und Weise, die sie mir sofort sympathisch machte. Sie war keineswegs eine Illustrierten-Schönheit, aber sie sah wie eine junge Frau aus, deren Bekanntschaft man gern gemacht hätte. Sie war weder vorlaut noch zu schüchtern und insgesamt genau das, was man sich unter einer idealen Mitarbeiterin vorstellt.

Was war also plötzlich in die Personalabteilung gefahren?

Sie hieß Lilymary Hargreave. Ich ließ sie zunächst an einer der

Spritzmaschinen arbeiten, die Geschenkpackungen mit künstlichem Schnee besprühen, während ich selbst meinen Papierkram erledigte. In meiner Abteilung arbeiten auf dem Höhepunkt der Saison einhunderteinundvierzig Leute, aber ich könnte leicht die doppelte Anzahl brauchen. Trotzdem haben sie ihre Arbeit bisher noch immer geschafft. Saul & Capell, das zweitgrößte Kaufhaus in unserer Stadt, beschäftigt einhundertsechzig Leute in der Geschenkabteilung, aber der Umsatz dieser Firma liegt trotzdem mindestens fünfundzwanzig Prozent unter unserem. Und in den vier Jahren, die ich jetzt schon Abteilungsleiter bin, ist es noch nie vorgekommen, daß eine Bestellung nicht rechtzeitig ausgeliefert wurde.

Im Verlauf des Morgens beobachtete ich meine neue Mitarbeiterin unauffällig. Sie besaß eine gute Auffassungsgabe und lernte rasch — sie war viel zu intelligent, um lange an der Maschine zu bleiben. Solche Leute kann ich immer brauchen, deshalb beschloß ich sofort, sie innerhalb einer Woche bei der Geschenkberatung einzusetzen, wenn sie wirklich so gut war, wie sie jetzt wirkte. Und dann konnte die Personalabteilung von mir aus zum Teufel gehen!

Das ganze Haus war gesteckt voll mit Leuten, die in letzter Minute ihre Weihnachtseinkäufe machten. Ich bin vielleicht ein bißchen sentimental veranlagt, aber mir gefällt es einfach, wenn Tausende sich zwischen den Ladentischen drängen, während überall die Lichter auf den Weihnachtsbäumen strahlen und die Lautsprecher *White Christmas, Jingle Bells* und andere schöne alte Weihnachtslieder spielen. Weihnachten bedeutet für mich nicht nur die größten Umsätze des gesamten Jahres; das Fest *bedeutet* mir wirklich etwas.

Miss Hargreave rief mich kurz vor Geschäftsschluß zu sich herüber. Sie sah ziemlich verzweifelt aus und hatte allerdings auch allen Grund dazu. Vor ihr standen ein Rollkarren, der mit Geschenkpackungen gefüllt war, und ein Mann aus der Versandabteilung, der ein böses Gesicht machte. „Tut mir leid, Mr. Martin“, sagte sie, „aber ich habe anscheinend etwas falsch gemacht.“

Der Mann aus der Versandabteilung nickte heftig. „Hier, sehen Sie selbst, Mr. Martin“, sagte er und drückte mir eine Geschenkpackung in die Hand.
Ich sah mir das Ding an. Es war tatsächlich nicht ganz in Ordnung. Heinemann hatte sich dieses Jahr einen besonderen Geschenkanhänger einfallen lassen — eine hübsche Weihnachtsszene mit folgendem Text:

Mit allerbesten Weihnachtswünschen
Von . . . .
An . . . .
8,50 Dollar

Der Preis war natürlich je nach Artikel verschieden. Heinemannhatte vorgeschlagen, der Kunde solle die Karte ausfüllen und sie frühzeitig an den abschicken, für den das Geschenk bestimmt war. Auf diese Art und Weise wußte der Beschenkte wenigstens genau, wieviel er für den ausgeben mußte, von dem er das Geschenk erhalten hatte. Wirklich keine üble Idee, das gebe ich offen zu, und der beste Trick dabei war vielleicht, daß der Preis auf den nächsten halben oder ganzen Dollar aufgerundet wurde, anstatt genau angegeben zu werden. Heinemann behauptete, es zeuge von schlechten Manieren, allzu genau zu sein — und die Kunden flogen geradezu auf seine Idee.
Folglich mußte sie richtig sein. Aber das Dumme daran war, daß die Verpackungsmaschinen nur für einfache Karten eingerichtet waren; der Mann oder die Frau an der Maschine mußte den Preis handschriftlich einsetzen.
„Schon gut, Joe“, sagte ich rasch, „ich kümmere mich selbst darum.“ Als Joe zufrieden nickte und in Richtung Versandabteilung verschwand, wandte ich mich an Miss Hargreave. „Das war mein Fehler“, erklärte ich ihr. „Ich hätte Ihnen alles gründlich zeigen müssen, aber manchmal weiß ich bei dieser ewigen Hetzerei selbst nicht mehr, wo mir der Kopf steht.“
Sie sah niedergeschlagen aus. „Tut mir leid“, sagte sie leise. „Sie haben gar keinen Grund dazu.“ Ich zeigte ihr den Laufzettel an

jeder Packung, den die Versandabteilung zurückbehält, wenn das Paket verschickt oder ausgeliefert wird. „Sie brauchen nur auf die Zettel zu achten; der Preis steht hier unten in der letzten Zeile. Tragen Sie ihn auf der Karte ein und schicken Sie die Packung weiter." Ich warf einen Blick auf meine Uhr. „Wahrscheinlich können Sie heute abend erst später Schluß machen, aber ich werde dafür sorgen, daß Sie die Überstunden bezahlt bekommen. Schließlich war das nicht Ihr Fehler."

„Könnte ich ... könnte ich die Arbeit vielleicht erst morgen machen, Mr. Martin?" fragte sie zögernd. „Ich habe nichts gegen Überstunden, aber ich führe meinem Vater den Haushalt, und wenn ich nicht rechtzeitig nach Hause komme, vergißt er, daß er zu Abend essen muß. Bitte?"

Ich muß wohl die Stirn ein bißchen gerunzelt haben, denn sie beobachtete mich besorgt. Aber schließlich war heute ihr erster Tag. „Denken Sie nicht mehr daran, Miss Hargreave", sagte ich deshalb. „Ich bringe die Sache schon in Ordnung."

Leider stellte sich heraus, daß ich die Sache nur dadurch in Ordnung bringen konnte, daß ich die Anhänger selbst ausfüllte. Als ich endlich damit fertig war, aß ich rasch und ging nach Hause ins Bett. Aber ich machte mir nichts daraus, sondern dachte statt dessen immer wieder an Miss Hargreaves strahlendes Lächeln, als ich ihre Bitte erfüllt hatte.

Ich freute mich auf den nächsten Morgen, weil ich mich darauf freute, Lilymary Hargreave wiederzusehen. Aber dann erwartete mich eine große Enttäuschung — sie war nicht da.

Johnny Furness, mein Stellvertreter, teilte mir mit, daß sie auch nicht angerufen hatte. Ich wandte mich an die Personalabteilung, um ihre Telefonnummer zu erfahren, aber dort wußte kein Mensch, unter welcher Nummer sie zu erreichen war; ich ließ mir ihre Adresse geben, aber im Telefonbuch stand keine Nummer unter diesem Namen. Ich wartete noch bis zur Kaffeepause, setzte dann meinen Hut auf und verließ das Geschäft. Ich war keineswegs persönlich an ihr interessiert, versuchte ich mir einzureden; ich wollte nur verhindern, daß eine so gute Arbeitskraft schon am zweiten Tag unangenehm auffiel. Im Grunde genommen war es sogar meine Pflicht, sie zu Hause zu besuchen und ihr klarzumachen, daß sie es auf diese Weise bei uns nicht weit bringen würde.

Das Haus stand in einer völlig durchschnittlichen Gegend — nicht zu gut, aber auch nicht zu schlecht.

Ich fand die angegebene Adresse und klopfte an die Tür eines Appartements im ersten Stock.

Ein großer hagerer Mann von etwa fünfzig Jahren stand vor mir — Lilymarys Vater, schätzte ich. „Guten Morgen", sagte ich. „Ist Miss Hargreave zu Hause?"

Als er lächelte, blitzten seine Zähne weiß in dem sonnengebräunten Gesicht. „Welche?" fragte er.

„Blond, mittelgroß, blaue Augen. Gibt es mehr als eine?"

„Insgesamt vier, aber Sie meinen Lilymary. Wollen Sie nicht hereinkommen?"

Ich trat über die Schwelle. Eine sechsjährige Ausgabe von Lilymary nahm meinen Hut entgegen und hängte ihn ernst an ein seltsames Bambusgestell, das eine Garderobe sein sollte. „Ich bin Morton Hargreave, Lilys Vater", sagte der hagere Mann. „Sie ist in der Küche."

„George Martin", stellte ich mich vor. Er nickte und ging — vermutlich in die Küche, um seine Tochter zu holen. Ich ließ mich auf der altmodischen Couch im Wohnzimmer nieder. Die Sechsjährige hockte mir gegenüber in einem großen Sessel und paßte genau auf, daß ich keines der Souvenirs vom Kaminsims einsteckte. Überall standen oder hingen Reiseandenken, die meiner Meinung nach von den Südseeinseln stammen mußten, obwohl ich auf diesem Gebiet kein Fachmann bin.

„Das ist der Mann, Lilymary", sagte die Sechsjährige ernst. Ich stand rasch auf.

„Guten Morgen", begrüßte Lilymary Hargreave mich. Ihr Gesicht trug einen besorgten Ausdruck und einen Mehlfleck am Kinn.

„Ich ... äh ... mir ist aufgefallen, daß Sie heute nicht gekommen sind", begann ich etwas unsicher, „und ich ... nun, Sie sind noch nicht lange bei uns, deshalb dachte ich, Sie ..."

„Oh, das tut mir *wirklich* leid, Mr. Martin“, sagte sie. „Hat die Personalabteilung Ihnen nichts von Sonntagen gesagt?“
„Was ist denn mit Sonntagen?“
„Ich muß jeden Sonntag frei haben“, erklärte sie mir höflich. „Mr. Crawford hatte ernste Bedenken, weil das so ungewöhnlich ist, aber ich hätte die Stellung sonst wirklich nicht annehmen können.“
„Sonntags frei?“ wiederholte ich ungläubig. „Aber ... aber, Miss Hargreave, sehen Sie denn nicht, welche Auswirkungen das auf unsere Arbeit hat? An Sonntagen herrscht doch der größte Ansturm! Heinemann & Heinemann ist kein Laden für reiche Leute; unsere Kunden arbeiten an Wochentagen. Wenn wir nicht genügend Personal haben, um sie anständig zu bedienen, wenn sie kommen, enttäuschen wir sie geradezu!“
„Tut mir schrecklich leid, Mr. Martin“, versicherte sie mir.
Die Sechsjährige hatte bereits meinen Hut in der Hand. „Besuchen Sie uns wieder, Mr. Martin“, sagte ihr Vater von der Tür her. „Wir freuen uns, wenn Sie kommen.“
Er begleitete mich hinaus, während Lilymary mir lächelnd zunickte und dann wieder in der Küche verschwand. „Mr. Hargreave“, sagte ich, „können Sie nicht wenigstens ein gutes Wort für mich einlegen, damit Lilymary nachmittags ins Geschäft kommt? Ich spiele nicht gern den überlasteten Boß, aber an Wochenenden während der Hochsaison habe ich immer zu wenig Leute.“
„Hochsaison?“
„Die Saison vor Weihnachten“, erklärte ich. „Wir erreichen fast neunzig Prozent unseres Jahresumsatzes in der Weihnachtszeit — und die Hälfte davon an Wochenenden. Würden Sie so freundlich sein, Lilymary zu fragen?“
Er schüttelte den Kopf. „Sechs Tage hat der Herr gearbeitet“, sagte er, „aber am siebenten Tag hat er geruht. Tut mir leid, Mr. Martin.“
Dann stand ich auf dem Treppenabsatz, während die Tür des Appartements hinter mir höflich, aber unwiderruflich geschlossen wurde.

Verrückte Leute. Ich fuhr mit der Untergrundbahn ins Geschäft zurück und war dabei in recht trübseliger Stimmung. Ich kaufte mir eine Zeitung, las sie aber nicht, denn wenn ich einen Blick darauf warf, sah ich nur das Datum, das mir zeigte, wie weit die Weihnachtssaison schon fortgeschritten war und wie wenig Zeit uns noch blieb, um die gesteckten Ziele zu erreichen und den Vorjahresumsatz zu übertreffen: heute war bereits der achte September.
Miss Lilymary Hargreave würde einiges von mir zu hören bekommen, wenn sie endlich wieder die Freundlichkeit besaß, ihre Arbeit aufzunehmen. Das hatte ich mir fest vorgenommen, aber schließlich kam es doch nicht dazu. Denn am gleichen Abend, als ich die Abrechnungen überprüfte, nachdem alle anderen schon gegangen waren, verliebte ich mich in Lilymary Hargreave.

Das klingt vielleicht ein bißchen komisch. Sie war nicht einmal hier, und ich kannte sie erst seit wenigen Stunden. Wenn ein Mann schon fast dreißig ist, ohne jemals verheiratet gewesen zu sein, hält man ihn für einen schwierigen Fall und kann sich nicht vorstellen, daß er sich plötzlich wie ein Jugendlicher in ein fast unbekanntes Mädchen verknallen könnte. Aber ich hatte es trotzdem getan.
Ich wäre fast noch einmal an ihrem Haus vorbeigefahren. Aber es war schon fast Mitternacht, und wenn sie nicht schon zu Hause im Bett lag, wollte ich gar nichts davon wissen, deshalb fuhr ich selbst nach Hause und ins Bett. Bevor ich einschlief, griff ich unter das Kopfkissen und stellte den Träumer ab; ich hatte eine ganze Sammlung Bänder dafür — ein Luxusmodell mit fünfhundert Träumen, das mir die Firma letztes Jahr zu Weihnachten geschenkt hatte. Auf den Bändern waren Harun al Raschids Haremsdamen und die Favoritinnen von Charles II., ich hatte einen Flug zum Mars, eine Expedition nach Atlantis, den Hauptgewinn im Pferderennen und die Wahl zum König der Welt. Aber ich wollte einen Traum, den es auf keinem Band zu kaufen gab — er hieß Lilymary Hargreave.

Der Montag schien kein Ende nehmen zu wollen. Aber als die Angestellten der Versandabteilung endlich Mäntel anzogen, Hüte aufsetzten, Nasen puderten und Haare kämmten, ging ich geradewegs auf Lilymary Hargreave zu und fragte sie, ob sie mit mir zum Essen ausgehen wolle.

Sie sah mich einen Augenblick lang verblüfft an. Dann lächelte sie ... Aber dieses Lächeln habe ich bereits erwähnt. „Wie nett, daß Sie mich fragen, Mr. Martin", antwortete sie ernsthaft. „Ich freue mich wirklich darüber, aber ich kann leider nicht annehmen."

„Bitte", sagte ich.

„Tut mir leid, aber das geht nicht."

Ich hätte vielleicht eindringlicher gebeten und wäre vielleicht sogar vor ihr auf die Knie gefallen, weil mir die Sache wirklich wichtig war. Aber die übrigen Angestellten waren noch nicht gegangen, und wie hätte es ausgesehen, wenn der Abteilungsleiter vor einer Angestellten in die Knie sinkt? „Das ist zu schade", murmelte ich deshalb nur. Dann wandte ich mich ab und beobachtete noch, daß Lilymary mir mit gerunzelter Stirn nachsah. Ich räumte meinen Schreibtisch hastig auf, stopfte die Rechnungen in irgendeine Schublade und war schon fast am Ausgang, als ich sie hinter mir rufen hörte:

„Mr. Martin, Mr. Martin!"

Sie rannte atemlos auf mich zu. „Tut mir leid, ich wollte nicht so schreien", sagte sie. „Aber ich habe gerade meinen Vater angerufen und ..."

„Ich dachte, Sie hätten kein Telefon", warf ich ein.

Sie runzelte die Stirn. „Doch, im Büro meines Vaters", erklärte sie dann lächelnd. „Jedenfalls habe ich ihn eben angerufen und ... nun, wir würden uns freuen, wenn Sie heute abend bei uns zu Hause essen würden."

Wundervolle Worte! Der nüchterne Raum, in dem wir uns befanden, schien sich in diesem Augenblick in einen zauberhaften Palast verwandelt zu haben. Ich grinste Lilymary dümmlich an und spürte, daß mein Herz gleichzeitig rascher schlug. Ich war so glücklich, daß ich ihr am liebsten um den Hals gefallen wäre, und fühlte mich stark genug, einen Höhlenbären zu erlegen oder das Rauchen aufzugeben oder irgend etwas ähnlich Verrücktes zu tun. Ich hätte vor Freude singen und schreien mögen, aber dann sagte ich nur: „Vielen Dank, ich komme gern.“ Wir gingen zur Untergrundbahn, und obwohl ich mich während der Fahrt mit Lilymary unterhalten haben muß, kann ich mich an kein Wort mehr erinnern. Ich weiß nur, daß sie wie der Engel an der Spitze unseres größten Weihnachtsbaumes aussah.

Das Abendessen war ausgezeichnet und reichlich — und von Lilymary zubereitet, was allein schon genügt hätte. Nachträglich glaube ich fast, daß ich mich damals wie ein Volltrottel benommen habe. Ich saß zwischen Lilymary und ihrer sechsjährigen Schwester; uns gegenüber saßen die Zehnjährige und die Zwölfjährige. Mr. Hargreave war der einzige Mann außer mir. Ich hatte bereits gehört, daß noch zwei oder drei Brüder zu der Familie gehörten, die aber nicht mehr in dem gleichen Haus lebten. Irgendwann mußte es auch eine Mrs. Hargreave gegeben haben, aber von ihr wurde nicht gesprochen, so daß ich annahm, sie sei bereits gestorben. Ich war geradezu überwältigt, denn ich war nicht an die Gesellschaft so vieler und so junger Mädchen gewöhnt.

Lilymary versuchte mich zu unterhalten, aber das war nicht ganz leicht. Die jüngeren Mädchen bekamen immer wieder Lachanfälle, die sie beenden mußte, und machten gelegentlich Bemerkungen — vermutlich über mich — in irgendeinem ausländischen Dialekt, den kein vernünftiger Mensch verstehen konnte. Das war natürlich etwas beunruhigend, denn die Mädchen kicherten nach jedem Satz lauter als zuvor. Deshalb beantwortete ich Lilymarys Fragen nicht sonderlich intelligent.

Aber alles hat einmal ein Ende — sogar ein ausgedehntes Abendessen mit drei kichernden Mädchen. Dann saßen Mr. Hargreave und ich im Wohnzimmer und warteten, bis die drei Mädchen ... abgewaschen hatten? „Mr. Hargreave, soll das heißen, daß die Mädchen das Geschirr *abspülen*?“ erkundigte ich mich verblüfft.

„Selbstverständlich“, antwortete er sofort. „Wie sollte es sonst sauber werden?“

„In einer *Geschirrspülmaschine*, Mr. Hargreave." Ich sah ihn abschätzend an, denn Geschäft ist schließlich Geschäft.
„Schließlich steht jetzt Weihnachten vor der Tür", fuhr ich fort. „Heinemann & Heinemann stellt dieses Jahr besonders Geschirrspülautomaten als das ideale Geschenk heraus, wissen Sie. Wir ..."
Er unterbrach mich gutgelaunt. „Ich habe meine Geschenke bereits, Mr. Martin. Sogar *vier* ausgezeichnete Geschirrspüler."
„Aber, Mr. Hargreave ..."
„Nicht *Mr.* Hargreave." Die Sechsjährige war neben mir aufgetaucht und sah mich mißbilligend an. *„Doktor* Hargreave."
„Corinne!" sagte ihr Vater. „Entschuldigen Sie, Mr. Martin, aber wir sind eben nicht an ... äh ... zivilisierte Sitten gewöhnt. Wir sind zu lange bei den Dyaks gewesen."
Die Mädchen waren jetzt alle ins Wohnzimmer gekommen. Lilymary trug keine Schürze mehr und sah ... unglaublich aus. „Jetzt kommt der unterhaltsame Teil des Abends", verkündete sie fröhlich. „Mr. Martin, möchten Sie Corinne spielen hören?"
In einer Ecke des Wohnzimmers stand ein Konzertflügel. „Ich bin ganz wild auf Klavierstücke", log ich rasch, „aber ..."
Lilymary lachte. „Sie spielt wirklich ausgezeichnet", sagte sie dann wieder ernst, „obwohl ich das in ihrer Anwesenheit eigentlich nicht behaupten dürfte. Aber Sie brauchen ihr nicht zuzuhören, wenn Sie keinen Spaß daran haben. Sollen Gretchen und ich lieber etwas singen?"
Gab es in der ganzen Wohnung wirklich keinen Fernsehapparat? Ich kam mir wie ein Osterhase vor, der den richtigen Tag verschlafen hat und jetzt zu Weihnachten kommt, aber Lilymary sah noch immer unglaublich aus. Deshalb blieb ich geduldig sitzen und hörte zu, wie Lilymary und die Zwölfjährige namens Gretchen Volkslieder sangen, die von der sechsjährigen Corinne am Flügel begleitet wurden. Dann sagte die Zehnjährige, deren Namen ich nicht verstanden hatte, einige Gedichte auf. Als auch das ausgestanden war, sahen sie mich alle erwartungsvoll an.
Ich räusperte mich verlegen. „Oh, Sie brauchen nichts zur Unterhaltung beizutragen, Mr. Martin", sagte Lilymary rasch. „Das ist

so unsere Art, aber wir erwarten keineswegs, daß Fremde sich ihr anpassen!"
Ich wollte natürlich nicht gern zu den „Fremden" zählen, deshalb antwortete ich: „Oh, ich würde gern etwas beisteuern. Ich bin allerdings kein ausgesprochener Alleinunterhalter, aber ..." An dieser Stelle zögerte ich unwillkürlich, denn das stimmte leider nur zu sehr. Ich habe eine geradezu miserable Stimme, und das einzige Instrument, auf dem ich spielen kann, ist selbstverständlich das Fernsehgerät. Aber dann erinnerte ich mich an etwas aus meiner Kindheit.
„Mir ist eben etwas eingefallen", sagte ich begeistert. „Wie wäre es mit einem Gedicht, das zur Jahreszeit paßt — zum Beispiel ‚Der Weihnachtsmann kommt'?"
„Welche Jahreszeit?" fragte Gretchen spöttisch. „*Wir* feiern erst, wenn ..."
Ihr Vater unterbrach sie. „Bitte, fangen Sie an, Mr. Martin", sagte er höflich. „Wir würden uns sehr darüber freuen."

Weihnachten naht, und durch jedes Haus
Eilt geschäftig der wackere Nikolaus.
Schubladen sind gefüllt bis an den Rand
Mit Geschenken, ausgesucht von sorgsamer Hand.
Und die Lichter verkünden allen Menschen dies:
Macht Wunschlisten! Schenkt! Gebt aus den Kies!
Soviel ...

„He!" sagte Gretchen entrüstet. „Daddy, *das* ist doch wirklich nicht ..."
„Pst!" mahnte Dr. Hargreave nur. Er machte selbst kein übermäßig freundliches Gesicht, sagte aber: „Weiter, bitte."
Ich wünschte mir, ich hätte den Mund gehalten. Alle starrten mich so komisch an, nur Lilymary sah angestrengt zu Boden. Aber jetzt konnte ich mich nicht mehr drücken, deshalb rezitierte ich weiter:

Soviel fürs Schlafzimmer, soviel auch für die Küche,
Denkt nur an Mommys Lachen, Daddys Freudenausbrüche!

Komm, Westinghouse! Kommt, Mixmaster und RCA!
Hotpoint, Philco und Sunbeam sind schon lange da!
Stellt euch nur vor, wie Daddys Augen strahlen,
Sieht er Krawatten, Taschentücher und Sandalen!
Soviel für die Familie und liebe Verwandte,
Aber auch für treue Freunde und alte Bekannte.
Soviel für die Nachbarn — die Liste hat kein Ende;
Überall regen sich in dieser Zeit fleiß'ge Hände!
Eine Reserve für zu spät eingetroffene Gaben,
Für deren Geber wir noch keine Geschenke haben
Und in die ...

Gretchen stand plötzlich auf. „Wir müssen jetzt ins Bett", verkündete sie. „Gute Nacht, allerseits."
„Nein, das stimmt nicht!" fuhr Lilymary sie an. „Bleib gefälligst sitzen!" Sie warf mir einen fragenden Blick zu. „Weiter, bitte", forderte sie mich mit gerunzelter Stirn auf.
Ich deklamierte heiser:

Und in die Läden strömen immer neue Käufermassen,
Bis nur noch Waschkörbe die Einnahmen fassen.
Und aus den Läden kommen Geschenke aller Art,
Auf die ein jeder schon seit langem ungeduldig harrt.
Der Geschirrspüler, die neue Tiefkühltruhe,
Die Puppe, die Nerzstola, die goldenen Schuhe,
Die elektrische Haarbürste, schwarze Lingerie
Und dreidimensionaler, farbiger TV!
Komm, Kreditabteilung! Komm, Teilzahlungsbank!
Komm, Hypothek! Komm, Leihhaus! Komm ...

Lilymary wandte den Kopf zur Seite. Ich hörte auf und fuhr mit der Zunge über die Lippen.
„Weiter weiß ich leider nicht mehr", log ich ungeschickt. „Tut mir leid, wenn ich ... wenn Sie ..."
Dr. Hargreave schüttelte sich wie ein Mann, der aus einem schweren Alptraum erwacht. „Es ist schon ziemlich spät", sagte

er zu Lilymary. „Vielleicht trinkt unser Gast noch eine Tasse Kaffee, bevor er geht?"

Ich lehnte den Kaffee höflich ab, und Lilymary begleitete mich bis zur Untergrundbahn. Wir sprachen nicht viel miteinander.
Am Eingang zu der Untergrundbahn drückte sie mir die Hand. „Wirklich ein schöner Abend", sagte sie dabei.
Ganz in unserer Nähe standen einige junge Leute, die Weihnachtslieder sangen; ich warf eine Münze in den Hut des Gitarristen. Dann lief mir plötzlich die Galle über, und ich fragte: „Bedeutet *Ihnen* das gar nichts?"
„Was?"
Ich wies auf die Sänger. „Das. Weihnachten. Dieses sentimentale, liebenswerte, warmherzige Fest, das wir Weihnachten nennen. Lilymary, wir kennen uns erst sehr kurze Zeit, aber ich ..."
„Bitte, Mr. Martin", unterbrach sie mich. „Ich weiß genau, was Sie jetzt sagen wollen." Als sie den Kopf hob, strahlten ihre Augen im Licht des Weihnachtsbaumes vor uns. „Sie müssen verstehen, daß wir tatsächlich in der zivilisierten Welt ein wenig fremd sind, wie Daddy Ihnen bereits gesagt hat. Er ist Missionar, und wir haben bei den Dyaks gelebt, seitdem ich zwei Jahre alt war. Gretchen, Marlene und Corinne sind sogar dort geboren. Auf Borneo ist eben vieles ... anders." Sie sah zu dem Baum auf und seufzte leise. „Ich kann mich nur schlecht daran gewöhnen", fügte sie hinzu. „Manchmal wünsche ich mir fast, wir wären bei den Dyaks geblieben."
Dann sah sie mir in die Augen und lächelte. „Aber manchmal bin ich auch sehr froh, daß wir hierher gekommen sind." Im nächsten Augenblick war sie verschwunden.
Unklar, verworren oder mehrdeutig? Oder vielleicht nur typisch Frau? Ich entschied mich für die letzte Möglichkeit und bildete mir ein, der Fisch befinde sich wenigstens schon in der Nähe des Köders, wenn er auch noch nicht angebissen hatte. Als ich nach Hause kam, verzichtete ich zum zweitenmal nacheinander freiwillig auf Haruns Haremsschönheiten.

Dann kam die Katastrophe. Eines Morgens erschien mein Stellvertreter Furness mit einem verzweifelten Ausdruck auf dem Gesicht und einem Brief in der Hand, der von irgendeiner offiziellen Stelle in Washington gekommen war. „Fröhliche Weihnachten, lieber Mitbürger", begann der Text. „Sie werden hiermit aufgefordert, in einer Jury mitzuwirken, die am ..."
„Auch das noch!" stöhnte ich. „Ausgerechnet um diese Zeit! Warten Sie einen Augenblick, Johnny, ich rufe gleich Mr. Heinemann an. Vielleicht kann er etwas dagegen unternehmen, damit ich ..."
Furness schüttelte trübselig den Kopf. „Tut mir leid, Mr. Martin. Ich habe ihn schon gefragt, und er hat es gleich versucht — aber ohne Erfolg. Es handelt sich um einen wichtigen Fall, in dem ein Dutzend verschiedene Filterzigaretten mit verbundenen Augen zu testen sind. Mr. Heinemann glaubt, daß es einen schlechten Eindruck hinterlassen würde, wenn wir uns davor drücken wollten."
Jetzt mußte ich also meinen Stellvertreter gründlich einweisen, was meine bisherige Arbeitslast nicht gerade verringerte. Das bedeutete Überstunden, die wiederum bedeuteten, daß ich kaum noch Zeit für Lilymary hatte. Wir aßen gelegentlich unseren Lunch gemeinsam; manchmal hatten wir nachmittags Zeit für eine Tasse Kaffee. Aber das war auch schon alles.
Trotzdem beschäftigte ich mich Tag und Nacht in Gedanken mit ihr. Lilymary besaß eine fast unerklärliche Anziehungskraft. Seltsam und verschroben, ja. Weltfremd und altmodisch, ja. Ihre Familie? Eine Ansammlung von viktorianischen Schreckgespenstern, aber trotzdem *ihre* Familie. Ich beschloß, sie auf meine Seite zu bringen, und wußte nach einigem Nachdenken auch, wie mir das gelingen würde.
„Miss Hargreave", sagte ich zu ihr, als ich aus meinem Büro kam. Wir gingen einige Meter nach links in eine Ecke unter das Förderband. Das Rumpeln der Kisten über uns machte es möglich, unbelauscht ein Privatgespräch zu führen. „Haben Sie nächsten Sonntag wie üblich frei, Lilymary?" fragte ich. „Darf ich Sie besuchen?"

Sie zögerte nur eine Sekunde lang. „Ja, natürlich“, sagte sie dann. „Wir freuen uns immer, wenn Sie kommen. Zum Abendessen?“

Ich schüttelte den Kopf. „Ich habe eine Überraschung für Sie“, flüsterte ich. Als sie besorgt die Stirn runzelte, fügte ich hastig hinzu: „Eigentlich nicht für Sie, sondern mehr für die Kleinen. Verlassen Sie sich auf mich, Lilymary. Ungefähr um vier Uhr nachmittags?“

Ich nickte ihr noch einmal zu und ging in mein Büro zurück, um die nötigen Vorbereitungen zu treffen. Das war durchaus nicht leicht — schließlich befanden wir uns mitten in der Hochsaison, wie ich bereits erwähnt habe —, aber wozu ist man schließlich Boß, wenn man nicht gelegentlich seine Stellung ausnützen kann? Trotzdem kostete es einige Überredungskunst, bis unser Sonderkundendienst endlich bereit war, am Sonntagnachmittag einen Weihnachtsmann in das Haus der Hargreaves zu schicken. Sobald ich die Kinder auf meiner Seite hatte, überlegte ich mir dabei, würde es nicht mehr schwer sein, auch den Alten herumzukriegen; und welches Kind könnte einem Besuch des Weihnachtsmannes widerstehen?

Ich klingelte und marschierte in den komischen Südsee-Wohnraum, als gehörte ich hierher. „Fröhliche Weihnachten!“ sagte ich jovial zu der Sechsjährigen, die mir die Tür geöffnet hatte. „Hoffentlich seid ihr alle auf eine Überraschung vorbereitet!“

Sie warf mir einen ungläubigen Blick zu und verschwand wortlos. Ich hörte, daß sie im Nebenzimmer lautstark und mit schriller Stimme gegen etwas protestierte, aber Lilymary behielt anscheinend das letzte Wort. Dann erschien Lilymary selbst. „Hallo, Mr. Martin“, sagte sie.

„George.“

„Hallo, George.“ Sie ließ sich auf dem Sofa nieder und zeigte auf den freien Platz neben sich. „Trinken Sie einen Schluck Limonade?“ erkundigte sie sich.

„Sehr gern, vielen Dank“, antwortete ich. Für Ende September war es ziemlich heiß, aber in der Wohnung schien keine Klimaan-

lage installiert zu sein. Als Lilymary rief, erschien Gretchen mit einem Krug Limonade und einer Schüssel Plätzchen.
„Nicht zuviel essen, Kleine!" mahnte ich gutgelaunt. „Euch steht noch eine Überraschung bevor."
Lilymary räusperte sich mißbilligend, als Gretchen das Tablett auf den Tisch knallte und hinausstampfte. „Mir wäre es sehr lieb, wenn Sie mir erzählen würden, woraus die Überraschung besteht, George", sagte sie dann zu mir. „Wir sind nämlich ein bißchen altmodisch und konservativ eingestellt, wissen Sie, deshalb würde ich ..."
„Machen Sie sich deswegen keine Sorgen, Lilymary", antwortete ich lächelnd. „Wie spät ist es jetzt — kurz vor vier? Dann müssen sie jeden Augenblick eintreffen."
„*Sie*?"
Ich sah mich vorsichtig um; die Kinder waren alle außer Sicht. „Der Weihnachtsmann und seine Helfer", flüsterte ich.
„Der Weih...", begann Lilymary laut.
„Pst!" Ich wies auf die Tür. „Das soll eine Überraschung für die Kinder sein. Bitte, verderben Sie ihnen den Spaß nicht, Lilymary."
Sie öffnete trotzdem den Mund, hatte aber keine Gelegenheit mehr, etwas zu sagen. Draußen klingelte es — der Weihnachtsmann und seine Helfer waren pünktlich gekommen.
„Lilymary!" kreischte die Zwölfjährige, nachdem sie die Tür geöffnet hatte. „Sieh nur!"
Die Aufregung der Kleinen war nur verständlich. „Ho-ho-ho", brummte der Weihnachtsmann, als er hereinstapfte. „Oh, hallo, Mr. Martin. Sind wir hier richtig?"
„Genau richtig, Weihnachtsmann", bestätigte ich grinsend. „Bringt das Zeug herein, Jungs."
Die Zwölfjährige rief: „Corinne! Marlene! Das müßt ihr euch ansehen!" Ihre Stimme klang irgendwie komisch, aber ich achtete im Augenblick nicht weiter darauf, denn jetzt hatte ich hier nichts mehr zu sagen. Ich zog mich lächelnd in eine Ecke des Wohnzimmers zurück, als die Helfer des Weihnachtsmannes mit ihrer in Säcken verstauten Ausrüstung hereinkamen. Jetzt hieß es „Ho-ho-ho, kleines Mädchen!" und „Fröhliche Weihnachten aller-

seits!", bis man vor lauter Aufregung kaum noch einen klaren Gedanken fassen konnte.
Lilymary biß sich auf die Unterlippe und starrte mich an, bis der Weihnachtsmann ihr auf die Schulter klopfte. „Wo ist die Küche, junge Frau?" erkundigte er sich. „Die Tür dort drüben? Okay, Wynken — gehen Sie hinein und schließen Sie das Ding an. Nod, Sie verschwinden nach unten und helfen in dem Lautsprecherwagen, dann postieren Sie sich an der Tür." Er sah sich kurz um. „Die übrigen Helfer bauen die Geschenke an der Wand dort drüben auf. Los, an die Arbeit, Jungs! Wir haben heute nachmittag noch vier Bescherungen zu erledigen."
So schnell hatte ich eine Mannschaft von Weihnachtszwergen noch nie arbeiten sehen. Bums, dann stand schon der Baum in der Mitte des Wohnzimmers — komplett mit Lichtern, glitzernden Sternen, grauen Bestellformularen und gelben Kreditvordrucken. Peng, dann hatten zwei Helfer bereits die Lichterketten zu dem Lautsprecherwagen gespannt, der vor der Haustür stand. Zack, schon ertönten die ersten Takte des schönen Weihnachtsliedes. *Ich wünsche mir zum Feste von allem nur das Beste*, während die Nachbarskinder neugierig in der Tür erschienen, um an dem Spaß teilzuhaben. Die Küchenhelfer teilten bereits Coca-Cola, Kakao und Lutscher in allen Farben aus, dann sammelten sie das Geld von den Kindern ein; die Demonstrierhelfer zeigten den Kleinen Spielsachen aus ihren Säcken und führten alles gleich an Ort und Stelle vor; und der Weihnachtsmann selbst saß auf seinem prächtigen Thron. „Ho-ho-ho, mein Junge", sagte er. „Und wo arbeitet dein Daddy in dieser herrlichen Weihnachtszeit?"
Ich war wirklich stolz auf sie. Jeder der Helfer hätte ohne weiteres bei Saul & Capell oder in jedem anderen Kaufhaus als Weihnachtsmann anfangen können — mit einer eigenen Mannschaft. Das war wieder einmal typisch für Heinemann & Heinemann, denn wir beschäftigen nur die besten Kräfte und zahlen ihnen Spitzenlöhne. Man braucht nur einen Blick auf die Umsatzstatistiken zu werfen, um zu erkennen, daß diese Methode sich wirklich bezahlt macht.

Ich wäre gern länger geblieben, um die Freude der Kleinen zu teilen, aber am Sonntagnachmittag haben wir meistens sehr viel zu tun, deshalb verschwand ich stillschweigend und fuhr ins Geschäft zurück. Dort arbeitete ich die nächsten vier Stunden lang angestrengt, ging aber in die Abteilung Spezialkundendienst hinunter, als die Mannschaften zum Arbeitsschluß zurückkamen. Selbstverständlich trudelte die Mannschaft, die mich am meisten interessierte, zuletzt ein — ist das nicht immer so? Der Weihnachtsmann sah erschöpft aus, deshalb wartete ich, bis er sich umgezogen hatte, bevor ich ihn ansprach. „Wie hat es geklappt?" erkundigte ich mich besorgt. „Hat Miss Hargreave — ich meine die erwachsene Miss Hargreave — irgend etwas gesagt?"
Er warf mir einen bösen Blick zu. „Sie!" sagte er wütend. „Mr. Martin, Sie hätten uns nicht so sitzenlassen dürfen. Wie sollen wir unseren Terminplan einhalten, wenn Sie uns solche Steine in den Weg werfen, Mr. Martin?"
Eigentlich hätte ich ihn zurechtweisen müssen, weil er als einfacher Weihnachtsmann so mit einem Abteilungsleiter sprach. Aber ich sagte nichts dazu, denn der Mann war offensichtlich erregt. „Was soll das heißen?" fragte ich.
„Diese Hargreaves! Ehrlich, Mr. Martin, ihrem Benehmen nach hätte man glauben können, sie wollten uns gar nicht sehen! Die Kinder waren schon schlimm genug. Aber als dann der Alte nach Hause kam — puh! Ich sage Ihnen, Mr. Martin, ich habe jetzt schon elf Weihnachten in dieser Abteilung verbracht und noch nie eine Familie mit weniger Weihnachtsstimmung als diese Hargreaves erlebt!"
Der Kassierer brauchte die Abrechnungen, damit er für heute Schluß machen konnte, deshalb ließ ich den Weihnachtsmann gehen. Aber während ich in mein Büro zurückkehrte, überlegte ich mir immer wieder, was Lilymarys Vater wohl gesagt haben könnte.

Ich brauchte mir deswegen nicht lange den Kopf zu zerbrechen, denn kaum zehn Minuten später klingelte das Telefon auf mei-

nem Schreibtisch. Es war Lilymarys Vater. Er kochte geradezu vor Wut. Ich verstand zum Glück nur die Hälfte, denn in seinem Zorn sprudelten die Worte nur so aus ihm hervor. Er benützte Ausdrücke wie „Pervertierung einer christlichen Idee" und „Totalausverkauf des Heilands" und viele andere, die ich noch weniger begriff. Aber seinen letzten Sätzen konnte ich nur allzu gut folgen. „Ich möchte Ihnen mitteilen, Mr. Martin", sagte er nämlich sehr langsam und sehr deutlich, „daß weitere Besuche bei uns nicht mehr erwünscht sind. Ich bedauere es persönlich sehr, daß ich Ihnen mein Haus verbieten muß, Sir. Was Lilymary betrifft, können Sie diesen Anruf als ihre fristlose Kündigung betrachten!"
„Aber", sagte ich, „aber ..."
Keine Antwort, denn er hatte bereits aufgelegt. Damit war die Sache zu Ende.

Einige Tage später rief die Personalabteilung bei mir an und wollte wissen, was sie mit Lilymarys Gehalt anfangen sollte. Ich sagte dem Mädchen am Telefon, es solle ihr einen Scheck schicken; dann fiel mir etwas ein — ich ließ mir den Scheck in mein Büro bringen, schickte ihn selbst an Lilymary und entschuldigte mich in einem Begleitschreiben für alles, was ich angerichtet hatte, obwohl ich noch immer nicht wußte, was man mir vorwarf. Aber sie antwortete nicht einmal.
Als der Oktober begann, ging es im Geschäft immer hektischer zu. Ich kroch jeden Abend todmüde nach Hause, stellte meinen Träumer an und schlief wie ein Stück Holz. Jetzt benützte ich das Gerät zum erstenmal durchgehend mit voller Leistung; ich ließ mir von dem Einkäufer der Traumabteilung sogar seltene Bänder besorgen, die nur noch auf dem Antiquitätenmarkt erhältlich waren — *Die letzten Tage des Petronius, Casanovas Tagebuch* und *Die Polly-Adler-Story*, bis der Einkäufer schmutzig grinste, wenn ich wieder einmal in seiner Abteilung auftauchte. Aber alle diese Versuche blieben erfolglos. Während ich schlief, war ich von allen Schönen dieser Welt umgeben; aber wenn ich aufwachte, sah ich wieder Lilymarys Gesicht vor mir.

Oktober. Unglaubliches Gedränge in allen Stockwerken. Der Lebenshaltungsindex war um 0,0013 Prozent gestiegen, aber unser Umsatz hatte sich im Vergleich zum Vorjahr um 0,0021 Prozent erhöht. Die Direktoren strahlten, so daß jeder wußte, daß Weihnachtsprämien zu erwarten waren. *November*. Die Flut hatte ihren höchsten Stand erreicht, an dem einige kleine Wellen bereits wieder in entgegengesetzte Richtung fließen. Haushaltswaren und Porzellan waren ausverkauft, aber die Hersteller lachten nur, als wir sie um zusätzliche Lieferungen anflehten; aber elektrische Haushaltsgeräte verkauften sich so schlecht wie während der Januarflaute. Unser Gesamtumsatz verringerte sich um einen winzigen Bruchteil, aber unsere Arbeit nahm trotzdem nicht wesentlich ab. Wir mußten im Gegenteil noch erheblich mehr arbeiten, denn die Verkäufer konzentrierten ihre Anstrengungen auf die Waren, die wir noch auf Lager hatten, und redeten den Kunden nach Möglichkeit andere Geschenke aus, an denen wir bereits knapp waren.

Schlechte Planung? Nein. Ein Blick auf meine Versandaufstellungen genügte, um mir zu zeigen, daß wir das Geschäft innerhalb von sieben Wochen viermal ausverkauft hatten — also pro Woche mehr als fünfzig Prozent Totalumsatz. Die im Juli abgegebenen Verkaufsschätzungen wiesen nur geringe Abweichungen auf — zwei Prozent weniger Kunden hatten Klimaanlagen gekauft, während eineinhalb Prozent mehr als erwartet Haushaltswaren gekauft hatten. Saul & Capell, unser größter Konkurrent, hatte im Gegensatz dazu schon Ende September keine Haushaltswaren mehr auf Lager gehabt, denn die wenigen Lieferungen, die später eintrafen, wurden noch am gleichen Tag verkauft!

Heinemann rief mich in sein Büro. „George“, sagte er, „ich habe mir eben die Zahlen aus der Versandabteilung geben lassen. Danach sind bisher elftausend Bestellungen noch nicht ausgeliefert. Ich wollte Ihnen nur sagen, wie sehr es mich überrascht, daß Sie und Ihre Leute ...“

„Hören Sie, Mr. Heinemann“, unterbrach ich ihn aufgebracht. „Das ist wirklich nicht fair! Schließlich machen wir alle seit Wochen jeden Abend Überstunden! Elftausend nicht ausgelieferte

Bestellungen — das ist sogar ziemlich gut, wenn sie mich fragen!"
Er nickte zustimmend. „Genau das wollte ich eben sagen, George", meinte er dann. „Ich wollte Ihnen und Ihren Leuten ein Kompliment machen."
Ich war begreiflicherweise überrascht und erfreut. „Vielen Dank, Mr. Heinemann", sagte ich erleichtert. „Und ... äh ... ich meine, es tut mir leid, daß ich ..."
„Reden wir nicht mehr davon, George." Heinemann betrachtete mich nachdenklich. „Irgend etwas geht Ihnen im Kopf herum, nicht wahr?"
„Nun, ich ..."
„Das Mädchen?"
„Mädchen?" Jetzt starrte ich ihn an. „Wer hat denn von einem Mädchen gesprochen?"
„Lassen Sie doch den Unsinn", mahnte er freundlich. „Die ganze Firma spricht schon davon, wissen Sie das nicht?" Er warf einen Blick auf seine Uhr. „George", sagte er dann, „ich mische mich nie in das Privatleben meiner Angestellten ein. Das wissen Sie hoffentlich. Aber wenn das Mädchen Sie so beschäftigt, warum heiraten Sie es dann nicht einige Zeitlang? Vielleicht fühlen Sie sich dann wieder besser. Kommen Sie, George, geben Sie es ehrlich zu. Wann waren Sie zum letztenmal verheiratet? Vor drei Jahren? Vor fünf Jahren?"
Ich senkte den Kopf. „Noch nie", gab ich zu.
Das gab ihm einen Ruck. „Noch nie?" Er starrte mich fragend an. „George, sind Sie etwa ...?"
„Nein, nein", versicherte ich ihm hastig und aufgeregt, „durchaus nicht. Das liegt sicherlich nur daran, daß ich ... nun, daß ich mich bisher noch nicht zu einer Entscheidung durchringen konnte."
Er lehnte sich in seinen Sessel zurück. „Ah, die Jugend", sagte er lächelnd. „Immer Angst davor, einen Korb zu bekommen, wie? Na, ich mische mich nicht weiter ein, wenn Ihnen das lieber ist. Aber an Ihrer Stelle würde ich noch einmal mit dem Mädchen sprechen, George."

Das war alles. Ich ging in mein Büro zurück; aber während der Arbeit dachte ich immer wieder an Heinemanns Ratschlag. Warum eigentlich nicht?

„Lilymary!" rief ich.
Sie blieb stehen und drehte sich um. Damit hatte ich gerechnet. Allein dieses Verhalten machte deutlich, daß sie nicht hier aufgewachsen war. Bei uns lernen die Mädchen schon mit sechs Jahren: *Nicht stehenbleiben*, wenn ihr nachts allein unterwegs seid!
Aber Lilymary hielt sich nicht lange auf. Als sie mich aus der Haustür treten sah, veränderte sich ihr Gesichtsausdruck, als hätte sie einen Schlag auf den Kopf bekommen. „George", sagte sie, zögerte noch einen Augenblick und ging weiter. Im Schein der Weihnachtslichter schimmerte ihr Haar in allen Regenbogenfarben.
Wir waren nicht mehr weit von ihrem Haus entfernt. Ich warf einen ängstlichen Blick auf die Tür, sah aber keinen Vater, der über mich hätte herfallen können. Ich ging neben Lilymary her und sagte: „Bitte, Lilymary. Können wir nicht einen Augenblick miteinander sprechen?"
Sie sah mich an. „Weshalb?"
„Ich möchte mich entschuldigen", antwortete ich unsicher.
„Das ist wirklich nicht nötig, George", sagte sie leise. „Wir sind eben verschieden. Dafür brauchen Sie sich nicht zu entschuldigen."
„*Bitte.*"
„Schön", meinte sie zögernd. „Warum nicht?"
Wir fanden eine freie Bank in dem kleinen Park gegenüber dem Eingang zur Untergrundbahn. Es war schon spät; riesige Lastwagen der Städtischen Müllabfuhr leerten Mülltonnen, Spritzwagen säuberten die Straßen, so daß wir die Füße heben mußten. „Ich werde zu Hause erwartet", sagte Lilymary. „Sie denken, daß ich nur im Laden um die Ecke war." Aber sie blieb trotzdem.
Nun, ich brachte meine Entschuldigung vor, und sie hörte wie eine Dame zu. Und wie eine Dame wiederholte sie dann: „Dafür brauchen Sie sich wirklich nicht zu entschuldigen." Damit war

das Thema vorläufig abgeschlossen, aber ich hatte noch immer nicht gesagt, was ich mir eigentlich vorgenommen hatte.
Ich dachte über dieses Problem nach. Die Müllaster machten solchen Lärm mit den Tonnen und ihren eingebauten Verbrennungsanlagen, daß ein Gespräch sehr schwierig war. Aber trotz dieser Behinderung verstand ich einen Satz, den Lilymary gesagt hatte. „... Dyaks und den Dschungel zurück“, erklärte sie. „Dort sind wir eigentlich zu Hause, George. Vater und die Mädchen können es kaum noch erwarten.“
„Zurück?“ unterbrach ich sie verständnislos.
Sie warf mir einen Blick zu. „Richtig, das habe ich eben gesagt.“ Sie zeigte auf die Müllmänner, die ganze Ballen Weihnachtskarten in die Verbrennungsanlagen stopften. „Sobald die Post wieder normal arbeitet“, fügte sie hinzu, „damit Vater sein Visum bekommt. Angeblich ist es schon seit einer Woche hierher unterwegs. Wahrscheinlich dauert es jetzt vor Weihnachten noch zwei oder drei Wochen, bis es endlich kommt.“
Ich hatte das Gefühl, mir liege plötzlich ein schwerer Stein auf der Brust. „Warum?“ konnte ich nur fragen.
Lilymary seufzte. „Wir gehören dorthin, George“, erklärte sie mir. „Das Leben hier ist einfach nicht richtig für uns. Wir sind als Missionarskinder aufgewachsen und werden eines Tages ebenfalls im Dienst des Herrn stehen ... obwohl Vater immer behauptet, daß die Amerikaner Missionare dringender als die Dyaks brauchten.“ Sie sah mir in die Augen. „Ich meine ...“
Ich holte tief Luft. „Lilymary“, sagte ich rasch, „willst du mich heiraten?“
Schweigen.
„Oh, George“, sagte sie einen Augenblick später. Und das war alles; aber ich konnte es übersetzen — sie hatte abgelehnt.

Trotzdem hat ein Heiratsantrag gewisse Ähnlichkeit mit einem Lotterielos; man erhält vielleicht nicht den Hauptgewinn, aber es gibt Trostpreise. Meiner bestand aus einem Abend mit Lilymary. Sie hatte ihren Vater überredet, und ich durfte das Haus wieder betreten. Ich kann nicht behaupten, daß ich begeistert begrüßt

worden wäre, aber Dr. Hargreave war wenigstens höflich. Er bot mir Kaffee an, unterhielt sich mit mir über Sitten und Gebräuche der Dyaks und gab mir sogar die Hand, als Lilymary eine Stunde später endlich fertig war, so daß wir gehen konnten.
Wir gingen zum Abendessen ... Ich erkundigte mich im Verlauf der Konversation, weshalb sie in den Dschungel zurückkehren mußten. Wegen der Dyaks, erklärte sie mir; sie seien von ihrem Vater abhängig und brauchten ihn. Nach Mutters Tod habe Vater seine Arbeit plötzlich aufgeben und nach Amerika heimkehren wollen ... aber das sei ein Fehlschlag gewesen. Jetzt kehrte er wieder zurück, und die Mädchen begleiteten ihn selbstverständlich.
Wir tanzten, und als es schon spät war, küßte ich sie. Sie zögerte unmerklich, aber dann küßte sie mich ebenfalls.
Ich beschloß, meinen Träumer zu zertrümmern; seine Ekstasen waren nur kümmerlicher Ersatz.
„Siehst du", meinte Lilymary lächelnd. „Das wollte ich dir nur zeigen, damit du nicht denkst, daß auf Borneo nur Choräle gesungen werden."
Ich wollte ihr noch einen Kuß geben, aber Lilymary wich mir aus und sah auf die Uhr.
„Ich muß jetzt wirklich nach Hause, George", erklärte sie mir. „Wir fangen morgen mit dem Packen an."
„Aber ..."
„Ich muß gehen, George", sagte sie. Dann gab sie mir an der Tür noch einen Kuß; aber ich wurde nicht mehr hineingebeten.
Ich riß die Bänder aus meinem Träumer und warf sie in den Papierkorb. Aber einige Stunden später — nach dem fünfzigsten vergeblichen Versuch, endlich einzuschlafen, und nach der zwanzigsten Zigarette — stand ich wieder auf, schaltete das Licht ein und suchte sie aus dem Papierkorb heraus.
Sie waren nur ein kümmerlicher Ersatz; aber ich mußte mit ihnen zufrieden sein, weil ich nicht mehr hatte.

Die Partywoche hatte begonnen! Ein Bote aus der Kreditabteilung kam mit einer ganzen Ladung Aktenordner in mein Büro, als der Gong ertönte, der Geschäftsschluß anzeigt.

Er stapelte die Ordner auf meinem Schreibtisch. „Gott sei Dank“, sagte er dabei. „Wahrscheinlich brauchen Sie das Zeug heute abend gar nicht mehr, was, Mr. Martin?“
Aber ich sah es trotzdem durch. Der Bote starrte mich verwundert an, aber dann knallten die ersten Sektkorken, und die Läufer aus der Kantine brachten Sandwiches, so daß er hinausging, um sich mit den anderen zu amüsieren.
Nach langer Suche fand ich endlich die Kreditauskunft, die mich interessierte. Nur bestätigte Schecks annehmen! stand dick unterstrichen über dem eigentlichen Text, aber ich las gleich weiter: „H. verläßt das Land vermutlich schon innerhalb der nächsten 48 Stunden. H. ist Angestellter einer religiösen Missionsgesellschaft, die vorschriftsgemäß mit Sitz in New York registriert ist. Über das in den letzten Jahren durchschnittlich an H. gezahlte Gehalt liegen hier keine Angaben vor. *Achtung*: H. ist höchstwahrscheinlich kein gutes Kreditrisiko, weil er ...“
Ich las nicht weiter. Achtundvierzig Stunden!
In der letzten Zeile fand ich einen handschriftlichen Vermerk des Leiters der Kreditabteilung: „George, was soll eigentlich der Unsinn? Das ist schon die vierte Kreditauskunft über diese Leute!“
Er hatte natürlich recht — aber es würde auch die letzte sein. In achtundvierzig Stunden waren sie alle bereits fort.
Während der Weihnachtsparty war ich ziemlich bedrückt und geistesabwesend. Aber wir hatten unseren Umsatz wieder einmal kräftig erhöht, und nach der ersten Stunde waren alle so angeheitert, daß meine trübselige Stimmung nicht mehr auffiel.

Ich hatte beschlossen, in der Partywoche zu Hause zu bleiben. Am nächsten Morgen fuhr ich also nicht wie üblich ins Geschäft, sondern saß in meinem Zimmer und starrte aus dem Fenster. Es hatte zu schneien begonnen, und die Müllmänner schleppten alte Weihnachtsbäume aus den Häusern. Es ist immer ein wenig traurig, wenn Weihnachten vorüber ist; aber meine Stimmung hatte nichts mit der Jahreszeit zu tun, sondern nur mit Lilymary und der Anzahl von Kilometern zwischen hier und Borneo.

Ich unterstrich das Datum auf meinem Kalender: 25. Dezember. Am sechsundzwanzigsten würde sie schon fort sein ...
Aber ich konnte sie nicht einfach gehen lassen. Ich wußte natürlich, daß es zwecklos war, nochmals einen Versuch zu unternehmen, der bestimmt ebenso vergeblich wie der erste bleiben würde. Dazu hatte ich wirklich keine Lust, aber andererseits ... Ich mußte Lilymary unbedingt noch einmal sehen. Alles andere erschien mir plötzlich unwichtig. Deshalb nahm ich die lange Fahrt mit der Untergrundbahn auf mich, obwohl ich genau wußte, daß ich nichts erreichen würde. Aber was hätte ich sonst tun sollen?
Die Hargreaves waren nicht zu Hause, aber dergleichen Kleinigkeiten konnten mich nicht aufhalten. Ich klingelte an der Tür des benachbarten Appartements und mußte mich von der Frau, die mir öffnete, mißtrauisch von Kopf bis Fuß anstarren lassen, als ich sie um eine Auskunft bat. Aber ich erfuhr immerhin, daß die Familie Hargreave vielleicht in das Gemeindezentrum in der Nähe gegangen war.
Sie war wirklich dort.
Das Gemeindezentrum bestand aus einem riesigen Klinkergebäude; hier gab es Schwimmbecken, Tischtennistische und alle möglichen anderen Einrichtungen, mit deren Hilfe Jugendliche von der Straße fortgelockt werden sollten. Im Keller befand sich auch ein kleiner Versammlungsraum, und hier saßen die Hargreaves zusammen mit etwa dreißig anderen Leuten. Der Raum wirkte irgendwie verstaubt, als werde er nicht oft benützt — das konnte stimmen, denn in einer Ecke stand sogar noch ein Weihnachtsbaum. Nun ja, vielleicht hatten die Putzfrauen ausgerechnet heute frei ...
Ich blieb in der Tür stehen und sah mich um. Irgend jemand spielte Klavier, und die Leute sangen dazu. Die Melodie kam mir irgendwie bekannt vor, aber diesen Text hatte ich noch nie gehört:

Adeste fideles,
Laeti triumphantes.
Venite, venite in Bethlehem.

Die Mädchen saßen nebeneinander in der ersten Reihe; ihr Vater war nicht bei ihnen, aber ich sah gleich, weshalb nicht. Er stand kerzengerade und aufrecht hinter einem kleinen Pult im vorderen Drittel des Raumes.

Natum videte, regem angelorum.
Venite adoremus, venite adoremus ...

Dann erkannte ich auch die Melodie wieder; sie war nur ein Plagiat — eine langsamer gespielte und gesungene Version des alten Schlagers *Weihnachtsbaum-Mambo.* Ich mußte allerdings zugeben, daß sie gar nicht schlecht klang, als der Klavierspieler jetzt zu einem lautstarken Endspurt ansetzte, während dreißig oder gar fünfunddreißig Stimmen im Chor den Text mitsangen. Dann setzte Hargreave zu einer längeren Rede an.
Ich hörte nicht zu, weil ich mich ausschließlich auf Lilymarys Hinterkopf konzentrierte. Meine *Psi-Fähigkeiten* sind allerdings noch nie sehr gut gewesen, deshalb war es kein Wunder, daß Lilymary sich nicht nach mir umdrehte.
Irgend etwas störte mich. Ich sah einen Augenblick auf und stellte fest, daß das seltsame Leuchten von Dr. Hargreave auszugehen schien. Er strahlte förmlich. Ich kniff die Augen zusammen und merkte erst dann, daß zufällig ein Sonnenstrahl durch die Kellerfenster auf seine blonden Haare fiel. Trotzdem war mir eine Sekunde lang recht merkwürdig zumute. Ich muß mich bewegt haben, denn er wurde auf mich aufmerksam. Er stolperte über das nächste Wort, sprach dann aber flüssig weiter. Aber das hatte bereits genügt — Lilymary drehte sich um und sah mir ins Gesicht.
Jetzt wußte sie also, daß ich hier war. Ich ging leise durch die Tür hinaus und setzte mich draußen auf die Treppe.
Früher oder später würde Lilymary den Raum verlassen.

Es dauerte nicht lange. Als sie mich auf der Treppe sitzen sah, runzelte sie fragend die Stirn. Zum Glück waren wir allein; ihr Vater war noch immer nicht mit seiner Rede fertig.

Ich stand auf und sagte, was ich auf dem Herzen hatte. „Lilymary“, sagte ich, „ich kann nichts dagegen tun, ich will dich heiraten. Ich habe alles falsch gemacht, aber das war keine böse Absicht. Ich ... ich will nicht einmal eine Ehe auf Zeit, Lilymary, sondern fürs Leben. Hier oder auf Borneo, das ist mir völlig gleichgültig. Ich möchte nur, daß du immer bei mir bleibst.“ Das war seltsam — ich wollte ihr sagen, daß ich sie liebte, aber statt dessen stand ich steif und verlegen vor ihr und benützte den gleichen Tonfall, den ich sonst vielleicht gebrauchen würde, um einem Lageristen mitzuteilen, daß er fristlos entlassen sei.
Aber Lilymary verstand, was ich eigentlich sagen wollte. Vielleicht hätte sie mich auch verstanden, wenn ich gar nichts gesagt hätte. Sie wollte etwas sagen, schwieg aber doch, nahm einen zweiten Anlauf und brachte schließlich heraus: „Aber was willst du denn auf Borneo?“, und dann fügte sie ganz leise hinzu: „Liebling.“
Liebling! Ich erinnerte mich an den Tag, an dem der alte Heinemann mich zum erstenmal ‚Abteilungsleiter‘ genannt hatte. Aber diese Bezeichnung gefiel mir noch besser.
Anstatt auf ihre Frage eine dumme Antwort zu geben, nahm ich Lilymary lieber in die Arme und küßte sie. Deshalb war es auch kein Wunder, daß wir erst merkten, daß wir nicht mehr allein waren, als ihr Vater sich dicht vor uns räusperte.
Ich zuckte zusammen, aber Lilymary drehte sich nur ruhig nach ihm um. „Warum führst du den Gottesdienst nicht zu Ende, Vater?“ fragte sie.
Er schüttelte langsam den Kopf. „Dr. Mausner kann den Segen auch ohne mich erteilen“, meinte er. „Natürlich hätte ich bleiben sollen, aber ... nun, Gott muß allen von uns schon so viele Sünden vergeben, daß es auf eine mehr bestimmt nicht ankommt. Was hat das hier zu bedeuten?“
„George hat mir einen Heiratsantrag gemacht.“
„Und?“
Lilymary sah zu mir auf. „Ich ...“, begann sie und schwieg dann wieder. Ich sagte:
„Ich liebe sie.“

Dr. Hargreave sah mich ebenfalls an und seufzte dabei leise. „George", sagte er schließlich, „ich weiß zum erstenmal in meinem Leben nicht mehr, was richtig und was falsch ist. Vielleicht bin ich zu egoistisch gewesen, als ich Lilymary gebeten habe, mich und die Mädchen zu begleiten. Das war nicht beabsichtigt, aber ich gebe zu, daß es mir lieber gewesen wäre. Aber ..." Er lächelte plötzlich freundlich. „Aber ich weiß wenigstens, daß ich mich auf Lilymary und ihren gesunden Menschenverstand verlassen kann. Sie ist alt genug, um selbst zu entscheiden, was sie will." Er fuhr ihr kurz über die Haare.
„Wir sehen uns nach dem Gottesdienst wieder", sagte er noch, bevor er ging. Als er die Tür öffnete, hörte ich, daß die Leute wieder sangen.
„Komm, wir gehen hinein und beten", sagte Lilymary. Ihr ganzes Herz und ihre Seele lagen in ihrem Blick, als sie mich ansah.
Ich zögerte nur eine Sekunde lang. Beten? Aber das bedeutete Lilymary, und das bedeutete ... nun, einfach alles.
Wir gingen also hinein. Alle knieten jetzt, und Lilymary sprach mir leise ein Gebet vor; und ich betete es nach. Ich hätte es nicht für möglich gehalten — aber ich habe es nie bereut.

Der Mann, der zu früh kam

(The Man Who Came Early)

*Poul Anderson ist einer der fleißigsten Autoren in der SF. Seit seiner ersten Veröffentlichung, **Tommorrow's Children",** 1947 zusammen mit H. Waldrop geschrieben, hat er nicht weniger als 50 Bücher und etwa 200 Kurzgeschichten und Novellen verfaßt. Der in Bristol geborene Anderson ist Nachfahre dänischer Einwanderer. Er wuchs in Texas auf und studierte Physik.*
*In der SF konzentrierte er sich im wesentlichen auf Space Operas, was in den Serien um die Polesotechnische Liga und den Handelsprinzen Nicholas van Rijn sowie in der Serie um den terranischen Agenten Dominic Flandry zum Ausdruck kommt. Wichtige Romane sind: **„Brain Wave"** (1954, **„Die Macht des Geistes"**), **„Tau Zero"** (1970, **„Universum ohne Ende"**), und **„The Avatar"** (1978, **„Das Avatar"**), ferner Fantasy-Romane wie: **„Three Hearts and Three Lions"** (1961, **„Dreiherz"**), **„The Merman's Children"** (1979, **„Kinder des Wassermanns"**) und **„Hrolf Krakis' Saga"** (1971, **„Hrolf Krakis' Saga"**), mit denen er Mythen seiner dänischen Urheimat im Fantasygewand präsentierte.*
*Unter seinen vielen Geschichten, die nicht immer den Beifall fortschrittlich eingestellter Kritiker und Leser fanden, wurde eine ganze Reihe mit Preisen ausgezeichnet. Nicht weniger als sechs davon gewannen den Hugo (**„Longest Voyage",** 1961; **„No Truce with Kings",** 1964; **„The Sharing of the Flesh,"** 1969; **„The Queen of Air and Darkness",** 1972; **„Goat Song",** 1972; **„Hunter's Moon",** 1979). Zwei davon gewannen ebenfalls den Nebula-Award. Unserer Meinung nach schrieb Anderson seine besten*

*Stories allerdings in den fünfziger Jahren. Hier boten sich **„The Helping Hand“** (1950) und die in **„F&SF“** erschienene Geschichte **„The Man Who Came Early“** an. Beide stehen in starkem Kontrast zu seinem sonstigen Schaffen. Letztere schildert eine Parallelwelt und stellt zum ersten Mal das „Gesetz“ in Frage, ein amerikanischer Normalbürger könne sich zu allen Zeiten und überall durchsetzen. Darüber hinaus wird eine reizvolle Verbindung von Andersons Fantasy mit seiner SF evident.*

Ja, wenn ein Mann alt ist, hat er schon so viel seltsame Dinge gehört und gesehen, daß ihn kaum noch etwas verwundern kann. Es heißt, daß der König in Miklagard vor seinem Thron ein wildes Tier aus Gold sitzen hat, das sich erhebt und brüllt, wenn ein Fremder kommt. Eilif Eiriksson hat mir das erzählt; er hat dort unten gedient, und wenn er nicht gerade betrunken ist, ist er ein zuverlässiger Bursche. Er hat auch das Griechische Feuer gesehen — es brennt auf Wasser. Deshalb, Priester, bin ich nicht abgeneigt zu glauben, was du mir über den weißen Christen erzählt hast. Ich bin selbst in England und Frankreich gewesen und habe das Volk aufblühen sehen. Er muß schon ein sehr mächtiger Gott sein, der so viele Reiche aufnehmen kann ... und sagtest du nicht, daß jeder, der getauft ist, eine weiße Robe erhält? Ich möchte gerne eine haben. Hier in diesem verfluchten isländischen Wetter überziehen sie sich zwar mit Mehltau, aber ein kleines Opfer für die Hauselfen sollte — Keine Opfer? Na, hör mal! Ich gebe das Pferdefleisch auf, meinetwegen, wenn's sein muß, meine Zähne sind sowieso nicht mehr die besten, aber jeder vernünftige Mensch weiß doch, wieviel Ärger die Elfen machen, wenn sie hungrig sind.
... Komm, trinken wir noch was und reden wir noch ein bißchen davon! Wie schmeckt dir das Bier? Selbst gebraut, weißt du? Die Schalen habe ich mir in England beschafft, schon vor vielen Jahren. Damals war ich noch jung ... wie die Zeit vergeht! Nachdem ich zurückgekommen war und die Ländereien meines Vaters geerbt hatte, bin ich nie mehr fortgezogen. Wenn man jung ist, tut es ganz gut, ein bißchen herumzukommen, aber wenn man älter ist, sieht man erst, wo der wahre Reichtum liegt: hier, im Land und in der Herde.
Schüre das Feuer, Hjalti! Es wird kalt. Manchmal habe ich das Gefühl, als seien die Winter jetzt kälter als in meiner Jugend. Thorbrand von Salmondale meint es auch, aber er glaubt, die Götter seien zornig, weil sich so viele von ihnen abwenden. Du wirst auf Schwierigkeiten stoßen, wenn du Thorbrand gewinnen willst, Priester. Ein Dickkopf. Ich selbst bin ja aufgeschlossen und bereit.

... Nun denn. In einem Punkt muß ich dich verbessern. Das Ende der Welt wird nicht in zwei Jahren nahen. Das weiß ich bestimmt.
Und wenn du mich fragst, woher ich das weiß — das ist eine sehr lange Geschichte, und in mancher Hinsicht auch eine schreckliche. Ich bin froh, alt zu sein, und bevor das große Morgen kommt, sicher unter der Erde zu ruhen. Das ist einer der Gründe, weshalb ich deinen Predigten lausche: weil ich weiß, daß der weiße Christ Thor besiegen wird. Binnen kurzer Zeit wird Island christlich sein, und es scheint mir das beste, mich auf die Seite der Gewinner zu stellen.
Nein, ich habe keine Visionen gehabt. Vor fünf Jahren aber trug sich hier etwas zu, das meine eigenen Leute und Nachbarn beschwören können. Sie glaubten das meiste von dem, was der Fremde erzählte, nicht; aber ich, ich glaube mehr oder weniger daran, und wenn auch nur deshalb, weil ich meine, daß ein Lügner und Betrüger nicht soviel Unheil anrichten kann. Ich liebte meine Tochter, Priester, und nachdem es vorbei war, verheiratete ich sie gut. Sie wehrte sich nicht dagegen, aber jetzt sitzt sie mit ihrem Mann auf der Farm im Vorgebirge und spricht kein einziges Wort mehr mit mir; wie ich höre, paßt ihm ihre Verstocktheit und Launenhaftigkeit nicht, und er verbringt seine Nächte mit einer irischen Konkubine. Ich kann ihm das nicht verübeln, aber es bereitet mir Kummer.
Also gut, ich habe genug getrunken, um die ganze Wahrheit zu erzählen, und ob du's glaubst oder nicht, das ist mir egal. Hier ... he, Mädchen! ... füllt die Schalen, denn beim Erzählen wird mir die Kehle trocken.

Die Sache begann an einem Tag im Frühsommer, vor fünf Jahren. Zu dieser Zeit lebten bei meiner Frau Ragnhild und mir nur noch zwei unserer Kinder, die noch nicht verheiratet waren: unser jüngster Sohn Helgi, siebzehn Lenze alt, und unsere Tochter Thorgunna, achtzehn. Das blonde Mädchen hatte schon Bewerber gehabt. Aber sie verweigerte sich ihnen, und ich bin keiner von den Vätern, die ihre Töchter zu etwas zwingen. Was Helgi an-

betrifft, so war er ein rechter Draufgänger, sehr lebendig. Er dient jetzt bei König Olaf von Norwegen. Außerdem hatten wir auch noch Hausleute bei uns — zwei irische Sklaven, zwei Mädchen für die Frauenarbeiten und ein halbes Dutzend Gefolgsleute. Unser Hof ist ziemlich groß.
Du hast noch nicht gesehen, wie meine Ländereien liegen. Ungefähr zwei Meilen zum Westen hin befindet sich die Bucht; Reykjavik liegt fünf Meilen nach Süden. Gegen Long Jökull hin steigt der Boden an, so daß meine Äcker hügelig sind; aber es ist gutes Weideland, und am Strand sammelt sich oft Treibholz an. Ich habe dort einen Schuppen aufgestellt und auch ein Bootshaus.
In der vorangegangenen Nacht hatte ein ziemlicher Sturm getobt, deshalb gingen Helgi und ich hinunter, um nach Treibgut Ausschau zu halten. Du kommst aus Norwegen und weißt wahrscheinlich nicht, wie wertvoll das Holz für uns Isländer ist. Wir besitzen nur ein paar struppige Bäume und müssen uns das ganze Nutzholz vom Ausland beschaffen. Dort werden Menschen von ihren Feinden manchmal bei lebendigem Leibe in ihren Häusern verbrannt — das betrachten wir als eine der schlimmsten Taten.
Da ich mit meinen Nachbarn in gutem Einvernehmen stand, führten wir nur Handwaffen mit uns. Helgi trug ein Schwert und die beiden Arbeiter, die uns begleiteten, Speere. Der Sturm hatte die Landschaft reingewaschen, und die Sonne schien freundlich auf das hohe nasse Gras. Mein Land war gut bestellt, die Kühe und Schafe schienen wohlgenährt, aus der Halle meines Hauses stieg Rauch auf, und ich wußte, daß mein Leben einen guten Sinn gehabt hatte. Das lange Haar Helgis flatterte lustig, als wir die Stallungen verließen und uns auf den Weg zum Wasser machten. Seltsam, wie gut ich mich an jede Kleinigkeit erinnere, was an diesem Tag geschah.
Als wir hinunter zum Strand kamen, ging die See ziemlich hoch; weiß und grau spülte sie gegen die äußerste Kante der Welt. Ein paar Seemöwen flatterten kreischend über unsere Köpfe hinweg, aufgescheucht durch einen ans Ufer gespülten Kabeljau. Ich sah eine Menge Kleinholz, und sogar einen ziemlich großen Holzbalken ... von irgendeinem Schiff, das während der Nacht zertrüm-

mert worden war, schätze ich. Das war ein sehr nützlicher Fund, obgleich ich natürlich später ein Opfer bringen würde, um ganz sicher zu gehen, daß der Geist des Eigentümers mich nicht plagt.
Wir hatten uns gerade daran gemacht, den Balken an Land zu ziehen, als Helgi laut aufschrie. Ich griff nach meiner Axt. Wir hatten damals keine Fehden weit und breit, aber Gesetzlose gibt es ja immer.
Dieser schien harmlos. Tatsache war, daß ich ihn für völlig unbewaffnet hielt, als er so über den schwarzen Sand herangetaumelt kam. Er war hochgewachsen und höchst seltsam gekleidet — Jacke und Hose und Schuhe waren wie alle andern, aber sie hatten einen sonderbaren Schnitt, und die Hosen hielt er mit Gamaschen zusammen, statt mit Riemen. Auch hatte ich noch nie einen Helm wie den seinen gesehen: er war fast viereckig und reichte tief in seinen Nacken, einen Nasenschutz hatte er nicht, ein Lederriemen gab ihm festen Sitz. Und das glaubst du nun vielleicht nicht, aber er war nicht aus Metall, und trotzdem war er in einem Stück geschnitten!
Er begann taumelnd zu laufen, als wir näher kamen, schlug mit den Armen um sich und keuchte. Die Sprache hatte ich noch nicht gehört, und ich kenne eine ganze Menge: Es hörte sich wie das Bellen eines Hundes an. Ich sah, daß er frisch rasiert war, seine schwarzen Haare waren kurz geschnitten, und ich dachte mir, daß er eigentlich gut ein Franzose sein könnte. Er war noch ziemlich jung, sah gut aus, mit blauen Augen und regelmäßigen Gesichtszügen. Seiner Haut nach konnte er nicht viel im Freien leben, er hatte aber eine gute Figur. „Ob er ein Schiffbrüchiger ist?“ fragte Helgi.
„Seine Kleider sind trocken und sauber“, sagte ich. „Auch kann er nicht weit gegangen sein, denn sein Kinn hat keine Stoppeln. Aber mir ist nicht bekannt, daß hier irgendwo ein Fremder zu Besuch ist.“
Wir senkten unsere Waffen, als er sich uns keuchend näherte. Ich sah, daß die Jacke und das Hemd hinten mit stäbchenartigen Knöpfen verschlossen waren; keine Schnüre, und die Stoffe wa-

ren aus dickem Gewebe. Um den Hals schlang sich ein Stoffstreifen, der in den Mantel gesteckt war. Alle Kleidungsstücke waren von bräunlicher Farbe. Schuhe hatte ich in der Art, wie er sie trug, noch nie gesehen: fugenlos zusammengeflickt. An verschiedenen Stellen seiner Jacke fielen mir Blechstücke auf, auf jedem Jackenärmel waren drei Streifen und ein schwarzes Band mit Buchstaben darauf, die auch auf dem Helm standen. Aber es waren keine Runen, sondern römische Buchstaben: MP. Um die Hüfte hatte er einen breiten Gürtel geschlungen, darin steckten ein keulenförmiges Ding aus Metall und eine richtige Keule. „Es muß ein Kriegsgefangener sein", murmelte einer meiner Männer. „Wozu sonst diese Zeichen?"

„Vielleicht sind sie nur zur Zierde da, oder als Schutz gegen Zaubereien", beruhigte ich ihn. „Ich bin Ospak Ulfsson von Hillstead", fuhr ich zu dem Fremden gewandt fort. „Mit welchem Auftrag kommst du hierüber?"

Seine Brust hob und senkte sich, in seinen Augen blitzte es. Dann seufzte er, ließ sich auf die Erde nieder und bedeckte das Gesicht mit beiden Händen.

„Wenn er krank ist, bringen wir ihn besser ins Haus", sagte Helgi. Seine Augen strahlten — wir sehen hier nur wenig neue Gesichter.

„Nein ... nein ..." Der Fremde blickte auf. „Ich will mich einen Augenblick ausruhen —"

Er sprach unseren nordischen Dialekt ganz gut, obgleich er einen harten Akzent hatte und viele fremde Worte beimengte, die ich nicht verstand.

Grim, einer meiner Männer, hob den Speer. „Sind Wikinger gelandet?" fragte er.

„Wann sind wohl jemals Wikinger nach Island gekommen?" schnaubte ich. „Wo denkst du hin?"

Der Fremde schüttelte den Kopf, als hätte man ihm einen Schlag versetzt. Zitternd erhob er sich. „Was ist los?" sagte er. „Was ist mit der Stadt geschehen?"

„Welcher Stadt?" fragte ich verblüfft.

„Reykjavik!" jammerte er. „Wo ist sie geblieben?"

„Fünf Meilen südlich von hier, wo du hergekommen bist — außer du meinst die Bucht selbst“, antwortete ich.
„Nein! Da waren ja nur der Strand und ein paar schäbige Hütten und —“
„Das sage lieber nicht zu laut! Wenn Hjalmar Broadnose das hört!“ riet ich.
„Aber hier war doch eine Stadt!“ rief er. „Ich habe die Straße überquert, es gab einen Sturm, dann ein Krachen, und plötzlich stand ich hier am Strand, und die Stadt war weg!“
„Er ist verrückt“, stellte Sigurd fest und trat einen Schritt zurück. „Seid vorsichtig ... wenn ihm Schaum auf die Lippen tritt, wird er tollwütig.“
„Wer seid ihr?“ stammelte der Fremde. „Was macht ihr hier in dieser Aufmachung? Wozu die Speere?“
„Er scheint nicht direkt verrückt zu sein“, sagte Helgi. „Nur erschreckt und erstaunt. Irgend etwas Teuflisches muß ihm widerfahren sein.“
„Ich bleibe bei keinem, auf dem der Fluch liegt!“ zeterte Sigurd und wollte weglaufen.
„Komm zurück!“ bellte ich. „Bleib, wo du bist, oder ich zerspalte dir deinen verlausten Kopf!“
Das brachte ihn zur Vernunft, denn er hatte keine Verwandten, die ihn rächen würden. Inzwischen hatte sich der Fremde so weit gefaßt, daß er ruhig sprechen konnte.
„War das die Ha-Bombe?“ fragte er. „Hat der Krieg begonnen?“
Er benutzte dieses Wort — Ha-Bombe — oft, so daß ich mich noch heute sehr wohl darauf besinne, obgleich ich nicht genau weiß, was es bedeutet. Scheint eine Art Griechisches Feuer zu sein. Was den Krieg betrifft, so weiß ich nicht, welchen er meinte, und das sagte ich ihm auch. „Gestern nacht war ein schweres Gewitter“, fügte ich hinzu. „Und du sagst, daß du auch in eines geraten bist. Vielleicht hat dich Thors Hammer hierher geschleudert.“
„Aber wo sind wir hier?“ entgegnete er.
„Das habe ich dir doch schon gesagt. Dies ist Hillstead, in Island.“

„Aber da komme ich ja her!" stotterte er. „Reykjavik ... was ist passiert? Hat die Ha-Bombe alles zerstört, während ich bewußtlos war?"
„Nichts ist zerstört worden", sagte ich.
„Vielleicht meint er das Feuer in Olatsvik, letzten Monat", sagte Helgi.
„Nein, nein, nein!" Wieder vergrub er das Gesicht in den Händen. Nach einer Weile blickte er auf und sagte: „Hört zu. Ich bin Sergeant Gerald Robert vom Stützpunkt der amerikanischen Armee auf Island. Ich war in Reykjavik und wurde vom Blitz oder irgendwas getroffen. Plötzlich stand ich am Strand, kriegte es mit der Angst und begann zu laufen. Das ist alles. Könnt ihr mir sagen, wie ich zurück zur Kaserne komme?"
Das waren mehr oder weniger die Worte, die er gebrauchte, Priester. Natürlich haben wir nicht die Hälfte davon verstanden. Er mußte alles ein paarmal wiederholen und die einzelnen Ausdrükke erklären. Auch dann konnten wir uns noch kein rechtes Bild machen, außer daß er von irgendeinem Land namens Vereinigte Staaten von Amerika kam, das, wie er sagte, hinter Grönland nach Westen zu liegt, und daß er und noch einige andere hier auf Island seien, um unser Volk gegen seine Feinde zu schützen. Ich hielt das nicht direkt für eine Lüge, mehr für einen Irrtum oder ein Mißverständnis. Grim hätte ihn niedergeschlagen, aber ich wußte, daß er das, was er sagte, wirklich so meinte.
Der Versuch, uns alles zu erklären, kühlte ihn etwas ab. „Seht mal", sagte er mit einem zu vernünftigen Ton für einen Fiebernden, „vielleicht können wir von eurer Seite aus der Wahrheit näherkommen. Wißt ihr denn von keinem Krieg? Nichts, was — also, paßt mal auf. Meine Leute kamen zuerst hier nach Island, um euch gegen die Deutschen zu beschützen ... jetzt gegen die Russen, aber damals waren's die Deutschen. Wann war das?"
Helgi schüttelte den Kopf. „Davon wüßte ich nichts", sagte er. „Wer sind die Russen?" Später fand er heraus, daß Gardariki gemeint waren. „Außer", fügte er hinzu, „die alten Kriege —."
„Er meint die irischen Mönche", erklärte ich. „Ein paar lebten hier, als die Nordländer kamen, aber sie wurden vertrieben. Das

war so ungefähr vor hundert Jahren. Hat dein Volk je den Mönchen geholfen?"
„Ich habe nie von ihnen gehört", antwortete er. Er hielt den Atem an. „Ihr ... seid ihr Isländer nicht von Norwegen hergekommen?"
„Ja, vor ungefähr hundert Jahren", erklärte ich ihm geduldig. „Nachdem König Harald die Nordländer eingenommen hat und —"
„Vor hundert Jahren!" flüsterte er. Ich sah, wie sein Gesicht leichenblaß wurde. „Was für ein Jahr ist dies?"
Wir starrten ihn an.
„Nun, das zweite Jahr nach dem großen Lachsfang", sagte ich.
„Welches Jahr nach Christi Geburt, meine ich?" Es war ein heiseres Gestammel.
„Oh, du bist also ein Christ? Warte, laß mich nachdenken ... Ich habe mal mit einem Bischof in England gesprochen, den wir als Geisel zurückhielten, und er sagte ... Moment mal ... ich glaube, er sagte, dieser Christenmann lebte vor tausend Jahren, oder vielleicht auch ein bißchen später."
„Eintausend —" Er schüttelte den Kopf; und dann verließ ihn irgend etwas. Mit glasigen Augen stand er da — ja, ich habe Glas gesehen, ich sagte ja schon, ich bin ein weitgereister Mann — so stand er da, und als wir ihn zur Heimstätte führten, ließ er das wie ein kleines Kind mit sich geschehen.
Du kannst das ja selbst beurteilen, Priester: meine Frau Ragnhild ist trotz ihres Alters noch eine hübsche Frau, und Thorgunna geriet nach ihr. Sie war — sie ist groß und schlank, mit einer prächtigen blonden Haarkrone. Als sie noch ein junges Mädchen war, trug sie es lose über die Schultern. Sie hatte große blaue Augen und ein schmales herzförmiges Gesicht und sehr, sehr rote Lippen. Sie war immer fröhlich und wohlgemut und hatte ein gutes Herz — alle Männer liebten sie. Sverri Snorrasson ging zu den Wikingern, als sie ihm ihre Hand abschlug, und kam ums Leben, aber niemand hätte gewagt, sie unglücklich zu machen.
Wir führten diesen Gerald Samson — er sagte, daß sein Vater Sam hieße — ins Haus. Sigurd und Grim blieben zurück, um das Treibholz aufzusammeln. Es gibt einige, die keinen Christen in ihr

Haus aufnehmen würden, nur aus Furcht vor Hexerei, aber ich bin ein aufgeschlossener Mensch, und Helgi begeisterte sich natürlich für alles, was neu war. Unser Gast stolperte wie ein Blinder über die Felder, aber als wir den Hof betraten, schien er aufzuwachen. Sein Blick wanderte über die Gebäude, von den Ställen und Scheunen zur Räucherkammer, der Brauerei, der Küche, dem Badehaus, dem Altar und zur Wohnhalle, in deren Eingang Thorgunna stand.

Ihre Blicke begegneten sich, und ich bemerkte, wie ihr die Farbe in die Wangen stieg; dachte mir damals aber noch nichts dabei. Unsere Schuhe hallten, als wir über den Hof gingen und die Hunde beiseite stießen. Meine beiden Sklaven hielten mit dem Säubern der Ställe inne und gafften, bis ich sie mit der Bemerkung, ein Mann sei immer noch gut zum Opfern, wenn er sonst nichts wert ist, wieder an die Arbeit brachte. Das ist übrigens etwas Nützliches, was euch Christen fehlt: Ich selbst habe nie einen Menschen geopfert, aber du kannst jetzt sehen, wie nützlich die Tatsache ist, daß ich es tun könnte.

Wir betraten die Halle, und ich sagte den Leuten Geralds Namen und wie wir ihn gefunden hatten. Ragnhild trieb ihre Mädchen an, das Feuer zu schüren, Bier herbeizuschaffen und dergleichen, während ich Gerald zu dem hohen Gastsitz führte und mich neben ihm niederließ. Thorgunna brachte die gefüllten Hörner.

Gerald kostete das Gebräu und zog ein Gesicht. Ich fühlte mich etwas beleidigt, denn mein Bier wird im allgemeinen als gut bezeichnet, und fragte ihn, was daran denn nicht recht wäre. Er lachte und meinte, daß er an Bier gewöhnt sei, das schäumte und nicht sauer wäre.

„Und wo macht man so ein Bier?“ fragte ich gereizt.

„Überall! — Island auch — nein ...“ Er starrte grübelnd vor sich hin. „Sagen wir mal in Vinland.“

„Wo in Vinland?“ fragte ich.

„Das Land im Osten, wo ich hergekommen bin. Ich dachte, du wüßtest das. Moment mal ...“, er schüttelte den Kopf. „Vielleicht kann ich es herauskriegen — habt ihr schon mal von einem Mann namens Leif Eriksson gehört?“

„Nein, sagte ich. Aber nun weiß ich mit Sicherheit, daß das ein Beweis für seine Geschichte war, denn Leif Eriksson ist heute ein bekannter Führer; und ich nehme jetzt auch diese Erzählungen von dem Land, das Bjarni Herjulfsson gesehen haben will, viel ernster.
„Seinen Vater vielleicht — Eirik den Roten?“ fragte Gerald.
„Oh, ja“, antwortete ich. „Wenn du den Nordländer meinst, der wegen eines Totschlags hierhergekommen ist und der dann Island aus dem gleichen Grund wieder verlassen hat. Jetzt ist er bei unseren Leuten in Grönland.“
„Dann ist das die Zeit um oder vielmehr ein bißchen vor Leifs Reise“, murmelte er. „Ende des zehnten Jahrhunderts.“
„Hör zu“, mischte sich Helgi ein, „wir haben eine Menge Geduld mit dir gehabt, aber jetzt ist nicht der rechte Augenblick für großes Rätselraten. Sparen wir uns das für andere Gelegenheiten, wie Feste und Trinkgelage. Kannst du uns nicht ganz klar sagen, woher du kommst und wie du hierher gekommen bist?“
Gerald bedeckte sein Gesicht und zitterte.
„Laß ihn in Ruhe“, sagte Thorgunna. „Siehst du denn nicht, daß der Mann Kummer hat?“
Er hob den Kopf und blickte sie an wie ein geschlagener Hund, den man gestreichelt hat. In der Halle war es ziemlich dämmrig, durch das Dachfenster fiel aber noch so viel Tageslicht ein, daß die Kerzen nicht angezündet zu werden brauchten; dadurch erschien alles etwas schemenhaft. Trotzdem konnte ich sehen, wie sich die Gesichter beider etwas röteten.
Gerald atmete tief und kramte in seinen Kleidern, in denen sich Taschen befanden. Er zog ein kleines Pergamentschächtelchen hervor und entnahm ihm einen zierlichen weißen Stab, den er in den Mund steckte. Dann holte er eine andere, etwas kleinere Schachtel heraus. Mit einem der hölzernen Stäbchen, die darin waren, kratzte er an der Schachtel entlang, worauf es sich entzündete. Mit dem Feuer steckte er den weißen Stab in seinem Mund an und zog den Rauch ein.
Wir starrten ihn alle entgeistert an. „Ist das ein christlicher Ritus?“

„Nein ... das nicht gerade." Ein Lächeln verzog seine Lippen. „Ich hatte geglaubt, daß ihr erstaunter, ja entsetzt sein würdet."
„Wir kennen es nicht", gab ich zu. „Aber wir Isländer sind sachlich denkende Leute. Diese Feuerstäbe könnten sehr nützlich für uns sein. Bist du gekommen, um mit ihnen Handel zu treiben?"
„Kaum." Er seufzte. Dieser Rauch schien ihn komischerweise zu beruhigen, während der Rauch in der Halle ihn zum Husten gebracht und ihm Tränen in die Augen getrieben hatte. „Die Wahrheit ist — etwas, das ich selbst kaum glauben kann, wie solltet ihr es dann begreifen?"
Wir warteten, Thorgunna hatte sich vorgelehnt, ihr Mund stand halb offen.
„Dieser Blitzstrahl —" Gerald nickte müde. „Ich befand mich draußen, in einem Sturm, und irgendwie muß mich der Blitz auf eine seltene Art getroffen haben. Er versetzte mich in die Vergangenheit."
Das waren seine Worte, Priester. Ich verstand sie nicht und sagte es ihm auch.
„Es ist schwer zu verstehen", stimmte er zu. „Wolle Gott, daß dies alles nur ein Traum ist. Aber wenn es ein Traum ist, so muß ich ihn durchstehen, bis ich wieder aufwache ... hört zu. Ich wurde eintausendneunhundertundzweiunddreißig Jahre nach Christus geboren, in einem Land im Westen, das ihr noch nicht gefunden habt. Als ich dreiundzwanzig Jahre alt war, kam ich als Angehöriger unserer Armee nach Island. Der Blitz traf mich und jetzt — jetzt zählt ihr erst weniger als eintausend Jahre nach Christus, und trotzdem bin ich bei euch — fast eintausend Jahre vor meiner Geburt!"
Wir saßen sehr still da. Ich machte das Zeichen des Hammers und nahm einen Tiefen Schluck aus dem Horn. Eines der Mädchen wimmerte, und Ragnhild flüsterte ihr so scharf etwas zu, daß ich es hören konnte: „Sei still! Der arme Kerl ist nicht bei Verstand. Er ist nicht böse."
Ich stimmte ihr zu, obgleich ich vom letzteren nicht so ganz überzeugt war. Die Götter können durch einen Wahnsinnigen sprechen, und man kann den Göttern nicht immer trauen. Viel-

leicht wurde er plötzlich tollwütig oder unterlag einem schweren Fluch, der sich auf uns übertrug.
Er starrte schweigend vor sich hin, und ich fing ein paar Flöhe und zerquetschte sie, während ich über alles nachdachte. Gerald bemerkte es und fragte entsetzt, ob wir hier denn Flöhe hätten.
„Wieso? Natürlich!“ antwortete Thorgunna. „Hast du keine?“
„Nein.“ Er grinste verlegen. „Noch nicht.“
„Oh“, seufzte sie, „dann mußt du krank sein.“
Sie war ein vernünftiges Mädchen. Ich konnte ihre Gedanken erraten und auch Ragnhild und Helgi verstanden sofort. Sicherlich würde ein Mensch, der so krank war, daß er noch nicht einmal Flöhe hatte, nicht plötzlich zu rasen anfangen. Zwar bestand nun die Sorge, daß wir seine Krankheit auch bekommen würden, aber das schien mir doch unwahrscheinlich. Bei ihm stimmte es im Kopf nicht, vielleicht hatte er einen Schlag erhalten. Auf jeden Fall waren wir jetzt auf dem Boden der Tatsachen, wo wir etwas anfangen konnten.
Als ein Godi, ein Führer, der Opfer darbringt, hatte ich die Pflicht, mich gut um meinen Gast zu kümmern. Und noch etwas stand dafür: Wenn er viel von diesen kleinen Feuerstäben beschaffen konnte, würden wir einen ertragreichen Handel damit aufbauen können. Deshalb schlug ich erst einmal vor, daß Gerald zu Bett gehen sollte. Er weigerte sich, aber wir schleppten ihn in eine Schlafkoje, und da er sehr müde war, schlief er bald tief und fest. Thorgunna versprach, sich um ihn zu kümmern.

Am nächsten Tag entschloß ich mich, ein Pferd zu opfern. Einmal wegen des Holzes, das wir gefunden hatten, und zum anderen wegen eines Fluches, der auf Gerald liegen mochte. Außerdem war das Tier, das ich auserkoren hatte, alt und nutzlos, und wir waren knapp an frischem Fleisch. Gerald hatte sich den ganzen Tag über mißmutig zwischen Stallungen herumgedrückt, aber als ich zum Abendessen kam, fand ich ihn lachend im Gespräch mit meiner Tochter Thorgunna.
„Du scheinst dich auf dem Wege der Besserung zu befinden“, sagte ich.

„Oh, ja. Es könnte mir schlechter gehen." Als die Diener und Mädchen die Tische und das Essen hereinbrachten, ließ er sich neben mir nieder. „Ich habe mich schon immer für das Zeitalter der Wikinger interessiert, und Mut habe ich auch."
„Nun", antwortete ich, „wenn du kein Heim hast, kannst du eine Weile hier bleiben."
„Ich kann arbeiten", beeilte er sich zu bemerken. „Ich werde meine Bezahlung schon wert sein."
Jetzt wußte ich, daß er aus einem fremden Land stammte, denn welcher stolze Mann würde auf einem anderen als seinem eigenen Land arbeiten, und noch dazu gegen Bezahlung? Trotzdem hatte er das Benehmen eines Hochgeborenen und schien sein ganzes Leben lang gut gegessen zu haben. Ich übersah es, daß er keine Geschenke machte; schließlich war er ja ein Schiffbrüchiger.
„Vielleicht kannst du in deine Vereinigten Staaten zurückfahren", schlug Helgi vor. „Wir könnten ein Schiff anheuern. Ich würde dieses Reich sehr gern kennenlernen."
„Nein", antwortete Gerald finster. „So ein Reich gibt es nicht. Noch nicht jedenfalls."
„Du hältst also immer noch an der Idee fest, daß du von Morgen bist?" grunzte Sigurd. „Verrückter Einfall. Reich mir das Schweinefleisch." „Das tue ich", sagte Gerald mit fester Stimme. „Und ich kann es sogar beweisen."
„Ich verstehe nicht, wie du unsere Sprache sprechen kannst, wenn du aus einem so weit entfernten Land kommst", sagte ich. „Ich würde niemanden ins Gesicht hinein einen Lügner nennen, es sei denn, wir tauschten auf freundschaftliche Weise Lügenmärchen aus. Aber —"
„In meinem Land und zu meiner Zeit spricht man anders", erwiderte er, „aber in Island hat sich die Sprache seit den alten Tagen wenig verändert, und ich habe sie gelernt, als ich hierher kam."
„Wenn du ein Christ bist", sagte ich, „dann mußt du Nachsicht haben, wenn wir heute abend unser Opfer darbringen."

„Ich habe nichts dagegen“, entgegnete er. „Ich fürchte, ich war nie ein sehr guter Christ. Ich würde gerne zuschauen. Wie wird es gemacht?“

Ich erklärte ihm, wie ich das Pferd vor dem Gott mit einem Hammer erschlagen, seine Kehle durchschneiden und das Blut mit Weidenruten ringsherum versprengen würde; wie wir den Kadaver später zerstückeln und bei einem Fest verspeisen würden. Hastig sagte er: „Das ist eine Chance, zu beweisen, wer ich bin. Ich habe eine Waffe, die das Pferd mit ... mit einem Blitzstrahl töten wird.“

„Was ist das für eine Waffe?“ fragte ich erstaunt. Wir drängten uns alle um ihn, als er die Metallkeule aus der Hülle zog und uns zuschob. Mir kamen Zweifel. Zwar sah es sehr wohl so aus, als könnte man einen Menschen damit verletzen, aber es hatte keine Ecken und Kanten, obgleich es außerordentlich schön geschmiedet war. „Nun, versuchen wir's“, sagte ich. Er zeigte uns, was er noch in seinen Taschen trug. Das waren ein paar Münzen von bemerkenswerter Glätte und Feinheit, ein kleiner Schlüssel, ein Stab mit Blei darin zum Schreiben, eine flache Börse mit vielen einzelnen gezeichneten Papierstücken darin. Als er uns erzählte, daß einige davon Geld seien, mußte selbst Thorgunna lachen. Das beste von all dem war ein Messer, dessen Schneide sich in den Griff klappen ließ. Als er sah, wie ich es bewunderte, gab er es mir, was für einen Schiffbrüchigen eine nette Geste war. Ich versprach ihm Kleidung und eine gute Axt sowie freie Unterkunft, solange es sich als notwendig erwies.

Nein, ich habe das Messer nicht bei mir. Du wirst gleich hören, warum nicht. Eigentlich schade, denn es war ein gutes Messer, wenn auch ziemlich klein.

„Was warst du, bevor der Krieg in deinem Land verkündet wurde?“ fragte Helgi. „Kaufmann?“

„Nein“, antwortete Gerald. „Ich war ein ... Ingenieur ... das heißt, ich wollte einer werden. Das ist jemand der Dinge baut, Brücken, Straßen und Werkzeuge ... mehr als ein Handwerker. Deshalb glaube ich, daß mein Wissen hier von großem Wert sein könnte.“

Seine Augen glänzten fiebrig. „Gebt mir Zeit — dann werde ich bald ein König sein!"
„Wir haben in Island keinen König", murmelte ich. „Unsere Vorväter sind hierher gekommen, um ohne Könige zu leben. Jetzt treffen wir uns immer bei den Thingen, um zu Gericht zu sitzen und neue Gesetze festzulegen, aber jeder ist sein eigener Richter, so gut er kann."
„Aber angenommen, derjenige, der im Unrecht ist, will sich nicht fügen?" fragte er.
„Dann gibt es eine feine Fehde", antwortete Helgi und erzählte von einigen Kämpfen. Gerald sah unglücklich aus und hantierte an seiner Pistole. So jedenfalls nannte er seine feuerspeiende Keule.
„Deine Kleider sind sehr schön", bemerkte Thorgunna leise. „Deine Leute müssen große Äcker und Weiden besitzen."
„Nein", entgegnete er, „unser ... unser König gibt jedem Mann in der Armee solche Kleider. Was meine Familie betrifft, so besaß sie kein Land, sondern mietete eine Wohnung in einem Gebäude, in dem noch viele andere Familien wohnten."
Ich bin bestimmt nicht eingebildet auf meinen Reichtum, aber mir schien es nicht ehrlich von ihm, sich mit mir auf einen hohen Sitz niederzulassen, wenn er überhaupt kein Land besaß. Thorgunna schwächte meine Verstimmung, indem sie sagte: „Du wirst später einen Hof erwerben."
Nach Eintreten der Dunkelheit gingen wir hinüber zum Schrein. Die Männer hatten ein Feuer davor angefacht, und als wir die Tür öffneten, schien der hölzerne Odin vorzuspringen. Gerald flüsterte meiner Tochter zu, daß es ein ungeschicktes Stück Schnitzerei sei, und da mein Vater es selbst gemacht hatte, ärgerte ich mich noch mehr über ihn. Manche Leute haben für die feinen Künste einfach kein Verständnis.
Trotzdem gestattete ich ihm, mir dabei zu helfen, das Pferd zum Altarstein zu führen. Ich nahm die Blutschale in die Hände und sagte ihm, er könne nun das Tier erschlagen, wenn er wolle. Er zog seine Pistole, legte das eine Ende hinter das Ohr des Pferdes und drückte ab. Ein Krachen erscholl, und dann zitterte das

Pferd am ganzen Körper und fiel hin, in seinem Kopf war ein Loch, wodurch das Gehirn für uns nicht mehr brauchbar war — eine ungeschickte Waffe. Mir stieg ein Geruch in die Nase, der an einen Vulkan erinnerte — scharf und bitter. Wir erschraken, eine der Frauen kreischte auf, und Gerald sah stolz aus. Ich nahm mich zusammen und beendete die Opferzeremonie wie üblich. Gerald mochte es nicht, wenn Blut über ihn spritzte, aber schließlich war er ja auch ein Christ. Er wollte auch nur ganz wenig von der Suppe und dem Fleisch. Hinterher fragte ihn Helgi wegen der Pistole aus. Er behauptete, daß sie einen Menschen auf die Entfernung eines Bogenschusses töten könnte, aber daß keine Zauberei dabei im Spiel sei, nur ein paar Tricks, die wir noch nicht kannten. Da ich schon vom Griechischen Feuer gehört hatte, glaubte ich ihm. Eine Pistole konnte bei einem Kampf höchst nützlich sein, wie ich später tätsächlich auch erfahren mußte, aber sie erschien mir doch nicht sehr praktisch — bei dem teuren Preis, den Eisen kostet, und den monatelangen Schmiedearbeiten für jedes einzelne Stück.
Ich machte mir wegen des Mannes selbst Sorgen.
Am nächsten Morgen traf ich ihn an, wie er Thorgunna einen Haufen Unsinn über seine Heimat erzählte, von Gebäuden, so groß wie Berge, und Wagen, die ohne Pferde fuhren oder flogen. Er sagte, daß in seiner Stadt — eine Burg namens New Jorvik oder so ähnlich — acht- oder neuntausend Menschen lebten. Ich kann eine ganze Menge Prahlerei vertragen, aber das ging nun doch zu weit, und so forderte ich ihn wütend auf, mit mir zu kommen, um eine auseinandergetriebene Herde zu suchen.

Nachdem wir einen Tag lang in den Hügeln herumgekraxelt waren, wurde mir klar, daß Gerald das Vorderteil einer Kuh kaum von ihrer Hinteransicht unterscheiden konnte. Einmal hatten wir die Ausreißer fast wieder, aber er rannte so tölpisch über ihren Weg, daß sie umkehrten und die ganze Arbeit von vorne begann. Mit erzwungener Höflichkeit fragte ich ihn, ob er melken, scheren, mähen oder dreschen könne, aber er verneinte das, denn er hätte nie auf einer Farm gelebt.

„Schade“, bemerkte ich, „denn auf Island tut das jeder, außer den Gesetzlosen.“
Bei meinen Worten stieg ihm das Blut ins Gesicht. „Ich kann genug andere Dinge“, antwortete er. „Gib mir ein paar Werkzeuge, und ich werde dir gute Metallsachen anfertigen.“
Das stimmte mich um, denn, um die Wahrheit zu sagen, war niemand in unserem Haus ein besonders begabter Schmied. „Das ist ein ehrenwerter Vorschlag“, sagte ich. „Du kannst uns von großer Hilfe sein. Ich habe ein zerbrochenes Schwert und verschiedene verbogene Speerköpfe zum Reparieren, und es wäre gar keine schlechte Idee, die Hufe der Pferde zu beschlagen.“
Sein Geständnis, daß er nicht wußte, wie man ein Pferd beschlägt, dämpfte meinen Eifer zu der Zeit noch nicht. Inzwischen waren wir wieder zu Hause angelangt, und Thorgunna kam ärgerlich auf mich zu. „So behandelt man keinen Gast, Vater!“ sagte sie. „Ihn wie einen Leibeigenen arbeiten zu lassen!“
Gerald lächelte. „Es wird mir Freude machen, zu arbeiten“, besänftigte er sie. „Ich brauche sie, ich muß etwas tun, mit dem ich wieder ganz von vorne beginne. Und ich möchte mich auch für eure Freundlichkeit erkenntlich zeigen.“
Das stimmte mich mild, und ich sagte, daß er ja schließlich nichts dafür könne, wenn in den Vereinigten Staaten andere Sitten und Gebräuche herrschten. Am nächsten Tag könne er die Arbeit in der Schmiede beginnen, ich würde ihn dafür bezahlen, und er wäre trotzdem ein Gleichgestellter, denn Handwerker sind rar. Das brachte ihm dunkle Blicke von den Gefolgsleuten ein.
An diesem Abend unterhielt er uns mit Geschichten aus seiner Heimat; wahr oder nicht wahr, sie waren interessant. Auf der anderen Seite war er nicht fähig, auch nur zweizeilige Verse zu dichten. Das muß schon ein ziemlich ungehobelter und rückständiger Haufen in seinem Land sein! Er sagte, seine Aufgabe in der Armee sei es gewesen, Ordnung in den Truppen zu halten. Helgi meinte, das sei unvorstellbar, und er müsse ein ziemlich mutiger Mann sein, um so viele Männer zu beleidigen, aber Gerald erwiderte, das Volk gehorche ihm aus Furcht vor dem König. Als er hinzufügte, daß Gehorsamsverweigerung zwei Jahre Gefängnis

kostete und daß die Männer auch zur Erntezeit eingezogen werden konnten, bemerkte ich, daß er gut daran sei, einem Land mit solch einem rücksichtslosen und mächtigen König entkommen zu sein.
„Nein", entgegnete er versonnen, „wir sind ein freies Volk, das sagt, was ihm auf dem Herzen liegt."
„Aber es scheint, ihr könnt nicht tun, was euch beliebt", sagte Helgi. „Nun", erwiderte er, „wir dürfen natürlich niemanden ermorden, weil er uns beleidigt hat."
„Auch nicht, wenn jemand einen deiner Leute erschlagen hat?" fragte Helgi.
„Nein. Es ist Sache des ... des Königs, für uns alle Rache zu üben."
Ich lachte. „Deine Märchen klingen gut, aber jetzt hast du dich übernommen. Wie könnte der König jemals auf der Spur all der Mörder bleiben, ganz abgesehen von der Rache, die er zu üben hätte. Himmel, der Mann hätte nicht einmal mehr Zeit, einen Erben zu zeugen!" Das darauffolgende schallende Gelächter ließ ihn nicht mehr zu Wort kommen.
Am nächsten Tag ging Gerald mit einem Sklaven, der ihm den Blasebalg treten sollte, zur Schmiede. Ich selbst war an diesem Tag und die darauffolgende Nacht nach Reykjavik gegangen, wo ich mit Hjalmar Breitnase wegen ein paar Schafen verhandelte. Ich lud ihn auf ein paar Tage zu mir ein, und zusammen mit seinem Sohn Ketill, einem rothaarigen mürrischen Jungen, den Thorgunna abgewiesen hatte, ritten wir in den Hof.
Gerald saß mit düsterem Gesicht auf einer Bank in der Halle. Er trug die Kleidung, die ich ihm gegeben hatte, da seine eigene von Asche und Funken verdorben war — was hatte er erwartet, der Narr? Mit leiser Stimme sprach er zu meiner Tochter.
„Nun", sagte ich beim Eintreten, „wie ist's gegangen?"
Mein Untergebener Grim spottete: „Er hat zwei Speerspitzen ruiniert, aber wir haben das Feuer, das er angelegt hat, ausgelöscht, bevor die ganze Schmiede in Flammen aufging."
„Wie kommt das?" rief ich. „Sagtest du nicht, du seiest ein Schmied?" Trotzig stand Gerald auf. „Ich habe mit anderen

Werkzeugen gearbeitet. Und wir hatten bei uns zur Hause viel bessere. Ihr macht hier eben alles anders."
Anscheinend hatte er das Feuer zu heiß werden lassen; sein Hammer hatte überall hin getroffen, nur nicht dorthin, wo er sollte; er hatte den Stahl zunichte gemacht, weil er das Feuer nicht rechtzeitig löschte. Natürlich dauert es Jahre, bis man das Schmiedehandwerk erlernt hat, aber er hätte zugeben müssen, daß er überhaupt keine Ahnung davon hatte.
„Also, was kannst du dann tun, um dir dein Brot zu verdienen", fuhr ich ihn an. Es verdroß mich, vor Hjalmar und Ketill als Narr dazustehen, weil ich ihnen schon von dem Fremden erzählt hatte.
„Odin allein weiß das", sagte Grim. „Ich nahm ihn mit, um deinen Ziegen nachzujagen, und in meinem ganzen Leben habe ich keinen schlechteren Reiter gesehen. Ich fragte ihn, ob er wenigstens spinnen oder weben könne, und er verneinte es."
„Das war keine Frage, die man einem Mann stellt!" fuhr Thorgunna auf. „Er hätte dich dafür erschlagen sollen!"
„Das hätte er in der Tat sollen", lachte Grim. „Aber laß mich weiter erzählen. Ich dachte, wir könnten deine Brücke über den Graben reparieren. Nun — mit einer Säge kann er gerade noch ein wenig umgehen, aber mit dem Breitbeil hätte er sich fast den eigenen Fuß abgeschlagen."
„Wir benutzen solche Handwerkzeuge überhaupt nicht bei uns, das habe ich euch doch schon gesagt!" Gerald ballte die Fäuste und war den Tränen nahe.
Ich wies meine Gäste an, Platz zu nehmen. „Schätze, du kannst auch kein Schwein schlachten und braten", sagte ich zu ihm.
„Nein." Ich konnte seine Stimme kaum vernehmen.
„Nun, denn, Mann ... was kannst du überhaupt?"
„Ich—" Er bekam kein Wort heraus. „Du warst doch ein Krieger", kam ihm Thorgunna zu Hilfe.
„Ja — das war ich!" stimmte er zu, und sein Gesicht leuchtete auf.
„Wenig nutze in Island, wenn du keine anderen Fähigkeiten hast", brummte ich, „aber wenn du vielleicht eine Passage nach

den Ostländern kriegst, nimmt dich dort ein König in seine Wache auf." Im stillen zweifelte ich daran; denn ein Wachmann muß Manieren haben, die seinem Meister Ehre machen; aber ich brachte es nicht übers Herz, das offen auszusprechen.
Ketill Hjalmarson mochte es ganz offensichtlich nicht, daß Thorgunna so dicht bei Gerald stand und sich für ihn einsetzte. Jetzt lächelte er höhnisch und sagte: „Ich zweifle sogar daran, ob du überhaupt kämpfen kannst."
„Darin bin ich ausgebildet", antwortete Gerald wütend.
„Willst du mit mir ringen?" fragte Ketill.
„Gern!" fauchte Gerald.
Was soll man sich da noch denken? Je älter ich werde, um so weniger finde ich das Leben so, wie du es siehst, Priester: wir sind alle irgendwie grau in grau. Dieser nutzlose Bursche, dieser geistlose Tölpel, den man sogar fragen konnte, ob er Weiberarbeit verrichtet, ohne daß er die Axt hob, ging mit Ketill Hjalmarson hinaus in den Hof und warf ihn dreimal wie spielend auf den Boden. Es war irgendein Trick dabei, wie er die Kleider packte, wenn Ketill gerade angreifen wollte ... Ich machte dem Kampf ein Ende, als die Jungen in mörderische Rage gerieten, lobte sie beide und füllte die Bierhörner. Aber Ketill brütete den ganzen Abend mißmutig auf seiner Bank vor sich hin.
Gerald sagte etwas über eine Pistole, die er machen wollte. Es sollte eine größere werden, eine Kanone nannte er es, und sie sollte angeblich Schiffe versenken und ganze Heere auseinandersprengen. Er würde die Hilfe von Schmieden brauchen, und verschiedene andere Dinge. Holzkohle war leicht aufzutreiben, und Schwefel gab es in der Vulkangegend, aber was ist dieser Salpeter?
Da ich inzwischen schon ziemlich mißtrauisch geworden war, fragte ich ihn genau, wie er solch ein Ding machen wollte. Wußte er, wie man das Pulver mischen mußte? Nein, gab er zu. Wie groß würde die Pistole sein? Als er es mir sagte — wenigstens so lang wie ein ausgewachsener Mann — lachte ich und fragte, wie solch ein Stück denn geschnitten oder gebohrt werden sollte, selbst wenn wir tatsächlich so viel Eisen zusammenkratzen

könnten. Das wußte er auch nicht. „Ihr habt nicht die Werkzeuge, um die Werkzeuge, mit denen man Werkzeuge herstellt, zu machen", sagte er. Ich weiß nicht, was er damit gemeint haben könnte. „Gott stehe mir bei. Ich kann nicht tausend Jahre Geschichte ganz allein und für mich durchgehen."

Er zog den letzten seiner kleinen Rauchstäbe hervor und zündete ihn an. Helgi hatte früher schon einmal einen Zug probiert, wonach ihm schlecht geworden war, trotzdem blieb er ein Freund Geralds. Nun schlug mein Sohn vor, am nächsten Morgen ein Boot zu nehmen und hinauf nach Ice Fjord zu fahren, wo ich noch etwas Geld ausstehen hatte, das ich kassieren wollte. Hjalmar und Ketill boten sich zuvorkommend und freundlich an, uns zu begleiten, und Thorgunna bat mich so eindringlich, daß ich es ihr auch erlaubte.

„Eine üble Sache", murmelte Sigurd. „Jeder weiß, daß es Unglück bringt, wenn eine Frau mit auf dem Schiff fährt."

„Wie hat dann dein Vater eine Frau mit auf unsere Insel geschafft?" grinste ich.

Jetzt wünsche ich, ich hätte auf ihn gehört. Er war kein sehr gescheiter Mann, aber manchmal wußte er, wovon er sprach.

Ich besaß zu dieser Zeit die Hälfte eines Schiffes, das nach Norwegen fuhr und dort Schafwollballen gegen Holz eintauschte. Das war ein ziemlich ertragreiches Geschäft, bis es den Wikingern in die Arme lief. Manche Leute würden alles tun, um ihren Lebensunterhalt zu verdienen — Diebe, Mörder, und man sollte sie hängen, diese wertlosen Räuber, die sich auf ehrbare Kaufleute stürzen. Wenn sie Mut hätten, gingen sie nach Irland, wo das Plündern und Rauben an der Tagesordnung ist.

Nun ja — das Schiff war unterwegs, aber wir hatten noch drei weitere Boote, von denen wir eines nahmen. Außer mir fuhren Thorgunna, Helgi, Hjalmar, Ketill, Grim und Gerald mit. Ich beobachtete, wie der Fremde vor dem kalten Wasser zurückzuckte, als wir das Boot ins Wasser schoben; hinterher zog er Schuhe und Strümpfe aus, um sich die Füße abzutrocknen. Er hatte sich über unser Badehaus gewundert — glaubte er etwa, wir seien

Wilde? —, und er war empfindlich wie eine Frau und begab sich bald aus dem Bereich unserer Füße.
Es ging eine günstige Brise, und wir richteten den Mast auf und segelten. Gerald versuchte zu helfen, konnte aber die eine Leine nicht von der anderen unterscheiden und brachte sie bald völlig durcheinander. Grim schnauzte ihn an, und Ketill lachte höhnisch. Aber nicht lange, und wir waren auf dem Weg, und er setzte sich neben mich. Er hatte eine lange Zeit lang ausgestreckt dagelegen und nachgedacht, bevor er schüchtern zu sprechen wagte: „In meinem Land hat man ... wird man eine Takelung und ein Ruder haben, die besser sind als diese hier. Mit ihnen kann man mit und gegen den Wind kreuzen."
„Aha, unser geübter Segler muß uns Ratschläge erteilen!" spottete Ketill.
„Sei still", fuhr ihn Thorgunna scharf an. „Laß Gerald sprechen."
Er lächelte sie verstohlen und dankbar an. Auch ich war neugierig, was er von sich geben würde. „Das ist etwas, was man leicht herstellen könnte", sagte er. „Ich habe solche Boote schon selbst benutzt und kenne sie gut. Als erstes sollte das Segel nicht viereckig sein und von einer Rahnock hängen, sondern dreieckig, wobei die eine Ecke an eine Rah gebunden wird, die drehbar am Mast hängt. Außerdem ist euer Steuerruder am falschen Platz — in der Mitte des Hecks sollte ein Ruder sein, das von einer Stange geführt wird." Er war jetzt eifrig bei der Sache und zeichnete alles mit dem Fingernagel auf Thorgunnas Umhang. „Mit diesen beiden Dingen und einem tiefen Kiel — so tief, wie etwa ein Mann groß ist, bei einem Boot dieser Größe — kann es gegen den Wind kreuzen ... so. Und ein anderes Segel kann außerdem noch zwischen den Masten und den Bug gehängt werden."
Ich muß schon sagen, Priester, die Idee hatte ihre Vorzüge. Und hätte ich keine Angst vor dem Unglück — denn alles von ihm brachte Unglück —, so würde ich selbst jetzt noch ein wenig damit experimentieren. Aber es sind doch gewisse Nachteile vorhanden, die ich ihm auf ganz logische Art klarmachte.

„Erstens einmal“, begann ich, „und das wäre ziemlich übel, könnte man unmöglich mit solch einem tiefen Kiel und Ruder das Schiff an Land ziehen oder einen flachen Fluß hinaufsegeln. Vielleicht gibt es dort, wo du herkommst, viele Häfen, aber hier muß ein Schiff überall anlegen und muß schnell wieder klargemacht werden können, falls ein Angriff zu befürchten ist. Zweitens wäre dieser Mast, wie du ihn beschreibst, sehr schwer abzubauen, wenn der Wind nachläßt und die Ruder heraus müssen. Drittens kann man ein Segel mit einem solchen Format nicht als Plane benutzen, wenn man auf See schlafen muß.“

„Das Schiff könnte Anker werfen und ihr könnt mit kleinen Booten an Land gehen“, antwortete er. „Auch könntet ihr Kajüten ins Schiff einbauen, um darin Schutz zu finden.“

„Die Kabinen würden den Rudern im Wege sein“, wandte ich ein, „außer die Schiffe wären hoffnungslos breit gebaut oder die Ruderer säßen unter Deck wie die Galeerensklaven von Miklagard; und freie Männer würden das nicht ertragen, so zu rudern.“

„Müßt ihr denn Ruder haben?“ fragte er wie ein kleines Kind.

Gelächter erscholl. Selbst die Möwen, die über Steuerbord schwebten, schienen zu lächeln.

„Habt ihr dort, woher du kommst, immer Wind?“ schnaubte Hjalmar. „Was geschieht, wenn man in eine Flaute gerät — tagelang, meine ich, und die Verpflegung wird knapp?“

„Ihr könntet ein Schiff bauen, das groß genug ist, um Verpflegung für viele Wochen aufzunehmen“, sagte Gerald.

„Wenn du reich bist wie ein König, könntest du das tun“, entgegnete Helbi. „Und ein Schiff, das hilflos bei ruhiger See daherschaukelt, würde von jedem Wikinger von hier bis Jomsborg überfallen werden. Und was die Sache betrifft, daß du das Schiff auf dem Wasser läßt, während du an Land ein Lager aufschlägst — was wolltest du dort als Schutz nehmen oder zur Verteidigung, falls du eingeschlossen wirst?“

Geralds Gesicht wurde immer länger. Sanft sagte Thorgunna zu ihm: „Manche Leute haben nicht den Mut, irgend etwas Neues auszuprobieren. Ich finde, daß es eine ausgezeichnete Idee ist.“

Er lächelte ihr müde zu und faßte Mut, über ein Mittel zu sprechen, mit dem man immer, selbst bei Nebel, den Norden finden konnte. Er sagte, daß es Steine gäbe, die immer nach Norden zeigten, wenn man sie an einen Faden hängt. Ich erwiderte ihm darauf freundlich, daß ich sehr daran interessiert sei, wenn er mir ein paar von diesen Steinen besorgen könnte. Oder wenn er wisse, wo es solche Steine gäbe, könnte ich einen Händler bitten, mir einen zu besorgen. Aber er wußte es nicht und verfiel in Schweigen. Ketill öffnete schon den Mund, um etwas von sich zu geben, als ihn ein so scharfer Blick Thorgunnas traf, daß er ihn sogleich wieder zumachte. Aber sein Gesichtsausdruck zeigte deutlich, daß er Gerald für einen Lügner hielt.
Der Wind drehte sich nach einer Weile gegen uns, so daß wir den Mast niederließen und uns an die Ruder setzten. Gerald war stark und auch hilfsbereit, aber maßlos ungeschickt; und seine beiden Handflächen waren so zart, daß sie bald zu bluten begannen. Ich bot ihm eine Ruhepause an, aber er blieb störrisch bei der Arbeit.
Als ich ihn so beobachtete, wie er vor- und zurückruckte, die Hände an den nassen und von seinem Blut rot gefärbten Rudern, dachte ich viel über ihn nach. Alles, was er bisher angepackt hatte, war falsch — das dachte ich mir damals, als ich die Zukunft noch nicht kannte —, und die Art, wie Thorgunna ihn anblickte, gefiel mir auch nicht. Er war nicht der richtige Mann für meine Tochter — ohne Land, ohne Geld und hilflos. Trotzdem konnte ich mir nicht verhehlen, daß ich ihn mochte. Ob nun seine Geschichten wahr waren oder nicht, ich hatte das Gefühl, daß er es ehrlich meinte. Und auf alle Fälle lag in seinem Erscheinen bei uns etwas Seltsames. Ich bemerkte die Schnitte, die er sich mit meinem Rasierer am Kinn zugezogen hatte; er hatte behauptet, er sei an diese Art des Rasierens nicht gewöhnt und ließe sich einen Bart wachsen. Ich begann mich zu fragen, wie ich mich wohl ausgemacht hätte, wenn ich in diesem verhexten Land seiner Träume gelandet wäre, für ewig von meiner Heimat getrennt. Vielleicht war es das, was Thorgunnas Herz so für ihn einnahm. Frauen sind seltsame Geschöpfe, Priester, und du, der du dich

nicht um sie kümmerst und sie so sein läßt, wie sie nun mal sind, verstehst sie vielleicht genauso wenig wie ich, der mit einem halben Hundert in sechs verschiedenen Ländern geschlafen hat. Ich glaube, daß sie sich selbst nicht verstehen, Geburt, Leben und Tod, das sind die großen Mysterien, die niemand ergründen wird, und eine Frau steht ihnen näher als ein Mann.

Der schlechte Wind versteifte sich, die See unter den niedrigen schweren Wolken wurde grau und bewegt, und es sah für uns nicht gerade günstig aus. Bei Sonnenuntergang konnten wir nicht mehr rudern, und wir steuerten auf eine kleine unbewohnte Bucht zu, in der wir, so gut es auf dem Sand ging, ein Lager aufschlugen.

Wir hatten Feuerholz und Eingemachtes mitgenommen. Gerald erwies sich trotz seiner Trübsal als nützlich: seine kleinen Stäbchen zündeten die Flamme leichter als Feuerstein und Stahl. Thorgunna kochte das Essen. Das Boot schützte uns nicht gegen den heulenden Wind; ihr Umhang schlug wie ein Flügel, und ihr Haar flatterte wild über den züngelnden Flammen. Es war eine helle Nacht, der Himmel hatte die Farbe eines staubigen Blaus, und die See wirkte wie eine Metallplatte. Wir Männer duckten uns in unsere Umhänge, hielten die klammen Hände über das Feuer und sprachen nur wenig.

Ich fand, daß uns etwas Erheiterung guttun würde, und bot ein Faß meines besten und stärksten Biers an. Ein böser Gott ließ mich das tun, aber niemand entrinnt seinem Schicksal. Unsere Bäuche waren leer, als unsere Nasen in dem Schaum des reihumgehenden Krugs versanken, und das Bier stieg uns bald zu Kopf. Ich erinnere mich, das Totenlied von Ragnar Hairybreeks deklamiert zu haben, ohne einen besonderen Grund dafür angeben zu können.

Gerald taumelte und stürzte, und Thorgunna beugte sich über ihn. Ich sah, wie ihre Finger mit unendlicher Behutsamkeit sein Haar glätteten, aber Ketill Hjalmarsson entging das auch nicht.

„Gibt es in deinem Land keine Verse?“ fragte er.

„Nicht so wie die euren“, antwortete er. „Wir singen anders als ihr. Ich wünschte, ich hätte meine Gitarre hier — das ist eine Art Harfe.“

„Aha, ein irischer Barde!“ sagte Hjalmar Breitnase.
Ich erinnere mich komischerweise noch genau, wie Gerald lächelte und was er in seiner eigenen Sprache sagte, obgleich ich die Bedeutung nicht verstand: „Only on me mither's side, begorra.“ Ich nehme an, das war irgendeine Zauberei.
„Bitte, sing etwas für uns“, bat Thorgunna.
„Laß mich überlegen“, antwortete er. „Ich werde es in euerer Sprache übersetzen müssen.“ Nachdem er eine Weile in die stürmische Nacht gestarrt hatte, begann er zu singen. Ich mochte die Melodie gern, ungefähr so:
Man sagt mir, daß du dieses Tal nun verläßt,
ich werde deine leuchtenden Augen und dein süßes Lächeln vermissen. Du wirst den Sonnenschein
mit dir nehmen,
der mein Leben hier so erhellt hat ... Mehr habe ich nicht behalten, außer, daß es nicht ganz anständig war.
Als er das Lied beendet hatte, gingen Hjalmar und Grim hinüber zum Feuer, um nach dem Fleisch zu sehen. In den Augen meiner Tochter standen Tränen. „Das war wunderschön“, sagte sie.
Ketill saß steif aufgerichtet da. Die Flammen erhellten sein Gesicht und verliehen ihm einen noch wilderen Ausdruck als sonst. Seine Stimme klang rauh: „Ja, jetzt wissen wir, was dieser Bursche kann: herumsitzen und hübsche Gesänge für die Mädchen machen. Halte ihn dir dafür Ospak.“
Thorgunna wurde leichenblaß, und Helgis Hand fuhr zum Schwert. Geralds Gesichts verfinsterte sich, seine Zunge war belegt: „Das ist keine Art, mit mir zu reden. Nimm's zurück!“
Ketill stand auf. „Nein“, sagte er. „Bei einem Faulpelz, der auf Kosten eines ehrlichen Landbesitzers lebt, entschuldige ich mich nicht.“
Er kochte vor Wut, aber er war noch vernünftig genug, die Beleidigung von meiner Familie auf Gerald allein zu legen. Andernfalls hätten sein Vater und er mit uns vier fertigwerden müssen. Mit geballten Fäusten stand Gerald auf und sagte: „Willst du beiseite kommen und das mit mir austragen?“

„Gern!“ Ketill drehte sich um und ging ein paar Schritte am Strand entlang, nachdem er seinen Schild aus dem Boot geholt hatte. Gerald folgte ihm. Thorgunna ergriff mit bleichem Gesicht seine Axt.

„Willst du ohne Waffen gehen?“ rief sie mit Angst in der Stimme. Gerald blieb stehen und blickte sie verwundert an. „Das will ich nicht“, murmelte er. „Fäuste —“ Ketill stellte sich auf und zog das Schwert. „Zweifellos kämpft man in deinem Land wie die Sklaven miteinander“, spottete er. „Wenn du mich also um Entschuldigung bittest, werde ich die Sache auf sich beruhen lassen.“

Mit hängenden Schultern blieb Gerald stehen. Er starrte auf Thorgunna, als wäre er blind, als wolle er sie fragen, was er tun solle. Sie reichte ihm die Axt.

„Du willst also, daß ich ihn töte?“ flüsterte er. „Ja“, antwortete sie.

Da wußte ich, daß sie ihn liebte.

Helgi brachte ihm seinen Helm. Er setzte ihn auf, nahm die Axt und trat vor.

„Das ist eine böse Angelegenheit“, sagte Hjalmar zu mir. „Stehst du auf der Seite des Fremden, Ospak?“

„Nein“, antwortete ich. „Er ist kein Verwandter oder Blutsbruder von mir. Dieser Streit geht mich nichts an.“

„Das ist gut so“, sagte Hjalmar. „Ich würde nicht gern mit dir kämpfen, mein Freund. Du warst mir immer ein guter Nachbar.“

Es war kein richtiger Kampf mit Regeln und festgesetzten Schlägen und Sieg beim ersten Blutstropfen. Bei den beiden ging es um Leben und Tod. Ketill stürmte mit dem gezückten Schwert vor. Gerald sprang zurück und schwang die Axt unbeholfen in der Luft. Sie prallte an Ketills Schild ab. Der Jüngling grinste und streifte mit seiner Waffe Geralds Bein. Blut sickerte durch die Hose.

Von Anfang an war es Mord. Gerald hatte nie zuvor eine Axt benutzt. Einmal schlug er sogar mit der flachen Seite. Er wäre schon beim ersten Stoß niedergestreckt worden, wenn Ketills Schwert nicht durch einen Stoß gegen seinen Helm stumpf geworden wäre. So, wie es jetzt stand, blutete er aus einem guten Dutzend Wunden.

„Hört auf!“ schrie Thorgunna und rannte auf sie zu. Helgi hielt sie am Arm fest und zwang sie zum Stehen; sie wehrte sich so heftig, daß Grim ihm zu Hilfe eilen mußte. Auf dem Gesicht meines Sohnes zeichnete sich Kummer ab, aber Grim grinste böse. Gerald drehte sich um, um zu sehen, was los war.

Da sauste Ketills Schwert nieder und hieb in Geralds linke Hand. Er ließ die Axt fallen. Ketill knurrte und machte sich zum nächsten Schlag bereit. Da zog Gerald seine Pistole. Sie gab einen Blitz und einen bellenden Laut von sich. Ketill fiel nieder, zuckte noch einmal und lag dann regungslos da. Sein Unterkiefer war wie weggeblasen, und die Hälfte seines Kopfes war auch verschwunden.

Es folgte eine lange Stille.

Dann trat Hjalmar vor, sein Gesicht war unbeweglich. Er kniete sich nieder und drückte die Augen seines Sohnes zu, als ein Zeichen dafür, daß die Rache ihm gehörte. Als er wieder aufstand, sagte er: „Das war eine teuflische Tat. Dafür wirst du ausgestoßen und gesetzlos sein.“

„Das war keine Zauberei“, bemerkte Gerald tonlos. „Es war wie ein ... ein Bogen. Ich hatte keine andere Wahl. Ich wollte nur mit meinen Fäusten kämpfen.“

Ich stellte mich zwischen sie und sagte, daß das Thing über diese Sache entscheiden müßte und daß ich hoffte, Hjalmar würde von Gerald Schadenersatz annehmen.

„Aber ich habe ihn getötet, um mein eigenes Leben zu retten!“ protestierte Gerald.

„Trotzdem, Vergeltung muß bezahlt werden, wenn Ketills Angehörige das akzeptieren“, erklärte ich. „Wegen der Waffe, denke ich, wird das doppelt so hoch sein, aber das muß das Thing entscheiden.“

Hjalmar hatte noch eine Menge Söhne, und Gerald gehörte keiner Familie an, deshalb glaubte ich, daß er zustimmen würde. Er aber lachte eisig und fragte, wo denn jemand, der nichts besaß, das Silber herkriegen sollte.

Mit ruhiger Miene trat Thorgunna vor und sagte, daß wir es für ihn bezahlen würden. Ich öffnete den Mund, aber als ich ihre Augen sah, nickte ich. „Ja, das werden wir“, stimmte ich zu. „Um den Frieden aufrechtzuerhalten.“
„Dann machst du diesen Streit zu deinem eigenen?“ fragte Hjalmar. „Nein“, entgegnete ich. „Dieser Mann ist nicht von meinem Blut. Aber wenn ich ihm ein Geldgeschenk, mit dem er machen kann, was er will, überreiche, was ist dann dabei?“
Hjalmar lächelte. Um seine Augen zeichneten sich Kummerfalten ab, aber er blickte mich mit alter Freundschaft an. „Schon bald könnte dieser Mann dein Schwiegersohn sein“, sagte er. „Ich kenne die Anzeichen dafür, Ospak. Dann wird er in der Tat zu deiner Familie gehören. Wenn du ihm jetzt hilfst, entscheidest du dich für seine Seite.“
„Na und?“ fragte Helgi sanft.
„Ich schätze unsere Freundschaft hoch ein. Meine Söhne werden den Tod ihres Bruders nicht gut aufnehmen. Sie werden Rache fordern an Gerald Samsson, wenn auch nur um ihren guten Namen willen, und so werden unsere beiden Häuser getrennt sein, und ein Totschlag wird dem anderen folgen. So ist es schon oft genug gewesen.“ Hjalmar seufzte. „Ich möchte Frieden mit dir, Ospak, aber wenn du dich auf die Seite dieses Mörders stellst, muß es eben anders sein.“
Ich überlegte einen Augenblick, dachte an Helgi und an meine beiden anderen Söhne. Ich dachte daran, wie ich jedesmal, wenn wir nach Treibholz Ausschau hielten, volle Kampfausrüstung tragen, und jedesmal, wenn wir zu Bett gingen, darauf gefaßt sein müßte, am nächsten Morgen von bewaffneten Männern eingeschlossen zu sein.
„Ja“, antwortete ich, „du hast recht, Hjalmar. Ich ziehe mein Angebot zurück. Dies soll eine Sache zwischen dir und ihm allein sein.“
Darauf drückten wir uns die Hände. Thorgunna stieß einen kleinen Schrei aus und floh in Geralds Arme. Er hielt sie fest und innig an sich gepreßt. „Was hat das zu bedeuten?“ fragte er langsam und unsicher.

„Ich kann dich nicht länger bei mir behalten", erklärte ich. „Aber vielleicht gibt dir irgendein Kleinbauer Unterkunft. Hjalmar ist ein aufrichtiger Mann, der dem Gesetz gehorcht. Er wird dir nichts zuleide tun, bis das Thing dich für gesetzlos erklärt hat. Das wird nicht vor Mitsommer sein. Vielleicht kannst du noch vorher ein Schiff kriegen und Island verlassen."
„Ein nutzloser Mensch wie ich?" erwiderte er bitter.
Thorgunna riß sich los und schrie mich an, daß ich ein Feigling sei, ein Wortbrüchiger und noch vieles mehr. Ich ließ sie gewähren, dann legte ich ihr die Hände auf die Schultern.
„Es ist für das ganze Haus", sagte ich. „Das Haus und das Blut, beide sind heilig. Männer sterben, und Frauen weinen, aber unsere Nachkommen werden unseren Namen im Gedächtnis haben. Willst du fordern, daß Männer nur deines Verlangens wegen sterben?"
Lange stand sie schweigend da, und bis heute weiß ich ihre Antwort nicht. Gerald kam ihr damit zuvor. „Nein", sagte er. „Ich glaube, du hast recht, Ospak ... das Recht deiner Zeit, die nicht die meine ist." Er ergriff erst meine und dann Helgis Hand. Seine Lippen streiften Thorgunnas Wange. Dann drehte er sich um und wanderte hinaus in die Dunkelheit.
Später hörte ich, daß er Thorvald Hallsson die Felder bestellen half, Thorvald lebte in Humpback Fell. Aber Gerald erzählte seinem Gastgeber nicht, was geschehen war. Er hatte wohl gehofft, daß es nicht herauskäme, bis er mit einem Schiff nach Ostland fliehen konnte. Aber natürlich sprach sich die Geschichte herum. Ich erinnere mich an sein Märchen, daß in den Vereinigten Staaten die Menschen Mittel hätten, von einem Ende des Landes bis zum anderen direkt zu sprechen. Er muß auf uns herabgeblickt haben, wie wir auf unseren einsamen Höfen sitzen und nicht wissen, wie wir einen Freund benachrichtigen sollen. Thorvalds Sohn Hrolf kam nach Brand-sealskin-boots, um irgendeine Angelegenheit zu regeln, dabei erwähnte er den Fremden, und bald darauf hatte sich die Geschichte auf der ganzen westlichen Insel herumgesprochen. Wenn Gerald gewußt hätte, daß er bei dem ersten Hof, den er fand, kundtun mußte, daß er jemanden getötet hatte, wäre er we-

nigstens bis zum Treffen des Things sicher gewesen, denn Hjalmar und seine Söhne sind beherrschte Männer, die niemanden, der noch unter dem Schutz des Gesetzes steht, töten würden. Aber so, wie die Dinge lagen, hatte er die Sache geheimgehalten und war ein Mörder, und daher auch gesetzlos. Hjalmar und seine Leute ritten hinauf nach Humpback Fell und stürzten sich auf ihn. Er schoß sich mit seiner Pistole einen Weg an ihnen vorbei in die Hügel. Sie folgten ihm, denn nun hatten sie für einen weiteren Toten an ihm Rache zu nehmen. Ich frage mich manchmal, ob Gerald dachte, seine Waffe könnte uns einschüchtern. Er mag nicht gewußt haben, daß jeder Mann stirbt, wenn seine Zeit gekommen ist, weder früher noch später, so daß die Furcht vor dem Tode sinnlos ist. Am Ende, als sie ihn eingezingelt hatten, ließ ihn seine Waffe im Stich. Da ergriff er das Schwert eines Toten und verteidigte sich so tapfer und erfolgreich, daß Ulf Hjalmarson seit dem Tage hinkt. Er schlug sich aufs beste, das gaben selbst seine Gegner zu. Die Männer von den Vereinigten Staaten mögen zwar etwas seltsam sein, aber sie besitzen Männlichkeit und Mut.

Als er endlich erschlagen war, wurde sein Körper mit zurückgebracht. Aus Furcht vor Geistern wurde er verbrannt und all das, was ihm gehörte, zu ihm ins Feuer gelegt. Auf diese Art habe ich auch mein Messer verloren, das er mir gegeben hatte. Das Hünengrab erhebt sich aus dem Moor, nördlich von hier; die Leute meiden es, obgleich der Geist nicht umgegangen ist. Nun, da so viele andere Dinge passieren, gerät er allmählich in Vergessenheit.

Und das ist die Geschichte, Priester, so wie ich sie miterlebt und gehört habe. Die meisten denken, Gerald Samsson war verrückt, aber ich persönlich glaube, daß er aus einer anderen Zeit gekommen ist. Es war sein Verhängnis, daß niemand ein Feld vor der Erntezeit zum Reifen bringen kann. Und doch schaue ich in die Zukunft, tausend Jahre von heute an, wenn sie durch die Lüfte fliegen und in Wagen ohne Pferde fahren und ganze Städte mit einem Blitzschlag zerstören. Ich stelle mir dies Island in jener Zeit vor und die jungen Männer von den Vereinigten Staaten, die

hierher gekommen sind, um uns in einem Jahr, in dem das Ende der Welt ganz nahe über uns schwebt, beizustehen. Vielleicht werden manche von ihnen, die über die Heide wandern, jenes Hünengrab entdecken und sich fragen, welch uralter Krieger dort wohl begraben liegt.
Und vielleicht wünschen sie sich sogar, wie er, vor langer, langer Zeit, als die Menschen noch frei waren, gelebt zu haben.

1957

Daniel F. Galouye

Stoßtrupp

(Shock Troop)

James E. Gunn

Kein allzu großer Feind

(Not so Great an Enemy)

1957...

Die ersten Wehrpflichtigen werden zur Bundeswehr eingezogen. Achtzehn führende Atomphysiker wenden sich im „Göttinger Appell“ gegen die Stationierung von Atomwaffen in der Bundesrepublik. Albert Schweitzer warnt vor der Atombombe. (Der Bundestag beschließt die Stationierung ein Jahr später gegen die Stimmen von SPD und FDP.) Es sterben: der deutsche Schriftsteller Alfred Döblin, der italienische Tenor Benjamino Gigli, der französische Filmregisseur Max Ophüls, der österreichisch-amerikanische Filmregisseur Erich von Stroheim. Die Wahl zum dritten Bundestag gewinnt die CDU/CSU mit 54,3% der abgegebenen Stimmen; Bundeskanzler bleibt damit Adenauer. Zu seinem Kabinett gehören u. a. Erhard als Wirtschaftsminister und Strauß als Verteidigungsminister.

Am 4. Oktober beginnt mit dem Start des Sputnik das Weltraumzeitalter. Der zweite Sputnik mit der Hündin „Laika“ an Bord folgt einen Monat später, während die USA erst 1958 erste Satelliten in die Erdumlaufbahn bringen können. Der britische Premier Eden tritt als Folge der Suezkrise zurück; sein Nachfolger wird Harold Macmillan. In München wird der erste deutsche Kernreaktor als Versuchsmodell in Betrieb genommen. US-Bundespolizei besetzt eine Schule von Little Rock im amerikanischen Bundesstaat Arkansas, um die Teilnahme von farbigen Schülern am Unterricht zu erzwingen.

Harry Belafonte singt den „Banana-Boat-Song“. Borussia Dortmund wird erneut deutscher Fußballmeister. Großbritannien erprobt seine erste Wasserstoffbombe und wird damit dritte Atommacht. Mao Tse-tung fordert für China kulturelle Vielfalt: „Tausend Blumen sollen blühen“. Sidney Lumet dreht in Amerika „Die zwölf Geschworenen“ mit Henry Fonda als Hauptdarsteller, David Lean realisiert „Die Brücke am Kwai“ mit Alec Guiness und William Holden in den Hauptrollen. Chruschtschow fordert den Abzug aller ausländischen Truppen aus Mitteleuropa.

30000 deutsche Ingenieurstudenten boykottieren die Vorlesungen und verlangen eine verbesserte Studienförderung. Johnny

Ray macht „Yes tonight, Josephine“ zu einem Hit. Ebenfalls erfolgreich: „Tammy“ von Debby Reynolds, „Jailhouse Rock“ von Elvis Presley, „Diana“ von Paul Anka.

Daniel F. Galouye

Stoßtrupp

(Shock Troop)

*Daniel F. Galouye wurde 1920 in New Orleans geboren, wo er 1976 auch starb. Er war von Beruf Journalist und im Zweiten Weltkrieg Marinepilot. Kriegsverletzungen führten zu einem frühen Ausscheiden aus seinem Beruf und letztendlich auch zu seinem frühen Tod. Galouye begann seine SF-Karriere 1952 in dem Magazin **„Imagination“** mit der Story **„Rebirth“**. Er veröffentlichte auch unter dem Pseudonym Louis G. Daniels. Insgesamt schrieb er fünf Romane, von denen **„Simulacron-3“** (1964, **„Welt am Draht“**) — 1973 von Rainer Werner Faßbinder für das Fernsehen verfilmt — und **„Dark Universe“** (1961, **„Dunkles Universum“**), ein Roman, der nur knapp den Hugo verfehlte, die bekanntesten und besten sind.*

*Darüber hinaus verfaßte er eine größere Anzahl von Kurzromanen und Stories, meistens für Magazine wie **„Imagination“, „If“** und **„Galaxy“**. Unter diesen Geschichten ragen **„Satan's Shrine“** (1954, **„Satans Tempel“**), **„Recovera Area“** (1963, **Basis Alpha“**), **„The Reality Paradox“** (1961, **„Paradoxen der Wirklichkeit“**), **„Sanctuary“** (1954, **„Zuflucht“**) und die vorliegende Story **„Shock Troop“** (**„Stoßtrupp“**) heraus.*

Der Schwerpunkt von Galouyes SF-Karriere lag, was kürzere Texte angeht, eindeutig in den fünfziger Jahren. Er zählt nicht zu den großen Stilisten der Science Fiction, überrascht jedoch häufig durch ausgefallene Ideen und gleicht manchmal ein wenig van

Vogt oder Dick in seiner Darstellung unübersichtlicher Situationen oder verschachtelter Realitäten. Auch ***„Shock Troop"*** *ist eine reine Ideengeschichte, die den Autor im Zenit seines Könnens zeigt. Die Qualität von Galouyes Texten sank nach* ***„Simulacron-3"*** *(1964) ab.*

In all seinen sieben größeren Einsätzen war Commander Lasson noch niemals mit einer solchen Situation konfrontiert worden.
Da war zunächst einmal die Hitze — feucht, drückend, unerträglich.
Und dann waren da noch die andauernden Stöße und Umdrehungen.
Aber am unerträglichsten von allem war der unentrinnbare Pulsschlag der Maschinen, das ewige *drumm-drumm ... drumm-drumm ... drumm-drumm.*
Das alles genügte, um eine Makrokontrollmannschaft in den Wahnsinn zu treiben!
Commander Lasson kam aus einem Korridor heraus, richtete sich auf und zog seine zerknitterte Hose hoch. Er sah sich suchend um und nahm das Bild in sich auf, die höhlenähnliche Ausdehnung der Kontrollzentrale mit der Hauptkontrollkonsole, die an einem dreiaxialen Gestänge aufgehängt war, die emsigen Mannschaften der Psychoelektriker, die ...
Er erstarrte erwartungsvoll. Die Konvulsion röhrte wie ein Grollen aus tiefster Kehle im Tunnel hinter ihm.
„Alle Hände an die Stützen!" bellte er in den Raum, während er selbst nach der nächsten Strebe griff.
Die Mannschaft hastete schnell in Sicherheit, und Lasson sah zu, wie die heftige Woge vorbeidonnerte, den künstlich gekalkten Boden ausbeulte und ihn mit einem neuen Netzwerk von Rissen überzog.
Die gesamte Höhle bebte und zitterte in den Grundfesten. Die Hauptkontrollkonsole kippte und schwang gemächlich um ihre drei Achsen. Wie ein Pendel richtete sie sich nach der neuen Richtung der Gravitation aus.
Commander Lasson ließ den Griff wieder los und bürstete seine Uniform glatt.
Verdammte Konvulsion! Er spie aus, als könnte er damit durch die pulsierende Wand der arglosen Makrokontrolleinheit seine Wut verdeutlichen.
Doch dann lächelte er wieder zuversichtlich, als er seinen gemächlichen Schritt wieder aufnahm, um zu seiner Kabine zu ge-

hen. Sie würden Sieger bleiben! Sie würden das Biest überwältigen und unter dauernde Kontrolle bringen!
Und dann, wenn nicht schon früher, würden die Veränderungen beginnen — thermobiologische Konditionierung, um die Hitze zu senken, ein Dämmsystem, um den dauernden Lärm zu dämpfen, neuromuskuläre Kontrollen, um den Spasmen ein Ende zu machen.
Er hatte das zuvor schon mit den dominierenden Lebensformen auf sieben anderen Welten gemacht. Und jedesmal war er als erobernder Held nach Valvarez zurückgekehrt. Er zweifelte nicht daran, daß ihm und seinem Stoßtrupp auch eine achte, triumphale Rückkehr beschieden sein würde.
Nachdem er die Techniker beiseite geschoben hatte, die eifrig damit beschäftigt waren, Kabel aus den verschiedenen Tunneln miteinander zu verbinden, zog sich Lasson steif ins Zentrum der Kabine.
„Alle Sektionschefs hier versammeln!" befahl er. Die Anführer verließen ihre Mannschaften und versammelten sich unsicher vor dem Commander.
„Jerapy." Lasson griff sich einen heraus. „Bekommen wir genügend Sauerstoff von den Separatoren?"
„Genug für den Stoßtrupp, Sir", antwortete der Leutnant griesgrämig. „Aber wir haben Schwierigkeiten, den Operationstest anzusetzen. Ich kann keine Kapillare finden, die groß genug für zehntausend Kolonisten ist."
Commander Lasson fuhr auf. „Dann bohren sie Tunnel, bis Sie eine finden! Dieses Projekt hat Vorrang. Abgesehen davon, daß wir herausfinden müssen, ob wir definitive Kontrolle über die Einheit erlangen können, müssen wir auch noch in Erfahrung bringen, ob sie den Notwendigkeiten von Valvarez genügt!"
Jerapy schien zu schrumpfen, er salutierte unbeholfen. „Mandor! Bericht über den Zustand aller Hauptverbindungen." Ein anderer Chef trat unsicher nach vorne. „Motorfiber sechsundvierzig fertig und bereit für die Koppelung mit dem zentralen Selektorkreis. Der Fortbewegungstrakt C wird noch vor Ende dieser Schicht angeschlossen werden. Wir bereinigen gerade eben das phoneti-

sche Übermittlungssystem. Als nächstes kommt das kinesthätische Übermittlungsrelais."
„Haben Sie bereits Feldstärkemessungen vorgenommen?"
„Das Subjekt liefert mehr als genügend Psycho-Amps, um unsere gesamte Ausrüstung damit zu betreiben."
„Exzellent! Bei dieser Rate sollten wir eigentlich mit Beginn der nächsten Schicht imstande sein, mit dem vokalen assoziativen Kontertransferkreis zu beginnen."
„Wir haben bereits alle Vorbereitungen dazu getroffen, Sir", meldete der Leutnant stolz.
Ein weiterer Sektionschef trat vor die zentrale Kontrollkonsole.
„Der visuelle Übermittlungskreis ist zur Inspektion bereit, Sir."
Ohne weiter auf die anderen zu achten, durchquerte Lasson den Raum, ging zur Konsole, wo er einen Arbeiter abrupt beiseite stieß und kletterte in den Bedienungssessel.
„Sie dürfen den Schalter umlegen, Parok", befahl er.
Die Hand des Chefs griff nach vorne und legte einen Schalter um. Lasson lehnte sich zurück und wartete, bis der große Schirm über der Kabine zum Leben erwachte. Abwesend hörte er dabei den heiseren, gutturalen Lauten eines Sergeanten zu, der mit seiner Abteilung aus einem Haupttunnel zu den Mannschaftsunterkünften marschierte: „Links, zwo, drei, vier. Links, zwo, drei, vier."
Parok, der mit einem Auge den Schirm betrachtete, sah den Commander nachdenklich an. „Meinen Sie ... es weiß Bescheid, Sir?"
„Über uns? Unsere Operation? Natürlich nicht, Sie sind intelligent, aber nur zu einem gewissen Grad."
„Aber diese Konvulsionen."
„Lediglich Reflexreaktionen."
„So viele?"
„Schreiben Sie das einer Hypersensitivität zu. Wenn wir sein vegetatives Nervensystem unter Kontrolle gebracht haben, dann werden wir diese Unregelmäßigkeit eliminieren."
Das „Links, zwo, drei, vier" des Sergeanten sank zur Unhörbarkeit herab, als er mit seiner Abteilung in einem anderen Tunnel

verschwand. Dann flammte der visuelle Übermittlungsschirm mit greller Brillianz auf und überflutete die Kontrollkabine mit seinem gleißenden weißen Licht.

Durch Justierung der Kontrollen stellte Lasson das Bild so scharf wie möglich ein und gönnte sich dann den ersten zaghaften Blick in die Makrowelt.

Die gesamte Einheit, so erweckte es den Anschein, befand sich in einer Enklave mit Artefakten der Umwelt darum herum. Anhand des ordnungsgemäßen Flusses dieser Artikel über den visuellen Übermittlungsschirm kam der Commander zu der Vermutung, das Ding könnte sich möglicherweise langsam, aber unentwegt bewegen.

Aber alle Gegenstände waren hinter einem dunstigen Nebel verborgen, der es doppelt schwer machte, ihre Funktionen zu erraten.

„Parok!" rief er zornig. „Etwas stimmt nicht. Wir haben einen myopischen Effekt."

„Ja, Sir", gab der Chef widerwillig zu und sah dem Commander besorgt über die Schulter. „Vielleicht stimmt etwas nicht mit dem optischen System der Einheit."

„Unsinn. Die Chancen dagegen sind fast astronomisch. Es liegt irgendwo an unserem Kreis."

„Vielleicht aber auch bei den Kontrollen der optischen Koordination?"

„Idiot! Wir kontrollieren noch nicht! Wir tasten höchstens herum. Untersuchen Sie Ihren Kreis und finden Sie den Fehler, aber sofort!"

Parik verschwand gehorsam hinter der Konsole.

Lasson bedachte die Prozession ununterscheidbarer Objekte mit finsteren Blicken, die von der undeutlichen Vision der Kreatur auf den Schirm übertragen wurden.

Die Dinge im Vordergrund waren etwas deutlicher als die anderen. Da gab es ein flaches Etwas auf starren Beinen mit einer offensichtlich weichen horizontalen Ebene, möglicherweise das Äquivalent zu einer valvarezischen Koje. Und es gab noch etwas anderes, das an einen Stuhl erinnerte.

Im Hintergrund sah man ein verschwommenes Muster aus Licht und dunklen Streifen, das mit nichts verglichen werden konnte, was er bisher gesehen hatte.
Ein heftiger Schmerzensschrei wurde plötzlich hinter der Konsole laut. Lasson kippte den visuellen Übermittlungsschalter um und schnellte aus dem Sessel. Hinter der Konsole fand er Parok über einen weiteren Neurotechniker gebeugt, dessen bewußtloser Körper über der Leitung lag, die vom Kreuzhiebgleichrichter herführte.
„Was ist geschehen?“ wollte der Commander wissen.
„Er stolperte in den Hochspannungsdraht und bekam eine volle Ladung psychoelektrischen Stromes ab“, erklärte Parok.
Lasson betrachtete uninteressiert, wie unmerkliche, zitternde Wogen das bewußtlose Fleisch des Mannes durchliefen. Die zellulare Unausgeglichenheit, die die elektrische Komponente des Stromschlages verursacht hatte, würde unkontrolliert weitergehen, bis die biologische Desorganisation unweigerlich zum Tode führte.
„Verdammter Narr!“ stieß der Commander zornig hervor. „Der taugt jetzt nichts mehr. Werfen Sie ihn in eine Müllaufbereitungsanlage.“
„Aber“, bettelte Parok, „er wird noch drei oder vier Stunden leben ...“
Lasson brachte ihn mit einem wütenden Blick zum Schweigen. Er duldete keinen Widerspruch — nicht bei dieser höllischen Hitze —, nicht mit dem letzten Restchen Geduld, die aufgesogen wurde von dem ewigen *drumm-drumm, drumm-drumm,* das wie Kriegstrommeln um ihn herum dröhnte.
Er wandte sich angewidert ab und ging zu seinem Quartier. Immer passierte so etwas bei den Testläufen. Tod durch Kontakt mit Elektrizität war die prinzipielle Todesursache des Wissenschaftlers, der auszog, um zu untersuchen, ob eine gegebene Makrolebensform für eine parasitäre Kolonisation geeignet war. Dagegen konnte man nichts tun.
Vom frenetischen Klingeln der Alarmglocke Klasse A geweckt, sprang Lasson aus seiner Koje und rannte auf den Korridor. Er

griff in den vorbeihuschenden Strom der Makrokontrollmänner und packte einen von ihnen am Arm.
„Leukozytendurchbruch!" erklärte der Mann entsetzt. „Beim Tunnel von Trakt C!"
Der Commander gesellte sich zu dem Strom des aufgescheuchten Notfallpersonals und sprintete in die zentrale Kontrollkabine, vorbei an einem Fahrzeugverbindungskorridor, wo ein wartendes Shuttle stand, und in den Tunnel von Trakt C.
Vor ihm wälzte sich eine Notfallmannschaft vorwärts, sie trugen Handsterilisatoren und transportable Flutlichter und Breitstrahlkoagulatoren.
Er überholte sie und rannte voraus, er hastete um eine Biegung und stieß fast gegen ein breites Kabel, das sich wie ein großer Bazillus über den Boden erstreckte.
Er sah eine Szene wildester Unordnung, der Korridor hallte wider von den Schreien sterbender Männer und anderer, die sich den Schrecken des Leukozytenangriffs gegenübersahen.
Der Durchbruch befand sich an der linken Tunnelwand. Er blutete ununterbrochen, ein ständiger Strom viskosen Thrombins ergoß sich daraus, gelegentlich auch eine graue Masse, gallertähnlich und ominös.
Der Korridor war bereits zur Hälfte vollgelaufen, trotzdem versuchten einige störrische Mannschaftsmitglieder einen aussichtslosen Kampf, um die geborstene Sektion der Wand zu erreichen.
Lasson watete knietief in der übelkeiterregenden Substanz. Ein fast unsichtbarer Erythrozyt prallte gegen sein Bein und brachte ihn beinahe aus dem Gleichgewicht. Aber Paffun, der Sektionschef, hielt ihn am Arm fest.
Der Commander wandte sich um, um dem Untergebenen Befehle zu geben, doch das rote Blutkörperchen, als wäre es bewußt neugierig, kam zurück und griff ihn nachhaltig von hinten an. Seine Knie gaben nach und er fiel vornüber in die gallertartige Substanz.
Irgendwie schaffte er es, den Kopf über dem Thrombin zu behalten, doch als er versuchte, wieder auf die Beine zu kommen, kam

der Erythrozyt ein zweites Mal zurück, dieses Mal brachte er eine weitere scheibenförmige Zelle mit sich.
Irgendwie gelang es dem ersten Korpuskel, seine Masse zwischen die Beine des Commanders zu manövrieren. Er schnellte mit einem gellenden Schrei hoch, der nicht nur seinen Zornesausbruch ausdrückte.
Der Gefährte des Dings kam an die Oberfläche, wo er Wellen schlug und dem Commander eine Thrombinflut ins Gesicht spritzte. Lasson trat rachsüchtig in Richtung des näheren der beiden.
Paffun umklammerte seinen Arm, um ihn vor einem zweiten Sturz zu bewahren.
„Wir brauchen mehr Koagulatormannschaften!" brüllte der Chef über das Rauschen des ausströmenden Blutes und die Schreie der Valvarezianer.
„Sind unterwegs." Lasson betrachtete das Thrombin, das seine Uniform besudelt hatte und bereits erstarrte. „Hat uns die Blutung viele Opfer gekostet?"
Paffun schüttelte bedauernd den Kopf. „Bisher mehr als genug. Wir ..."
Mit einem entsetzlichen Schrei brach der Chef ab, als eine kalkweiße Masse aus der steigenden Flut des Thrombins auftauchte und, amöbengleich, ein Pseudopodium in seine Richtung ausstreckte.
Lasson machte es mit seinem Sterilisator fertig, wonach er neugierige Erythrozyten mit angewiderter Miene beiseite kickte. „Verdammte Leukozyten!" fluchte er in Richtung der bebenden, weißen Masse.
In der Nähe des Durchbruchs begannen zwei Mannschaftsmitglieder zu schreien, als riesige, furchtbare Arme aus dem sprudelnden Blutmeer auftauchten und sie mit tödlichem Griff umklammerten. Ihre Schreie endeten in gurgelnden Geräuschen, als sie unter die Oberfläche gezogen wurden.
„Bringt endlich die Verstärkung!" brüllte der Commander in den Tunnel hinter sich. Er bemühte sich, in dem Blutstrom, der inzwischen hüfthoch stand, das Gleichgewicht zu behalten. „Paffun,

geben Sie Befehl zum Rückzug. Wir müssen uns zurückziehen und den ganzen Korridor blockieren."
Doch noch während der Chef die Männer zurückbeorderte, fielen drei weitere Valvarezianer den suchenden Pseudopodien zum Opfer.
„Trakt C", erinnerte Paffun ihn, „ist in diesem Stadium unser wichtigstes Projekt."
„Wir werden uns anderswo durchschneiden. In dieser Sektion gibt es ohnehin zu viele Kapillaren."
Sie zogen sich zurück, bis das Thrombin nur noch knöcheltief war. Isolierte und entblößte rote Blutkörperchen waren überall und wanden sich im Griff des Todes. Kampfmüde Überlebende traten beim Rückzug vorsichtig über sie hinweg.
Schließlich formte sich eine erste Haltelinie quer über den Tunnel, Sterilisier- und Koagulatormannschaften standen Schulter an Schulter und richteten ihre Waffen auf die herannahende Flut.
Lasson wartete, bis alle sichtbaren roten Zellen, zusammen mit den monströsen Leukozyten, in dem rasch koagulierenden Fibrin zur Bewegungslosigkeit erstarrt waren.
Dann trottete er müde zur zentralen Kabine zurück.
Ungeachtet der Tatsache, daß nach der Begegnung mit den Leukozyten eine ausgedehnte Ruhepause angeordnet worden war, war Commander Lasson erschöpft und ausgelaugt, als er vor der Kontrollkonsole saß. Es fiel ihm sichtlich schwer, die Horden formloser, entsetzlicher, weißer Gebilde aus seinen Gedanken zu verdrängen, die direkt hinter den dünnen Wänden lauerten.
Er seufzte resigniert und erkannte, daß er sie sehr wohl hätte vergessen können, wäre da nicht das andauernde *drumm-drumm, drumm-drumm* gewesen, das ihn infernalisch daran erinnerte, wie nahe und bedrohlich die tückischen Kapillaren sich befanden.
Lasson lockerte den schmutzigen und zerknitterten Kragen seiner Uniform und strich sich mit einer schlaffen Hand über das Gesicht. Verdammte, unerträgliche Hitze! Stickige, abgestandene, stinkende Luft!
„Baldon!" rief er ungeduldig.

Der Mann fuhr auf, lauschte, schließlich sah er von der Ventilationsanlage auf, an der er gearbeitet hatte, ließ seine Werkzeuge fallen und kam herübergeeilt.
„Was ist denn nun schon wieder los?“ erkundigte sich Lasson. „Nennen Sie das etwa“ — er fuchtelte mit der Hand vor seinem Gesicht herum — „Luft?“
„Unser Sauerstoffseparationssystem arbeitet nur mit zwei Dritteln Kapazität, Sir.“
„Und was ist mit dem restlichen Drittel?“
„Es ist wegen dem Fibrinogen, Sir. Es stockt vor den Zugängen. Wir haben bisher noch nicht das richtige Gegenmittel finden können, um das Koagulieren aufzuhalten. Daher müssen wir mit zwei Geräten fahren, eines bleibt abgeschaltet und Aufräummannschaften sind rund um die Uhr im Einsatz.“
„Oh“, sagte der Commander mißbilligend. Dann erhob er seine Stimme indigniert, seine Züge verhärteten sich. „Das gesamte Forschungspersonal wird Dienst tun, bis das Problem gelöst ist. Jeder Mann, der vor der Bereinigung dieser Situation schlafend angetroffen wird, wird unverzüglich in die Abfallwiederaufbereitungsanlage geworfen!“
Baldon wich salutierend zurück, während Lasson seinen Kragen noch weiter öffnete.
„Das Subjekt, Commander“, sagte eine dünne Stimme hinter ihm, „wird sich langsam bewußt.“
Lasson betrachtete den Untergebenen. „Es hat alles herausgefunden ... über unsere Anwesenheit?“
„Oh, nein, Sir. Aber es erkennt, daß eine Macht seinen Willen überlagert und einige seiner Funktionen übernimmt.“
„Wann wurde das Ding argwöhnisch?“
„Als wir die Kontrollen über einige seiner Organe testeten.“ Der Mann grinste. „Es erlitt praktisch einen Schock, als wir seine Arme und Beine bewegten.“
Lasson lachte belustigt. „Wie erhielten Sie die Informationen über seine Bewegungsabläufe?“
„Indem wir uns sein Konzeptfeld durchsahen, als wir in den duointellektuellen Korrelator eindrangen. Das Ding versuchte

den anderen Makroeinheiten mitzuteilen, daß etwas nicht stimmt." Der Untergebene hielt eine Hand vor den Mund, um sein Kichern zu verbergen. „Aber keiner will ihm glauben."
Commander Lassons brüllendes Gelächter brachte die Kabinenwände zum Erbeben. „Das ist doch immer so. Auf Zerak IV konnte unser Stoßtrupp nicht nur die experimentelle Übernahme durchführen, nein, wir brachten auch fast ein Prozent der Bevölkerung unter unsere Kontrolle, bevor der Rest auch nur erraten konnte, was da vor sich ging."
„Ich weiß", stimmte der Mann zu. „Ich war damals auch schon dabei. Aber mit den Makrowaffen, die wir den kontrollierten Subjekten gaben, waren wir imstande, vollkommen zu übernehmen und alle Zerakier auszumerzen, die wir nicht brauchen konnten."
Licht erhellte plötzlich die Kabine, Lasson wandte sich dem visuellen Übertragungsschirm zu.
Parik bemühte sich, das verschwommene Bild schärfer einzufangen, das den Gesichtskreis der Einheit darstellte. Aber die Objekte auf dem Schirm blieben so verschwommen wie zuvor.
Der Commander stand hinter dem Psychotechniker und sah interessiert zu. Es war offensichtlich, daß das Ding sich in derselben Umgebung befand wie beim ersten Versuch der Einstimmung des optischen Systems. Nach der relativen Position der mutmaßlichen Möbel zu urteilen, kombinierte Lasson, sitzt es wahrscheinlich auf der Koje.
Blinzelnd, um so das schlechte Bild zu kompensieren, bemühte sich der Commander, Details im Hintergrund auszumachen — die abwechselnden schwarz-weißen Streifen, die seine Phantasie beflügelten.
Doch das Gesichtsfeld glitt unbeherrscht und rasend schnell hin und her.
Fluchend griff Lasson nach den Kontrollen der optischen Koordination. „Wenn ihr schon seine Augen kontrollieren könnt, dann *kontrolliert sie auch!"*
Die Szenerie auf dem Schirm erstarrte abrupt wieder.
Aber zwei verschwommene Hände kamen ins Gesichtsfeld und krallten sich über die Augen. Der Schirm wurde blank.

„Justiert die manuellen Kontrollen!“ befahl Lasson. Parok legte zwei Schalter um, worauf die beiden Hände wieder verschwanden.
Der Commander beugte sich nach vorne und betrachtete das Bild. „Das muß noch besser werden. Ich will, daß der myopische Effekt vollkommen kompensiert wird!“
„Das liegt an ihrer zweigliedrigen Natur, Sir“, entschuldigte sich Parok. „Zwei Augen, zwei Arme, zwei Hände, zwei Beine. Wir versuchen gerade eine Übertragung ihrer zweiwertigen Physiologie auf unsere dreiwertige. Da wir drei von allem haben, sie aber nur zwei ...“
Lasson ließ ihn verstummen. „Es kann erreicht werden. Und es wird auch keiner speziellen Ausrüstung bedürfen. Wir können das uns zur Verfügung stehende Material nehmen.“
Impulsiv griff er nach vorne und schaltete den phonetischen Übertragungskreis zu. Der Lautsprecher an der Konsole erwachte plötzlich zum Leben und gab eine Aneinanderreihung bedeutungsloser und sinnloser vokaler Laute von sich. Es war die eigene Stimme der Kreatur — Lasson erkannte das an der Art und Weise, wie die fremden Worte und das Vibrieren der Wände zusammenpaßten.
Er schaltete auch noch den Vokalassoziierer und die Interpretationsrückkopplung zu. Augenblicklich wurden die verständnislosen Laute in valvarezische Worte übersetzt:
„Oh (dies oder das)! Oh (dies oder das)!“
Das Konzept, das sich der Übersetzung widersetzte, war ein einsilbiges Wort, das offensichtlich auf eine mythische Erscheinung anspielte.
Die Einheit hatte offensichtlich nicht die Absicht, etwas anderes als dieses flehende Plärren auszustoßen. Angewidert legte Lasson mehrere Schalter um. Der Schirm erlosch. Die Silben des Lautsprechers wurden langsam unhörbar, dann verschwanden sie gänzlich.
„Commander!“ rief Parok verblüfft aus. „Hören Sie doch!“
„Ich höre überhaupt nichts!“
„Exakt! Kein *drumm-drumm* mehr!“

Nun bemerkte auch Lasson die Stille und betrachtete die Wände erleichtert.
„Die Modifikationssektion hat es geschafft!" sagte Parok überschwenglich. „Sie haben den Pulsschlag gedämpft!"
Im ganzen Kontrollraum legten die Arbeiter ihre Tätigkeit nieder und starrten in stummer Bewunderung die gekalkten Wände an.
Nun, dachte Lasson, wenn sie nur noch die Hitze in Griff bekommen würden, und die Luft und die gelegentlichen Konvulsionen! Dann wäre die halbe Mission seines Stoßtrupps erledigt. Sie müßten sich dann nur noch der vergleichsweise einfachen Aufgabe zuwenden, die Makrokreatur unter definitive Kontrollen zu bringen.
Mehrere Schichten später bemühte sich der Commander in der Kommunikationszentrale verzweifelt, einen Kontakt mit Valvarez via Subäther herzustellen.
Er erstattete seinen Bericht direkt dem Kommissionär für Kolonisierung, Zemurra, dem er die Fortschritte vermeldete, die die Truppe seit dem letzten Kontakt mit der Heimatwelt erreicht hatte.
Doch im Verlauf seines Berichtes gewann er den Eindruck, daß Zemurra die Informationen ziemlich indifferent aufnahm.
„Aber wir machen exzellente Fortschritte, Sir, ungeachtet der Rückschläge", fügte er daher noch hastig hinzu.
„Schon möglich", sagte der Kommissionär. „Aber ich bin unglücklich darüber, daß Sie sich so weit entfernen mußten, um eine passende Lebensform zu finden."
„Darüber hatte ich keine Kontrolle. Ich suchte bis ich das gefunden hatte, wonach ich zu suchen hatte."
Zemurra schwieg lange. „Wieviele Männer sagten Sie, haben Sie verloren?"
„Nur zwei, Sir", log Lasson. Die anderen einundzwanzig Verunglückten konnte er auch noch *nach* dem erfolgreichen Ende der Mission melden.
„Nun gut." Die kalte Stimme taute etwas auf. „Fahren Sie fort. Aber Sie müssen wissen, drei weitere Stoßtrupps haben aufnehmbare Lebensformen entdeckt. Und alle drei sind nur ein Zehntel soweit von Valvarez entfernt wie Ihre Rasse."

Das war es also! Kein Wunder, hatte der alte Herr indifferent geklungen.
„Diese drei Lebensformen“, fuhr Zemurra fort, „existieren mehr als häufig und werden als Kolonialwirte viele, viele Generationen lang für unsere Expansion ausreichen. Sie werden auch keine ernsthafte und gefährliche Bedrohung sein, da sie die Mikrobiologie noch nicht entwickelt haben. Wir werden keinerlei Schwierigkeiten haben, sie im Interesse unserer Sicherheit unter Kontrolle zu bringen.“
Lasson schnitt eine zornige Grimasse. Verdammt, hoffentlich wurde seine Mission nicht abgeblasen, darunter hätte sein Ruhm gelitten!
„Ich bin sicher, Sir“, sagte er, „diese Kreaturen hier werden unseren Anforderungen wie keine andere Art in unserer langen Geschichte genügen.“
„Ich sehe keine Veranlassung, weshalb wir unsere Operationen unnötig ausdehnen sollten.“
„Aber Sie haben *diese* Wesen noch nicht gesehen! Jedes könnte wenigstens eine Million Valvarezianer aufnehmen. Außerhalb des Schädelkontrollgebietes gibt es ausreichend weitläufiges Fleischvolumen, das Hunderten von Wohnenklaven genügen könnte! Jede Substanz, die wir benötigen, existiert im Überfluß in Millionen Kapillaren, die alle zentralen Regionen umgeben!“
„Wie ich schon sagte, Sie können fortfahren, wo Sie schon so weit gekommen sind. Aber im Hinblick auf die Fortschritte der anderen Unternehmen, werde ich mich gegen eine Sonderstellung der Ihren aussprechen. Die übliche Politik ist immer noch gültig. Sollte es einen längeren Zusammenbruch der Kommunikation geben, so wird angenommen werden, daß Ihr Stoßtrupp in seiner Mission gescheitert und als verloren anzusehen ist. Eine Rettungsexpedition wird nicht zusammengestellt werden. Wir werden dann Ihre Expedition und den Planeten als totalen Verlust abschreiben.“
„Ich verstehe, Sir. Aber wir werden nicht scheitern. Sie werden in aller Kürze meine Anfrage nach den ersten Kolonisten in Händen halten.“

„Sind Sie dem Erfolg *so* nahe?“ Zum ersten Mal schien Zemurra beeindruckt.

„Wir haben alle motorischen Systeme angezapft und getestet. Wir sind bereit, sie mit dem unterstützenden Autoreaktionskreis zu koppeln. Eine ausreichende Kolonistenhöhe wurde in einer der unteren Extremitäten des Geschöpfes lokalisiert. Das Pulsproblem ist unter Kontrolle, das Luftversorgungsproblem gelöst. Wir haben ...“

Die Kabine schwankte, zitterte und bebte. Wellen jagten über den Boden, die Wände und die Decke. Unregelmäßige Kalzitbruchstücke lösten sich und regneten auf die Kommunikationskonsole herab.

Lasson umklammerte seinen Stuhl und schaltete ab, bevor der Kommissionär ihn nach der Ursache des Störfalls fragen konnte. Er fluchte ausgiebig. Entweder würde die Nervensystemmannschaft diesen verdammten Konvulsionen ein Ende machen, oder sie würden allesamt in die Abfallverwertungsanlagen der Kapillaren gestopft werden!

Das Geschöpf schrie und seine Faust hämmerte in das Gesichtsfeld hinein, sie schlug gegen eine unsichtbare Wand.

Lasson brachte die Arme grimmig unter Kontrolle und ließ sie an der Seite des Geschöpfes verharren. Gleichzeitig verhinderte er Beinbewegungen, damit die Umstände nicht noch zusätzlich durch ein Umherlaufen des Geschöpfes kompliziert werden würden.

Dann konzentrierte er sich auf das optische System, er drehte die Kontrollen der Optik erst in eine, dann in die andere Richtung, wobei er die Resultate auf dem Schirm eingehend studierte.

Das Bett teilte sich plötzlich in zwei Teile, die Konterparts glitten auseinander.

Er drehte die Kontrollen in die andere Richtung, die beiden Bilder fügten sich wieder zu einem zusammen, dann glitten sie wieder auseinander, wie zuvor.

Aber keine seiner Bemühungen hatte Erfolg, die Objekte im Hintergrund wurden nicht deutlicher.

Er teilte das Bild ein weiteres Mal und betrachtete die beiden separaten Komponenten. Immer noch verschleierte eine Art Nebel den Hintergrund des doppelten Bildes. Die Schwierigkeit war aber offensichtlich keine lokale Fehlfunktion zwischen den beiden Sinnesorganen, sondern, wie Parok bereits festgestellt hatte, sie lag an einem Defekt beim Umsetzen von zweigeteilter in dreigeteilter Vision.

Lasson erkannte, daß die Einheit immer noch schrie. Die wilden Ausbrüche hallten durch die Innenlautsprecher und ihre direkten Vibrationen hämmerten dröhnend gegen die Kabinenwände.

„Schlag ihn um, Mac!“ hörte man nun eine andere Stimme über den Kreis.

„Das ist ein alter Trick“, sagte wieder eine andere Makrokreatur. „Wird dir nichts nützen.“

„Aber ... es passiert etwas mit mir!“ schrie die Wirtseinheit verzweifelt. „Ihr müßt mir glauben! Oh (dies oder das)!“

„Wart ab bis du siehst, *was* passiert!“

Unbändiges Gelächter aus verschiedenen Richtungen. Dann: „Bring ihn doch jemand zum Schweigen!“

Lasson unterbrach den phonetischen Übertragungskreis, immobilisierte die Lautorgane der Kreatur und schaltete sie auf automatisches Gehverhalten. Er wandte sich wieder den optischen Kontrollen zu.

Aber seine Bemühungen waren vergeblich.

Er lehnte sich enttäuscht zurück und betrachtete das fließende Bild, studierte abwesend das Muster aus Licht und Dunkelheit im Hintergrund und versuchte neugierig, etwas über dessen Sinn und Zweck zu erraten. Es glich nichts, was er je auf Valvarez gesehen hatte.

„Parok!“ rief er plötzlich.

„Ja, Sir?“ Der Chef der Psychoelektronischen Sektion kam gehorsam über den Fußboden geschlurft.

„Wo ist der letzte Mann, der an der optischen Übertragung gearbeitet hat?“

„Irgendwo in einer Kapillare“, antwortete Parok ausdruckslos. „Wie Sie befahlen, Sir.“

Der Commander machte eine ärgerliche Geste. „Dann sehen Sie zu, daß ihm derjenige, der jetzt gerade daran arbeitet, dort Gesellschaft leistet, und beauftragen Sie einen anderen damit."
„Bei der Geschwindigkeit", hielt Parok dem unsicher entgegen, „werde ich bald kein Personal mehr haben. Haben Sie schon an die Verwendung einer Detentionsmethode gedacht — wie es die Eingeborenen von Cervia IX taten?"
„Detention? Was ist das?"
„Wenn ein Untergebener etwas Falsches tut, dann sperrt man ihn dafür ein. Wenn man ihn später wieder einmal braucht, ist er immer noch da."
„Uneffizient. Reine Zeitverschwendung. Zeit-, Nahrungs- und Platzverschwendung." Er entließ Parok mit einer winkenden Handbewegung. „Bringen Sie den Mann zu den Injektoren."
Irgendwo hinter den Kontrollen blitzte es grell auf, es folgte ein gellender Schmerzensschrei, der bald zu einem schmerzerfüllten Stöhnen wurde.
„Ich glaube, das wird nun unmöglich sein", sagte Parok hoffnungslos.
Das war es auch, Lasson mußte eine Spezialvorrichtung anfordern, um den fraglichen Mann, zusammen mit den beiden anderen, die mit ihm in Kontakt gestanden hatten, als er mit den zwei Mikroamps des elektrischen Stroms aufgeladen worden war, zu den Injektoren zu transportieren.
Am Ende der nächsten paar Schichten waren einige recht beachtliche Veränderungen über die Kontrollzentrale gekommen. Jede Einzelheit der „neuen Ordnung" zeugte von unglaublichem Erfolg der Mission des Stoßtrupps.
Gleich zu Anfang, im Gehabe der Männer lag das subtile Gebahren von Siegern. Wo sie zuvor noch unsicher und ängstlich gewirkt hatten, waren sie nun ausgelassen und zuversichtlich. Lasson beglückwünschte sich selbst dazu, ausgezeichnete Arbeit geleistet zu haben, sowohl bei seinen Männern, wie auch bei der Makroeinheit.
Die Kabine hatte nun eine anheimelnde Atmosphäre. Lautsprecher an den Wänden erfüllten den Raum mit leiser, valvarezi-

scher Musik. Kühle Lüftchen, künstlich mit dem Aroma von Saranblüten angereichert, strömten aus den Luftschächten. Der Fußboden war weich ausgelegt mit einer Lage neuen Kalzits, das seit mehreren Schichten nicht mehr von unerwarteten Konvulsionen zerrissen worden war. Und auch der Pulsschlag war immer mehr erstorben, bis aus dem unerträglichen *drumm-drumm* eine kaum mehr vernehmbare rhythmische Unterstützung der Musik geworden war. Bequeme Sessel waren nun Bestandteil der Einrichtung, und Fresken, die in den Herzen der Männer nostalgische Klänge anschlugen, verzierten die Wände.

Selbst der gestrenge und rigorose Commander Lasson schien mit einem Mal nicht mehr so grimmig, er summte sogar zu der leisen Musik. Seine Stubbelfinger klopften auf der Konsole den Takt mit, während er abwesend den Übertragungsschirm überwachte und die Kreatur eine Reihe von Koordinationsübungen durchführen ließ. Parok saß im Sessel des Koordinators, er legte Schalter um und manipulierte Gesichtszüge und halbautomatische Gesten des Makrolebewesens.

„Funktioniert ganz prächtig, nicht wahr?" fragte Lasson fröhlich.

„So gut wie alle anderen, die wir bisher unter permanente Kontrolle gebracht haben, Sir", pflichtete Parok bei.

„Dem Kommissionär wird es unmöglich sein, diese Lebensform abzulehnen. Sie ist wie geschaffen für unsere Ansprüche. Ich bin sicher, Zemurra wird die Kolonisten aller anderen Welten zurückbeordern und ihnen Wirtskörper auf dieser Welt zuweisen."

Der Commander schaltete das Subjekt auf Vollautomatik und lehnte sich zufrieden zurück.

„Nun, damit wäre alles erledigt", sagte er und schlug sich mit den Händen gegen die Schenkel. „Natürlich waren wir noch nicht in der Lage, den optischen Schleiereffekt auszuschalten, aber das macht nichts. Die Sicht ist den Umständen entsprechend gut."

Er warf dem vertikalen Muster aus Licht und Dunkelheit im Hintergrund einen letzten finsteren Blick zu, zuckte dann die Achseln und schaltete eine Verbindung zum Kommunikationschef über den Interkom.

„Bereiten Sie ein offizielles Subäthergramm an den Kommissionär vor", befahl er. „Text: ‚Eure Exzellenz, Testobjekt achtundzwanzig abgeschlossen und zur Kolonisierung bereit. Räumlichkeiten für die ersten zehntausend Kolonisten sind hergerichtet. Alle Konditionen mehr als ideal. Stoßtrupp hat Anweisungen, die nächsten hunderttausend Wirtseinheiten unter Kontrolle zu bringen.'
Wenn Sie diese Botschaft auf Band haben, bringen Sie sie zur Autorisierung hierher, bevor Sie sie senden."
Lasson erhob sich aus dem Kontrollsessel und schlüpfte in den kinesthätischen Übertragungsanzug. Er zerrte und zupfte so lange daran, bis er wie angegossen saß, dann stöpselte er die Kabel ein.
Der kinesthätische Kreis wärmte sich zur Operationsbereitschaft vor, und dann war er plötzlich eins mit der Makroeinheit. Nun konnte er alle ihre externen Sinneswahrnehmungen direkt mitverfolgen — die Position der Glieder, die warme Luft auf der Haut, die Bewegungen der Schultern.
Natürlich war es zu Beginn sehr verwirrend und kaum zu begreifen. Am problematischsten war es, sich daran zu gewöhnen, auf zwei Beinen zu gehen und Gegenstände mit nur zwei Händen anzufassen.
Der Commander erstarrte. Etwas stimmte nicht. Das Ding hatte sich verändert, seit er sich das letzte Mal in die kinesthätischen Wahrnehmungen eingeschaltet hatte. Irgendwo spürte er — Kälte.
Parok gestikulierte zum großen Schirm.
Nun waren andere Makrogeschöpfe bei dem Wirt im Zimmer.
Einer, der eine Art dunkler Robe anhatte, stand direkt vor dem Subjekt und las etwas aus einem kleinen schwarzen Buch vor.
Die Übersetzung kam prompt aus den Lautsprechern der Konsole: „Dies oder das. Dies oder das. Dies oder ..."
Es war alles sehr verwirrend. Der Vokalassoziierer konnte nicht ganz übersetzen, was die schwarzgekleidete Kreatur sagte.
Es war, als würde das Wesen in einer Sprache sprechen, die dem Wirtskörper völlig fremd war.

Lasson hob einem Impuls folgend die Hand des Geschöpfes zu seinem Kopf. Kein Wunder, daß sie das Gefühl der Kälte verspürten! Die Matte der grasähnlichen Gewächse war entfernt worden!

Der Commander sah unsicher zu Parok hinüber. Aber der Untergebene zuckte nur hilflos die Achseln und drückte damit sein Unvermögen aus, die vom Bildschirm übertragene Szene zu deuten.

Da spürte Lasson starke Hände, die die Arme des Wirtes umklammerten und ihn auf das verwirrende hell-dunkle Muster zuzerrten.

Er wollte die Kontrollen manipulieren, um das Subjekt wieder zu befreien, aber dann erkannte er, daß dieser Widerstand die Kreise überlasten konnte. Daher schaltete er die Kreatur auf Halbautomatik und ließ sie den anderen gehorchen.

Das inkongruente Streifenmuster schwamm näher heran und wurde immer deutlicher, während die Gruppe darauf zuging. Lasson konnte nun erkennen, daß es sich um Metallstäbe handelte, die sich in kurzen Abständen von der Decke bis zum Boden erstreckten.

Die Kreatur und ihre Begleiter gingen durch eine Lücke in dem Muster und dann einen Korridor hinab und in einen kleinen, kahlen Raum.

Alle Gefühle wurden über den kinesthätischen Kreis direkt an Lasson übermittelt. Die Einheit wurde auf einen harten Stuhl gesetzt, Metallbänder fest um Handgelenke und Knöchel geklammert.

Verständnislos ließ der Commander das Subjekt den Kopf heben und sah gerade noch eine Metallhaube, die auf den kahlen Kopf herabgelassen wurde.

Es war ein unbehaglich kaltes Ding, und Lasson versuchte, die Hände der Kreatur zu heben, um es zu entfernen, doch dann erinnerte er sich daran, daß das Subjekt ja aus irgend einem Grund gefesselt war.

Einen Augenblick schloß der Commander die Augen und versuchte, sich die wahre Perspektive der großen Kuppel vorzustel-

len, die in der Makrowelt fast das gesamte Gehirn mit seinem Netzwerk valvarezischer Tunnel und Höhlungen und Mannschaftsmitglieder umschloß.
Dann wartete er gespannt darauf, was als nächstes passieren würde.

James E. Gunn

Kein allzu großer Feind

(Not so Great an Enemy)

*James E. Gunn wurde 1923 in Kansas City geboren. Er studierte Journalistik und Englisch. Heute ist er Universitätsprofessor für Englisch an der Universität von Lawrence. Er begann 1949 SF zu schreiben und brachte es bislang auf 7 Romane und etwa 60 Kurzgeschichten und Noveletten. In den siebziger Jahren veröffentlichte er mehrere Anthologien (**„The Road to SF“**),kritische Arbeiten und das Referenzwerk **„Alternate Worlds“**, für das er 1976 einen Hugo verliehen bekam.*

*Fast alle seine besseren Arbeiten haben Kurzgeschichten- oder Novellenlänge, und manche davon wurden zu Romanen zusammengefaßt. Seine besten Werke, **„The Immortals“** (1962, **„Der Gamma-Stoff“**) und **„The Listers“**(1972), entstanden auf diese Weise. Die hier präsentierte Story ist Teil von **„The Immortals“**, einem Stoff, der ansatzweise sozialkritische Tendenzen aufweist und in den USA für das Fernsehen verfilmt wurde. **„Not so Great an Enemy“** ist das Herzstück dieses Romans, bei dem es um eine Gruppe mutierter Unsterblicher geht, deren Blut für die Reichen der Gesellschaft (eine Transfusion überträgt die Unsterblichkeit) das erstrebenswerteste Gut darstellt.*

Auch Gunn schrieb die meisten seiner Geschichten in den fünfziger Jahren. Sie zeichnen sich durch ihren spannungsgeladenen Stil aus. Gunns Interesse gilt weniger einer Weltraum-SF, sondern mehr in nicht allzu ferner Zukunft spielenden, auf der Erde angesiedelten Stoffen.

Er wachte vor Schmerzen auf und hatte das Gefühl, jemand bohre ihm ein Messer in die Magengrube. Er drehte sich auf den Rücken und zog die Beine an. Sein hageres blasses Gesicht war zu einer Grimasse verzerrt.
Die Schmerzen wurden schlimmer. Er stöhnte; sein Körper zuckte. Dann ließen die Schmerzen langsam nach, aber die ablaufende Flut ließ seine Nervenenden nackt und bloß zurück, so daß sie um so verwundbarer waren, wenn die nächste Welle kam.
„Coke!" rief der Mann.
Der Name wurde von den holzgetäfelten Wänden des riesigen Raumes im 28. Stock zurückgeworfen und prallte von der hohen Decke ab. Aber die Antwort blieb aus. „Coke!" kreischte er. „Coke! Coke! *Coke!*"
Schritte näherten sich, klangen laut, solange der Herankommende Marmor unter den Schuhen hatte, und wurden leiser, als er über Teppiche ging. Die Schritte hielten neben dem breiten Bett an. „Ja, Boß?" Die Stimme klang unterwürfig. Der ganze Mann stand in unterwürfiger Haltung da. Dadurch wirkte er noch kleiner. Die kleinen Augen in seinem Affengesicht konnten keine Sekunde ruhig bleiben.
Der Kranke wand sich auf seinem Bett. „Die Medizin!" keuchte er.
Coke griff nach der braunen Flasche auf dem weißlackierten Nachttisch und schüttete sich mit zitternden Fingern drei Pillen in die linke Hand. Der Kranke griff gierig danach und nahm sie in den Mund. Coke gab ihm ein Glas Wasser, das er aus einer Silberkanne eingeschenkt hatte. Der Kranke leerte es in einem Zug.
Einige Minuten später setzte sich der Kranke auf, schlang die Arme um seine Knie und keuchte angestrengt. „Ich bin krank, Coke", ächzte er. „Ich brauche einen Arzt. Ich sterbe sonst, Coke." Seine Stimme klang jetzt hysterisch. „Ruf einen Arzt!"
„Das kann ich nicht", antwortete Coke mit zitternder Stimme. „Wissen Sie das nicht mehr?"
Der Kranke runzelte die Stirn, als versuche er, Cokes Zögern zu ergründen; dann verzog er das Gesicht und holte überraschend mit der linken Hand aus. Der Handrücken traf Cokes Mund. Coke

taumelte gegen die Wand, verdrückte sich in eine Ecke, kauerte dort und beobachtete den Kranken aufmerksam.
„Bleib gefälligst hier!“ knurrte der Kranke. „Laß dich nicht erst rufen!“ Er vergaß Coke. Sein Kinn sank herab, und er trommelte mit einer Faust gegen die Matratze. „Verdammt noch mal!“ schluchzte er.
In dieser Haltung blieb er einige Minuten lang unbeweglich sitzen. Coke blieb in seiner Ecke und beobachtete ihn von dort aus. Der Kranke richtete sich schließlich auf, warf die Decke zurück und stieg aus dem Bett. Er humpelte mit schmerzverzerrtem Gesicht zu einem der Fenster, dessen Vorhänge geschlossen waren. „Ich bin krank“, flüsterte er heiser vor sich hin. „Ich muß sterben.“
Er zog an einer dicken Kordel; die Vorhänge öffneten sich geräuschlos. Sonne flutete in den Raum, ließ seinen scharlachroten Schlafanzug aufleuchten und verwandelte sein Gesicht in eine teigige Masse.
„Es ist doch schrecklich“, sagte der Kranke, „wenn ein Sterbender keinen Arzt bekommen kann! Ich brauche etwas gegen meine Schmerzen, Coke. Ich halte sie einfach nicht mehr aus.“
Coke beobachtete ihn. Er ließ den großen hageren Mann nicht aus den Augen, als er am Fenster stand und auf die Stadt hinaussah.
„Hol mir einen Arzt, Coke“, befahl ihm der Kranke. „Such dir einen, der zu einem Kranken unterwegs ist, und bring ihn her. Mir ist es gleich, wie du das schaffst. Aber bring einen her!“
Coke nickte wortlos und verließ den Raum. Der Kranke starrte weiter aus dem Fenster und hörte ihn nicht gehen.
Von hier aus waren die Ruinen nicht allzu auffällig — die Stadt bot noch fast den gleichen Anblick wie vor fünfzehn Jahren. Aber wer genau hinsah, erkannte die Löcher in den Dächern und die Stellen, wo Fassaden abgebröckelt waren, bis das ungeschützte Mauerwerk dahinter Wind und Regen nachgegeben hatte und auf die Straße gestürzt war.
Die Twelfth Street war völlig blockiert. Ganze Schuttberge machten andere Straßenzüge fast unpassierbar. Die Hand der Zeit war

nicht so schnell wie die des Menschen — aber ihre Spuren waren deutlicher.
Der weite Bogen des Southeast Trafficway zog den Blick des Kranken an, weil die Schnellstraße sich als einzige noch völlig intakte Verkehrsader auffällig von den anderen Straßen abhob. Das medizinische Zentrum lag im Süden hinter der ersten Anhöhe verborgen, aber der von Mauern umgebene Komplex auf dem Hospital Hill leuchtete in der Sonne.
Es war eine Insel, die sich aus einem stinkenden Meer erhob, eine Enklave des Lebens inmitten einer sterbenden Stadt.
Die Klimaanlage summte leise und reinigte die Luft.
Der Kranke beobachtete den Smog, der die Straßen vom Fluß her entlangkroch und seine Arme nach der gewaltigen Festung auf dem Hospital Hill ausstreckte. Aber die verseuchte Luft würde dort keinen Einlaß finden; der ganze Komplex war gegen ihr Eindringen gesichert.
„Der Teufel soll sie holen!" flüsterte der Kranke vor sich hin. „Der Teufel soll sie holen!"

Ben Grayle, Mediziner im siebenten Lehrjahr, starrte aus den Sehschlitzen seines Krankenwagens in die Nacht hinaus. In den Nieselregen mischte sich jetzt auch Smog. Der schmutzige Nebel bewegte sich wie ein lebendiges Wesen und bildete auf allen Seiten eine Wand, die selbst die starken Nebelscheinwerfer nur wenige Meter weit durchdrangen.
Die Klimaanlage summte plötzlich laut. Grayle runzelte besorgt die Stirn, weil er fürchtete, sie könnte versagen und ihn hilflos zurücklassen. Das wäre fast so schlimm, als wenn er in die Nacht hinaus und diesen giftigen Nebel einatmen müßte. Grayle fuhr unwillkürlich zusammen.
Dann merkte er, was wirklich passiert war — sein Unterbewußtsein hatte ihm einen Streich gespielt. Die Klimaanlage, von der sein Leben abhing, funktionierte nach wie vor tadellos.
Seitdem er den Southeast Trafficway mit seiner Beleuchtung und seinen Polizeistreifen verlassen hatte, fühlte er sich unbehaglich. Selbst die Schnellstraße war nicht mehr hundertprozentig sicher.

Ein 20-Millimeter-Geschoß, das von dem gepanzerten Dach des Krankenwagens abgeprallt war, hatte das ganze Fahrzeug wie einen großen Gong dröhnen lassen.
Und wo hatte die Polizei gesteckt?
Die Karten, auf denen die Truman Road als „passierbar" angegeben war, waren längst überholt. Das hier mußte die Truman Road sein. Aber Grayle wußte nicht mehr genau, wie weit er eigentlich schon nach Osten gekommen war. Auf beiden Straßenseiten war es dunkel; rechts schien die Dunkelheit eine Idee tiefer zu sein.
Falls dort nicht mehrere Gebäude durch Feuer oder Dynamit zum Einsturz gebracht worden waren, mußte auf der rechten Straßenseite ein Park liegen. Grayle stellte sich den Stadtplan vor. Das mußte The Parade oder The Grove sein.
Etwas detonierte unter der Vorderachse. Der Krankenwagen zitterte, hob von der Straße ab und krachte wieder nach unten. Bevor die Stoßdämpfer den Aufprall abfangen konnten, verlor der automatische Chauffeur die Kontrolle über den Wagen, der nach links schleuderte.
Grayle packte das Lenkrad, wodurch der Chauffeur ausgeschaltet wurde, und kämpfte verzweifelt gegen das Schleudern an. Die Reifen des schweren Fahrzeugs quietschten. Dann tauchten vor ihm rote Warnleuchten im Nebel auf. Grayle erkannte sie erst, als es schon fast zu spät war.
Er riß das Lenkrad diesmal nach rechts, stemmte sich gegen seinen Sitz, als der Krankenwagen über den Randstein polterte, und mußte wieder gegensteuern, als das Fahrzeug dahinter auf schmierigem Boden ins Schleudern kam. Er befand sich tatsächlich in einem Park. Er raste an Bäumen und umgeknickten Telefonmasten vorbei, wich einigen von ihnen in letzter Sekunde aus und erreichte schließlich wieder die Straße. Dort hielt er erst einmal an.
Grayle hockte in dem am Straßenrand stehenden Krankenwagen und spürte, daß sein Hemd ihm schweißnaß auf dem Rücken klebte. Er fuhr sich mit dem Handrücken über die Stirn. Seine Hand zitterte heftig.

Zum Teufel mit dieser Stadt! dachte er wütend. *Zum Teufel mit dem Straßenbauamt! Zum Teufel mit dem sadistischen Arzt, der mich nachts hierher geschickt hat — auch wenn es sich um einen Notfall handelt!*

Aber dafür konnte niemand etwas.

Wer nachts auf den Straßen unterwegs war, fuhr auf eigene Gefahr. Der Verkehr war zu schwach, als daß es sich gelohnt hätte, kostbare Steuergelder für Straßenreparaturen auszugeben, und es war tagsüber keine Kunst, den Löchern, Gräben und Trümmerhaufen auszuweichen.

Aber sie könnten wenigstens etwas anderes tun, überlegte sich Grayle aufgebracht. *Sie könnten auf den Straßen radioaktive Fahrspuren für den Chauffeur markieren. Das verdammte Ding setzt aus, sobald der Wagen in ein Schlagloch plumpst. Unsere Mechaniker tun ihr bestes — aber was können sie schon dafür, wenn die Geräte so geliefert werden?*

Warum gibt es eigentlich keine Leute mehr, die stolz auf ihrer Hände Arbeit sind? dachte er mißmutig. *Selbst die chirurgischen Maschinen... nun, ein Chirurg, der eine benützte, ohne bei der Generalüberholung dabeigewesen zu sein, konnte praktisch mit einem Prozeß wegen eines Kunstfehlers rechnen.*

Grayle dachte über den Unfall nach, den er eben beinahe gehabt hätte. Der erste Schlag war nicht auf ein Loch zurückzuführen gewesen; das mußte eine Mine gewesen sein. Und die roten Warnlichter hatten vermutlich eine Barrikade bezeichnet, hinter der Straßenräuber lauerten.

Er fuhr zusammen, gab Gas und wünschte sich sehnlichst, wieder im Zentrum zu sein und bis Schichtende in der antiseptischen, kugelsicheren Unfallstation arbeiten zu können.

Hinter den massiven Wänden des Krankenhauses war es eine wunderbare Sache, die Heilkunst zu lernen und zu praktizieren. Selbst Einsatzfahrten aufs Land waren nicht unangenehm, obwohl sie einen gewissen Zeitverlust mit sich brachten — die Menschen auf dem Land waren anständige Bürger und hatten Hochachtung vor den Wundern moderner Medizin. Aber die Stadt war etwas ganz anderes. Die Städte waren die Slums der

Nation, und Slums wurden nach Grayles Auffassung von Menschen ohne Ideale oder Ehrgeiz bewohnt — von Asozialen und dem Abschaum der Menschheit. Dieser neue Dienst, zu dem er eingeteilt worden war, gefiel ihm nicht.

Aber er würde lernen müssen, sich damit abzufinden. Als Arzt war er dem Leben verpflichtet, ob es erst aufflackerte oder zu erlöschen drohte. Aber selbstverständlich nur, wenn jemand es für so erhaltenswert hielt, daß er dafür bezahlte.

Der Chauffeur schien sich wieder gefangen zu haben. Grayle steuerte den Krankenwagen in die Straßenmitte zurück und ließ vorsichtig das Lenkrad los. Jetzt hatte er wieder Zeit, seinen eigenen Gedanken nachzuhängen; er dachte an das Krankenhaus und an seine chirurgische Ausbildung. Eines Tages würde er ein guter Chirurg sein — vielleicht so gut wie Dr. Cassner, den er neulich bei einer dreistündigen Operation beobachtet hatte...

Die Operation hatte als gewöhnliche Arterienverpflanzung begonnen. Im hellen Licht der großen Lampen über dem Operationstisch wirkte der Körper des alten Mannes blaß und leblos. Die Klimaanlage arbeitete leise summend, aber auf Cassners breiter Stirn standen große Schweißperlen, die ihm eine Schwester von Zeit zu Zeit abtupfen mußte.

Cassners Hände hielten keine Sekunde lang still. Seine Finger manipulierten die verschiedenen Einstellhebel der Operationsmaschine mit einer Geschicklichkeit, um die ihn alle Kollegen beneideten.

Grayle beobachtete die Operation fasziniert. Die Skalpelle zertrennten die Haut mit unbeirrbarer Präzision und legten die geschwollenen alten Arterien frei; geschickte Metallfinger banden sie ab, schnitten ein großes Stück heraus, setzten eine gesunde junge Arterie ein und verbanden sie mit den Enden der alten; die Nahtmaschine folgte ihnen dichtauf, besprühte die freigelegte Fläche mit Antibiotika, legte Klammern an und setzte die erste Naht...

Cassners Augen nahmen mit einem Blick auf, was der Monitor an der Wand über den Zustand des Patienten berichtete: Blutdruck, Herzschlag, Atmung...

Er sah die Gefahr als erster. Die Operation ging verhältnismäßig rasch vor sich, aber sie hatte andere Nachteile. Die betroffene Körperfläche war groß, und selbst eine Senkung der Körpertemperatur konnte den Schock nicht verhindern. Und das Herz des Patienten war alt.
Es war unmöglich, die Instrumente rasch genug umzusetzen. Cassner nahm das Skalpell selbst in die Hand und öffnete den Brustkorb mit einem einzigen langen Schnitt. „Herzmaschine!" sagte er dabei.
Die Maschine pumpte innerhalb von dreißig Sekunden, sobald ihre Leitungen mit der Aorta und dem linken Vorhof verbunden waren. Zwei Minuten später lag ein neues Herz, das noch schwach zitterte, in der Brust des Alten; Cassner verband es mit den Arterien und Venen. Zehn Minuten nach dem ersten Alarmsignal des Monitors holte Cassner das verbrauchte alte Herz aus dem Brustkorb des Patienten. Er gab seinem Assistenzarzt ein Zeichen, er solle Digitalis spritzen.
Als der Brustkorb geschlossen wurde, begann das neue Herz kraftvoll zu schlagen und Blut durch die Adern zu pumpen.
Cassner hätte die restliche Routinearbeit seinem Assistenzarzt überlassen können, aber er beendete die Arterienverpflanzung, bevor er sich müde abwandte und im Umkleideraum für Chirurgen verschwand.
Beispielhaft! dachte Grayle jetzt.
Der Smog ließ etwas nach, und Grayle sah irgendwo vor sich ein Licht. Er fuhr darauf zu. Das Licht brannte in einem winzigen Café. Hinter der Theke stand ein Kellner, der den einzigen Gast bediente. Grayle fuhr an dem Café vorbei und hielt erst wieder jenseits des Lichtscheins.
Bevor er die Tür öffnete, riß er eine Packung Filter auf, steckte sich zwei Filter in die Nase und überzeugte sich davon, daß sie wirklich festsaßen. Dann griff er nach der Nadelpistole in der Halterung neben dem Fahrersitz.
Der Smog umgab ihn von allen Seiten, griff nach ihm und versuchte, seine tödlichen Finger nach Grayles Lungen auszustrekken. Boyd hatte recht: Wir schwimmen in einem Meer aus Car-

cinogenen. Aber man mußte sein Bestes für die Leute tun, die diesen Krebserregern ständig ausgesetzt waren.
Der Regen hatte beinahe aufgehört, aber Grayle knöpfte seinen Mantel trotzdem ganz zu. Er durfte seine weiße Jacke hier nicht sehen lassen. Die Gefahr war zu groß, daß er Gangstern, Antivivs oder auch nur einem gewöhnlichen Bürger begegnete, der etwas gegen Ärzte hatte.
Über dem Eingang hing schon lange keine Hausnummer mehr. Grayle betrat die Luftschleuse und erreichte dann den beleuchteten Raum.
Als erstes fiel ihm die Wärme auf. Dann hörte er das Keuchen einer uralten Klimaanlage.
Luftschleuse, Klimaanlage. Der Café-Besitzer machte zumindest den Versuch, seinen Gästen die notwendigsten Dinge zur Verfügung zu stellen.
Der Kellner war ein stiernackiger Städter mit schiefer Nase und Blumenkohlohren. Er trug eine schmutzige weiße Jacke, die offenbar eine Imitation der Ärzteuniform war.
Grayle bemühte sich, seinen Ärger zu unterdrücken; solcher Kommerzialismus machte ihn stets wütend.
Der einzige Gast war ein kleiner, unbedeutender Mann.
Grayle stellte automatisch eine Diagnose: *Schilddrüse. Zu hoher Blutdruck.* Er gab dem Mann noch fünf Jahre.
„Was darf's sein?" fragte der Kellner eifrig. „Wir haben ein neues Gesundheitsmenü. Oder einen neuen Vitamintrank, ganz frisch aus dem Labor; sämtliche bekannten Vitamine und Spurenelemente, Eisen und einen geheimen Zusatz, der in medizinischem Alkohol gelöst ist. Wollen Sie den Bericht über die genaue Analyse sehen?"
„Nein", wehrte Grayle ab, „ich..."
„Gut, ich mache Ihnen einen anderen Vorschlag", unterbrach der Kellner ihn mit Verschwörermiene. „Ich habe noch etwas anderes unter der Theke — reinen Kentucky Bourbon ohne Vitamine, ohne Spurenelemente, aber mit viel Alkohol!"
„Ich möchte nur wissen, wo ich diese Adresse finde", sagte Grayle ungeduldig.

Der Kellner starrte ihn ausdruckslos an. Dann schüttelte er langsam den Kopf. Vielleicht bedeuteten Straßen und Hausnummern in dieser Gegend nichts mehr? Aber Grayle spürte noch etwas anderes: das Mißtrauen der beiden Männer. Was war daran schuld? Seine Kleidung? Seine Sprechweise?
Der Kellner deutete in die Richtung, aus der Grayle gekommen war. „Dort", knurrte er.
„Danke", antwortete Grayle eisig. Er wandte sich ab, ging zur Tür und spürte, wie seine Nackenhaare sich sträubten. Er trat durch die Luftschleuse in die Nacht hinaus.
„Pst!" zischte jemand hinter ihm.
Grayle sah sich um. Der kleine Schilddrüsenkranke kam hinter ihm her. Grayle blieb stehen. Der Mann sah sich vorsichtig um, bevor er halblaut fragte: „Wohin wollen Sie? Vielleicht kann ich es Ihnen sagen."
Grayle zögerte. „Tenth Street", sagte er dann. „Block dreitausendvierhundert."
„Zwei Blocks weit nach Osten, dann links abbiegen. Von da aus gerade nach Norden", flüsterte der andere heiser. Grayle murmelte seinen Dank und wandte sich ab. Er hatte eben gesehen, daß der Mann keine Nasenfilter trug; das machte ihn unerklärlicherweise verlegen. „Hören Sie", fuhr der kleine Mann eifrig fort, „möchten Sie Penicillin kaufen?"
Grayle blieb einen Augenblick wie erstarrt stehen. Dann faßte er wie zufällig in die rechte Manteltasche, wo seine Nadelpistole steckte, während er mit der linken Hand auf zwei Knöpfe an seinem Gürtel drückte. „Was ist das?" fragte er
„Penicillin", antwortete der Schwarzhändler eifrig. „Heiße Ware. Direkt aus dem Labor — und konkurrenzlos billig."
„Wieviel wollen Sie dafür?"
„Hunderttausend Einheiten kosten einen Dollar. Hier!" Der kleine Mann streckte die Hand aus. In dem gelblichen Lichtschein, der aus dem Café auf die Straße fiel, sah Grayle eine Ampulle in der offenen Hand liegen. „Das sind dreihunderttausend Einheiten, die Ihnen das Leben retten können. Nehmen wir einmal an, Sie bekämen heute abend irgendeine Infektion. Daran können Sie

sterben! Aber mit dem Zeug in dieser kleinen Ampulle können sie sich selbst kurieren. Und das alles für nur drei Dollar!"
Grayle betrachtete die kleine Ampulle neugierig. Er fragte sich, was sie enthalten mochte. Bei diesem Preis wahrscheinlich nur Wasser. Hunderttausend Einheiten kosteten selbst im Großhandel mehr als einen Dollar. Als Grayle schwieg, lachte der Schwarzhändler unbehaglich. „Gut, wie Sie wollen..." Er zog die Hand plötzlich zurück, als wolle er die Ampulle einstecken. „Schließlich ist es Ihr eigenes Leben. Meinetwegen landen Sie im Krankenhaus."
Grayle horchte angestrengt, ohne das erwartete Rotorengeräusch zu hören. „Es gibt schlimmere Orte", meinte er.
„Sagen Sie mir einen!" forderte der Schwarzhändler ihn auf. „Hören Sie, ich mache Ihnen noch einen Vorschlag. Sie bekommen den Stoff für zweifünfzig. Ich habe nämlich keine Zeit, die ganze Nacht auf der Straße zu stehen."
Der kleine Mann war näher an Grayle herangetreten. Zu nahe! Grayle wich zurück. Der Schwarzhändler wollte ihn festhalten. Dabei öffnete sich Grayles Mantel.
Der kleine Mann taumelte zurück, als er die weiße Jacke darunter sah, und suchte verzweifelt nach Hilfe, die ihm niemand gewähren konnte.
Grayle zog seine Pistole. „Halt!"
Der Schwarzhändler blieb nicht nur stehen, sondern kam sogar wieder näher heran. „Hören Sie, warum sollten wir kein Geschäft miteinander machen? Ich gebe Ihnen das Penicillin, und Sie vergessen, daß wir uns je gesehen haben. Okay?"
„Woher haben Sie das Zeug?"
Der kleine Mann zuckte hilflos mit den Schultern. „Sie wissen doch selbst, wie das geht. Jemand gibt es an mich weiter — wie soll ich also wissen, woher er es hat? Es ist bestimmt gestohlen. In der Fabrik abgezweigt, nehme ich an."
„Von Bones Leuten?"
Der Schwarzhändler starrte ihn erschrocken an. Dann sah er sich ängstlich um. „Was glauben Sie denn? Menschenskind, geben Sie mir doch eine Chance!"

Dann flammte ein starker Scheinwerfer über ihnen auf. Nun war auch das Rotorengeräusch zu hören. Grayle hob den Kopf und blinzelte.
„Keine Bewegung!" sagte eine Lautsprecherstimme. „Sie sind verhaftet!"
Der Schwarzhändler wollte in der Dunkelheit untertauchen. Grayle zielte sorgfältig. Die Nadel traf den kleinen Mann genau unter der Schädelbasis. Er machte noch einen Schritt und brach dann an der Grenze zwischen Licht und Schatten zusammen.
Der Polizeisergeant hörte sich Grayles Schilderung der Ereignisse ungeduldig an. „Sie hätten nicht auf ihn schießen dürfen", knurrte er. „Was hat der Mann getan, daß Sie gleich auf ihn geschossen haben?"
„Die Anklage umfaßt folgende Punkte", antwortete Grayle und zählte sie an den Fingern ab: „Schwarzhandel, Bestechung und wahrscheinlich auch Betrug, wenn Sie den Inhalt der Ampullen analysieren lassen."
„Das ist alles kein Beweis", behauptete der Sergeant mürrisch. „Glauben Sie, daß wir nichts Besseres zu tun haben, als uns um blinde Alarme zu kümmern?"
„Beweis?" wiederholte Grayle. „Was wollen Sie eigentlich noch alles? Sie haben meine Aussage — und das hier." Er drückte auf den Wiedergabeknopf an seinem Gürtel.
„Gegenindikationen sind eine überhöhte Ilotycinempfindlichkeit und ...", begann eine kultivierte Stimme.
Grayle drückte hastig auf einen anderen Knopf und ließ das Tonband weiter ablaufen, bevor er zum zweitenmal auf Wiedergabe umschaltete. „Penicillin", sagte der Schwarzhändler heiser. „Heiße Ware. Direkt aus dem Labor — und konkurrenzlos billig..."

Als die Aufnahme abgelaufen war, beschwor Grayle seine eigene Aussage. „Ich, Benjamin Grayle, Mediziner im siebenten Lehrjahr, schwöre hiermit im Namen Äskulaps und Hippokrates', daß..."
Der Sergeant bestätigte die Aussage widerstrebend, und Grayle drückte ihm die winzige Tonbandspule in die Hand. „So, das müßte genügen. Und dort drüben ist Ihr Mann."

Der Schwarzhändler hatte sich auf Händen und Knien aufgerichtet und schüttelte benommen den Kopf.
„Schon gut“, knurrte der Sergeant. „Nur kein Übereifer! Wir wissen selbst, was wir zu tun haben. Aber Sie verstehen doch, wie das ist? Jeder Mensch muß schließlich leben, und die Zeiten sind schwer. Wahrscheinlich versucht der Mann nur, mit den Ratenzahlungen für einen Arztvertrag auf dem laufenden zu bleiben!“
„Das ist Ihr Problem, Sergeant. Leute wie er fallen uns Ärzten in den Rücken. Wenn Medikamente und Antibiotika unbeaufsichtigt vertrieben werden, ist damit zu rechnen, daß die durchschnittliche Lebenserwartung auf weniger als siebzig Jahre absinkt. Wir haben schon jetzt genügend Sorgen mit resistenten Krankheitserregern.“
Grayle sah wieder auf den Schwarzhändler herab. Der kleine Mann setzte sich auf, rieb sich den Nacken und starrte dann seine Hand an. „Ich lebe also noch“, meinte er verblüfft.
„Mein Beruf ist es, Leben zu erhalten, nicht aber, Leben zu vernichten“, erklärte Grayle ihm streng.
Der Schwarzhändler hob langsam den Kopf. „Du! Verdammter Leichenräuber! Quacksalber! Spiel dich nur als edelmütiger Retter der Menschheit auf! Das wird dir noch heimgezahlt — darauf kannst du dich verlassen! John Bone besorgt es dir, Schlächter!“
„Jetzt reicht's aber!“ Der Sergeant riß den kleinen Mann hoch. „Kein Wort mehr, verstanden?“
Aber er faßte den anderen erstaunlich vorsichtig an. Grayle lächelte resigniert, als er sich abwandte, um zu seinem Krankenwagen zu gehen. Der Schwarzhändler wurde mit mehr Respekt behandelt als der Mediziner.
Der kleine Mann rief ihm noch hinterher: „Du und deinesgleichen seid an allem schuld!“

Der Suchscheinwerfer beleuchtete den Hauseingang und erfaßte die beiden Ziffern, die schief und verrostet über der Tür hingen. Zum Glück waren es die beiden letzten Ziffern.

Das Haus stand neben einem unbebauten Grundstück, auf dem sich rostige Maschinen zu einem großen Schrotthaufen türmten. Früher einmal war der Platz vor dem Gebäude asphaltiert gewesen. Jetzt war nichts mehr davon zu merken, als Grayle bis vor die Haustür fuhr.
Er schaltete die Scheinwerfer aus, blieb in der Dunkelheit sitzen und sah zu dem Haus auf. Es hatte zwei Geschosse und ein ausgebautes Dach. Eine altmodische Veranda führte auf die Straße hinaus. Die Fenster waren dunkel.
Ein Versehen des diensthabenden Arztes? Das wäre typisch gewesen!
Aber dann sah Grayle den schwachen Lichtschein hinter einem der Fenster im ersten Stock.
Die in die schwarze Arzttasche eingebaute Lampe beleuchtete die alte Haustür. Grayle klopfte an. Niemand reagierte darauf. Das einzige Geräusch war das beruhigende Brummen des im Leerlauf arbeitenden Motors des Krankenwagens.
Grayle drückte die altmodische Messingklinke herab. Die Tür öffnete sich. Er zog seine Nadelpistole und betrat vorsichtig das Haus. Der Flur nach rechts war mit wurmstichigen Sperrholzplatten abgeteilt. Geradeaus begann eine Treppe.
Auf dem oberen Treppenabsatz hatte Grayle die Wahl zwischen drei Türen. Er wandte sich nach rechts. Die Tür war abgeschlossen. Sie klapperte, als er an der Klinke rüttelte.
Er horchte unruhig. Das Haus ächzte und knarrte und bewegte sich, als habe es im Lauf der Jahrhunderte selbst Leben angenommen. Grayle zog nervös die Schultern hoch.
Die Tür wurde geöffnet.
Das Licht aus der schwarzen Tasche zeigte Grayle eine junge Frau, die trotz der grellen Helligkeit nicht einmal blinzelte. Er starrte sie an. Sie war klein — nicht größer als einssechzig — und schwarzhaarig; ihre Haare wären sehr lang gewesen, wenn sie sie nicht geflochten und auf ihrem Kopf zu einer Art Krone zusammengesteckt hätte.
Ihr Gesicht war zart mit weißer Haut und regelmäßigen Zügen. Sie trug ein gelbes Gewand aus weichfallendem Stoff, das un-

praktisch war und gar keine Ähnlichkeit mit der nüchternen Aufmachung hatte, in der sich die Frauen heutzutage zeigten.
Aber der nur angedeutete Körper unter dem weichen Stoff und die bloßen Füße der jungen Frau erregten Grayle auf unerklärliche Weise. Sein Puls wurde um zehn Schläge in der Minute schneller.
Erst dann merkte er, daß sie blind war. Die Hornhaut ihrer Augen war trüb und verdunkelte das Blau der Iris.
„Sind Sie der Mediziner?" Ihre Stimme war sanft und leise.
„Ja."
„Kommen Sie bitte herein, bevor unsere Mieter aufwachen. Einige von ihnen sind vielleicht gefährlich."
Während die junge Frau die Tür hinter ihm verriegelte, sah Grayle sich in dem Zimmer um. Früher mußte es ein größeres Schlafzimmer gewesen sein. Jetzt war es in ein 1-Zimmer-Apartment verwandelt worden, in dem zwei Stühle, ein Gasherd und eine als Tisch dienende Kiste mit einer blakenden Petroleumlampe standen. In einer Ecke sah Grayle ein Feldbett.
Auf dem Bett lag ein Mann von etwa sechzig Jahren. Er hatte die Augen geschlossen und atmete laut.
„Philip Shoemaker?" fragte Grayle.
„Ja", sagte die junge Frau.
Ihre Augen fielen ihm wieder auf. Im Sonnenschein mußten sie veilchenblau sein. „Tochter?"
„Nein, ich bin nicht mit ihm verwandt."
„Was tun Sie dann hier?"
„Er ist krank", antwortete sie einfach.
Grayle warf ihr einen prüfenden Blick zu. Ihr Gesicht war gelassen und ausgeglichen, aber es sagte ihm nichts. Er stellte den Lampendocht höher, um mehr Licht zu haben, und wandte sich dann Shoemaker zu. Der Zustand des Kranken war kritisch.
Grayle setzte sich auf den Stuhl neben dem Feldbett, öffnete seine schwarze Arzttasche und nahm eine Handvoll Instrumente heraus, deren Drähte zu einem Gerät in der Tasche führten. Eine kleine Sonde wurde über dem Herzen des Kranken befestigt; die zweite lag am Handgelenk an; die dritte berührte seine Handflä-

che. Grayle legte dem Alten die Manschette des Blutdruckmessers an, steckte ihm eine weitere Sonde zwischen die Lippen und drückte ihm schließlich eine mit zahlreichen Anschlüssen versehene Kappe auf den Kopf...
Als er fertig war, glich Shoemaker einer Fliege, die in einem Netz gefangen war, dessen Drähte die schwachen Impulse seines Körpers an die Spinne in der schwarzen Tasche weiterleiteten. Aber diese Spinne war durch unsichtbare Strahlen mit dem vor dem Haus stehenden Krankenwagen verbunden, und die beiden würden die Fliege wiederbeleben, anstatt sie auszusaugen.
Die Diagnosevorbereitung dauerte eine Minute dreiundzwanzig Sekunden. In der nächsten Sekunde fiel Grayle das Heftpflaster am Unterarm des Patienten auf. Er runzelte die Stirn und riß es ab. Darunter klebte eine durchblutete Kompresse auf einer durch einen langen Schnitt geöffneten Ader.
„Wer war bei ihm?“
„Ich“, antwortete die junge Frau, ohne zu zögern. Ihre rechte Hand ruhte leicht auf der Kiste mit der Lampe.
Unter dem Feldbett sah Grayle eine Schüssel stehen. Sie enthielt fast einen Liter Blut, das erst zu gerinnen begann. Grayle setzte die Schüssel langsam ab. „Warum haben Sie diesen Mann zur Ader gelassen?“
„Das war die einzige Möglichkeit, sein Leben zu retten“, erklärte sie ihm ruhig.
„Wir sind doch nicht mehr im Mittelalter!“ rief Grayle aus. „Damit hätten Sie ihn umbringen können.“
„Soviel ich weiß, Mediziner“, antwortete die junge Frau, „ist ein Aderlaß manchmal wirksam, wenn nichts anderes hilft — zum Beispiel bei einer Gehirnblutung. Er setzt den Blutdruck für einige Zeit herab, so daß das Blut in dem geplatzten Gefäß gerinnen kann.“
Grayle warf unwillkürlich einen Blick in seine Arzttasche. Auf dem Leuchtschirm des Diagnosegeräts erschienen einige Worte. Es handelte sich tatsächlich um eine Gehirnblutung, aber der Zustand des Kranken war gut. Die Blutung war zum Stillstand gekommen.

Er nahm einen Druckverband aus einem Fach seiner Tasche, streifte die Zellophanhülle ab und drückte ihn über den langen Schnitt am Unterarm des Patienten. Der Druckverband hielt, als er die Hand wegnahm.
„Es gibt ein Gesetz gegen unerlaubte medizinische Eingriffe", stellte Grayle langsam fest. „Das muß ich leider melden."
„Hätte ich ihn sterben lassen sollen?"
„Für Kranke gibt es Ärzte."
„Er hat einen gerufen. Sie haben eineinhalb Stunden bis zu uns gebraucht. Hätte ich so lange gewartet, wäre er gestorben!"
Grayle hatte das Gefühl, die junge Frau wolle ihm nicht einmal widersprechen, sondern ihm nur ihren Standpunkt erklären, weil sie hoffte, daß er ihn verstehen würde. „Ich bin auf dem schnellsten Weg gekommen. Es ist nicht leicht, nachts herzufinden."
„Ich will Sie durchaus nicht kritisieren." Sie streckte vorsichtig tastend die Hand nach rückwärts aus, bis sie den Stuhl hinter sich spürte, und ließ sich elegant darauf nieder. „Sie haben mich gefragt, warum ich ihn zur Ader gelassen habe, und ich habe es Ihnen gesagt."
Grayle schwieg, weil er nicht wußte, was er antworten sollte. Diese Logik war unwiderlegbar, aber trotzdem falsch. Die Behandlung Kranker mußte das Monopol von Männern bleiben, die sorgfältig ausgebildet und auf ein bestimmtes Berufsethos verpflichtet waren. Außer ihnen durfte niemand das Heiligste auf der Welt bewahren und schützen wollen.
Sie stand auf, trat dicht an ihn heran, legte ihm eine Hand auf die Schulter und beugte sich zur Seite, um Shoemakers Stirn zu berühren. „Ja", sagte sie bestimmt. „Er wird jetzt wieder gesund. Er ist ein guter Mann. Wir dürfen ihn nicht sterben lassen."
Die Nähe der jungen Frau verwirrte und provozierte Grayle. Er spürte, wie sein Blutdruck anstieg. *Warum nicht?* dachte er. *Sie ist schließlich nur eine Städterin.* Aber er brachte es nicht über sich. Das lag weder an seiner Berufsehre, die er damit verloren hätte, noch an der Tatsache, daß die junge Frau blind war. Es mußte einen anderen Grund dafür geben.

Grayle bewegte sich nicht, aber sie trat zurück und nahm ihre Hand von seiner Schulter, als spüre sie den Aufruhr, in dem seine Gefühle sich befanden.
„Ich muß ihn ins Krankenhaus bringen", entschied Grayle. „Zu der Gehirnblutung kommt bestimmt noch eine Infektion."
„Ich habe seinen Arm zuerst mit Seife und dann mit Alkohol abgewaschen", erklärte sie ihm. „Ich habe das Messer in der Flamme sterilisiert und den Verband über der Lampe erhitzt, um ihn keimfrei zu machen."
Grayle sah die Blasen an ihren Fingern. „Sie haben Glück gehabt", stellte er unfreundlich fest. „Er hätte ebensogut sterben können."
Sie wandte ihr Gesicht seiner Stimme zu. Grayle fand diese Bewegung seltsam rührend. „Was soll man tun, wenn man gebraucht wird?"
Das glich zu sehr der Antwort, die ein Arzt auf den Hilfeschrei der Welt gegeben hätte. Ein Arzt hatte das Recht, darauf zu antworten; diese junge Frau hatte es nicht. Grayle befaßte sich wieder mit Shoemaker, nahm ihm die Sonden ab und packte sie in seine Tasche. „Ich muß ihn nach unten in den Krankenwagen tragen. Nehmen Sie meine Tasche, damit ich auf der Treppe Licht habe?"
„Nein, Sie dürfen ihn nicht mitnehmen. Er hat die Raten für seinen Arztvertrag schon lange nicht mehr bezahlt. Sie wissen, was mit ihm geschehen würde."
Grayle richtete sich auf. „Wenn er zahlungsunfähig ist, hat er kein Recht auf...", begann er wütend.
„Was würden Sie tun, wenn Sie allein wären und im Sterben lägen?" unterbrach sie ihn. „Würden Sie nicht um Hilfe rufen? Würden Sie sich erst überlegen, ob Sie ein Recht dazu haben? Er hat früher einen Vertrag gehabt, aber die Ratenzahlungen haben ihn ruiniert, sein Landhaus verschlungen und ihn hierher in die Stadt getrieben. Aber als er krank war, ist er zu seinem alten Glauben zurückgekehrt, wie ein sterbender Katholik nach einem Seelsorger ruft."
Grayle zuckte bei diesem Vergleich zusammen. „Und er hat dadurch verhindert, daß mehrere Leute so versorgt wurden, wie es

ihnen zustand“, antwortete er scharf. „Wahrscheinlich hat er sein Leben gegen das eines anderen eingetauscht. Deshalb haben wir schließlich unsere Gesetze. Wenn Shoemaker nicht zahlen kann, muß er verwertet werden.“ Er bückte sich, um den Patienten hochzuheben.

Die junge Frau hielt ihn mit erstaunlicher Kraft zurück. „Sie haben doch bestimmt genügend Blut, genügend Organe. Er wird umgebracht, wenn Sie ihn mitnehmen.“

„Wir haben nie genug“, sagte Grayle. „Und wir brauchen auch Material für Forschungszwecke.“ Er legte ihr ungeduldig eine Hand auf die Schulter, um sie zur Seite zu schieben. Ihr Körper unter dem dünnen Stoff war weich und warm. „Sie müssen eine Antiviv sein, sonst würden Sie sicherlich nicht von ‚umbringen‘ sprechen.“

„Ja, ich bin eine — aber das ist nicht der einzige Grund. Ich bitte Sie um ihn, weil er es wert ist, gerettet zu werden. Sind Sie so unfehlbar, so vollkommen, daß Sie nicht … vergessen können?“

Grayle ließ langsam die Hand sinken. Er hatte nicht das Gefühl, eine Niederlage erlitten zu haben. Er weigerte sich nur, mit einer Frau um den Körper eines Patienten zu kämpfen.

„Meinetwegen“, sagte er.

Er griff nach seiner schwarzen Tasche, ließ sie zuschnappen und ging zur Tür.

„Warten Sie!“ forderte sie ihn auf.

Er sah ihr entgegen, als sie mit ausgestreckter Hand näher kam, bis ihre Finger seinen Ärmel berührten. „Ich möchte Ihnen danken“, sagte sie leise. „Ich dachte, es gäbe kein Mitleid mehr bei den Ärzten.“

Grayle war zunächst sprachlos. Dann ärgerte er sich, weil er nicht für etwas gelobt werden wollte, das er keineswegs vorhatte. „Sie irren sich“, widersprach er energisch. „Ich werde seinen Namen der Zentrale melden. Ich muß auch Sie melden — das ist meine Pflicht.“

Die Hand der jungen Frau sank herab. Diese Geste verriet Resignation und war zugleich eine Art Entschuldigung für den Irrtum der Blinden. „Wir tun alle, was wir tun müssen.“

Sie ging an Grayle vorbei, schob die Riegel an der Tür zurück und drehte sich nach ihm um. „Ich glaube nicht, daß Sie so hartherzig sind, wie Sie zu sein vorgeben."
Das war ein Schlag für Grayle. Er war nicht hartherzig; er war nicht außerstande, Mitgefühl oder Mitleid zu empfinden. Aber von wessen Geschicklichkeit und Urteilsvermögen das Überleben eines Menschen abhängt, kann es sich nicht leisten, auf das Dramatische, auf die menschlichen Werte jeder Situation einzugehen. Das wäre unerträglich.
„Unten liegt ein alter Mann, der Hilfe braucht", fuhr sie zögernd fort. „Würden Sie ihn sich ansehen?"
„Ausgeschlossen!" sagte er wütend.
Sie hob kurz den Kopf, und Grayle bewunderte unwillkürlich ihren Stolz. Aber dann nickte sie resigniert. „Schade", sagte sie leise.
Die junge Frau führte Grayle die Treppe hinab. Ihre Hand war fest und warm. Unten an der Treppe wurde plötzlich eine Tür geöffnet.
Grayle riß sich los, griff in die Manteltasche und atmete auf, als er seine Nadelpistole in der Hand hielt.
In dem durch die Tür gebildeten dunklen Rechteck erschien undeutlich ein weißes Gesicht. „Leah?" fragte eine Mädchenstimme. „Ich habe gehofft, daß du herunterkommen würdest. Gib mir deine Hand. Ich habe schon Angst gehabt, die Nacht würde nie zu Ende gehen..."
„Nur ruhig, Kleines", antwortete Leah. Sie streckte ihre Hand aus. „Jetzt kann dir nichts mehr passieren."
Grayle schaltete plötzlich irritiert die Lampe in seiner Arzttasche ein. Der Lichtstrahl traf das Mädchen wie ein unerwarteter Schlag. Es wich zurück und bedeckte das Gesicht mit den Händen.
Grayle schaltete die Lampe aus. Er hatte genug gesehen. Die Kleine in dem geflickten Nachthemd bestand nur noch aus Haut und Knochen. Auf ihrem blassen Gesicht zeichneten sich zwei kreisrunde rote Flecken unter den Backenknochen ab.
Sie starb an Tuberkulose.

Tuberkulose. Heutzutage! Warum lassen sie es nur so weit kommen?

„Geh hinauf und bleib bei Phil", wies Leah sie an. „Er braucht dich. Er hat einen Schlaganfall gehabt, aber jetzt geht es ihm wieder besser."

„Wie du meinst, Leah", stimmte die Kleine bereitwillig zu. Sie schlüpfte an Grayle vorbei und stieg die Treppe hinauf.

„Was ist denn los mit diesen Leuten?" erkundigte Grayle sich verwirrt. „Die Tuberkulose ist doch leicht heilbar! Warum tun sie einfach nichts dagegen?"

Die junge Frau blieb vor der Sperrholzabtrennung stehen. „Weil das billiger ist", antwortete sie. „Mehr können sie sich nicht leisten."

„Der Tod soll billiger sein?" fragte Grayle ungläubig. „Wie kommen die Leute darauf?"

„Für sie gibt es keine andere Möglichkeit — dafür sorgen die Leute in den Krankenhäusern. Gesundheit ist heutzutage unerschwinglich teuer. In ihrem Zustand brauchte sie einige Monate Bettruhe, hundert Gramm Dihydrostreptomycin, tausend Gramm PAS, einen Pneumothorax und leichte Diät. Dieses Mädchen hat in seinem ganzen Leben noch keine fünfzig Dollar auf einmal gesehen. Selbst wenn es hundert würde, könnte es nicht einmal die Hälfte der Behandlungskosten zusammensparen. Die Kleine muß für ihre Kinder sorgen. Sie kann es sich nicht leisten, einen Tag Urlaub zu machen — und schon gar nicht einige Monate lang..."

„Es gibt aber doch Behandlungsverträge", warf Grayle ungeduldig ein.

„Die Behandlung, die sie braucht, bekommt sie auch dadurch nicht", erklärte Leah ihm. Hinter ihr öffnete sich eine Tür. „Gute Nacht, Mediziner." Dann war sie verschwunden.

Das ist nicht richtig, dachte Grayle, als er zur Haustür ging. *So dürfte es nicht sein. Aber ist es wirklich so?*

Er kehrte entschlossen um, weil ihm eine Frage auf den Lippen lag: „Wen sollen wir behandeln, wenn unsere Möglichkeiten nicht für alle ausreichen — die Armen oder die Reichen, die Angehörigen der untersten Schichten oder die der oberen Klassen, die ei-

ne bessere Zukunft finanzieren können, in der es für alle mehr Heilfürsorge und mehr Gesundheit geben wird?"
Aber dann stellte er diese Frage doch nicht. Die Tür in der Trennwand war aufgegangen. In dem Raum dahinter stand eine Aluminiumliege, auf der ein alter Mann mehr saß als lag. Er wirkte so starr und still, daß Grayle ihn zunächst für tot hielt.
Er war ein sehr alter Mann — Grayle hatte den Eindruck, noch nie einen so alten Menschen gesehen zu haben, obwohl Geriatrie eine der Spezialitäten des Medizinischen Zentrums war. Seine Haare waren schneeweiß; sein Gesicht zerfurcht und runzlig, so daß die Backenknochen deutlich hervortraten.
Leah war neben der Liege auf die Knie gesunken. Sie hielt eine der knochigen Hände des Alten in ihren und drückte sie gegen ihre Wange. Ihre Augen waren geschlossen.
Das Gesicht des alten Mannes kam Grayle bekannt vor, aber er wußte nicht mehr, wo er es schon einmal gesehen hatte. Er zuckte zusammen, als der Alte plötzlich die Augen aufschlug.
„Komm herein, Mediziner", forderte der Greis ihn mit leiser Stimme auf.
Auch Leah hob den Kopf und öffnete die Augen; sie drehte sich halb nach Grayle um. Sie lächelte dabei. Ihr Lächeln wärmte ihn wie ein Sonnenstrahl.
„Sie sind zurückgekommen, um zu helfen", sagte Leah.
Grayle schüttelte langsam den Kopf. Dann fiel ihm ein, daß sie diese Bewegung nicht sehen konnte. „Ich kann nichts für ihn tun."
„Für mich kann niemand etwas tun", flüsterte der Alte. „Du merkst bestimmt auch ohne deine Instrumente, was mir fehlt, Mediziner. Ich bin hundertfünfundzwanzig Jahre alt. Du könntest mir ein neues Herz geben — das Herz eines armen Teufels, der die Raten seines Arztvertrages nicht mehr bezahlen konnte —, aber ich würde trotzdem noch an Arteriosklerose leiden. Und selbst wenn du mir neue Arterien eingesetzt hättest, hätte ich noch immer altersschwache Organe und wahrscheinlich sogar ein paar Krebsherde. Und selbst wenn du mir einen neuen Körper geben könntest, wäre mir nicht damit geholfen, denn in mei-

nem Innersten, das kein Skalpell und kein Instrument erreicht, ist etwas so alt, daß es nicht mehr zu reparieren ist."

„Nein, das ertrage ich nicht, Russ!" seufzte Leah und drückte ihre Stirn gegen seine Hand.

Als Leah wieder zu Grayle aufsah, stellte er erschrocken fest, daß Tränen aus ihren blinden Augen quollen. „Können Sie nicht *irgend etwas* tun?" fragte sie mit tränenerstickter Stimme.

„Auch die Medizin kann keinem Menschen den verlorenen Lebenswillen zurückgeben."

Leah stand irritiert auf. „Aber Sie müssen doch irgend etwas tun können — mit all Ihrem Wissen, mit all den teuren Geräten, die wir Ihnen gekauft haben!"

„Das Elixier könnte vielleicht helfen", antwortete Grayle unbedacht.

Russ lächelte nachdenklich. „Ah, ganz recht — das Elixier. Ich hätte es fast vergessen. *Elixir vitae.*"

„Würde es helfen?" erkundigte Leah sich.

„Wahrscheinlich nicht", antwortete Grayle energisch. Er hatte ohnehin schon zuviel gesagt. Laien sollten keine genauen Informationen bekommen; das verwirrte sie nur.

Außerdem befand sich das Elixier noch in der Erprobung. Es basierte auf der Synthese eines seltenen Blutproteins, das bisher nur bei einer Handvoll Menschen festgestellt worden war. Dieses Protein, dieser Immunitätsfaktor schien einen wirksamen Schutz zu gewähren, als sei der Tod nur eine ansteckende Krankheit. Aber vorerst ließ es sich noch nicht künstlich herstellen, und die vorhandene Menge reichte kaum für Forschungszwecke aus.

„Ein sehr kompliziertes Verfahren", fügte er hinzu, „das noch nicht ausgereift ist." Er wandte sich vorwurfsvoll an Russ. „Ich verstehe nicht, warum Sie nicht dafür gesorgt haben, daß sie durch eine Hornhautübertragung wieder sehen kann."

„Ich möchte nicht auf Kosten eines anderen Menschen sehen können", warf Leah ein.

„Es gibt auch Unfalltote", stellte Grayle fest.

„Wie soll ich das unterscheiden können? Nein, Unrecht ist Unrecht, selbst wenn die Umstände sich ein wenig ändern."

„Wollen Sie nicht, daß sie sehen kann?" fragte Grayle den Alten.
„Wenn der Wunsch allein schon genug wäre", flüsterte Russ, „hätte sie seit Jahren meine Augen. Aber die Kosten einer Operation, mein Junge! Das ist der springende Punkt."
„Unsinn!" sagte Grayle und wollte gehen.
„Warte, mein Junge", forderte ihn der Alte auf. „Komm einen Augenblick zu mir."
Grayle kehrte um, trat an die Liege des alten Mannes, sah auf Leah hinab und erwiderte dann Russ' Blick. Der Alte hielt ihm die Hand mit der Handfläche nach oben entgegen. Grayle legte seine instinktiv darauf. Als die Handflächen sich berührten, hatte Grayle das eigenartige Gefühl, einen schwachen elektrischen Schlag zu bekommen.
Russ sank mit geschlossenen Augen zurück und ließ seine Hand auf die alte Wolldecke fallen. „Ein guter Mann, Leah", sagte er leise. „Etwas verwirrt, aber ehrlich und aufrichtig. Wir hätten es schlechter treffen können."
„Nein", widersprach Leah energisch, „er darf nicht wieder herkommen."
„Keine Angst, das habe ich auch nicht vor", versicherte er ihr.
„Wenn du einmal Zeit zum Nachdenken hast", flüsterte der Alte, „beschäftigst du dich vielleicht mit etwas, das mir schon vor Jahrzehnten klar geworden ist, mein Junge: *Es gibt zu viele Ärzte und nicht genug Heiler.*"
Leah stand auf. „Ich bringe Sie hinaus."
Grayle mußte schlucken, weil er plötzlich einen Klumpen im Hals hatte, als er sie das sagen hörte. Leah war schön, und er bewunderte ihre ruhige Selbstsicherheit. Es würde ihm nicht leichtfallen, sie zu melden.
Er fragte sich, was seine Hand ihr verraten haben mochte; wie sie ihn kennengelernt hatte: heiß, schweißnaß und nervös?
Grayle blieb an der Haustür stehen. „Tut mir leid, daß ich Ihrem Großvater nicht helfen konnte."
„Er ist mein Vater. Ich bin in seinem hundertsten Lebensjahr zur Welt gekommen. Er war nicht alt. Alle Leute haben ihn für einen Mann in mittleren Jahren gehalten. Er ist erst in den letzten Mo-

naten so stark gealtert. Ich glaube, das ist ein Zeichen dafür, daß er sehr, sehr müde ist.“
„Aber wie können Sie hier leben? Er ist krank, und Sie ...“
„Und ich bin blind“, fuhr Leah fort. „Die Leute bringen uns, was wir brauchen.“
„Warum?“
„Aus Dankbarkeit, nehme ich an. Wir können ihnen manchmal helfen. Ich sammle Rezepte für alte bewährte Hausmittel und gebe sie weiter, ich arbeite als Hebamme, wenn ich gebraucht werde, und ich pflege Kranke. Das können Sie auch melden, wenn Sie wollen.“
„Schon gut“, murmelte Grayle, wandte sich ab und kam nochmals zurück. „Ich habe Ihren Vater schon einmal irgendwo gesehen“, stellte er fest. „Wie heißt er?“
„Er hat seinen Namen vor über fünfzig Jahren verloren. Hier in der Stadt nennen die Leute ihn *Heiler*.“ Sie streckte ihm die Hand entgegen. Grayle nahm sie zögernd. Die Hand war warm — eine Hand, die ein Kranker bestimmt gern in seiner hielt.
„Leben Sie wohl, Mediziner“, sagte Leah ernsthaft. „Ich finde Sie nett. Sie sind menschlich. Das sind nur wenige Ihrer Kollegen. Aber Sie dürfen nicht hierher zurückkommen. Das würde uns allen schaden.“
Grayle räusperte sich. „Ich habe doch schon gesagt, daß ich nicht zurückkommen werde“, antwortete er — und mußte zugeben, daß das kindisch klang.
Leah stand auf der Schwelle, als er seine Arzttasche in die andere Hand nahm und die Verandastufen hinabging.
Der Mann lag fast unter dem rechten Vorderrad des Krankenwagens. Neben ihm sah Grayle eine Brechstange liegen. Er drehte den Mann um und stellte fest, daß er bewußtlos zu sein schien. Er war dem Fahrzeug zu nahe gekommen und von der Abschirmung außer Gefecht gesetzt worden.
Grayle wußte, daß er verpflichtet war, auch diesen Fall der Polizei zu melden, aber er hatte keine Lust, sich nochmals mit einem unfreundlichen Uniformierten herumzustreiten. Wahrscheinlich hätten die Polizisten den Mann ohnehin freigelassen.

Er schleppte den Bewußtlosen ein Stück zur Seite, bevor er die Tür des Krankenwagens öffnete. In diesem Augenblick hörte er etwas hinter sich.
„Mediziner!" kreischte Leah entsetzt.
Grayle wollte sich umdrehen, aber dazu war es schon zu spät. Er spürte einen Schlag. Dann wurde es ihm schwarz vor den Augen.

Als er wieder zu Bewußtsein kam, war alles um ihn herum dunkel. Ein Gedanke drängte sich ihm auf: *So ist es, wenn man blind ist. Damit muß Leah sich für immer abfinden.*
Und er fragte sich, ob er etwa erblindet war.
Sein Kopf schmerzte heftig. Grayle spürte eine große Beule an der Stelle, wo ihn der Schlag getroffen hatte. Sein Haar war dort blutgetränkt. Aber die Platzwunde war nicht allzu schlimm. Anscheinend hatte er nicht einmal eine Gehirnerschütterung davongetragen.
Er fühlte sich nicht blind. Wahrscheinlich befand er sich nur in einem lichtlosen Raum.
Grayle erinnerte sich undeutlich an eine wilde Fahrt durch die Straßen der Stadt; danach war er Treppen hinaufgeschleppt und dunkle Korridore entlanggetragen worden.
„Er kommt wieder zu sich", hatte jemand gesagt. „Soll ich ihm noch einen verpassen?"
„Nicht nötig. Wir sperren ihn einfach hier ein, bis wir ihn brauchen."
Dann war Grayle wieder bewußtlos geworden.
Jetzt spürte er kalten, harten Beton unter sich. Er stand auf und merkte, wie seine Knie zitterten. Die Kopfschmerzen wurden stärker. Er trat langsam einen Schritt vor, streckte die Hände aus und machte den nächsten Schritt.
Nach dem fünften Schritt berührten seine Finger ein Hindernis. Eine senkrechte Fläche. Beton. Eine Mauer.
Grayle folgte ihr bis zu einer Ecke und einer Querwand, die kürzer war und eine Tür aufwies. Diese Tür bestand aus Metall; sie hatte eine Klinke, die sich jedoch nicht bewegen ließ. Die übrigen Wände waren durchgehend glatt. Als Grayle seinen Rundgang

beendet hatte, konnte er sich einen fensterlosen Raum von etwa fünf mal drei Meter vorstellen.
Er setzte sich hin, um sich auszuruhen.
Jemand hatte ihn überfallen, niedergeschlagen, verschleppt und in diese Zelle gesperrt. Leah?
Er sah ihr Gesicht sofort deutlich vor sich, weil er durch nichts anderes abgelenkt wurde. Er sah ein sanftes, friedliches, blindes Gesicht. Nein, Leah hatte nichts mit seiner Gefangennahme zu tun. Das hätte sie ihm nicht angetan — nicht einmal, um sich oder Shoemaker zu retten. Nicht einmal, obwohl sie eine Antiviv war.
Als Täter kam nur ein Mensch in Frage: der Mann, den Grayle unter dem Vorderrad herausgezogen hatte. Er mußte so langsam an den Krankenwagen herangekrochen sein, daß die Detektoren nicht reagiert hatten, und sich dann bewußtlos gestellt haben. Als Grayle gekommen war, hatte er die Abschirmung ausgeschaltet, und der Mann hatte ihn von hinten überfallen können. Die Platzwunde verdankte Grayle vermutlich dem Brecheisen.
Wer war eigentlich der Mann gewesen? Ein gewöhnlicher Straßenräuber?
Aber warum hätte er sich die Mühe gemacht, Grayle zu verschleppen, wenn er sich nur für die Instrumente und Medikamente interessierte? Grayle konnte sich nur einen Grund für seine Entführung vorstellen: jemand wollte illegalerweise behandelt werden. Jemand wollte eine ärztliche Behandlung, die ihm nicht zustand. Aber er — oder sie — konnte sich auf eine Enttäuschung gefaßt machen.
Grayle durchsuchte seine Taschen. Vergebens. Er hatte keinen Mantel mehr an, und die Jackentaschen waren leer. Seine Nadelpistole war weg.
Aber er hatte noch seine Fäuste. Er war groß und kräftig; er würde sich hinter der Tür verstecken — sie ging nach innen auf — und seine Entführer überfallen, wenn sie zurückkamen. Vielleicht hatte er Glück und konnte fliehen.
Aber vorerst hockte er in der Dunkelheit, war mit seinen Gedanken allein und dachte an Leahs Vater zurück. Warum war ihm der

Alte so bekannt vorgekommen? Wo hatte er dieses hagere Gesicht schon einmal gesehen?
Und was hatte der Sterbende gesagt? *Es gibt zu viele Ärzte und nicht genug Heiler.*
Absurd. Eine bedeutungslose Phrase, die einen zunächst verblüffte, weil sie so vage klang. Sie erinnerte Grayle an seine Diskussion mit anderen Medizinern.
Grayle dachte an einen Tag zurück, an dem er aus dem kugelsicheren Fenster des Schlafsaals gesehen und die Bulldozer beobachtet hatte, die die Trümmer eines Häuserblocks beseitigten, der abgerissen worden war, um Platz für eine Erweiterung des Medizinischen Zentrums zu schaffen. In dem neuen Bau sollten die Abteilungen Geriatrie und Frühgeburten untergebracht werden. Grayle hatte das Gefühl, dieser Kreislauf von Zerstörung und Aufbau werde nie ein Ende nehmen. Wie viele Straßenblocks umfaßte das Zentrum jetzt schon? Vierzig? Fünfundvierzig?
Er mußte sich diese Frage laut gestellt haben, denn Charley Brand antwortete von seinem Schreibtisch aus: „Sechzigeinhalb." Brand war ein seltsamer Mensch: ein wandelndes Lexikon, eine Datenbank, die jederzeit alle gewünschten Informationen lieferte. Aber ihm fehlte etwas; er war kalt und mechanisch; er konnte nur analysieren, aber nicht kombinieren.
„Warum?" fragte Hal Mock.
„Oh, aus keinem besonderen Grund", antwortete Grayle etwas irritiert. „Ich habe neulich einen Krankenbesuch gemacht — in der Stadt."
„Und du bist heil zurückgekommen, wie ich sehe", stellte Mock fest. „Manchmal wünsche ich mir wirklich, ein paar Medizinern in unserem Kursus würde etwas zustoßen. Sie könnten krank werden — natürlich nicht ernstlich — oder sich ein Bein brechen. Die Zahl der Absolventen ist schließlich beschränkt. Aber wir sind alle so gesund, so vorsichtig. Schauderhaft, sage ich euch!"
Brand zuckte mit den Schultern und wechselte das Thema. „Worauf willst du dich spezialisieren, Ben?"
„Keine Ahnung", gab Grayle zu. „Darüber habe ich noch nicht nachgedacht."

„Was hältst du von Geriatrie?“ erkundigte sich Mock. „Jeder Mensch wird einmal alt. Das ist eine Quelle, die nie versiegt.“

„Bis das Elixier eines Tages in beliebigen Mengen zur Verfügung steht!“

„Dazu kommt es bestimmt nie“, versicherte Mock ihm. „Oder hältst du die Ärzte für so dumm, daß sie sich selbst den Geldhahn zudrehen?“

„Als Arzt muß man außer Geld auch andere Ideale haben“, erwiderte Grayle aufgebracht.

„Selbstverständlich“, stimmte Mock zu, „aber die wirtschaftlichen Tatsachen sind nun einmal da. Wenn du sie zu ignorieren versuchst, kannst du deinen Beruf nicht richtig ausüben. Sieh dir zum Beispiel die Einkommensteuer an: sie beginnt mit fünfzig Prozent. Bei hunderttausend im Jahr macht sie dann schon achtzig Prozent aus. Wie willst du von dem kümmerlichen Rest deine Arzttasche, deine Instrumente und deine Fachliteratur bezahlen? Ohne diese Hilfsmittel kannst du aber nicht praktizieren. Wie willst du den Mitgliedsbeitrag für die Ärztekammer aufbringen?“

„Warum?“ erkundigte Grayle sich verständnislos. „Warum ist der Steuersatz so hoch? Warum sind ärztliche Instrumente so teuer? Warum müssen hundert Millionen Menschen in unserem Land ohne ausreichende ärztliche Versorgung in einem Meer von Carcinogenen leben, ohne sich die Fortschritte unserer Wissenschaft leisten zu können?“

„Das ist der Lauf der Welt“, meinte Mock spöttisch. „Wer etwas will, muß dafür bezahlen. Ist dir das noch immer nicht klar?“

„Nein“, antwortete Grayle irritiert. „Wie meinst du das?“

Mock sah sich besorgt um. „Ich bin nicht so dumm, daß ich hier den Mund aufreiße“, flüsterte er dann. „Man weiß schließlich nie, wer gerade zuhört. Vielleicht hat jemand sein Tonbandgerät eingeschaltet in seinem Schreibtisch gelassen, weil er hofft, jemand bei subversiven Äußerungen zu ertappen. Ich sage nur: *Wir können zu gesund sein!*“

„Quatsch!“ murmelte Grayle in der Dunkelheit seiner Zelle vor sich hin. Er lehnte sich an die kalte Wand.

Alle hatten unrecht: Mock und Russ und Leah und die anderen, die dunkle Andeutungen machten. Er hatte selbst gesehen, wie Dr. Cassner sie neulich am Operationstisch widerlegt hatte.
Das vergaßen die Kritiker meistens, hatte Grayle Mock erklärt — was ein Patient für sein Geld bekam: die manuelle Geschicklichkeit, die Medikamente, die Instrumente. Ohne die moderne Medizin wäre der Mann auf dem Operationstisch schon zwanzig Jahre früher gestorben. Jetzt hatte er noch fünf oder zehn Jahre vor sich.
„Das ist noch gar nichts", behauptete Mock. „Ich habe gesehen, wie Smith-Johnson einen fünf Monate alten Fetus gerettet hat. Ich fragte mich, warum er es tat."
Grayle runzelte die Stirn. Was gab es da zu fragen? Jedes Leben war erhaltenswert!
„Nachts höre ich manchmal ihre jämmerlichen Stimmen, wenn ich die Brutkästen kontrolliere", sagte Mock leise. „Frühgeburten, die eigentlich nicht lebensfähig gewesen wären, die von der Natur ausgesondert worden sind — und die wir gerettet haben, damit sie blind oder krank und lebenslänglich pflegebedürftig sein können. Oh, Cassner ist natürlich gut, aber ich frage mich: was hat die Operation gekostet?"
„Woher soll ich das wissen?"
„Warum erkundigst du dich nicht danach?"
Grayle bewegte sich unruhig in der Dunkelheit. Dabei glitt seine Hand über den Gürtel.
Er zuckte zusammen und fragte sich, warum er nicht gleich auf diese Idee gekommen war. Er drückte hastig auf den Alarmknopf.
Das war immerhin eine Chance, und in seiner Lage konnte er es sich nicht leisten, auf eine Chance zu verzichten. Aber er vermutete, daß seine Entführer den Motor des Krankenwagens abgestellt hatten.
Grayle lehnte sich wieder zurück und dachte daran, wie er sich in der Krankenhausverwaltung die Rechnung des Alten hatte zeigen lassen. Der Patient hatte 500000 Dollar angezahlt, als er ins Krankenhaus kam. Die Verwaltung hatte alles sehr geschickt

ausgerechnet. Bei der Endabrechnung kamen nur ein paar hundert Dollar weniger heraus.

Er warf einen Blick auf die Rechnung mit ihren fünf- und sechsstelligen Zahlen:

OPERATIONSRAUM *$ 120.000*

Nun, warum denn nicht? Allein die Herzmaschine hatte über 15 Millionen Dollar gekostet. Irgendwie mußten diese Kosten wieder hereinkommen.

Darunter standen die Preise für Narkose, Röntgenaufnahmen, Blut- und Gewebeuntersuchungen, EKG, EEG, Medikamente, Verbände, Visiten und das Zimmer des Patienten. Aus dieser Aufstellung ragten die Beträge für das neue Organ und die Arterien besonders heraus:

NEUES HERZ (1 Stück) *$ 150.000*

NEUE ARTERIEN (1 Satz) *$ 100.000*

Irgendein armer Zahlungsunfähiger hatte auf diese Weise unfreiwillig seine Rechnung beglichen.

Grayle hockte in der finsteren Zelle und überlegte sich, daß es nicht Aufgabe eines Mediziners sein konnte, die Frage nach dem relativen Wert dieser Operation zu beantworten. Der alte Mann hatte sich also jedes zusätzlich gewonnene Lebensjahr achtzig- bis hunderttausend Dollar kosten lassen. Das war die Sache wert — vom Standpunkt dieses Patienten aus. Gab es denn einen anderen? Mußte etwa jemand anders für die Rechnung aufkommen?

Vielleicht die Gesellschaft als Ganzes. Lohnte sich eigentlich dieser Aufwand aus ihrer Sicht? Der alte Mann war jetzt nur noch ein Konsument, der das verzehrte, was er in jüngeren Jahren durch Intelligenz, Energie oder Rücksichtslosigkeit produziert hatte.

Folglich lohnte sich der Aufwand nicht!

Das war ein brutaler, unmenschlicher Standpunkt. Deshalb wollte niemand die Gesellschaft darüber urteilen lassen, was lebenswert war oder nicht. Seit Jahrhunderten kämpften Ärzte gegen diese Möglichkeit an, und die Ärztevereinigung war in dieser Beziehung unnachgiebig. Jeder Mensch hatte ein unveräußerliches

Recht auf den Arzt seiner Wahl und die ärztliche Behandlung, die er sich leisten konnte.
Aber was hatte Mock damit gemeint: Wir können zu gesund sein?
„Charley“, hatte Grayle Brand gefragt, „welcher Prozentsatz des amerikanischen Sozialprodukts ist letztes Jahr für medizinische Zwecke ausgegeben worden?“
„Therapie, Ausbildung, Forschung, Produktion oder Neubauten?“
„Für alles zusammen?“
„Augenblick — fünfzehnkommasechs, zehnkommaeins, zwölfkommaneun, fünfkommazwei, achtkommasieben ... das macht ... wieviel ist das insgesamt?“
„Zweiundfünfzigkommafünf“, sagte Grayle.

Jetzt murmelte er diese Zahl in seiner finsteren Zelle vor sich hin. *Unsinn!* dachte er dann...
Zu seiner Erleichterung stellte Grayle als nächstes fest, daß das Tonbandgerät lief. Er brauchte nur auf den Wiedergabeknopf zu drücken, um seine Entführer identifizieren zu können.
Er drückte den Knopf und hörte Leah, Russ und sich selbst sprechen ... Aber bevor er zu Leahs verzweifeltem Aufschrei kam, wurde die Tür geöffnet. Ein helles Licht blendete ihn.
Grayle schaltete das Gerät ab und fluchte leise vor sich hin. Wieder eine Chance vertan!

„Polizei“, sagte eine heisere Stimme.
„Weg mit dem Licht!“ verlangte Grayle mißtrauisch. „Lassen Sie sich ansehen.“
„Klar, warum nicht?“
Der Lichtstrahl glitt nach oben und zeigte Dienstgradabzeichen, Gesichter und Schirmmützen.
Einer der beiden Männer kam Grayle bekannt vor. War das nicht der Sergeant, dem er den Schwarzhändler übergeben hatte?
„So trifft man sich wieder, was?“ meinte der Sergeant grinsend. „Kommen Sie, Mediziner, wir haben keine Zeit zu verlieren.“

„Richtig, aber wo ist mein Krankenwagen? Haben Sie ihn gefunden? Haben Sie die Entführer erwischt? Haben Sie die Entführer erwischt? Haben Sie …“

„Langsam!“ Der Sergeant hob abwehrend die Hand. „Für solche Fragen haben wir jetzt keine Zeit. Sonst kommen die Entführer vielleicht zurück, nicht wahr, Dan?“

„Klar“, sagte Dan.

Sie folgten einem langen, mit Marmorplatten belegten Korridor. Der Sergeant ging mit der Taschenlampe voraus. Sie erreichten eine weiträumige Halle mit sechs Fahrstühlen in zwei Gruppen. Eine der Kabinen stand offen. Grayle betrat sie zwischen den Polizisten. Der Sergeant drückte auf einen Knopf. Der Aufzug setzte sich ruckartig in Bewegung.

Die Kabine ächzte, ratterte und quitschte so laut, daß Grayle sich fragte, ob der Lift es überhaupt schaffen würde. Er lehnte sich müde gegen eine Wand und dachte: *Diesmal habe ich Glück gehabt.*

Er fand auch Zeit, über Leah nachzudenken. Ihr war doch hoffentlich nichts passiert? Bestimmt nicht! Und ihr Vater … warum kam ihm sein Gesicht so bekannt vor?

Es erinnerte Grayle an ein Porträt, das er gesehen hatte, als er im Gerichtsgebäude, das jetzt als Sitz der Ärztevereinigung diente, durch den Ehrensaal mit den Bildern der ehemaligen Präsidenten gegangen war. Alle diese Männer hatten grimmig dreingeblickt; nur einer hatte schwach gelächelt.

Grayle hatte neugierig das Namensschild gelesen, das unten auf dem Goldrahmen befestigt war. Jetzt versuchte er, sich an den Namen zu erinnern. Ja, ganz recht …

Dr. Russel Pearce
Präsident
1972—1983

Russell Pearce — wie hatte er diesen Namen nur vergessen können? Dr. Pearce hatte das Lebenselixier entdeckt und die Synthese entwickelt, die seinen Namen trug. Und jetzt starb er an Al-

tersschwäche in einem alten Haus mitten in der Stadt. Dr. Russell Pearce ... Russ ... Leahs Vater.
Die Kabinentür öffnete sich. Grayle verließ zögernd den Aufzug. Die Halle vor ihm war mit der anderen beinahe identisch. „Wo sind wir hier?“ fragte er ungeduldig.
„Im Rathaus“, antwortete der Sergeant. „Los, kommen Sie mit!“
„Was soll ich im Rathaus? Ich gehe nirgends hin, bevor Sie nicht meine Fragen beantworten.“
„Hast du das gehört, Dan? Er geht nirgends hin. Ist das nicht wahr? Geh voraus und sag Coke, daß wir hier sind.“
Der andere Polizist, ein großer mürrischer Kerl, nickte wortlos und verschwand durch eine Tür am Ende des Korridors. Der Sergeant grinste, während er demonstrativ seine Pistole im Halfter zurechtrückte.
Die ist nicht mit Betäubungsnadeln geladen! dachte Grayle erschrocken. „Sie haben kein Recht, mich gegen meinen Willen hierzubehalten“, sagte er trotzig.
„Wer behält Sie gegen Ihren Willen hier?“ fragte der Sergeant überrascht. „Wollen Sie fort? Bitte sehr! Aber Sie müssen natürlich aufpassen, damit Ihnen unterwegs nichts zustößt. Sie könnten zum Beispiel auf der Treppe ausrutschen — und bis nach unten ist es weit.“
Eine schreckliche Sache, dieser Niedergang einer ehemals unbestechlichen Ordnungsmacht. Grayle konnte sich nicht mehr zu weiteren Protesten aufraffen.
Der kleine Mann, der mit Dan zurückgekommen war, betrachtete Grayle prüfend. „Das ist nur ein Mediziner“, stellte er fest. Er verzog enttäuscht das Gesicht.
„Wir müssen eben nehmen, was uns über den Weg läuft“, erklärte ihm der Sergeant. „Einen Arzt erwischt man natürlich nicht alle Tage.“
„Na, hoffentlich genügt er“, meinte Coke zweifelnd. „Mitkommen!“ forderte er Grayle auf.
Der Mediziner schüttelte den Kopf. „Nein!“
Die Hand des Sergeanten traf sein Gesicht, bevor er ausweichen konnte. Grayle taumelte. Seine Knie gaben nach. Ihm wurde

schwarz vor den Augen. Aber dann richtete er sich wütend auf und wollte sich auf den Sergeanten stürzen.
Dan trat grinsend vor und holte mit dem Fuß aus. Sein Stiefel traf Grayle in den Unterleib.
In der nächsten Sekunde lag Grayle schluchzend auf den Marmorplatten und krümmte sich vor Schmerzen. Als sie endlich etwas nachließen, richtete er sich auf und versuchte zu stehen. Aber der Sergeant mußte ihn stützen, sonst wäre er wieder zusammengesackt.
„Schon besser", meinte der Uniformierte zufrieden grinsend. „Jetzt sind wir vernünftig, nicht wahr?"
Grayle biß die Zähne zusammen, um nicht zu stöhnen. Er ließ sich durch die Tür am Ende des Korridors führen. Dahinter lag ein großer Raum, der in der Mitte durch eine dunkle Holztheke unterteilt wurde. An der rechten Wand stand eine Bank, auf der ein magerer kleiner Mann mit einem Affengesicht hockte.
Er grinste freundlich, als er Grayle sah. *Schilddrüse,* dachte der Mediziner benommen. Der Schwarzhändler. Frei. Er lacht mich aus, während ich mißhandelt werde.
Als sie vor der schweren Mahagonitür ankamen, die in den nächsten Raum führte, konnte Grayle wieder ohne fremde Hilfe gehen. „Was wollt ihr von mir?" stieß er hervor.
„Der Boß braucht einen Arzt", antwortete Coke und ging an ihm vorbei, um die Tür zu öffnen. Dahinter war es dunkel. „Er müßte bald aufwachen."
„Wer ist der Boß?"
Der kleine Mann starrte Grayle ungläubig an. „Selbstverständlich John Bone."
„Coke!" kreischte eine schmerzverzerrte Stimme. „Coke! Wo steckst du?"
„Hier, Boß!" antwortete Coke erschrocken. „Hier ist auch ein Mediziner."
Er lief zum Fenster, um die schweren Vorhänge aufzuziehen. Graues Tageslicht zeigte ein breites Bett mit vielen Kissen und Decken, in dem ein Mann saß. Er war geradezu unglaublich abgemagert.

„Ein Mediziner!“ kreischte er. „Habe ich einen Mediziner verlangt? Ich sterbe. Ich brauche einen Arzt!“
„Mehr war wirklich nicht aufzutreiben, Boß“, versicherte Coke ihm zitternd.
„Gut, meinetwegen“, sagte Bone. „Dann muß ich eben mit ihm zufrieden sein.“ Er setzte die Füße auf den Bettvorleger und schlüpfte mit ihnen in hellblaue Pantoffeln. „Komm her, Mediziner. Behandle mich!“
„Wo ist Ihr Vertrag?“ wollte Grayle wissen.
„Vertrag!“ kreischte Bone wild. „Wer soll hier einen Vertrag haben? Glaubst du, daß ich Mediziner entführen würde, wenn ich einen Vertrag hätte?“
„Ohne Vertrag gibt es keine Behandlung.“
Eine Faust traf seinen Nacken wie eine Keule. Grayle sackte zusammen und wäre beinahe gefallen. Er hörte sich wie aus weiter Ferne sagen: „Das nützt auch nichts.“
Als er wieder klar denken konnte, saß er auf einem Stuhl neben dem Bett. Sein Nacken schmerzte bei jeder Bewegung. Die beiden Polizisten standen links und rechts hinter ihm. Der kleine Schwarzhändler beobachtete die Szene von der Tür her. Coke stand vor Grayle. Bone ging zwischen dem Fenster und dem Stuhl auf und ab.
„Wenn das alles mit dem Schwarzhändler zusammenhängt, den ich...“, begann Grayle unsicher.
„Crumm?“ Bone machte eine wegwerfende Handbewegung. „Ja, natürlich — du hast ihn verpfiffen. Aber warum sollte ich dir das nachtragen. Er ist schließlich wieder frei, nicht wahr? Ich will behandelt werden, Mediziner. Siehst du nicht, daß ich sterbe?“
„Wir sterben alle“, sagte Grayle.
Bone blieb stehen und warf ihm einen prüfenden Blick zu. „Richtig! Aber manche von uns können das Ende ein bißchen länger hinausschieben, wenn sie schlau sind. Ich bin schlau. Ich will behandelt werden. Ich kann dafür zahlen — warum werde ich also nicht behandelt? Wie kommt es zu dieser Diskriminierung? Ist etwa noch niemals jemand behandelt worden, der keine Behandlung verdient hatte?“

„Ich weiß nur, daß es ethische Normen gibt, an die ich gebunden bin", antwortete Grayle trotzig. „Außerdem würde eine Behandlung in Ihrem Fall ohnehin keinen Unterschied machen. Sie brauchen keinen praktischen Arzt; Sie brauchen einen Psychiater. Ihr einziges Leiden heißt Hypochondrie. Das weiß jeder!"
Bone drehte sich nach ihm um und starrte ihm ins Gesicht. „O, ich bin also ein Hypochonder?" fragte er leise. „Ich bin nicht todkrank? Woher willst du das wissen? Meine Schmerzen sind nur Einbildung? In Wirklichkeit bin ich nur im Kopf krank? Nun, das mag stimmen. Komm her, Mediziner — ich will dir etwas zeigen."
Grayle reagierte nicht schnell genug. Eine Hand riß ihn hoch und stieß ihn quer durch den Raum. Dann fand er sich neben Bone am Fenster wieder. Die aufgehende Sonne vergoldete die Stadt und warf lange Schatten, die einen Teil der Trümmer verdeckten.
„Da, sieh dir das an!" sagte Bone. Seine Handbewegung umfaßte die ganze Stadt. „Meine Stadt! Ich bin der letzte einer aussterbenden Spezies; ich bin der letzte politische Boß. Nach mir die Sintflut! Dann gibt es auch keine Stadt mehr. Sie wird einfach zerfallen. Ist das nicht traurig?"
Grayle sah auf die Stadt hinab, erinnerte sich an die Ruinen und stellte sich vor, wie gut es wäre, wenn sie durch Feuer oder Wasser zerstört und dem Erdboden gleichgemacht würde, wie die medizinische Wissenschaft Pocken, Diphtherie, Scharlach und Dutzende von weiteren ansteckenden Krankheiten ausgerottet hatte — allerdings auf andere Weise.
„Die Stadt ist ein seltsames Wesen", meinte Bone nachdenklich. „Sie besitzt ein Eigenleben, eine Persönlichkeit und Gefühle. Ich werbe um sie, ich verfluche sie, ich strafe sie. Aber ich liebe sie trotzdem über alles. Sie stirbt, und es gibt nichts, was sie retten könnte." Bone hatte Tränen in den Augen.
„Ich kann ihr nicht helfen", fuhr er leise fort. „Ich kann nur um sie weinen. Was hat sie umgebracht? Dieses Krebsgeschwür dort drüben auf dem Hügel! Die Ärzte haben sie umgebracht. Die Medizin ist an ihrem Tod schuld."
Grayles Blick folgte dem dünnen Zeigefinger des anderen, der auf den Hügel deutete, der sich wie eine sonnige Insel aus einem

dunklen Meer erhob. Das Sonnenlicht brach sich an den Wällen und Türmen von Hospital Hill.
„*Ihr* habt sie auf dem Gewissen", sagte Bone erregt. „Ihr mit eurem Gerede von Carcinogenen und anderen Gefahren der Stadt. ‚Flieht aus der Stadt!' habt Ihr gepredigt, und die Reichen sind aufs Land gezogen, haben dort ihre vollautomatischen Fabriken errichtet und haben uns blutlos zurückgelassen. Und im Innern der Stadt sind die Krankenhäuser ständig weitergewachsen, haben ganze Straßenzüge verschlungen und haben schließlich erreicht, daß ein Drittel der Stadtbewohner als Krankenhauspersonal keine Steuern mehr zahlt, die sonst der Stadt unmittelbar zugute gekommen wären. Die Medizin hat sie umgebracht."
„Die Medizin hat nur Tatsachen vorgelegt und die Öffentlichkeit aufgefordert, das zu unternehmen, was allgemein für richtig gehalten wurde", stellte Grayle fest.
Bone schlug sich mit der flachen Hand an die Stirn. „Richtig, richtig! Wir waren selbst daran schuld. Das wollte ich dir zeigen. Wir haben uns den Ärzten ausgeliefert und von ihnen verlangt: ‚Rettet uns! Laßt uns leben!' Und ihr habt nicht gefragt: ‚Wie wollt ihr leben? Warum?'
‚Eßt diese Tabletten', habt ihr gesagt, und wir haben sie geschluckt. ‚Ihr braucht Röntgenaufnahmen', habt ihr behauptet, ‚und radioaktives Jod und Antibiotika und Mittel gegen dieses und jenes.' Und wir haben euch alles geglaubt und noch dazu jeden Tag unsere Vitaminpille genommen!" Bone machte erschöpft eine Pause. „Unsere täglichen Vitamine gib uns heute, nicht wahr? ‚Durch Mikrochirurgie läßt sich euer Leben um ein Jahr verlängern', habt ihr gesagt. ‚Blutbänke bringen weitere sechs Monate, Organ- und Arterienbänke ebenfalls ein paar Wochen oder Monate.' Wir haben euch alles aufgedrängt, weil wir Angst vor dem Tod hatten. Welche Bezeichnung habt ihr für diese morbide Angst vor Krankheit und Tod? Hypochondrie!
Sieh dort hinaus! Sieh dir die sterbende Stadt an. Siehst du die wild wuchernden Krankenhäuser? Die Stadt leidet an Hypochondrie; unsere ganze Gesellschaft hat Hypochondrie — aber diesmal ist sie tödlich."

Für einen Neurotiker klingt das alles erstaunlich vernünftig, dachte Grayle.
„Wer mich als Hypochonder bezeichnet", fuhr Bone fort, „erkennt damit nur an, daß ich ein Produkt meiner Umwelt bin. Ich stehe in engerer Verbindung mit meiner Stadt als irgendein anderer Mensch. Wir sterben gemeinsam — die Gesellschaft und ich —, und wir rufen euch bis zuletzt zu: ‚Rettet uns! Rettet uns, sonst sterben wir!'"
„Ich kann Ihnen nicht helfen", behauptete Grayle. „verstehen Sie das denn nicht?"
Bone reagierte erstaunlich gelassen. „Oh, du behandelst mich schon noch", versicherte er Grayle ruhig. „Du bildest dir jetzt ein, dich weigern zu können — aber irgendwann siegt dein Fleisch doch, weil der Körper keine weiteren Schmerzen mehr ertragen kann... und wenn es erst einmal soweit ist, behandelst du mich sogar gern!"
Er betrachtete Grayle nachdenklich von Kopf bis Fuß, runzelte die Stirn und griff nach dem Gürtel des Mediziners. Bevor Grayle eine Abwehrbewegung machen konnte, wurden seine Arme von hinten festgehalten.
„Eine Tonbandspule", stellte Bone fest. „Am besten hören wir uns gleich an, was unser Freund alles aufgenommen hat." Er ließ das Band zurücklaufen und drückte dann auf den Wiedergabeknopf. Als die Stimmen aus dem winzigen Lautsprecher drangen, lehnte er sich lässig und bequem gegen die Wandtäfelung und hörte mit einem schwachen Lächeln zu. „Nehmt das Mädchen und den Alten fest", befahl er den Uniformierten, nachdem die Aufnahme abgelaufen war. „Vielleicht können die beiden uns weiterhelfen."
Grayle verstand sofort, was Bone meinte. „Was soll das?" erkundigte er sich. „Die beiden bedeuten mir nichts. Mir ist gleichgültig, was mit ihnen geschieht."
„Warum dann dieser Protest?" fragte Bone lächelnd. Er gab den Polizisten ein Zeichen. „Bringt ihn irgendwo in der Nähe unter. Am besten in dem steckengebliebenen Aufzug — das ist sicherlich eine gute Idee!"

Eine Minute später schloß sich die Doppeltür hinter Grayle. Er war wieder in einem finsteren Raum gefangen.
Aber diesmal wirkte die Dunkelheit bedrohlich. Grayle war sich darüber im klaren, daß er in unbestimmter Höhe in einem Liftschacht hing. In einem winzigen Käfig, der jederzeit in die Tiefe stürzen konnte...
Später stand er an der Doppeltür, hämmerte mit beiden Fäusten dagegen und schrie sich die Stimme heiser.
Dann zwang er sich dazu, in einer Ecke der Kabine sitzenzubleiben. Er durfte einfach nicht mehr daran denken, daß er über diesem Schacht gefangen war. Aus der Kabine konnte niemand entkommen.
Er erinnerte sich daran, wie verzweifelt er auf sämtliche Knöpfe gedrückt hatte. In seiner Angst hatte er sich einen Fingernagel eingerissen, als er versucht hatte, die Doppeltür zu öffnen.
Er fand seine Arzttasche und schaltete die Lampe ein. In ihrem Licht suchte er ein Pflaster heraus, klebte es über den Nagel und drückte es fest.
Dann saß er in der Dunkelheit. Das war unbehaglich; es gefiel ihm nicht. Aber es war besser, in der Dunkelheit zu sitzen und zu wissen, daß man jederzeit Licht machen konnte, als überhaupt kein Licht zu kennen...
Zwei Stunden später wurde die Tür geöffnet. Jemand stieß Leah zu Grayle hinein. Ein Blick auf seine Uhr zeigte ihm, wie spät es war, sonst hätte er geglaubt, schon den ganzen Tag hier zu sitzen.
Die junge Frau stolperte blindlings, und Grayle war zunächst ebenfalls geblendet. Aber er sprang auf, stützte sie, bevor sie fallen konnte, und hielt sie mit beiden Händen krampfhaft fest. Sie wehrte sich gegen seinen Griff.
„Ich bin's — der Mediziner!" sagte Grayle hastig. Als die junge Frau sich nicht mehr wehrte, wollte er sie loslassen, aber sie umklammerte seinen Arm und drängte sich gegen ihn.
„Wo sind wir?" flüsterte sie.
„In einem steckengebliebenen Aufzug im Rathaus", antwortete er ebenso leise. „John Bone."

„Was will er?" fragte Leah. Ihre Stimme zitterte kaum noch, und Grayle nahm sich ein Beispiel an ihr.
„Behandlung."
„Und du hast abgelehnt." Das war keine Frage, sondern eine Feststellung. „Wenigstens bleibst du dir selbst treu. Ich habe dem Medizinischen Zentrum deine Entführung gemeldet. Vielleicht bekommst du von dort Hilfe."
Das erweckte Hoffnungen in Grayle, aber bei nüchterner Überlegung mußte er sich sagen, daß niemand wissen konnte, wo er sich jetzt befand — und wegen eines einzigen kleinen Mediziners wurde die Stadt nicht gleich auf den Kopf gestellt. Er war auf sich selbst angewiesen. „Hat Bone auch deinen Vater holen lassen?"
„Nein", antwortete Leah mit Tränen in der Stimme. „Die Agentur hat ihn. Die Männer haben Russ gesehen, als sie wegen der Entführung bei uns waren. Einer von ihnen hat ihn erkannt. Sie haben ihn mitgenommen."
„Unmöglich!" rief Grayle aus. „Wohin haben sie ihn denn gebracht?"
„In die Abteilung klinische Versuche."
„Doch nicht Doktor Pearce!"
„Siehst du, du erinnerst dich jetzt an ihn. Das ist den anderen auch eingefallen. Sie haben seinen alten Vertrag auf Gegenseitigkeit als Ausrede benützt, weil das Enddatum damals willkürlich auf hundert Jahre festgesetzt worden war. Ärzte haben früher nicht so lange gelebt — heute wahrscheinlich erst recht nicht."
„Aber er ist doch berühmt!"
„Deshalb haben sie ihn abgeholt; er weiß zuviel, und viele Leute erinnern sich noch an ihn. Sie haben Angst, daß die Antivivisektions-Partei ihn auf ihre Seite bringen könnte. Sie haben ihn sechzig Jahre lang gesucht — seitdem er damals das Krankenhaus verlassen hat und in der Stadt verschwand."
„Ja, davon habe ich schon gehört", stimmte Grayle zu. „Ein zweiter Fall Ambrose Bierce, nicht wahr? Er hat eine Vorlesung über Hämatologie gehalten, glaube ich, und plötzlich mitten im Satz aufgehört. ‚Gentlemen, wir sind zu weit gegangen', hat er gesagt.

‚Es wird Zeit, daß wir den gleichen Weg zurückgehen und feststellen, wo wir vom rechten Pfad abgekommen sind.' Dann hat er den Saal verlassen, ist aus dem Krankenhaus gegangen und war seitdem verschwunden. Niemand hat sich seine letzte Äußerung erklären können."

„Von dieser Zeit haben wir nie mehr gesprochen", antwortete Leah. „Mein Vater will nicht darüber reden. Ich habe mir eingebildet, wir müßten uns nicht mehr verstecken. Ich habe geglaubt, sie hätten die Suche nach ihm endlich aufgegeben... Was will John Bone von mir?"

„Er hofft, mich dazu zwingen zu können, ihn zu behandeln, indem er... er..."

„Indem er mich foltert? Hast du ihn ausgelacht?"

„Nein. Nein, das habe ich nicht getan."

„Warum nicht?"

„Vielleicht habe ich nicht schnell genug gedacht."

Leah ließ ihre Hand von seinem Arm gleiten. Sie saßen einige Zeit schweigend nebeneinander. Grayles Gedanken jagten sich; er konnte es kaum ertragen, sie zu Ende zu denken.

„Ich sehe mir jetzt deine Augen an!" sagte er plötzlich.

Er holte das Ophthalmoskop aus der Arzttasche, kniete sich vor die junge Frau und richtete den Lichtpunkt auf die getrübte Hornhaut. Leah hielt ganz still, während er ihre Augen untersuchte. Grayle nickte vor sich hin und legte das Instrument in die Tasche zurück.

„Gibt es eine Hoffnung für mich, Doktor?" fragte sie ruhig.

Er log absichtlich. „Nein", behauptete er.

Das war unethisch, aber Grayle hatte trotzdem kein schlechtes Gewissen dabei; er wußte, daß er nur aus Mitleid gelogen hatte. Natürlich konnte sie wieder sehen — falls sie sich einer Operation unterzog, die zehntausend Dollar mehr kostete, als sie je besitzen würde. Deshalb war es besser, ihr keine Hoffnung zu lassen.

Vielleicht war das unethisch, aber er hatte begriffen, daß es manchmal darauf ankam, den Patienten, nicht die Krankheit zu behandeln. Auch wenn die Professoren das Gegenteil behaupte-

ten! Jeder Patient war ein Mensch mit eigenen Problemen, die nur zum Teil medizinische Ursachen hatten.
„Ich begreife nur nicht", meinte er abrupt, „warum die Leute zulassen, daß John Bone sie durch Korruption, Geldgier und Brutalität beherrscht."
„Das ist nur eine Seite seines Wesens, die noch dazu nur wenige zu Gesicht bekommen", erklärte Leah ihm. „Für die meisten von uns ist er eine Art Schutzherr — einfach der Mann, der für uns sorgt. Was willst du mit ihm anfangen?"
„Ich behandle ihn", entschied Grayle. „Es hat keinen Zweck, gegen Windmühlen zu kämpfen."
„Aber, Mediziner...", begann sie.
„Ben", unterbrach er sie. „Ben Grayle. Ich möchte lieber nicht darüber reden. Vielleicht hört jemand mit."
Danach schwiegen sie, aber es war kein bedrücktes Schweigen, und Leahs Hand schob sich wieder in seine.

Als die Polizisten die Doppeltür öffneten, war es schon wieder Nacht. Grayle wurde sofort in den dunkelgetäfelten Raum zu Bone geführt. Der politische Boß trug einen warmen roten Schlafrock, aber er schien trotzdem zu frieren. Er betrachtete Leah nachdenklich.
„Das ist also das Mädchen. Blind. Hätte ich mir denken können. Nun, Mediziner, wie hast du dich entschieden?"
Grayle zuckte mit den Schultern. „Ich behandle Sie natürlich."
Bone rieb sich zufrieden die Hände. „Ausgezeichnet!" Aber dann lächelte er ironisch. „Woher weiß ich, daß du mich richtig behandelst? Sollen wir dir vielleicht vorführen, welche Folgen eine falsche Behandlung für das Mädchen hätte?"
„Nein, das ist nicht nötig!" wehrte Grayle hastig ab. „Ich bin schließlich kein Dummkopf. Sie lassen natürlich alles filmen, um mich mit dem Film erpressen zu können, damit ich Sie auch in Zukunft behandle. Falls Sie mit dem Erfolg unzufrieden sind, wollen Sie den Film der Ärztevereinigung zuspielen." Er machte eine Pause. „Aber wenn Sie dem Mädchen etwas antun, rühre ich keinen Finger, um Ihnen das Leben zu retten!"

Bone warf ihm einen anerkennenden Blick zu. „Du gefällst mir, Mediziner", sagte er. „Willst du nicht gemeinsame Sache mit mir machen? Wir würden ein gutes Paar abgeben."
„Nein, danke!" lehnte Grayle verächtlich ab.
„Überlege dir die Sache noch. Vielleicht bist du später anderer Meinung", sagte Bone. „Aber können wir jetzt endlich anfangen?"
„Lassen Sie den Motor des Krankenwagens von einem Ihrer Leute starten."
Bone nickte dem Sergeanten zu. „Los!"
Sie warteten in unbehaglichem Schweigen, bis das Diagnosegerät in Grayles Arzttasche durch ein grünes Blinklicht seine Betriebsbereitschaft anzeigte. Dann legte der Mediziner Bone die Elektroden an.
Wo ist Coke? fragte er sich dabei.
Er las die Diagnose ab, befreite Bone von den Drähten und packte seine Instrumente wieder ein. Als nächstes suchte er etwas in den Seitenfächern seiner Tasche.
„Was fehlt mir?" fragte Bone besorgt. „Sag mir, woran ich leide!"
Grayles Gesicht blieb ernst. „Ihre Krankheit ist nicht weiter schlimm", antwortete er. „Sie brauchen ein Stärkungsmittel. Sie nehmen bestimmt schon Vitamine. Verdoppeln Sie die bisherige Dosis." Er holte ein Tablettenröhrchen aus seiner Arzttasche. „Das sind Barbiturat-Emphetamin-Tabletten, damit Sie nachts besser schlafen und morgens erfrischt aufwachen. Und das hier ist ein Stärkungsmittel." Er gab Bone eine Flasche mit kleinen grünen Pillen. „Die sind wichtig — Sie müssen alle vier Stunden eine davon nehmen."
Bone runzelte die Stirn. „Was ist das?"
„Vermutlich nichts, was Ihnen ernsthaft schaden könnte." Grayle schüttete sich ein paar in die hohle Hand und schluckte sie. „Sehen Sie?"
Bone nickte zufrieden. Er gab dem Polizisten ein Zeichen. „Okay, nimm sie wieder mit."
„Augenblick!" wandte Grayle ein. „Wollen Sie uns nicht freilassen?"

„Wer hat dir denn das eingeredet?" fragte Bone grinsend. „Ich habe gern einen Mediziner in meiner Nähe. Das gibt mir ein Gefühl der Sicherheit."
Grayle fand sich seufzend damit ab. „Dagegen ist natürlich nichts zu machen..."
Als er sich bückte, um nach seiner Tasche zu greifen, sah er Leahs enttäuschten Gesichtsausdruck. Seine Hand glitt an Bones Nacken entlang. „Hier", sagte er zu dem Polizisten, der sie mißtrauisch beobachtete, „ich nehme an, daß Sie die Tasche behalten wollen."
Der Uniformierte nahm ihm die Arzttasche ab und trat an seinen Platz zurück. Dann kratzte er sich die linke Hand mit der rechten, in der er seinen Revolver hielt.
Bone brach lautlos hinter Grayle zusammen. Der Polizist wollte die Waffe heben, aber sie war zu schwer. Sie zog ihn zu Boden. Er fiel und blieb liegen.
„Was ist passiert?" fragte Leah verblüfft.
Grayle griff nach ihrer Hand und nahm seine Tasche vom Boden auf. „Ich habe Bone mit Ultraschall und den Polizisten mit einem injizierten Betäubungsmittel außer Gefecht gesetzt. Komm!"
Als sie in den Korridor hinausliefen, fragte Grayle sich wieder: *Wo ist Coke?* Er drückte auf den Liftknopf und wartete ungeduldig. Leah hielt seine Hand fest in ihrer.
„Ich habe Vertrauen zu dir. Du schaffst es bestimmt."
Das hob Grayles Selbstvertrauen.
Als die Doppeltür vor ihnen aufging, stand der Sergeant in der Kabine. Er warf ihnen einen mißtrauischen Blick zu und griff nach seinem Revolver.
„Bone hat uns freigelassen", erklärte Grayle ihm.
„Das glaube ich nicht", knurrte der Uniformierte. Er zog seinen Revolver. „Los, wir sehen gleich einmal nach."
Grayle zuckte mit den Schultern, ließ Leahs Hand los, um seine Arzttasche in die andere Hand nehmen zu können, und streifte damit wie zufällig das Bein des Sergeanten. Der Polizist machte noch einen Schritt; dann gaben seine Knie nach, und er sackte zusammen...

Als Grayle und Leah im Erdgeschoß aus dem Aufzug stiegen, gingen die Lichter aus. *Coke!* dachte Grayle sofort.
„Was ist los?“ fragte Leah besorgt.
„Die Lampen brennen nicht mehr.“
„Vielleicht kann ich dir helfen, wenn du mir sagst, was du zu tun versuchst.“
„Ich muß den Krankenwagen finden. Wahrscheinlich steht er irgendwo in der Tiefgarage.“
„Ich muß auf dem gleichen Weg hereingekommen sein“, meinte Leah nachdenklich. „Zuerst ist ein Tor krachend zugefallen, dann kam eine kleine Treppe, danach mußten wir durch eine Tür, hinter der die Treppe weiter nach oben führte, und zum Schluß sind wir geradeaus zum Aufzug gegangen. Komm, ich führe dich!“
Grayle ließ sich von ihr fortziehen. „Jetzt kommt die Treppe“, warnte Leah ihn. Sie stiegen sie vorsichtig hinunter. Grayle öffnete die Tür, von der Leah gesprochen hatte. Sekunden später hatten sie die Tiefgarage erreicht.
„Dort drüben“, meinte Leah zuversichtlich.
Grayle tastete sich den Krankenwagen entlang, half Leah hinein, setzte sich ans Steuer und schaltete die Scheinwerfer ein. Dann fuhr er so dicht wie möglich an das geschlossene Garagentor heran, stieg aus und zog an dem Handgriff. Das Tor ließ sich mühelos nach oben schieben.
Danach war alles andere ein Kinderspiel. Grayle fuhr nach Norden in Richtung Sixth Street Trafficway, um etwaige Verfolger abzuschütteln und nicht in einen Hinterhalt zu geraten. Auf dieser Schnellstraße konnte er jedem Verfolgerfahrzeug entkommen. Einige Minuten später erreichten sie den Southeast Trafficway. Grayle überließ die Steuerung dem automatischen Chauffeur und drehte sich nach Leah um, die auf der Krankentrage saß.
“Hör zu, ich...“, begann er — und schwieg dann verlegen.
„Weißt du nicht, was du mit mir anfangen sollst?“ fragte sie schwach lächelnd.
„Nun, ich... ja, du hast recht. Ich kann dich nicht einfach irgendwo absetzen, und wenn ich dich nach Hause bringe, kann Bone dich wieder als Geisel festnehmen lassen. Es ist verboten, je-

mand mit ins Zentrum zu bringen, aber..." Grayle holte tief Luft. „Der Teufel soll diese Bestimmungen holen! Hör zu, Leah, du bist einfach eine Patientin. Du bist wegen einer Augenoperation aus dem Neosho County Hospital überwiesen worden — das liegt außerhalb von Chanute, Kansas, falls dich jemand danach fragt —, und du weißt nicht, warum deine Unterlagen noch nicht eingetroffen sind. Hast du das verstanden?"

„Bekommst du dadurch keine Schwierigkeiten?"

„Ich rede mich schon irgendwie heraus. Und falls uns jemand miteinander sieht, habe ich mich eben auch täuschen lassen. Das ist die beste Idee, Leah. Auf diese Weise haben wir einen Tag länger Zeit, um uns zu überlegen, was mit dir geschehen soll."

„Kann ich dort meinen Vater besuchen?"

„Natürlich nicht!" sagte Grayle. „In der Versuchsabteilung sind keine Krankenbesuche zugelassen. Dort haben nur die diensthabenden Ärzte und Krankenpfleger Zutritt."

„Oh... Gut, ich überlasse alles dir."

Grayle war glücklich über Leahs Entscheidung. Aber er konnte sich nicht lange darüber freuen. Er sah nervös nach vorn, wo die Krankenhaustore sich jetzt öffneten, um ihr Fahrzeug einzulassen.

Sie hatten Glück. Niemand war in der Nähe, als Grayle den Krankenwagen in der riesigen Tiefgarage abstellte und Leah behutsam zur Untergrundbahn führte. Sie warteten im Schatten eines Pfeilers, bis ein leerer Wagen in Sicht kam.

„Komm schnell mit", sagte er zu Leah. „Laß dich von mir führen."

Er zog sie hinter sich her auf das Laufband und hielt ihren Arm fest. Trotzdem schwankte Leah und wäre beinahe gestürzt. Grayle eilte mit ihr weiter, holte den Wagen ein, der seine Geschwindigkeit in diesem Bereich verringert hatte, und schob Leah hinein. Dann kletterte er in letzter Sekunde selbst an Bord.

Er war schweißnaß. Die Untergrundbahn war nichts für Blinde.

Das Aussteigen war einfacher. Grayle half Leah auf das etwa gleichschnelle Laufband, das sie bereits kannte, wechselte mit ihr auf festen Boden über und führte sie zum Lift. Sie fuhren in

den vierten Stock hinauf. Grayle beobachtete aus dem Hintergrund, wie Leah sich bis zum Schreibtisch der Krankenschwester vom Dienst vortastete.
„Ist hier jemand?“ fragte sie. „Ein Mediziner hat mich hergebracht, aber er mußte fort. Ich komme aus dem Neosho County Hospital...“
Bevor Grayle in einem Seitenkorridor verschwand, beobachtete er noch, wie die Krankenschwester sich besorgt um Leah kümmerte. Er seufzte erleichtert auf. Leah befand sich zumindest vorläufig in Sicherheit.
Er marschierte durch Korridore und fragte sich, wo die anderen sein mochten. Es war doch erst acht Uhr abends! Um diese Zeit herrschte sonst noch reger Betrieb in den meisten Abteilungen.
Der Boden unter seinen Füßen war hart und elastisch zugleich. Grayle atmete den vertrauten Krankenhausgeruch ein: eine Mischung aus Desinfektionsmitteln und Kochdunst. Trotzdem ein guter Geruch. Er atmete ihn tief ein und hielt die Luft an, als könne er sich alles andere bewahren, wenn er nur diese Luft nicht mehr aus seinen Lungen lasse.
Dies war seine Heimat. Dies war sein Job. Dies war sein Leben. Er *mußte* sich an diese Überzeugung klammern, sonst war alles wertlos, sonst waren sieben Jahre Studium und Praktikum vergeudet, sonst verwandelten alle seine Träume sich in Alpträume.
Charley Brand sah überrascht von seinem Schreibtisch auf. „He, wo kommst du denn her?“
„Das ist eine lange Geschichte“, antwortete Grayle müde. „Bevor ich sie dir erzähle, muß ich etwas essen und mich ausruhen.“
„Dazu wirst du vorerst nicht kommen. Auf deinem Schreibtisch liegt eine Einladung.“
Grayle runzelte die Stirn. Eine Einladung? Er griff nach der gedruckten Mitteilung und las:
Sie werden hiermit gebeten, heute abend zu einer Zusammenkunft der Ärztevereinigung von Wyandotte County und der anschließend stattfindenden Sitzung des Politischen Aktionskomitees zu kommen.

Dr. med. J. B. Hardy
Sekretär

Grayle sah sich erschrocken um. „Wo ist Hal?“ fragte er heiser. „Glaubst du etwa, daß er eine Zusammenkunft versäumen würde?“ erkundigte Brand sich spöttisch. Dann imitierte er Mocks Stimme: „ ‚So etwas macht immer einen guten Eindruck!‘ An deiner Stelle würde ich mich beeilen. Vielleicht erreichst du den Konvoi noch.“

Der Konvoi mit den feuerbereit darüber schwebenden Hubschraubern war nur noch eine Tradition, aber keine Notwendigkeit mehr. Niemand wäre dumm genug gewesen, eine ganze Kolonne von gepanzerten Fahrzeugen anzugreifen.
Sie fuhren auf dem Seventh Street Trafficway über den Industriebezirk Armourdale, der unter ihnen in der Nacht unheimlich glühte und flackerte. Grayle achtete kaum auf dieses Schauspiel; seine Sorgen ließen ihn Hunger und Müdigkeit vergessen.
Was will das PAK von mir?
Nur wenige Mediziner und noch weniger Ärzte wurden jemals aufgefordert, vor dem Komitee zu erscheinen. Das war kein Erlebnis, das man sich wünschte. In den meisten Fällen führte es nämlich dazu, daß der Betroffene still und heimlich seine Sachen zusammenpackte und aus dem Krankenhaus verschwand.
Als der Konvoi vor dem Gerichtsgebäude hielt, dachte Grayle noch immer über diese Möglichkeit nach.
Die Zusammenkunft war so langweilig wie üblich. Als die erste Angst nachließ, döste Grayle auf seinem Platz. Er schrak nur gelegentlich hoch und hörte dann ein paar Worte.
Ein Vertreter der Amerikanischen Ärztevereinigung hielt eine besorgte Rede, in der er auf die Folgen der vom Kongreß geplanten Gesundheitsgesetzgebung hinwies, die geradewegs zu einer Sozialisierung der Medizin führen müsse.
Die Anwesenden bewilligten einstimmig 700 000 Dollar zur Unterstützung der Washingtoner Lobby, die verhindern sollte, daß diese Gesetze verabschiedet wurden.
Der Vorsitzende des Politischen Aktionskomitees stand auf und berichtete, die politische Lage in den einzelnen Wahlbezirken könne als zufriedenstellend bezeichnet werden. Die Antivivisek-

tions-Partei habe in den letzten Monaten verschiedentlich Wahlbündnisse mit quasireligiösen Gruppen abgeschlossen, aber selbst dadurch werde ihre Position nicht wesentlich gestärkt.
Ordner verteilten hektografierte Listen der aufgestellten Wahlkandidaten. Alle Nominierungen waren von dem PAK gebilligt worden. Die Listen wurden widerspruchslos genehmigt. Zur Unterstützung des Wahlkampfs wurden 553000 Dollar bereitgestellt.
Als die Versammlung für beendet erklärt worden war, ging Grayle langsam auf die Tür des Sitzungsraums zu, in dem das PAK zusammentreten sollte.
„Grayle?"
Der Vorsitzende des Komitees erschien auf der Schwelle. Grayle folgte ihm benommen in den großen Raum. Er hatte vier Männer vor sich; der Vorsitzende nahm als fünfter in ihrer Mitte Platz. Sie saßen mit ernsten Gesichtern hinter einem langen schweren Tisch aus dunklem Holz.
„Ihr Fall ist problematisch, mein Junge", begann der Vorsitzende. „Was Ihnen zur Last gelegt wird, sieht nicht schön aus."
Der Arzt rechts neben ihm warf einen Blick in seine Notizen und beugte sich dann nach vorn. „Gestern abend haben Sie während eines Einsatzes in der Stadt die Polizei alarmiert, um ihr einen angeblichen Schwarzhändler Crumm zu übergeben. Bei dieser Gelegenheit haben Sie angebliches Beweismaterial vorgelegt."
„Die Beweise waren stichhaltig, Sir", wandte Grayle ein. „Ich hatte den Schwarzhändler auf frischer Tat ertappt."
„Das stimmt leider nicht. Durch Ihr Verhalten haben Sie das Medizinische Zentrum, die Ärztevereinigung und das Politische Aktionskomitee in eine unangenehme Lage gebracht. Der Polizeichef hat sich über Sie beschwert."
Grayle starrte die fünf Männer an.
„Crumm ist um neun Uhr vormittags entlassen worden, nachdem Ihre Behauptungen sich als haltlos erwiesen hatten."
„Aber ich habe ihnen die Ampulle gegeben, die er mir angeboten hatte", antwortete Grayle verwirrt. „Ich hatte sein Angebot auf Tonband aufgenommen und..."

„Wertlos. Sie haben ihn mißverstanden. Er hatte eine Verkaufslizenz. Und die Penicillinampulle enthielt tatsächlich dreihunderttausend Einheiten."

„Ein typischer Bone-Trick! Er hat dafür gesorgt, daß die Lizenz nachträglich auf ein früheres Datum ausgestellt wurde."

„Durchaus möglich. Aber Sie haben nicht verhindert, daß man uns und Ihnen die Schuld für diese grundlose Verhaftung geben kann. Sie hätten sich die Folgen überlegen müssen, Mediziner!"

„An der Sache mit dem Penicillin ist etwas faul", meinte Grayle hoffnungsvoll. „Niemand kann es für diesen Preis verkaufen, der unter dem Großhandelspreis liegt."

„Hätten Sie heute abend besser zugehört, wüßten Sie aus einem der Berichte, daß wir vor einigen Wochen beschlossen haben, auf die Anwendung von Penicillin zu verzichten — wodurch es wertlos geworden ist. Als es eingeführt wurde, gab es fünf Prozent resistente Bakterienstämme. Jetzt sind fünfundneunzig Prozent dagegen immun, und ihre Zahl nimmt weiter zu. Das gilt auch für Aureomycin, Streptomycin, Neomycin, Terramycin und ein Dutzend andere. John Bone kann sie selbstverständlich für lächerlich wenig Geld aufkaufen. Ganze Berge dieser Mittel liegen wertlos in den Lagern der Arzneimittelfirmen."

Der Arzt schob seine Notizen zur Seite. „Der wichtigste Punkt ist jedoch, Grayle, daß die Leute, die von John Bone kaufen, ohnehin kein Interesse an einer ehrlichen Behandlung durch zugelassene Ärzte haben. Es hilft nichts, die kleinen Schwarzhändler zu bestrafen — selbst wenn wir das könnten. Eine Krankheit kann man nicht heilen, indem man Symptome kuriert. Kreislaufstörungen lassen sich nicht dadurch beheben, daß man einen Finger amputiert."

„Was sollen wir also tun?" erkundigte Grayle sich. „Geben wir einfach auf?"

Der Arzt lächelte. „Dafür ist das PAK da. Wir haben es abgelehnt, John Bones Vertrag zu verlängern, weil wir dachten, das würde ihn zur Vernunft bringen." Er runzelte die Stirn. „Aber wir scheinen uns geirrt zu haben."

„Wie soll ich das verstehen?" fragte Grayle unbehaglich.

„Bis Bone Sie freigelassen hat..."
Grayle starrte die fünf starren Gesichter an. „Er hat mich nicht freigelassen! Ich bin geflohen!"
„Wir haben keine Zeit, uns solche Märchen anzuhören, Grayle", warf der Vorsitzende ungeduldig ein. „Wer sich einmal in John Bones Händen befindet, entkommt nicht wieder. Und wir haben einen Beweis — einen Film, der deutlich zeigt, wie Sie ihn untersuchen und behandeln!"
„Ich bin trotzdem geflohen!" beteuerte Grayle erregt. „Ich habe Bone und einen Polizisten betäubt und bin entkommen."
„Unglaublich!"
„Ich habe ihm nur Zuckerpillen gegeben..."
„Das macht die Sache nicht besser. In seinem Fall sind sie so wirksam wie alle anderen Mittel."
„Was hätte ich sonst tun sollen?" protestierte Grayle. „Hätte ich mich umbringen lassen sollen? Begreifen Sie nicht, warum Bone Ihnen diesen Film geschickt hat? Er will sich an mir rächen. Hätte ich ihn wirklich behandelt, hätte er ihn behalten, um mich damit zu erpressen."
Die Komiteemitglieder wechselten Blicke. „Das würden wir Ihnen vielleicht sogar glauben", fuhr der Vorsitzende fort, „wenn wir nicht andere Beweise dafür hätten, daß Sie recht wenig von unserem Berufsethos halten."
Er schaltete ein Tonbandgerät ein. Grayle hörte ungläubig zu, als er seine Stimme wiedererkannte, zahlreiche und umständliche Fragen über Medizin, Honorare und soziale Probleme stellte. Die Aufnahme war geschickt redigiert worden. Sie war ein überzeugender Beweis.
Hal, dachte Grayle. *Hal, warum hast du das getan?*
Aber er wußte, was Mock dazu bewogen hatte. Hal Mock machte sich Sorgen wegen des bevorstehenden Abschlußexamens. Wurde ein Kandidat weniger zugelassen, stiegen Mocks Chancen in dieser entscheidenden Prüfung.
Der Vorsitzende wandte sich an Grayle. „Sie reichen morgen früh Ihr Abschiedsgesuch ein. Unmittelbar danach packen Sie Ihre persönlichen Habseligkeiten und verlassen das Zentrum. Sollten

Sie jemals dabei ertappt werden, daß Sie verbotenerweise praktizieren, haben Sie mit..."
Als er ausgesprochen hatte, fragte Grayle ruhig: „Was haben Sie mit Doktor Russell Pearce vor?"
Der Vorsitzende kniff die Augen zusammen. Dann sah er zu dem Kollegen links neben ihm hinüber. „Doktor Pearce?" wiederholte er erstaunt. „Der ist doch vor etwa sechzig Jahren spurlos verschwunden, nicht wahr? Er ist bestimmt längst gestorben. Jammerschade..."
Grayle hörte nicht mehr zu. Er drehte sich um und verließ wortlos den Raum. Während der Chauffeur seinen Krankenwagen ins Medizinische Zentrum zurücklenkte, holte er mehrere Amphetaminpillen aus seiner Arzttasche und schluckte sie.
Aber seine Stimmung besserte sich, noch bevor das Mittel zu wirken begann. Er wußte jetzt, was er zu tun hatte. Deshalb störte es ihn nicht einmal, als er merkte, daß er beschattet wurde. Er schüttelte seinen Verfolger in der Untergrundbahn ab.
„Hier muß es nachts ziemlich langweilig sein", sagte er zu dem diensthabenden Apotheker. „Hast du nicht manchmal Lust, eine Tasse Kaffee zu trinken?"
„Und wie!"
„Geh nur", forderte Grayle ihn auf. „Ich halte die Stellung."
Der Apotheker zögerte. Er schwankte zwischen seinem Pflichtgefühl und dem Wunsch nach einer Tasse Kaffee. Den Ausschlag gab jedoch seine Befürchtung, der Mediziner könnte ihn für feige halten, nur weil er seinen Posten nicht verlassen wollte.
Sobald der andere verschwunden war, ging Grayle durch die Lagerräume zur Tresorkammer. Die schwere Stahltür stand offen. In der hintersten Ecke fand Grayle einen einfachen Pappkarton auf einem Regal. Der Inhalt dieses Kartons war mindestens zehn Millionen Dollar wert. Grayle steckte eine Ampulle ein, zögerte und nahm auch die restlichen elf aus dem Karton. Er bezweifelte plötzlich, daß es richtig war, den Krankenhausärzten den Rest zu überlassen.
„Danke für die Ablösung", sagte der Apotheker, als er zurückkam.

Grayle machte eine wegwerfende Handbewegung. „Bitte sehr, gern geschehen."
An der doppelt gesicherten Tür der Versuchsabteilung wurde er von einem Wachtposten aufgehalten. „Ich sehe Ihren Namen aber nirgends auf meiner Liste", sagte der Bewaffnete.
„Kein Wunder", behauptete Grayle und zeigte auf einen Namen. „Jemand hat ihn falsch geschrieben. Hier steht Quayle statt Grayle."
Der Wachtposten ließ ihn passieren. Grayle ging rasch an der Blutbank mit ihren Spendern und an der Organbank mit dem angeschlossenen Operationssaal vorbei. Die Versuchsräume der Abteilung Geriatrie befanden sich am Ende des Korridors.
Dr. Pearce lag mit geschlossenen Augen in seinem Bett. Er reagierte nicht, als Grayle ihn wachzurütteln versuchte. Der Mediziner füllte eine Spritze aus einer der Ampullen in seiner Jackentasche und injizierte dem Alten die farblose Flüssigkeit.
Grayle wartete besorgt in dem halbdunklen Raum, bis Dr. Pearces Lider zuckten. „Doktor Pearce", flüsterte er. „Ich bin der Mediziner, der bei Ihnen war. Erinnern Sie sich noch an mich?"
Der Alte nickte kaum wahrnehmbar. „Ich will versuchen, Sie hier herauszubringen — Sie und Leah. Sie ist auch hier. Helfen Sie mir dabei? "
Diesmal nickte Pearce schon energischer. Grayle schob eine fahrbare Krankenliege neben sein Bett und hob den Alten darauf. Er bedeckte Pearces Gesicht mit dem Laken. „So, jetzt geht's los!"
Grayle schaltete den Fahrmotor ein und lenkte die Krankenliege aus dem Zimmer, durch die Korridore und an dem verblüfften Wachtposten vorbei. Der Mann schien etwas sagen zu wollen, aber er zögerte zu lange.
Als Grayle ihn in den Aufzug schob, flüsterte Pearce heiser: „Was haben Sie mir vorhin eingespritzt?"
„*Elixir vitae.* Eine gerechte Wiedergutmachung, nicht wahr?"
„Ja, Sie haben recht."
„Wann haben Sie die letzte Dosis bekommen?"
„Vor sechzig Jahren."

Damit war auch dieser Punkt geklärt. „Sie haben gesagt, Sie würden Leah Ihre Augen geben. War das Ihr Ernst?"
„Ja. Trauen Sie sich die Operation zu?"
Pearce mochte zum Skelett abgemagert sein, aber sein Verstand funktionierte noch immer einwandfrei. Er hatte sofort erkannt, was Grayle vorhatte.
„Ich weiß nicht, ob ich es schaffe", gab der junge Mediziner zu. „Das Risiko ist natürlich groß. Ich muß ganz allein und möglichst schnell arbeiten. Ich könnte welche aus unserer Bank nehmen, aber das wäre Leah nicht recht. Bei Ihnen wäre die Sache anders."
„Ein liebevoll gemachtes Geschenk", flüsterte Pearce. „Das kann sie nicht ablehnen. Aber sagen Sie ihr nichts davon. Sie wird später verstehen, wie glücklich es mich gemacht hat, ihr das geben zu können, was ich ihr als Vater nicht schenken konnte — die Welt des Lichts ..."

Das Stationszimmer war leer. Grayle ging die Patientenliste durch, bis er Leahs Namen fand. Er nahm die nächste Krankenliege mit, fuhr sie in das Zimmer und hielt neben ihrem Bett.
„Leah?" flüsterte er.
„Ben?" antwortete sie sofort.
„Komm, leg dich auf die Liege", forderte er sie leise auf. „Ich habe deinen Vater schon herausgeholt. Wir müssen gemeinsam fliehen."
„Aber damit ruinierst du deine Karriere!"
„Das haben andere für mich getan", sagte Grayle. „Ich kann dir jetzt nicht alles erklären, aber du kannst mir glauben, daß ich darüber eher froh bin. Und bevor ich gehe, will ich noch dich und deinen Vater in Sicherheit bringen."
Die Krankenliege rollte auf den Lift zu. Ein Stockwerk tiefer lenkte Grayle sie in einen Operationsraum. Als sie leicht gegen Pearces stieß, streckte Leah eine Hand nach dem Arm ihres Vaters aus. „Russ!"
„Leah!"

Grayle spürte einen eifersüchtigen Stich; er hatte das Gefühl, ausgeschlossen zu sein. „Du hast recht gehabt", fügte Leah hinzu, streckte die andere Hand nach Grayle aus und zog ihn zu sich heran. „Er ist der Mann. Sogar besser, als wir gedacht haben."

„Ich wünsche euch, daß ihr glücklich werdet, Kinder", sagte Pearce.

Grayle lachte leise. „Ich habe das Gefühl, ihr hättet das alles vorausgeplant."

Leah wurde rot. Sie ist *wirklich schön,* dachte Grayle überrascht. „Nein, wir haben es nur gehofft", antwortete sie.

Grayle injizierte ihr ein Betäubungsmittel und spürte, wie ihre Finger von seinem Jackenärmel glitten, als das Mittel zu wirken begann. Er starrte ihr Gesicht an und hob dann die Hände. Sie zitterten. Er warf einen Blick auf die weißen Wände, die empfindlichen mikrochirurgischen Geräte, die anderen Maschinen, ohne die eine Operation undenkbar war, und wußte, wie leicht es war, irgendeinen Fehler zu machen, der sich katastrophal auswirken konnte.

„Nur Mut, Mediziner!" sagte Pearce. „Du hast sieben Jahre lang studiert. Du beherrschst auch diese einfache Operation."

Grayle holte tief Luft. Ja, er würde es schaffen. Er begann mit den Vorbereitungen.

„Mediziner Grayle", sagte der Deckenlautsprecher, „melden Sie sich bitte sofort im Schlafsaal. Mediziner Grayle ..."

Sie hatten gemerkt, daß Pearce verschwunden war. Der Alte sprach mit Grayle, während er die Operation vorbereitete, und half ihm, die schrecklichen Konsequenzen zu vergessen. Er erzählte Grayle, warum er damals vor sechzig Jahren das Krankenhaus verlassen hatte.

„Mir ist plötzlich aufgefallen, wie groß die Ähnlichkeit zwischen Medizin und Religion ist. Wir haben sie durch unser Traditionsbewußtsein, unsere unleserlichen Rezepte und unser Ritual noch gefördert. In Laienkreisen hießen die neuen Medikamente Wunderdrogen, weil der Mann auf der Straße sich nicht vorstellen konnte, worauf ihre Wirkung beruhte. Religion und Medizin —

beide verdanken ihre Blüte einer pathologischen Todesfurcht. Dabei ist der Tod nicht unbesiegbar."
Grayle maß die Dicke der getrübten Hornhäute und stellte die mikrochirurgische Maschine danach ein.
„Allerdings waren die Ärzte nicht einmal die Alleinschuldigen. Wir waren ein Produkt unserer Umwelt, wie John Bone ein Produkt seiner eigenen ist. Aber wir hatten einen alten Wahlspruch vergessen, der uns vor solchen Verirrungen hätte bewahren können. ‚Ein gesunder Geist in einem gesunden Körper!' — danach hätten wir handeln müssen. Und noch wichtiger wäre gewesen: ‚Nichts im Übermaß!'"
Grayle stellte das blitzende Skalpell über Leahs rechtem Auge ein. Die Klinge trennte die getrübte Hornhaut heraus.
„Jede Übertreibung kann eine Gesellschaft ruinieren — muß sie sogar ruinieren. Man kann auch gute Dinge übertreiben. Das menschliche Leben läßt sich mit vertretbarem Aufwand um eine gewisse Zeitspanne verlängern. Aber danach wird der Aufwand eher größer, während die gewonnene Zeit sich immer weiter verringert. Man braucht ebensoviel, um das Leben des Patienten um ein Jahr, ein halbes Jahr, eine Woche oder schließlich ein paar Tage zu verlängern. Das ist eine Schraube ohne Ende, und unsere Todesfurcht läßt uns nicht sagen: ‚Halt, wir sind gesund genug!'"
Das Skalpell wurde zurückgezogen und zum linken Auge bewegt.
„Die Leben, die wir gerettet haben, gehörten den sehr jungen, den sehr alten und den eigentlich nicht lebensfähigen Menschen. Wir haben die natürliche Auslese wirkungslos gemacht, die Schwachen gerettet, damit sie sich fortpflanzen konnten, und uns eingeredet, wir seien dadurch alle gesünder."
Beide Hornhäute waren herausoperiert. Grayle sah auf die Uhr an der Wand. Er warf Pearce einen fragenden Blick zu.
„Ohne Betäubung", entschied Pearce sofort. Als die mikrochirurgische Maschine sich erneut herabsenkte, zitterten Grayles Hände nicht mehr.
Dann bekam Pearce einen Augenverband.

„Wir haben die Städte durch unsere Unglücksprophezeiungen zerstört“, fuhr Pearce fort, „und wir sind durch unsere Steuerbefreiungen unverhältnismäßig reich geworden. Auch hier ist der Vergleich mit der Kirche angebracht, die im Mittelalter in Europa gewaltige Reichtümer anhäufte, weil sie von allen Abgaben befreit war.“

Die Hornhäute waren verpflanzt.

„Das hat in Europa nicht ewig gedauert, und es wird auch hier nicht ewig dauern. Heinrich VIII. hat bei erster Gelegenheit mit dem Papst gebrochen und das kirchliche Land beschlagnahmt. In Frankreich hat der Reichtum der Kirche den Ausbruch der Revolution gefördert. Und so wird auch dieses Experiment enden — entweder durch ein Absinken der technologischen Möglichkeiten unter den Stand, der zur Aufrechterhaltung dieses Systems erforderlich ist, oder durch eine Rebellion der Armen und Entrechteten. Deshalb bin ich damals in die Stadt gegangen.“

Die Nahtmaschine stach ihre winzigen Nadeln in den Rand der Hornhaut und verband sie mit dem Auge der Patientin.

„Dort wird eines Tages die Zukunft bestimmt“, fuhr Pearce fort, „weil dort nur die Stärksten überleben. In den Städten lernen wir ständig Neues dazu und experimentieren mit den jahrhundertealten Methoden früherer Heilkundiger. Wenn eines Tages das Ende kommt, ist es mit dem schönen Leben irgendwo auf dem Land vorbei — das war dann nur eine Eintagsfliege. Die Stadt wird überleben und weiterwachsen. Draußen werden sie an Krankheiten sterben, gegen die ihre Körper nicht mehr immun sind, an Krebs, der sie hinraffen wird, und an hundert anderen Krankheiten, für die niemand mehr ein Heilmittel kennt.“

Als Leahs Augen verbunden wurden, drang wieder eine Stimme aus dem Deckenlautsprecher: „Alarm! Alle Mann auf ihre Stationen! Sankt Lukas wird angegriffen!“

Jetzt hatte Grayle keine Zeit für Vorsichtsmaßnahmen mehr.

Er kuppelte die beiden Krankenliegen zusammen, um sie besser schieben zu können, und brachte sie in den Aufzug am Ende des Korridors. Sie fuhren zur Untergrundbahn hinab. Grayle schob die Liegen mühsam in einen freien Wagen und kletterte hinein.

Innerhalb kürzester Zeit mußten die alarmierten Besatzungen die Tiefgarage erreichen.
Ein anderer Lautsprecher verkündete: „Scharfschützen auf Gebäuden an der Main Street beschießen Sankt Lukas mit Granatwerfern. Bisher noch keine eigenen Verluste. Alle Mann auf ihre Stationen!“
„Fängt es schon an?“ fragte Pearce leise.
In der Garage liefen Dutzende von Männern durcheinander. Niemand achtete auf den Mediziner mit den beiden Liegen. Grayle blieb an dem ersten leeren Krankenwagen stehen, öffnete die Hecktür und bettete Leah auf die rechte Krankentrage. Ihr Vater bekam die linke. Grayle knallte die Tür zu und rannte nach vorn. Als er den Motor anließ, kam ein Mediziner heran und hämmerte mit beiden Fäusten gegen die Tür. Aber Grayle gab Vollgas und fuhr davon. Der Krankenwagen war nur eines von vielen Fahrzeugen, die aus dem Zentrum kamen: Krankenwagen, Halbkettenfahrzeuge und Panzer. Am Southwest Trafficway bog Grayle nach Norden in die Stadt ab.

John Bone erwartete sie am Tor der Tiefgarage unter dem Rathaus.
„Okay, du kannst den Scheinangriff abblasen lassen“, sagte er zu Coke. Er nickte Grayle zu. „Ich hatte das Gefühl, daß du früher oder später zurückkommen würdest. Komm herein.“
„Sagte die Spinne zu der Fliege“, antwortete Grayle grinsend. „Nein, vielen Dank. Ich weiß jemand, der dich besser heilen kann als ich — aber nicht jetzt.“
Bone verzog wütend das Gesicht. „Wen meinst Du?“
„Diese beiden.“ Grayle zeigte auf seine Patienten, die in dem Krankenwagen lagen.
„Ein alter Mann? Ein blindes Mädchen?“
„Ein blinder alter Mann und ein Mädchen, das hoffentlich bald wieder sehen kann. Die beiden können mehr für dich tun als ich. Wir kommen bestimmt gut miteinander aus, Bone.“
John Bone verzog das Gesicht. „Ja, das glaube ich auch“, gab er dann zu.

Leah bewegte sich. Grayle streckte den Arm aus und legte ihr seine Hand auf die Stirn. Sie blieb ruhig liegen. Grayle zog sich die weiße Jacke aus und warf sie Bone zu. „Da, vielleicht nützt sie dir etwas. Du kannst auch den Krankenwagen haben, sobald er uns nach Hause gebracht hat."

Nach Hause... Grayle lächelte schwach. Er war jetzt auf Gedeih und Verderb mit der Stadt verbunden. Er hatte sogar seine Nasenfilter vergessen. Das Leben in der Stadt war brutal, aber er nahm sich vor, es zu zähmen und diese fehlgelenkte Vitalität zu nützen.

Was konnte man mit einem Ideal anfangen, das seinen Daseinszweck verloren hatte? Grayle mußte ihm den Rücken kehren, mußte es hinter sich zurücklassen.

Es gab keine Unterschiede zwischen den Menschen; es gab keine Männer und Männer mit weißen Jacken. Ein Arzt war nur ein Mann mit besonderen Fertigkeiten. Aber ein Heiler war mehr als nur das.

Sie würden gemeinsam einen neuen Anfang machen: der alte Mann und das blinde Mädchen, das vielleicht wieder sehen würde, und der Mediziner, der ein neues Ideal gefunden hatte. „Ich habe sieben Jahre lang gelernt, um Arzt zu werden", sagte Grayle. „Jetzt kann ich weitere sieben Jahre damit zubringen, das Heilen zu lernen."

1958

Robert Sheckley

Der Tod spielt mit

(The Prize of Peril)

Clifford D. Simak

Der große Vorgarten

(The Big Front Yard)

1958 ...

Edmund Hillary erreicht mit einer neuseeländischen Expedition kurz vor der britischen Expedition unter Vivian Fuchs den Südpol. Papst Pius XII. stirbt, Nachfolger wird Johannes XXIII. Frankreich erhält eine neue Verfassung, die der Regierung de Gaulle auf Kosten der Parteien und des Parlaments größere Befugnisse einräumt. Der Modetanz Cha-Cha-Cha breitet sich in Europa aus. In Deutschland singt Caterina Valente: „Tipitipitipso". Schalke 04 wird bundesdeutscher Fußballmeister.

Die Weltausstellung in Brüssel steht unter dem Motto „50 Jahre moderne Kunst". Nikita Chruschtschow ersetzt Bulganin als Ministerpräsidenten der UdSSR. Bei einem Flugzeugabsturz in München kommt die gesamte Mannschaft des englischen Fußballmeisters Manchester United ums Leben. Jacques Tati dreht in Frankreich „Mein Onkel", Rolf Thiele dreht in Deutschland „Das Mädchen Rosemarie", Kurt Hoffmann realisiert „Wir Wunderkinder". Leon Uris' Roman „Exodus" wird ein internationaler Bestseller. Der ungarische Ministerpräsident und Führer des Aufstands, Imre Nagy, wird hingerichtet.

Den Nobelpreis für Literatur erhält Boris Pasternak. Van Allen entdeckt, daß die Erde in über 600 Kilometern Höhe von einem Strahlungsgürtel umgeben ist; der Gürtel wird nach ihm benannt. Hits: „Patricia" von Perez Prado, „All I Have to Do Is to Dream" von The Everly Bros. Adenauer trifft zu einem Staatsbesuch in Frankreich ein, und wenig später besucht de Gaulle die Bundesrepublik; diese Begegnungen sind die Grundlage für die proklamierte „deutsch-französische Freundschaft". Die UdSSR verlangt ultimativ die Umwandlung des Berlin-Status in den einer Freien Stadt, läßt das Ultimatum dann aber ohne ernste Konsequenzen verstreichen. Zwischen Frankreich und Tunesien kommt es zu schweren Konflikten, wobei die französische Luftwaffe ein tunesisches Dorf angreift.

Die USA starten mit „Explorer I" ihren ersten Satelliten. Die amerikanische Atlas-Rakete besitzt eine Reichweite von 10000 Kilometern und kann damit interkontinentale Angriffsziele erreichen.

Die Verkehrsluftfahrt stellt auf Düsenflugzeuge um. Jack Kerouac schreibt „Gammler, Zen und hohe Berge“, einen Kultroman der Beatniks.

Robert Sheckley

Der Tod spielt mit

(The Prize of Peril)

Robert Sheckley wurde 1928 in New York geboren und studierte Englisch, Psychologie sowie Philosophie. 1952 verkaufte er seine erste Story ***„We Are Alone“.*** *Bald darauf wurde er freier Schriftsteller. Er verfaßte ein knappes Dutzend SF-Romane und etwa 200 Kurzgeschichten, von denen die meisten in den fünfziger Jahren veröffentlicht wurden (die Romane entstanden allerdings erst später) und schrieb daneben auch Krimis. Sheckley ist nicht gerade der größte Stilist, gilt jedoch als ein Meister der Kurzgeschichte. Er ist ein Mann der Idee, und seine Stories stecken voller Überraschungen und humorvollen Wendungen. Er ist in seinen Themen fast immer originell, und oft würzt eine verblüffende Pointe die Lektüre seiner Geschichten.*

Unter seinen Romanen ragen ***„Mindswap“*** *(1966),* ***„Options“*** *(1975) und* ***„Alchemical Marriage of Alistair Crompton“*** *(1978,* ***„Die Alchimistische Ehe“****) heraus. Besonders bekannt wurde* ***„The Tenth Victim“*** *(1965,* ***„Das Zehnte Opfer“****), ein Roman, der von Carlo Ponti verfilmt wurde. Unter seinen Kurzgeschichten befinden sich eine ganze Reihe, die unseren Anforderungen entsprochen hätten. So sind* ***„Beside Still Waters“; „Keep Your Shape“; „A Ticket to Tranai“*** *oder* ***„Pas de Trois of the Chief the Waiter and the Customer“*** *erstklassige Stories. Wir entschieden uns jedoch für* ***„The Prize of Peril“,*** *die unter dem Titel* ***„Das Millionenspiel“*** *für das Deutsche Fernsehen verfilmt wurde. Diese*

Geschichte zeigt nicht den humorvollen, sondern den bitteren Sheckley, der harte, vom Krimi beeinflußte Action bietet und dabei Auswüchse der Medien anprangert und sehr nachdenklich stimmt.

Raeder hob vorsichtig den Kopf über die Fensterbrüstung. Er sah die Feuerleiter, und unter ihr eine enge Gasse. Dort unten standen drei Abfalltonnen und ein defekter Kinderwagen. Hinter der letzten Tonne tauchte ein schwarzer Ärmel auf; die Hand umklammerte etwas Schimmerndes. Raeder duckte sich hastig. Eine Kugel pfiff durch das Fenster über seinen Kopf und schlug in der Decke ein. Putz bröselte auf ihn herab.
Jetzt wußte er über die Gasse Bescheid. Sie war bewacht, wie die Tür.
Er lag ausgestreckt auf dem rissigen Linoleum, starrte zum Einschuß an der Decke hinauf, lauschte den Geräuschen draußen vor der Tür. Er war ein hochgewachsener Mann mit blutunterlaufenen Augen und zwei Tage alten Bartstoppeln. Schmutz und Überanstrengungen hatten sein Gesicht gezeichnet, die Angst seine Züge verändert, hier einen Muskel gespannt, dort einen Nerv zum Zucken gebracht. Das Resultat war verblüffend. Sein Gesicht hatte jetzt Charakter, denn es war durch die Erwartung des Todes umgeformt.
In der Gasse hielt sich ein bewaffneter Bandit auf, auf der Treppe waren zwei Gangster. Er saß in der Falle. Er war tot.
Gewiß, dachte Raeder, er bewegte sich noch, er atmete noch, aber das lag nur an der Unfähigkeit des Todes. In ein paar Minuten würde sich der Tod seiner annehmen, Löcher in sein Gesicht und seinen Körper stoßen, seine Kleidung künstlerisch mit Blut färben und seine Glieder in irgendeiner grotesken Variation des Friedhof-Balletts anordnen...
Raeder biß sich auf die Unterlippe. Er wollte leben. Es müßte doch einen Weg geben.
Er rollte sich auf den Bauch und studierte die schäbige Wohnung, in die ihn die Gangster getrieben hatten. Ein perfekter, kleiner 1-Zimmer-Sarg. Er besaß eine Tür, die unter Beobachtung stand, und eine Feuerleiter, die bewacht wurde. Und außerdem gehörte ein winziges, fensterloses Badezimmer zur Wohnung.
Er kroch auf dem Bauch zum Badezimmer und stand auf. In der Decke befand sich ein gezacktes Loch mit einem Durchmesser

von nahezu vierzehn Zentimetern. Wenn er es vergrößern und sich in die Wohnung darüber hochziehen könnte ...
Er hörte einen dumpfen Schlag. Die Mörder wurden ungeduldig. Sie begannen die Tür aufzubrechen.
Er studierte das Loch in der Decke. Sinnlos, überhaupt daran zu denken. Er konnte es niemals rechtzeitig vergrößern.
Sie warfen sich gegen die Tür, bei jedem Anprall Flüche ausstoßend. Bald würde das Schloß auseinanderbrechen, oder die Scharniere würden sich auf alle Fälle aus dem verfaulten Holz lösen.
Die Tür würde umstürzen, und die beiden Männer mit den ausdruckslosen Gesichtern würden hereinkommen, ihre Jacketts abstauben ...
Aber irgend jemand würde ihm gewiß helfen! Er nahm den winzigen Fernsehempfänger aus der Tasche. Das Bild war verschwommen; er machte sich nicht die Mühe, es scharf einzustellen. Der Ton kam klar und deutlich aus dem Kleinlautsprecher.
Er hörte, wie die sonore Stimme Mike Terrys zur riesigen Zuschauerschaft sprach.
„... furchtbare Situation“, sagte Terry gerade. „Jawohl, liebe Zuschauer, Jim Raeder ist in einer wirklich entsetzlichen Lage. Er hatte sich unter einem falschen Namen in einem drittklassigen Hotel am Broadway eingemietet, wie Sie sich entsinnen werden. Das schien Sicherheit genug zu bieten. Aber der Hotelpage erkannte ihn und verriet der Thompsonbande sein Versteck.“
Die Tür knarrte unter den heftigen Stößen. Raeder umklammerte das kleine Fernsehgerät und lauschte.
„Jim Raeder konnte gerade noch aus dem Hotel entkommen! Hart verfolgt, betrat er das Wohnhaus in der West End Avenue mit der Nummer 156. Er hatte vor, über die Dächer zu fliehen. Und es hätte klappen können, verehrte Zuschauer, es hätte beinahe geklappt. Aber die Tür zum Dach war abgesperrt. Das Ende schien nahe ... Aber Raeder stellte fest, daß Appartement sieben unbewohnt war. Er flüchtete sich in die Wohnung ...“
Terry machte eine Kunstpause, dann rief er: „— und jetzt sitzt er in der Falle, wie eine gefangene Maus! Die Thompsonbande

bricht die Tür auf! Die Feuerleiter wird bewacht! Unsere Kameraleute, die von einem Gebäude in der Nähe aus arbeiten, vermitteln Ihnen jetzt Nahaufnahmen. Sehen Sie ihn, liebe Zuschauer? Gibt es keine Hoffnung mehr für Jim Raeder?"

„Gibt es keine Hoffnung mehr?" widerholte Raeder stumm, während ihm der Schweiß aus allen Poren trat, als er in dem dunklen, stickigen Badezimmer stand und den regelmäßigen Stößen gegen die Tür lauschte.

„Einen Augenblick!" rief Mike Terry. „Halten Sie aus, Jim Raeder, halten Sie noch ein bißchen aus. Vielleicht besteht noch Hoffnung! Ich erhalte eben einen dringenden Anruf von einem unserer Zuschauer, einen Anruf über die Gute-Samariter-Leistung! Hier ist jemand, der glaubt, Ihnen helfen zu können, Jim! Hören Sie uns, Jim Raeder?"

Raeder wartete. Die Scharniere der Wohnungstür brachen aus dem angefaulten Holz.

„Sprechen Sie ruhig, Sir", sagte Mike Terry. „Wie heißen Sie, Sir?"

„Äh — Felix Bartholemow."

„Nur keine Nervosität, Mr. Bartholemow. Äußern Sie sich."

„Na ja, okay, Mr. Raeder", erklärte die zittrige Stimme eines alten Mannes, „ich habe früher in der West End Avenue 156 gewohnt. Sogar in demselben Appartement, wo Sie sich jetzt aufhalten, Mr. Raeder. Hören Sie, das Badezimmer hat ein Fenster, Mr. Raeder. Es ist übermalt worden, aber es da —"

Raeder steckte den Fernsehapparat in die Tasche, entdeckte die Umrisse des Fensters und stieß mit dem Fuß zu. Glas splitterte, und plötzlich drang Tageslicht ins Badezimmer. Er räumte die gezackten Splitter vom Fensterbrett und schaute hinaus.

Es ging weit hinunter auf einen Hof mit Betonboden.

Die Scharniere rissen aus dem Holz. Er hörte, wie die Tür mit großem Getöse zu Boden stürzte. Hastig stieg er durchs Fenster, hing einen Augenblick an den Fingerspitzen und ließ sich fallen.

Der Aufprall nahm ihm die Luft weg. Betäubt erhob er sich. Im Badezimmerfenster erschien ein Gesicht.

„Pech", sagte der Mann, beugte sich hinaus und zielte mit einer stumpfnasigen Pistole.
In diesem Augenblick explodierte im Badezimmer eine Rauchbombe.
Der Schuß des Gangsters verfehlte sein Ziel bei weitem. Fluchend fuhr er herum. Weitere Rauchbomben detonierten im Hof, und der Nebel hüllte Raeder ein.
Er hörte Mike Terrys aufgeregte Stimme aus dem Gerät in seiner Tasche tönen. „Laufen Sie!" schrie Terry. „Laufen Sie um Ihr Leben, Raeder! Fliehen Sie, solange die Gangster noch durch den Rauch behindert werden. Und danken Sie der Guten Samariterin Sarah Winters aus Brocktan, Massachusets, Edgar Street 341, die fünf Rauchbomben gestiftet hat und einen Mann beauftragte, sie zu werfen!"
Mit etwas ruhigerer Stimme fuhr Terry fort: „Sie haben heute einem Menschen das Leben gerettet, Mrs. Winters. Würden Sie unseren Zuschauern sagen, wie es —"
Raeder konnte sie nicht mehr hören. Er raste sehr schnell durch den raucherfüllten Hof, vorbei an Wäscheleinen, hinaus auf die offene Straße.

Er ging die 63. Straße hinunter, gebückt, um seine Größe ein wenig zu tarnen, taumelnd durch die Erschöpfung, schwindlig aus Mangel an Nahrung und Schlaf.
„He, Sie da!"
Raeder drehte sich um. Auf den Stufen eines Wohnhauses saß eine ältere Frau und sah ihn mit zusammengezogenen Brauen an.
„Sie sind Raeder? Der, den sie umbringen wollen?"
Raeder ging weiter.
„Kommen Sie hier herein, Raeder", sagte die Frau.
Vielleicht war es eine Falle. Aber Raeder wußte, daß er auf die Großzügigkeit und Anständigkeit der Leute vertrauen mußte. Er war ihr Repräsentant, eine Verkörperung ihres Wesens, ein einfacher Mann in Schwierigkeiten. Ohne sie war er verloren. Mit ihnen konnte ihm nichts zustoßen.

Vertrauen Sie auf die Leute, hatte ihm Mike Terry gesagt. Sie lassen Sie niemals im Stich.
Er folgte der Frau in ihr Wohnzimmer. Sie bot ihm einen Stuhl an und verließ den Raum. Wenige Augenblicke später kam sie mit einem Teller Stew zurück. Sie beobachtete ihn, während er aß, wie man im Zoo einem Affen beim Verschlingen von Erdnüssen zusieht.
Zwei Kinder kamen aus der Küche und starrten ihn an. Drei Männer in Arbeitsanzügen verließen das Schlafzimmer und stellten eine Fernsehkamera auf ihn ein. In der Ecke stand ein großer Fernsehempfänger. Während er das Essen hinunterschlang, beobachtete Raeder das Bild Mike Terrys und lauschte der ernsten, besorgt klingenden Stimme.
„Hier ist er, verehrte Zuschauer“, erklärte Terry. „Hier ist Jim Raeder, seit zwei Tagen bei seiner ersten richtigen Mahlzeit. Unsere Kameraleute haben sich wirklich angestrengt, um Ihnen das zu zeigen! Danke, Jungs ... Liebe Zuschauer, Jim Raeder hat vorübergehend bei Mrs. Velma O'Dell, 63. Straße 343, eine Zuflucht gefunden. Vielen Dank, Gute Samariterin O'Dell! Es ist wirklich großartig, wie Menschen aus allen Kreisen Jim Raeder ins Herz geschlossen haben!“
„Sie sollten sich beeilen“, sagte Mrs. O'Dell.
„Ja, Mrs. O'Dell“, erwiderte Raeder.
„Ich will in meiner Wohnung keine Schießerei.“
„Ich bin gleich fertig, Mrs. O'Dell.“
Eines der Kinder fragte: „Bringen sie ihn denn nicht um?“
„Halt den Mund“, sagte Mrs. O'Dell.
„Jawohl, Jim“, leierte Mike Terry, „Sie beeilen sich besser. Ihre Verfolger sind nicht weit zurück. Sie sind keine Dummköpfe, Jim. Bösartig, anomal, verrückt — ja! Aber sicherlich nicht dumm. Sie folgen einer Spur von Blut — Blut aus Ihrer verletzten Hand, Jim!“
Raeder hatte bis jetzt nicht bemerkt, daß er sich beim Durchkriechen des eingeschlagenen Fensters eine Schnittwunde zugezogen hatte.

„Kommen Sie her, ich verbinde Sie“, sagte Mrs. O'Dell. Raeder stand auf und ließ sich verbinden. Dann gab ihm Mrs. O'Dell ein braunes Jackett und einen grauen, breitkrempigen Hut.
„Das sind Sachen von meinem Mann“, erklärte sie.
„Er hat eine Tarnung, verehrte Zuschauer!“ rief Mike Terry entzückt. „Das ist etwas ganz Neues! Eine Verkleidung! Und noch sieben Stunden, bis Jim Raeder in Sicherheit ist!“
„Nun verschwinden Sie“, sagte Mrs. O'Dell.
„Ich gehe schon“, erwiderte Raeder. „Vielen Dank auch.“
„Für mich sind Sie nicht bei Trost“, meinte sie. „Nur ein Verrückter kann sich auf so etwas einlassen.“
„Ja, Mrs. O'Dell.“
„Die Sache ist doch diesen Einsatz nicht wert.“
Raeder bedankte sich und verließ das Haus. Er ging zum Broadway, fuhr mit der Untergrundbahn zur 59. Straße und stieg in einen Pendlerzug zur 86. Straße um. Dort kaufte er eine Zeitung und stieg in die Manhasset-Schnellverkehrsbahn ein.
Er warf einen Blick auf die Uhr. Noch sechseinhalb Stunden.

Die U-Bahn raste unter Manhattan dahin. Raeder döste vor sich hin, die bandagierte Hand unter der Zeitung verborgen, den Hut tief ins Gesicht gezogen. Hatte ihn schon jemand erkannt? War es ihm gelungen, die Thompsonbande abzuschütteln? Oder rief in diesem Augenblick bereits jemand die Gangster an?
Schläfrig fragte er sich, ob er dem Tod entronnen war. Oder war er immer noch eine kunstvoll belebte Leiche, die nur dank der Nachlässigkeit des Todes noch herumlief?
Raeder riß die Augen auf. Er hatte etwas Unangenehmes geträumt. Was es gewesen war, wußte er nicht mehr.
Er schloß die Augen wieder und entsann sich mit leichter Überraschung einer Zeit, in der es keine Schwierigkeiten für ihn gegeben hatte.
Das war vor zwei Jahren gewesen. Er hatte als Lastwagenbeifahrer gearbeitet, ein großer, freundlicher, junger Mann. Er verfügte über keine Talente. Er war zu bescheiden, um sich Träume zu leisten.

Der kleine Lastzugchauffeur mit dem schmalen Gesicht träumte für ihn. „Warum versuchst du es nicht bei einer Fernsehschau, Jim?“ hatte er gesagt. „Wenn ich dein Aussehen hätte, würde ich es selber probieren. Man will doch nette, durchschnittliche Leute, die nicht allzuviel auf dem Kasten haben, als Bewerber. Für solche Burschen hat jeder etwas übrig. Warum erkundigst du dich nicht einmal?“

Er hatte sich also erkundigt. Der Besitzer des TV-Empfänger-Geschäfts im Ort klärte ihn weiter auf.

„Schau, Jim, das Publikum hat die hochtrainierten Athleten mit ihren Trickreflexen und ihrem professionellen Mut satt. Wer kann für solche Kerle Mitgefühl aufbringen? Wer identifiziert sich damit? Die Leute wollen aufregende Dinge sehen, gewiß, aber nicht, wenn irgendein Bursche für fünfzigtausend pro Jahr ein Geschäft daraus macht. Deswegen interessiert sich niemand mehr für die Massensportarten. Deswegen sind die Sensationssendungen so beliebt.“

„Aha“, sagte Raeder.

„Vor sechs Jahren hat der Kongreß das Gesetz über den freiwilligen Selbstmord erlassen. Die alten Senatoren faselten allerhand Zeug vom freien Willen und von der Selbstbestimmung. Aber das ist alles Käse. Weißt du, was dieses Gesetz wirklich bedeutet? Es läuft darauf hinaus, daß Amateure ihr Leben fürs große Geld riskieren dürfen, nicht bloß Professionelle. Früher mußte man Berufsboxer, -fußballer oder -hockeyspieler sein, wenn man das Recht haben wollte, sich für Geld den Schädel einschlagen zu lassen. Aber jetzt steht normalen Menschen, wie du einer bist, Jim, dieser Weg auch offen.“

„Aha“, sagte Raeder wieder.

„Das ist doch eine wunderbare Gelegenheit. Nehmen wir zum Beispiel gleich dich. Du bist nicht besser als die anderen, Jim. Was du kannst, können alle anderen auch. Du bist Durchschnitt. Ich glaube, daß man dich bei den Sensationsreihen brauchen könnte.“

Raeder erlaubte sich, zu träumen. Die Teilnahme an Fernsehsendungen solcher Art schien für einen netten jungen Mann ohne

besondere Begabung oder Ausbildung der sichere Weg zum Reichtum. Er schrieb einen Brief an eine Sendung mit dem Namen „Risiko“ und fügte eine Photographie bei.
„Risiko“ war an ihm interessiert. Die Sendegesellschaft JBC überprüfte ihn und stellte fest, daß er von einer Durchschnittlichkeit war, die selbst den mißtrauischsten Zuschauer befriedigen mußte. Man spürte seiner Ahnenreihe nach, prüfte seine Verwandtschaft. Schließlich wurde er nach New York bestellt und von Mr. Moulian ausgequetscht.
Moulian war ein dunkelhaariger, energischer Mann, der ständig Kaugummi kaute. „Sie sind brauchbar“, knurrte er. „Aber nicht für ‚Risiko‘. Sie treten in ‚Bahn frei‘ auf. Das ist eine Halbstundensendung bei Tag auf Kanal drei.“
„Mensch!“ sagte Raeder.
„Sie brauchen sich nicht zu bedanken. Wenn Sie gewinnen oder Zweiter werden, gibt es tausend Dollar, auf allen anderen Plätzen einen Trostpreis von hundert Dollar. Aber das ist unwichtig.“
„Ja, Sir.“
„‚Bahn frei‘ ist eine kleine Sendung. JBC verwendet sie als Testserie. Sieger und Zweite bei ‚Bahn frei‘ kommen weiter zu ‚Ernstfall‘. Dort sind die Preise sehr viel höher.“
„Ich weiß, Sir.“
„Und wenn Sie sich in ‚Ernstfall‘ gut schlagen, geht es in die erstklassigen Sensationssendungen, wie ‚Risiko‘ und ‚Gefahren unter Wasser‘, die im ganzen Land ausgestrahlt werden und phantastische Preise bieten. Schließlich kommt das ganz große Geschäft. Wie weit Sie kommen, hängt von Ihnen ab.“
„Ich werde mein Bestes tun, Sir“, sagte Raeder.
Moulian hörte einen kurzen Augenblick auf zu kauen und sagte beinahe ehrfurchtsvoll: „Sie können es schaffen, Jim. Denken Sie immer daran: Sie sind das Volk, und das Volk kann nachweislich alles.“
Die Art, wie er das sagte, brachte Raeder dazu, Mitleid für Mr. Moulian zu empfinden, der schwarzes Haar, einen dunklen Teint und hervortretende Augen hatte und offensichtlich nicht das Volk war.

Sie schüttelten sich die Hände. Dann unterschrieb Raeder ein Schriftstück, in dem er JBC von jeder Verantwortung entband, falls er während des Wettbewerbs sein Leben, seine Glieder oder den Verstand verlieren sollte. Und er unterschrieb ein Dokument, worin er seine Rechte aufgrund des Gesetzes über den freiwilligen Selbstmord geltend machte. Die Vorschriften verlangten das; es handelte sich um eine bloße Formalität.
Drei Wochen später trat er in „Bahn frei" auf.
Die Sendung hatte das klassische Rezept der Automobilrennen übernommen. Unausgebildete Fahrer setzten sich in leistungsfähige amerikanische und europäische Rennwagen und rasten über einen mörderischen 20-Kilometer-Kurs. Raeder wurde von Angst geschüttelt, als er sich in seinen großen Maserati klemmte, den falschen Gang einlegte und davonbrauste.
Das Rennen war ein heulender, reifenversengender Alptraum. Raeder blieb zurück und ließ die an die Spitze vorgerückten Fahrer ihre Wagen in den Haarnadelkurven zertrümmern. Er kroch auf den dritten Platz vor, als ein Jaguar vor ihm einen Alfa-Romeo streifte und die beiden Wagen sich auf einem Acker überschlugen. Raeder versuchte auf den letzten fünf Kilometern Platz Zwei zu erreichen, fand aber keinen Raum zum Überholen. Dann brach beim führenden Wagen auf den letzten hundert Metern die Kurbelwelle, und Jim wurde Zweiter.
Er hatte tausend Dollar gewonnen. Er bekam vier Verehrerbriefe; eine Dame aus Oshkosh schickte ihm eine Rennbrille. Man lud ihn ein, in „Ernstfall" zu erscheinen.
Im Gegensatz zu anderen Sendungen war „Ernstfall" keine Reihe mit Wettbewerbscharakter. Man legte hier besonders Wert auf persönliche Initiative. Für seinen Auftritt wurde Raeder mit einem gefahrlosen Mittel bewußtlos gemacht. Er erwachte in der Pilotenkanzel eines Sportflugzeugs, das, auf automatische Steuerung eingestellt, in einer Höhe von über dreitausend Metern kreiste. Die Treibstoffuhr zeigte unmißverständlich an, daß die Benzintanks fast leer waren. Er besaß keinen Fallschirm. Er sollte das Flugzeug landen.
Selbstverständlich hatte er noch nie eine Maschine geflogen.

Er experimentierte behutsam mit der Steuerung, nachdem ihm eingefallen war, daß der Kandidat der letzten Sendung in einem U-Boot zu sich gekommen war, das falsche Ventil geöffnet hatte und ertrunken war.
Tausende von Zuschauern beobachteten atemlos diesen Durchschnittsmenschen, einen Mann aus ihrer Mitte, der mit diesem Problem rang, wie sie es tun würden. Jim Raeder, das waren sie selbst. Alles, was er fertigbrachte, konnten sie auch. Er war der Repräsentant des Volkes.
Raeder schaffte es, das Flugzeug in einer Art Landung zu Boden zu bringen. Die Maschine überschlug sich ein paarmal, aber die Sitzgurte hielten. Und der Motor explodierte entgegen aller Erwartung nicht.
Er taumelte mit zwei gebrochenen Rippen, dreitausend Dollar und der Chance, nach Gesundung in ‚Torero' aufzutreten, ins Freie.
Endlich eine erstklassige Sendung! ‚Torero' brachte zentausend Dollar. Man brauchte nur einen schwarzen Miurastier mit dem Degen zu töten, wie ein echter Matador.
Der Kampf fand in Madrid statt, da Stierkämpfe in den Vereinigten Staaten immer noch nicht zugelassen waren. Sämtliche Fernsehsender übertrugen ihn.
Raeder hatte eine gute Mannschaft. Die Männer mochten den großen, schwerfälligen Amerikaner. Die Pikadores strengten sich bei ihren Lanzenstößen wirklich an, sie versuchten, den Stier für Raeder langsamer zu machen. Die Banderillos bemühten sich, das Tier zu ermüden, bevor sie die Banderillas hineintrieben. Und der zweite Matador, ein traurig wirkender Mann aus Algeciras, brach mit seiner raffinierten Cape-Arbeit dem Stier beinahe das Genick.
Aber schließlich stand doch Jim Raeder im Sand, eine rote Muleta ungeschickt in der Linken, einen Degen in der Rechten, vor sich einen tonnenschweren, schwarzen, blutüberströmten, breitgehörnten Stier.
Jemand schrie: „Such die Lunge, Hombre. Sei kein Held, stich ihm in die Lunge!" Aber Jim wußte nur, was ihm der technische

Berater in New York erzählt hatte: mit dem Degen zielen und zwischen den Hörnern den Nacken treffen.
Er stach zu. Der Degen glitt am Knochen ab, und der Stier warf Raeder über seinen Rücken durch die Luft. Jim stand auf, wie durch ein Wunder unverletzt, nahm einen anderen Degen und stach wieder zu, mit geschlossenen Augen. Der Schutzengel der Kinder und Narren mußte aufgepaßt haben, denn der Degen glitt wie durch Butter hinein, der Stier machte ein erstauntes Gesicht, starrte Raeder ungläubig an und brach wie ein angestochener Ballon zusammen.
Man bezahlte Jim zehntausend Dollar, und sein gebrochenes Schlüsselbein heilte sehr schnell. Er bekam dreiundzwanzig Verehrerbriefe, darunter die leidenschaftliche Einladung eines Mädchens aus Atlantic City, die er ignorierte. Und man fragte ihn, ob er bei anderen Sendungen auftreten wolle.
Er hatte ein wenig von seiner Unschuld verloren. Er sah jetzt deutlich, daß er für ein Taschengeld sein Leben riskiert hatte. Das große Geld wartete. Jetzt wollte er einmal für einen lohnenden Einsatz alles riskieren.
Er trat also in ‚Gefahren unter Wasser' auf, eine von einer Seifenfirma unterstützte Sendung. Mit Sauerstoffmaske, Atemgerät, bleibeschwertem Gürtel, Flossen und Messer tauchte er ins warme Wasser der Karibischen See, gemeinsam mit vier anderen Kandidaten, gefolgt von einem durch einen Käfig geschützten Kamerateam. Man mußte einen am Grund verborgenen Schatz finden und bergen.
Tauchsport ist an sich nicht übermäßig gefährlich. Die zahlende Firma hatte sich jedoch ein paar hübsche Dinge ausgedacht. Das Gebiet wurde mit Riesenmuscheln, Muränenaalen, verschiedenen Haiarten, Riesenpolypen, Giftkorallen und anderen unheimlichen Wesen der Meere gespickt.
Der Wettbewerb war ungeheuer aufregend. Ein Mann aus Florida fand den Schatz in einem Felsspalt, aber ein Muränenaal fand den Mann. Ein anderer Taucher übernahm den Schatz, und ein Hai erledigte ihn. Das blaugrün schimmernde Wasser bewölkte sich mit Blut, das im Farbfernsehen besonders gut herauskam.

Der Schatz sank auf den Meeresgrund, und Raeder tauchte ihm nach, wobei ihm ein Trommelfell platzte. Er packte die Beute, streifte seinen Bleigürtel ab und schwamm nach oben. Zehn Meter unter der Oberfläche mußte er mit einem anderen um den Schatz kämpfen.
Die beiden Männer drohten mit ihren Messern. Der Gegner stieß zu und traf Raeder an der Brust. Aber Jim ließ mit der Sicherheit eines altgedienten Kandidaten sein Messer fallen und riß dem Mann den Sauerstoffschlauch aus dem Mund.
Das genügte, Raeder tauchte auf und reichte den Schatz in das wartende Motorboot. Er entpuppte sich als eine Packung Seife.
Dieser Erfolg brachte ihm zweiundzwanzigtausend Dollar in Bargeld und Prämien, dreihundertacht Verehrerbriefe und einen interessanten und verlockenden Vorschlag eines Mädchens in Macon, den er sich ernstlich überlegte. Für den Messerstich und das geplatzte Trommelfell erhielt er kostenlose Krankenhausbehandlung.
Aber was das Wichtigste war: man lud ihn ein, in der größten Sensationsschau aufzutreten, in ‚Der Tod spielt mit'.
Und damit begannen die Schwierigkeiten.
Der U-Bahn-Zug kam zum Stehen und riß ihn aus seiner Versunkenheit. Raeder schob den Hut ins Genick und bemerkte gegenüber einen Mann, der ihn anstarrte und dann seiner dicklichen Nachbarin etwas zuflüsterte. Hatten sie ihn erkannt?
Als sich die Türen öffneten, erhob er sich sofort und warf einen Blick auf die Uhr. Fünf Stunden mußte er noch aushalten.

Am Manhasset-Bahnhof stieg er in ein Taxi und wies den Fahrer an, ihn nach New Salem zu bringen.
„New Salem?" fragte der Chauffeur und starrte ihn durch den Innenspiegel an.
„Richtig."
Der Fahrer schaltete sein Funkgerät ein. „Passagier nach New York. Ja, richtig, New Salem."
Sie fuhren los. Raeder runzelte die Stirn und fragte sich, ob das ein Signal gewesen war. Selbstverständlich war es bei Taxifah-

rern üblich, sich in der Zentrale abzumelden. Aber irgend etwas in der Stimme dieses Mannes ...

„Lassen Sie mich hier 'raus“, sagte Raeder.

Er zahlte und ging die schmale Landstraße hinunter, die sich durch lichten Wald schlängelte. Die Bäume waren zu klein und standen zu weit auseinander, um als Versteck dienen zu können. Raeder wanderte weiter und suchte nach einem Unterschlupf.

Ein schwerer Lastwagen näherte sich. Jim ging weiter, den Hut tief in die Stirn gezogen. Aber als das Fahrzeug herankam, hörte er eine Stimme aus dem Fernsehempfänger in seiner Tasche rufen: „Vorsicht!“

Er sprang in den Graben. Der Lastwagen schleuderte vorbei, Raeder nur knapp verfehlend, und hielt mit kreischenden Bremsen. Der Fahrer schrie: „Da ist er! Schieß, Harry, drück doch endlich ab!“

Kugeln fegten das Laub von den Bäumen, als Raeder in den Wald raste.

„Wieder ist es passiert!“ erklärte Mike Terry aufgeregt seinen Zuschauern. „Ich fürchte, daß sich Jim Raeder in ein irriges Gefühl der Sicherheit verrannt hat. Das geht nicht, Jim! Nicht, wenn Ihr Leben auf dem Spiel steht! Nicht, solange Mörder Sie verfolgen! Nehmen Sie sich in acht, Jim, Sie müssen noch viereinhalb Stunden durchstehen!“

Der Lastwagenfahrer sagte: „Claude, Harry, schneidet ihm den Weg mit dem Wagen ab. Er sitzt in der Falle.“

„Sie sitzen in der Falle, Jim Raeder!“ schrie Mike Terry. „Aber man hat Sie noch nicht! Und Sie können der Guten Samariterin Susy Peters, South Orange, New Jersey, Elmstreet zwölf, für den Warnruf vorhin, als der Lkw herankam, danken. Wir bringen die kleine Susy in wenigen Augenblicken vor die Kamera... Sie sehen, verehrte Zuschauer, unser Hubschrauber ist am Schauplatz angelangt. Jetzt können Sie Jim Raeder auf der Flucht beobachten, während ihm die Mörder den Weg abschneiden, ihn einkreisen...“

Raeder rannte durch den Wald und erreichte eine Betonstraße; auch auf der gegenüberliegenden Seite gab es stark gelichteten

Wald. Einer der Gangster kam von hinten herangeschlichen. Der Lastwagen hatte eine Nebenstraße befahren und war jetzt eineinhalb Kilometer entfernt, brauste aber mit großer Geschwindigkeit auf Raeder zu.
Von der anderen Seite her näherte sich ein Personenwagen. Raeder rannte auf die Straße hinaus und winkte verzweifelt. Das Auto hielt.
„Schnell!" schrie die blonde, junge Frau am Steuer.
Raeder hechtete in den Wagen. Die Frau wendete das Fahrzeug. Eine Kugel durchschlug die Windschutzscheibe. Sie trat auf den Gashebel, fuhr beinahe den Gangster über den Haufen, der im Weg stand.
Bevor der Lastwagen in Schußweite war, raste die Limousine davon.
Raeder lehnte sich zurück und schloß die Augen. Die junge Frau konzentrierte sich auf die Lenkung des Wagens.
„Es hat wieder geklappt!" rief Mike Terry mit ekstatischer Stimme. „Jim Raeder ist wieder den Kiefern des Todes entrissen worden, dank der Hilfe unserer Guten Samariterin Janice Morrow, New York City, Lexington Avenue 433. Haben Sie so etwas schon erlebt, meine Damen und Herren? Wie Miss Morrow durch den Kugelregen raste und Jim Raeder vor dem Untergang rettete! Wir werden uns später mit Miss Morrow unterhalten und uns ihre Erlebnisse mit ihren eigenen Worten schildern lassen. Inzwischen, während Jim Raeder vielleicht der Sicherheit, vielleicht neuen Gefahren entgegenrast, hören Sie eine Mitteilung unseres Sponsors. Bleiben Sie an Ihrem Gerät! Jim muß noch vier Stunden und zehn Minuten überstehen, bevor er in Sicherheit ist. Noch ist alles möglich!"
„Okay", sagte das Mädchen. „Die Übertragung ist vorübergehend unterbrochen. Raeder, was zum Teufel ist mit Ihnen los?"
„Wie?" fragte Jim. Das Mädchen war Anfang zwanzig. Es sah tüchtig, anziehend, unberührbar aus. Raeder stellte fest, daß es ein gutgeschnittenes Gesicht und eine schöne Figur hatte. Und er bemerkte, daß die junge Dame wütend war.
„Miss", sagte er, „ich weiß nicht, wie ich Ihnen danken soll —"

„Lassen Sie das Gerede“, erwiderte Janice Morrow. „Ich bin keine Gute Samariterin. Ich arbeite für die Sendegesellschaft JBC.“
„Die Sendeleitung hat mich also retten lassen!“
„Sehr klug gefolgert“, meinte sie.
„Und warum?“
„Hören Sie, die Sendung ist teuer, Raeder. Wir müssen eine gute Schau bringen. Wenn die Zuschauerzahlen geringer werden, sitzen wir alle auf der Straße. Und Sie arbeiten nicht mit!“
„Was? Wie?“
„Weil Sie furchtbar sind“, sagte Janice bitter. „Sie sind ein Versager, eine Null. Wollen Sie etwa Selbstmord begehen? Haben Sie überhaupt nicht gelernt, wie man sich durchschlägt?“
„Ich gebe mein Bestes.“
„Die Thompsonbande hätte sie bis jetzt schon ein dutzendmal erledigen können. Wir haben die Leute gebeten, die Sache auszudehnen und langsam vorzugehen. Aber es ist genau so, als müßte jemand auf eine zwei Meter große Tontaube schießen. Die Thompsonleute machen mit, aber sie können auch nur bis zu einem gewissen Punkt schwindeln. Wenn ich nicht gekommen wäre, hätten sie Sie abknallen müssen — Sendezeit hin, Sendezeit her.“
Raeder starrte sie an und fragte sich, wie ein hübsches Mädchen so reden konnte. Sie warf ihm einen Blick zu, sah dann schnell wieder auf die Straße.
„Schauen Sie mich nicht so an!“ sagte sie. „Sie haben sich entschieden, Ihr Leben für Geld zu riskieren, Freundchen. Für sehr viel Geld sogar! Sie wußten, was gespielt wurde. Tun Sie nicht wie ein unschuldiger, kleiner Drogist, der entsetzt erkennt, daß die bösen Gangster hinter ihm her sind. Das ist wieder eine ganz andere Geschichte.“
„Ich weiß“, sagte Raeder.
„Wenn Sie nicht ordentlich leben können, dann versuchen Sie wenigstens ordentlich zu sterben.“
„Das ist nicht Ihr Ernst“, erwiderte Raeder.
„Ich würde mir da nicht so sicher sein ... Sie haben noch drei Stunden und vierzig Minuten, bis die Sendung zu Ende ist. Wenn

Sie am Leben bleiben können, gut. Das Geld gehört Ihnen. Aber wenn Sie es nicht schaffen, dann strengen Sie sich wenigstens an."
Raeder nickte, ohne den Blick von ihr zu lassen.
„In wenigen Augenblicken geht die Sendung weiter. Ich muß einen Motorendefekt vortäuschen und Sie fortschicken. Die Leute Thompsons nehmen jetzt keine Rücksicht mehr. Sie legen Sie um, sobald sie können. Verstanden?"
„Ja", sagte Raeder. „Kann ich Sie später einmal sehen, wenn ich durchkomme?"
Sie biß sich zornig auf die Unterlippe. „Wollen Sie mich auf den Arm nehmen?"
„Nein. Ich möchte Sie wiedersehen. Darf ich?"
Sie sah ihn forschend an. „Ich weiß nicht. Lassen wir's. Wir sind beinahe soweit. Ich glaube, Sie verschwinden am besten im Wald auf der rechten Seite. Fertig?"
„Ja. Wo kann ich Sie erreichen? Nachher, meine ich."
„Oh, Raeder, Sie hören mir ja nicht zu. Gehen Sie durch den Wald, bis Sie einen ausgewaschenen Hohlweg finden. Viel ist das nicht, aber etwas Deckung bietet er doch."
„Wo kann ich Sie erreichen?" wiederholte Raeder.
„Ich stehe im Telefonbuch von Manhattan." Sie brachte den Wagen zum Stehen. „Okay, Raeder, laufen Sie."
Er öffnete die Tür.
„Warten Sie." Sie beugte sich hinüber und küßte ihn auf den Mund. „Viel Glück, Sie Idiot. Rufen Sie mich an, wenn Sie es schaffen."
Er hetzte in den Wald.

Er rannte zwischen Birken und Fichten dahin, kam gelegentlich an einem Haus vorbei, wo sich Gesichter an die großen Fenster preßten. Ein Bewohner eines dieser Häuser mußte die Bande verständigt haben, denn die Gangster waren knapp hinter ihm, als er den kleinen Hohlweg erreichte. Sie wollten sehen, wie einer starb. Oder vielleicht wollten sie auch nur beobachten, wie er ganz knapp dem Tod entging.

Es kam auf dasselbe heraus.
Er sprang in den Hohlweg, kroch in das dichte Unterholz und blieb regungslos liegen. Die Gangster erschienen auf beiden Böschungen, streiften langsam umher, achteten auf die geringste Bewegung. Er hörte einen Revolverschuß. Aber der Gangster hatte nur ein Eichhörnchen abgeknallt. Es wandt sich einen Augenblick, dann war es still.
Raeder hörte den Hubschrauber des Fernsehens heranbrummen. Er fragte sich, ob Kameras auf ihn gerichtet waren. Möglich. Und wenn man ihn sah, war vielleicht irgendein Guter Samariter bereit, ihm zu helfen.
Raeder lag im Unterholz auf dem Rücken. Er machte ein frommes Gesicht, faltete die Hände und begann zu beten. Er betete leise, weil das Publikum für auffällige Religiosität nichts übrig hatte. Aber seine Lippen bewegten sich. Das konnte man keinem Menschen verwehren.
Und er betete wirklich. Einmal hatte ein Lippenleser im Publikum einen Flüchtigen dabei ertappt, daß dieser zu beten vorgab, in Wirklichkeit aber Multiplikationen vor sich hinmurmelte. Diesem Mann war jede Hilfe versagt geblieben.
Raeder beendete sein Gebet. Er warf einen Blick auf die Uhr und stellte fest, daß er noch zwei Stunden überstehen mußte.
Und er wollte doch nicht sterben! Das ganze Geld war das nicht wert, wieviel sie ihm auch bezahlen mochten! Er mußte verrückt gewesen sein, total wahnsinnig, um sich darauf einzulassen...
Aber er wußte, daß das nicht stimmte. Und er erinnerte sich genau, wie normal er geistig gewesen war.

Vor einer Woche war er im Studio von ‚Der Tod spielt mit' gewesen, hatte in die Scheinwerfer geblinzelt, und sich von Mike Terry die Hand schütteln lassen.
„Nun, Mr. Raeder“, hatte Terry ernst gefragt, „begreifen Sie die Regeln des Spiels, an dem Sie sich beteiligen wollen?“
Raeder nickte.
„Wenn Sie annehmen, Jim Raeder, sind Sie eine Woche lang ein gejagter Mann. Mörder werden Ihnen auf der Spur sein, Jim.

Ausgebildete Mörder; Männer, die wegen anderer Verbrechen gesucht werden und für diese eine Tat nach dem Gesetz über freiwilligen Selbstmord Straffreiheit erhalten haben. Sie werden versuchen, Sie umzubringen, Jim — begreifen Sie?"
„Ich verstehe", sagte Raeder. Er verstand auch die zweihunderttausend Dollar, die man ihm aushändigen würde, wenn er die Woche überlebte.
„Ich frage Sie noch einmal, Jim Raeder. Wir zwingen keinen Menschen, mit seinem Leben als Einsatz zu spielen."
„Ich will spielen", sagte Raeder.
Mike Terry wandte sich dem Publikum zu. „Meine Damen und Herren, ich habe hier die Durchschrift eines ausführlichen psychologischen Testberichts, den eine unparteiische Institution auf unseren Wunsch über Jim Raeder erstellt hat. Gegen Einsendung von 25 Cents für Portokosten wird jedem Interessenten ein Exemplar übersandt. Der Test zeigt, daß Jim Raeder geistig gesund, völlig im Gleichgewicht und in jeder Hinsicht voll verantwortlich ist." Er wandte sich Raeder zu.
„Wollen Sie immer noch mittun, Jim?"
„Ja."
„Nun gut!"rief Mike Terry. „Jim Raeder, darf ich Ihnen Ihre Gegner vorstellen!"
Die Thompsonbande marschierte ins Studio, vom Publikum ausgepfiffen.
„Schauen Sie sich diese Männer, an, liebe Zuschauer!" sagte Mike Terry mit unverhohlener Verachtung. „Schauen Sie sie sich nur an! Asozial, durch und durch verrottet, völlig amoralisch. Diese Männer kennen kein Gesetz als den abnormen Kodex des Verbrechers, keine Ehre, als die Ehre des feige angeworbenen Mörders. Sie sind dem Untergang geweiht, verurteilt von unserer Gesellschaft, die ihr Unwesen nicht lange dulden wird, einem frühen, schäbigen Tod vorherbestimmt."
Das Publikum schrie begeistert auf.
„Was haben Sie zu sagen, Claude Thompson?" fragte Terry.
Claude, der Sprecher der Thompsons, trat ans Mikrophon, ein magerer, glattrasierter Mann im dunklen Anzug.

„Ich sage“, erklärte Claude Thompson mit heiserer Stimme, „ich sage, daß wir nicht schlechter sind als alle anderen. Ich meine, wie Soldaten im Krieg, sie töten doch auch. Und sehen Sie sich die Korruption in den Behörden und Gewerkschaften an. Jeder bereichert sich auf seine Weise.“
Das war Thompsons dürftige Lebensanschauung. Aber mit welcher Geschwindigkeit und Präzision zerstörte Mike Terry die Rechtfertigung des Gangsters! Terrys Fragen bohrten tief in die schmutzige Seele des Anführers.
Am Ende des Gesprächs stand Claude Thompson der Schweiß auf der Stirn. Er wischte sich das Gesicht mit einem seidenen Taschentuch und warf seinen Leuten hastige Blicke zu.
Mike Terry legte Raeder die Hand auf die Schulter. „Hier ist der Mann, der sich bereit erklärt hat, Ihr Opfer zu sein — wenn Sie ihn fangen können.“
„Wir erwischen ihn“, erwiderte Thompson zuversichtlich.
„Verlassen Sie sich nicht zu sehr darauf“, meinte Terry. „Jim Raeder hat mit wilden Stieren gekämpft — jetzt steht er Schakalen gegenüber. Er ist ein Durchschnittsmensch. Er ist das Volk — das schließlich Ihr und Ihrer Leute Untergang sein wird.“
„Wir schnappen ihn“, sagte Thompson.
„Noch eins“, meinte Terry leise. „Jim Raeder steht nicht allein da. Die Menschen Amerikas sind für ihn. Gute Samariter aus allen Winkeln unserer großen Nation stehen bereit, ihn zu unterstützen. Der unbewaffnete, wehrlose Jim Raeder kann auf die Hilfe und Anständigkeit des Volkes zählen, dessen Repräsentant er ist. Geben Sie sich also nicht zu selbstbewußt, Claude Thompson! Der Mann von der Straße ist für Raeder — und er ist die Mehrheit!“

Raeder dachte darüber nach, regungslos und still im Unterholz liegend. Ja, die Leute hatten ihm geholfen. Aber auch den Banditen.
Ein Schauder überlief ihn. Er hatte entschieden, erinnerte er sich. Er allein trug die Verantwortung. Das hatte der psychologische Test bewiesen.

Trotzdem, welche Verantwortung trugen die Psychologen, von denen er getestet worden war? Welche Verantwortung traf Mike Terry, wenn er einem unbegüterten Mann soviel Geld bot? Die Gesellschaft hatte die Schlinge geflochten und sie um seinen Hals gelegt; er erhängte sich selbst damit, und das nannte man ‚freier Wille'.

Wessen Fehler war es?

„Aha", rief jemand.

Raeder sah nach oben und bemerkte einen dicken Mann in seiner Nähe. Er trug ein auffallendes Tweedjackett. Um seinen Hals hing ein Fernglas, in der Hand hielt er einen Spazierstock.

„Mister", flüsterte Raeder, „bitte verraten Sie mich nicht!"

„Hierher!" rief der Dicke und deutete mit dem Spazierstock auf Raeder. „Da ist er!"

Ein Verrückter, dachte Raeder. Der verdammte Narr glaubt wohl wir spielen hier Räuber und Gendarm.

„Gleich hier! Schnell!" schrie der Mann.

Fluchend sprang Raeder auf und rannte davon. Er ließ den Hohlweg hinter sich und sah in der Ferne ein weißes Gebäude. Er lief darauf zu. Hinter sich konnte er immer noch den Mann rufen hören.

„Hierher, diesen Weg. Schaut doch hin, könnt ihr ihn noch nicht sehen?"

Die Gangster schossen wieder. Raeder hastete weiter, stolperte auf dem unebenen Boden, raste vorbei an drei Kindern, die in einem Baumhaus spielten.

„Da ist er!" schrien die Kinder. „Da ist er!"

Raeder stöhnte auf und lief weiter. Er erreichte die Stufen des Gebäudes und sah, daß es eine Kirche war.

Als er die Tür aufstemmte, traf ihn eine Kugel in die rechte Kniekehle.

Er stürzte, kroch in die Kirche hinein.

Das Fernsehgerät in seiner Tasche tönte: „Was für ein Endspurt, meine Damen und Herren, was für ein Endspurt! Raeder ist getroffen! Er ist getroffen, liebe Zuschauer, er kriecht jetzt, er hat Schmerzen, aber er gibt nicht auf! Jim Raeder gibt nicht auf!"

Raeder lag im Mittelgang vor dem Altar. Er hörte die eifrige Stimme eines Kindes sagen:
„Er ist dort hineingegangen, Mr. Thompson. Wenn Sie sich beeilen, erwischen Sie ihn noch!“
Galt denn eine Kirche nicht als Freistatt? fragte sich Raeder.
Dann wurde die Tür aufgerissen, und Raeder mußte einsehen, daß man sich nicht mehr an solche Gewohnheiten hielt. Er riß sich zusammen und kroch am Altar vorbei durch die Hintertür der Kirche hinaus.
Er befand sich auf einem alten Friedhof. Er kroch vorbei an Kreuzen und Sternen, vorbei an Grabsteinen aus Marmor und Granit, vorbei an Steingrabmälern und groben Holzbrettern. Eine Kugel streifte einen Grabstein, überschüttete ihn mit Steinsplittern. Er kroch vorsichtig zum Rand eines offenen Grabes.
Sie hatten ihn aufgenommen, dachte er. Alle diese netten, durchschnittlichen, normalen Leute. Hatten sie nicht gesagt, daß er ihr Vertreter war? Hatten sie nicht geschworen, ihr Eigen zu beschützen? Aber nein, sie haßten ihn. Warum hatte er das nicht erkannt? Ihr Held war der eiskalte Bursche mit dem Colt in der Hand, Thompson, al Capone, Billy the Kid, El Cid, der Mann ohne menschliche Regung. Ihn verehrten sie, diesen leblosen, roboterhaften Mörder.
Raeder versuchte, sich zu bewegen und rutschte hilflos in das offene Grab.
Er lag auf dem Rücken und starrte zum blauen Himmel empor. Dann ragte eine dunkle Silhouette über ihm auf, löschte den Himmel aus. Metall schimmerte. Langsam begann die Silhouette zu zielen.
Und Raeder ließ für immer alle Hoffnung fahren.
„Halt, Thompson!“ schrie die durch Lautsprecher verstärkte Stimme Mike Terrys.
Der Revolver schwankte.
„Es ist eine Sekunde nach fünf! Die Woche ist um! Jim Raeder hat gewonnen!“
Das Studiopublikum machte sich in einem gellenden Aufschrei Luft.

Die um das Grab versammelten Gangster verzogen mürrisch die Gesichter.
„Er hat gewonnen, Freunde, er hat gewonnen!" schrie Mike Terry. „Schaut auf den Bildschirm, seht hin! Die Polizei ist angekommen, man entfernt die Thompsonbande von ihrem Opfer — dem Opfer, das sie nicht töten konnten. Und das verdankt es nur euch, Gute Samariter Amerikas. Sehen Sie, meine Damen und Herren, sanfte Hände heben Jim Raeder aus dem offenen Grab, das seine letzte Zuflucht war. Auch die Gute Samariterin Janice Morrow ist dabei. Ist das der Anfang einer Liebe? Jim scheint das Bewußtsein verloren zu haben, Freunde, man gibt ihm ein Aufputschungsmittel. Er hat zweihunderttausend Dollar gewonnen! Und nun hören wir ein paar Worte von Jim Raeder!"
Es blieb kurze Zeit still.
„Merkwürdig", sagte Mike Terry. „Liebe Zuschauer, leider können wir im Augenblick nicht mit Jim sprechen. Die Ärzte untersuchen ihn. Haben Sie kurze Zeit Geduld..."
Es wurde still. Mike Terry wischte sich die Stirn und lächelte.
„Es ist die Belastung, verehrte Zuschauer, die furchtbare Belastung. Die Ärzte erklären mir... Nun, liebe Zuschauer, Jim Raeder hat vorübergehend seine geistige Gesundheit verloren. Aber nur vorübergehend! JBC wird die besten Psychiater und Psychoanalytiker des Landes beauftragen. Wir werden für diesen mutigen jungen Mann alles Menschenmögliche tun. Und selbstverständlich übernehmen wir sämtliche Kosten."
Mike Terry warf einen Blick auf die Uhr im Studio. „Wir müssen jetzt Schluß machen, liebe Zuschauer. Verfolgen Sie die Ankündigung unserer nächsten großen Sensationsschau. Und keine Angst, ich bin davon überzeugt, daß Jim Raeder bald wieder unter uns sein wird."
Mike Terry lächelte und blinzelte dem Publikum zu. „Er muß ja gesund werden, Freunde. Wir alle stehen ja auf seiner Seite."

Clifford D. Simak

Der große Vorgarten

(The Big Front Yard)

*Clifford Simak ist einer der großen Altmeister der SF. Der 1904 in Milville, Wisconsin, geborene Zeitungsmann begann bereits 1931 SF zu veröffentlichen. Damals erschien sein **„World of the Red Sun“** in **„Wonder Stories“.** Seither hat Simak über 30 Romane und mehr als 100 Kurzgeschichten veröffentlicht, und bis heute ist seine SF aktuell und kommt beim Leserpublikum wie auch bei der Kritik gut an (Beweis: 1981 gewann seine Kurzgeschichte **„Grotto of the Dancing Deer“** sowohl den Hugo als auch den Nebula). Über viele Jahre hinweg hat er ständig SF von gleichbleibender Qualität produziert. An dieser Stelle können wirklich nur seine markantesten Werke aufgezählt werden, so die blasphemische Story **„The Creator“** (1935), die klassische Space Opera **„Cosmic Engineers“** (1938, **„Ingenieure des Kosmos“**), sein berühmtestes Werk, **„City“** (1952, **„Als es noch Menschen gab“**) und der Hugo-Gewinner **„Way Station“** (1964, **„Raumstation auf der Erde“**).*

*Unter seinen Geschichten bot sich ein gutes halbes Dutzend zur Aufnahme in unsere Anthologienreihe an. Bei kaum einem Autor fiel uns die Auswahl so schwer. Von den dreißiger bis zu den achtziger Jahren wäre Simak jeder Dekade zuzuordnen gewesen. Am berühmtesten sind seine Storys aus den vierziger Jahren, die später zu **„City“** zusammengefaßt wurden, aber uns erscheinen sie nicht hundertprozentig zeittypisch und auch nicht* *typisch für* ***„Astounding“.*** *Mit seinen pastoralen, friedlichen SF-Idyllen stellt er ein nicht zu unterschätzendes Gegengewicht zur technikorientierten SF des* ***„Sturm und Drang“*** *der vierziger Jahre dar und paßt deshalb sehr gut in die fünfziger Jahre hinein. Natürlich hatte er mit der vorliegenden Geschichte auch einen großen Erfolg: Er gewann damit 1959 den Hugo.*

Hiram Taine erwachte und setzte sich im Bett auf.
Towser bellte und kratzte am Boden.
„Halt den Mund", sagte Taine zu seinem Hund.
Towser spitzte fragend die Ohren, scharrte aber laut bellend weiter.
Taine rieb sich die Augen. Dann fuhr er mit der Hand durch das wirre Haar. Am liebsten hätte er sich auf die andere Seite gedreht und die Bettdecke über den Kopf gezogen.
Aber bei diesem Gebell hatte es keinen Zweck.
„Was ist überhaupt los mit dir?" fragte er Towser zornig.
„Wuff", sagte Towser und kratzte fleißig am Boden.
„Wenn du hinaus willst, brauchst du dir nur die Tür aufzumachen", meinte Taine. „Du weißt, wie's geht. Sonst machst du's ja auch immer."
Towser verstummte, setzte sich auf die Hinterfüße und sah seinem Herrn zu, wie dieser aus dem Bett stieg.
Taine zog Hemd und Hose an, ließ aber die Schuhe stehen.
Towser lief in eine Ecke, senkte den Kopf und begann zu schnüffeln.
„Hast du eine Maus?" fragte Taine.
„Wuff", erklärte Towser nachdrücklich.
„Du hast noch nie so ein Getue wegen einer Maus gemacht", sagte Taine etwas erstaunt. „Du hast wohl einen Klaps."
Es war ein herrlicher Sommermorgen. Durch das Fenster schien die Sonne herein.
Gutes Angelwetter, dachte Taine, dann fiel ihm ein, daß es mit dem Angeln nichts werden würde, weil er fort mußte, um das alte Himmelbett zu besichtigen, von dem er gehört hatte. Wahrscheinlich würden die Leute doppelt soviel verlangen, wie es wirklich wert war. Schön, langsam war es tatsächlich bald so weit, daß man sich keinen ehrlichen Dollar mehr verdienen konnte. Heutzutage schien jeder etwas von Antiquitäten zu verstehen.
Er stand auf und ging zur Tür.
„Komm", sagte er zu Towser.
Towser machte sich auf den Weg, blieb aber von Zeit zu Zeit stehen, um am Boden oder in einer Ecke zu schnüffeln.

„Dich hat's aber richtig erwischt", meinte Taine.
Vielleicht eine Ratte, dachte er. Das Haus ist alt.
Er schob die Schwingtür auf und Towser lief hinaus.
„Laß das Murmeltier heute in Ruhe", riet ihm Taine. „Du kannst es ja doch nicht ausgraben."
Towser verschwand um die Hausecke.
Taine bemerkte, daß das Schild an dem Pfosten neben der Einfahrt nur noch an einer Kette baumelte.
Er ging durch das taufeuchte Gras zu dem Pfosten. Dem Schild fehlte nichts — es war nur auf einer Seite ausgehängt. Vielleicht der Wind, dachte er, oder ein Kind, das hier vorbeigekommen ist. Obwohl er eigentlich mit den Kindern immer gut auskam. Sie ärgerten ihn nie, wie sie es mit manchen anderen Leuten im Ort machten. Mit dem Bankbesitzer Stevens zum Beispiel. Dem spielten sie immer Streiche.
Er trat einen Schritt zurück, um sich zu überzeugen, daß das Schild gerade hing.
In großen Buchstaben stand dort:

Hiram Taine
Ich repariere alles
Antiquitäten zu verkaufen
Auch Tausch

Vielleicht müßte er zwei Schilder haben, dachte er. Eines für seine Reparaturwerkstatt und eines für den Antiquitätenhandel. Wenn er einmal gelegentlich Zeit hatte, würde er sie malen. Je eines für jede Seite der Einfahrt, das würde sicherlich ordentlicher aussehen.
Er drehte sich um und sah über die Straße zum Wald hinüber. Ein schöner Anblick, dachte er. Ein ganz beachtlicher Wald direkt am Stadtrand. Dort gab es Vögel, Hasen, Murmeltiere und Eichhörnchen; seit Generationen hatten die Buben von Willow Bend dort ihre Festungen errichtet.
Eines Tages würde natürlich irgendein schlauer Geschäftsmann alles aufkaufen und eine Siedlung oder sonst etwas Unangeneh-

mes bauen, und dann würde ein großer Teil seiner eigenen Kindheit aus seinem Leben verschwinden.

Towser kam zurück. Er schlich langsam dahin und schnüffelte überall herum; er spitzte interessiert die Ohren.

„Der Hund hat 'nen Klaps", sagte Taine und ging ins Haus.

Er trat in die Küche. Seine nackten Sohlen klatschten auf dem Boden.

Er füllte den Wasserkessel mit Wasser, stellte ihn auf den Herd und schaltete die Kochplatte ein.

Dann drehte er das Radio an. Er hatte vergessen, daß der Kasten nicht mehr funktionierte.

Als nach einiger Zeit immer noch kein Ton zu hören war, fiel es ihm wieder ein. Verärgert schaltete er ab. Immer dasselbe, dachte er. Er reparierte die Sachen der anderen, aber zu seinen eigenen Reparaturen fand er nie Zeit.

Er ging ins Schlafzimmer und zog seine Schuhe an. Dann machte er das Bett.

Der Herd in der Küche war wieder nicht in Ordnung. Die Kochplatte unter dem Teekessel war kalt.

Taine holte aus und gab dem Herd einen gewaltigen Tritt. Er hob den Teekessel hoch und hielt die Handfläche über die Platte. Nach wenigen Sekunden spürte er, wie Wärme aufstieg.

„Hat mal wieder geklappt", sagte er zu sich selbst.

Eines schönen Tages würde selbst ein Tritt nichts mehr nützen. Wenn es soweit war, würde er den Herd auseinandernehmen müssen. Vielleicht war nur irgendein Draht locker.

Er stellte den Kessel wieder auf den Herd.

Vor dem Haus hörte man Gepolter, und Taine ging hinaus, um nachzusehen.

Beasly, Gärtner, Chauffeur und Weiß-Gott-was-noch-Alles bei den Hortons, steuerte einen demolierten alten Lastwagen rückwärts an das Haus heran. Neben ihm saß Abbie Horton, die Frau H. Henry Hortons, des bedeutendsten Bürgers der Stadt. Auf dem Lastwagen stand ein riesiger Fernsehapparat, mit Seilen festgebunden und durch eine gräßliche, rote Steppdecke geschützt. Taine erkannte den Apparat sofort. Er war schon seit mindestens zehn Jahren nicht mehr modern, aber trotzdem das teuerste Fernsehgerät, das jemals nach Willow Bend geliefert worden war.

Abbie sprang aus dem Führerhaus. Sie war eine energische, geschäftige Frau, die alle Leute herumkommandierte.

„Guten Morgen, Hiram", sagte sie „Können Sie den Apparat noch einmal reparieren?"

„Ich kann alles reparieren", sagte Taine, aber nichtsdestoweniger starrte er das Gerät mißmutig an. Er hatte nicht zum erstenmal damit zu tun, und er wußte, was ihm bevorstand.

„Das kann Sie mehr kosten, als der ganze Kasten wert ist", meinte er. „Sie brauchen wirklich einen neuen Apparat. Der hier ist zu alt und —."

„Das hat Henry auch gesagt", erwiderte Abbie scharf. „Henry möchte ein Gerät für Farbfernsehen. Aber ich will den Apparat hier nicht hergeben. Es ist nicht nur ein Fernsehgerät, wissen Sie, sondern eine Kombination mit Radio und Plattenspieler, und das Holz und die Bauart passen genau zu den anderen Möbeln, und außerdem..."

„Ja, ich weiß", sagte Taine, der das alles schon mehrmals gehört hatte.

Armer alter Henry, dachte er. Was für ein erbärmliches Leben mußt du führen. Den ganzen Tag über in der Fabrik, angeben und zahlreiche Leute herumkommandieren, und dann zu Hause diesen Drachen.

„Beasly", sagte Abbie mit ihrer Feldwebelstimme, „du steigst jetzt da hinauf und machst die Seile ab."

„Jawohl", sagte Beasly. Er war ein dürrer, schlaksiger Mann, der nicht allzu intelligent aussah.

„Und paß gefälligst auf damit. Ich will keine Kratzer haben."

„Jawohl", sagte Beasly.

„Ich werd' dir helfen", erbot sich Taine.

Gemeinsam stiegen sie auf den Lastwagen und begannen, das alte Monstrum von den Seilen zu befreien.

„Es ist schwer", warnte Abbie. „Seid vorsichtig da oben."

„Jawohl", sagte Beasly.

Der Kasten war schwer und außerdem noch unhandlich, aber Beasly und Taine zerrten ihn zur Rückseite des Hauses, die Veranda hinauf, durch die Hintertür und die Kellertreppe hinunter, während Abbie wachsam hinterherging, um auch den kleinsten Kratzer zu verhindern.

Der Keller diente Taine als Reparaturwerkstatt und Ausstellungsraum für die Antiquitäten. Ein Teil des großen Raumes war mit Hobel- und Drehbänken, mit Werkzeugen und Maschinen, mit Kisten voll Schrauben, Muttern und Nägeln angefüllt; überall lag altes Zeug herum. Die andere Hälfte des Kellers beherbergte eine Ansammlung von gebrechlichen Stühlen, eingesunkenen Drahtmatratzen, uralten hohen und niedrigen Kommoden, alten, mit Goldfarbe gestrichenen Kohlenkästen, gußeisernen Ofenschirmen und einer Menge anderer Sachen, aus der ganzen nahen und weiteren Umgebung zusammengetragen, nachdem er sowenig wie möglich dafür bezahlt hatte. Gemeinsam mit Beasly stellte er den Fernsehapparat vorsichtig auf den Boden. Abbie sah argwöhnisch von der Treppe aus zu.

„Na, Hiram“, sagte sie aufgeregt, „Sie haben ja eine neue Decke eingezogen. Das sieht schon wesentlich besser aus.“

„Was?“ fragte Taine.

„Die Decke. Ich sagte, Sie haben sicherlich eine neue Decke eingezogen.“

Taine hob ruckartig den Kopf und stellte fest, daß es stimmte. Dort oben befand sich eine Decke, aber er hatte sie nie eingezogen.

Er schluckte ein wenig und senkte den Kopf, hob ihn dann ganz schnell und warf wieder einen Blick hinauf. Die Decke war immer noch da.

„Es ist nicht dieses Blockzeug“, meinte Abbie bewundernd. „Man kann überhaupt keine Fugen sehen. Wie haben Sie denn das gemacht?“

Taine schluckte noch einmal und fand endlich seine Stimme wieder. „Das ist mir einfach so eingefallen“, sagte er lahm.

„Sie müssen zu uns ’rüberkommen und das auch in unserem Keller machen. Er sieht nämlich furchtbar aus. Beasly hat zwar

eine Decke eingezogen, aber er hat einfach kein Geschick dafür."
„Jawohl", sagte Beasly zerknirscht.
„Wenn ich mal Zeit hab'", erklärte Taine, der bereit war, alles zu versprechen, nur um die beiden hinauszubringen.
„Sie hätten viel mehr Zeit", sagte Abbie beißend, „wenn Sie nicht überall herumfahren und die zusammengebrochenen alten Möbel kaufen würden, die Sie Antiquitäten nennen. Vielleicht können Sie die Leute aus der Großstadt zum Narren halten, wenn sie herkommen, aber mich nicht."
„Mit ein paar von diesen alten Sachen habe ich schon eine hübsche Stange Geld verdient", meinte Taine ruhig.
„Und beim Rest zahlen Sie drauf", sagte sie.
„Ich habe altes Porzellan da; das ist sicherlich genau das, was Sie suchen", sagte Taine. „Hab's erst vor ein paar Tagen gekauft, und zwar zu einem günstigen Preis. Ich kann es Ihnen billig ablassen."
„Ich bin nicht interessiert", erwiderte sie und kniff die Lippen fest zusammen.
Sie drehte sich um und marschierte die Treppe hinauf.
„Heut' hat sie wieder ihren Rappel", sagte Beasly zu Taine. „Das wird ein netter Tag werden. Aber so geht's immer, wenn sie gleich in der Frühe anfängt."
„Kümmere dich nicht darum", riet ihm Taine.
„Ich versuch's ja, aber es geht nicht. Weißt du genau, daß du mich nicht brauchen kannst? Ich würd' bestimmt nicht viel verlangen."
„Tut mir leid, Beasly. Aber weißt du was — komm bald mal 'rüber, dann spielen wir Dame miteinander."
„Das mach' ich, Hiram. Du bist der einzige, der mich gelegentlich mal einlädt. Die anderen lachen mich entweder aus oder sie brüllen mich an."
Abbies Stimme drang scheppernd von oben herunter. „Beasly, kommst du endlich? Steh nicht den ganzen Tag 'rum. Du mußt Teppiche klopfen."
„Jawohl", sagte Beasly und ging die Treppe hinauf.

Am Lastwagen wandte sich Abbie noch einmal an Taine. „Du reparierst das Gerät doch gleich? Ich weiß gar nicht, was ich sonst anfangen soll."
„Wird sofort gemacht", sagte Taine.
Er sah ihnen einige Zeit nach, dann suchte er nach Towser, aber der Hund war verschwunden. Wahrscheinlich grub er im Wald drüben wieder nach dem Murmeltier. Er ist auch noch ohne Frühstück davongerannt, dachte Taine.
Das Wasser im Kessel kochte wild, als Taine in die Küche zurückkam. Er löffelte Kaffee in die Kanne und goß das Wasser darauf. Dann ging er wieder in den Keller.
Die Decke war immer noch da.
Er knipste alle Lampen an und ging im Keller umher, wobei er ständig hinaufstarrte.
Die Decke bestand aus blendend weißem Material und schien durchsichtig zu sein — das heißt, bis zu einem gewissen Punkt. Man konnte hinein-, aber nicht hindurchsehen. Und es gab weder eine Fuge noch eine Naht. Die Decke war sauber und eng um die Wasserrohre und die Deckenlampen angepaßt.
Taine stieg auf einen Stuhl und klopfte mit dem Knöchel hart dagegen. Es gab einen glockenähnlichen Klang, beinahe, als hätte er mit dem Fingernagel gegen ein dünnwandiges Kelchglas geschlagen.
Er stieg wieder herunter und schüttelte den Kopf. Das ging über seinen Horizont. Er hatte am vergangenen Abend Stevens' Rasenmäher repariert, und da war noch keine Decke zu sehen gewesen.
Er kramte in einer Kiste und fand einen Bohrer. Er nahm eines von den dünneren Bohreisen und schraubte es in das Bohrgerät. Dann drückte er den Stecker in die Steckdose, stieg wieder auf den Stuhl und setzte den Bohrer an. Das rotierende Stahlstück glitt hin und her. Es verursachte nicht einmal einen Kratzer. Er schaltete ab und starrte die Decke aus nächster Nähe an. Nichts zu sehen. Er versuchte es noch einmal und drückte den Bohrer mit aller Kraft gegen die Decke. Das Bohreisen machte ‚ping', und die abgebrochenen Stücke flogen durch den Keller.

Taine stieg herunter. Er paßte ein anderes Bohreisen in das Gerät, dann stieg er langsam und nachdenklich die Treppe hinauf. Aber er war zu verwirrt, um richtig denken zu können. Diese Decke konnte es gar nicht geben, aber sie war da. Und wenn er nicht plötzlich völlig verrückt geworden war, hatte er sie auch nicht eingezogen.

Im Wohnzimmer schlug er eine Ecke des abgetretenen und verblaßten Teppichs zurück; dann schloß er den Bohrer an das Stromnetz an. Er kniete sich nieder und begann zu bohren. Das Bohreisen ging glatt durch den alten Eichenboden, dann wurde es plötzlich aufgehalten. Er setzte mehr Druck dahinter, aber es ging nicht weiter.

Aber unter diesem Holz konnte eigentlich gar nichts sein! Nichts, was einen Bohrer aufhalten würde.

Taine zog die Bohrmaschine heraus und legte sie beiseite.

Er ging in die Küche. Der Kaffee war fertig. Aber bevor er ihn in die Tasse goß, kramte er in einer Schublade und fand eine kleine Taschenlampe. Im Wohnzimmer leuchtete er damit in das Bohrloch hinein. Auf dem Grund des Lochs glänzte etwas auf.

Er ging in die Küche zurück und entdeckte ein paar alte Krapfen. Dazu goß er sich Kaffee ein. Er setzte sich an den Küchentisch, aß die Krapfen und überlegte, was er tun sollte.

Zumindest im Augenblick schien er nicht viel tun zu können. Es stand ihm natürlich frei, den ganzen Tag von morgens bis abends herumzuwerkeln, um herauszufinden, was mit seinem Keller vorgegangen war. Wahrscheinlich würde er aber dann kaum klüger sein als jetzt.

Und wo blieb bei dieser Zeitverschwendung der Verdienst?

Da war doch dieses Bett aus Ahornholz, dachte er, das er kassieren mußte, bevor irgendein charakterloser Antiquitätenhändler aus der Großstadt es ihm vor der Nase wegschnappte. Mit ein bißchen Glück konnte man dafür einen hübschen Preis erzielen. Wenn er es nur ein wenig geschickt anfing, müßte sich ein beachtlicher Verdienst erzielen lassen.

Vielleicht würde sich ein angenehmer Tauschhandel ergeben, dachte er. Da war doch dieses Fernsehtischgerät, das er im letz-

ten Winter gegen ein Paar Schlittschuhstiefel eingetauscht hatte. Vielleicht wären diese Leute in der Nähe von Woodman froh, das Bett gegen ein überholtes, praktisch neues Fernsehgerät zu tauschen. Schließlich hatten sie das Bett doch wohl kaum in Benutzung und hoffentlich auch keine Ahnung, wieviel es wert war.
Er schlang hastig die Krapfen hinunter und trank schnell noch eine zweite Tasse Kaffee. Dann füllte er einen Teller mit kalten Resten für Towser und stellte ihn vor die Haustür. Anschließend ging er in den Keller, holte den Fernsehapparat und stemmte ihn in seinen kleinen Lieferwagen. Zur Vorsicht nahm er noch eine reparierte Flinte mit, die vollkommen in Ordnung war, wenn man nicht die weitreichenden, hochexplosiven Patronen benützte, und ein paar andere Dinge, die sich bei einem Tauschhandel als nützlich erweisen konnten.

Er kam spät zurück, denn es war ein anstrengender und befriedigender Tag gewesen. Er hatte nicht nur das Himmelbett hinten auf seinem Lieferwagen, sondern auch noch einen Schaukelstuhl, einen Ofenschirm, einen Packen alter Magazine, ein altmodisches Butterfaß, eine Walnußkommode und eine apfelgrün gestrichene Truhe. Gegeben hatte er für das alles das Fernsehgerät, die Flinte und 5 Dollar. Und das beste an der Sache war, daß er den Tauschhandel so geschickt bewerkstelligt hatte, daß die Leute in Woodman sich jetzt wahrscheinlich halb tot lachten, weil sie glaubten, ihn übers Ohr gehauen zu haben.
Er schämte sich ein bißchen — sie waren so nett zu ihm gewesen. Sie hatten ihn so freundlich behandelt, ihn zum Essen eingeladen, sich mit ihm unterhalten, ihm die Farm gezeigt und ihn sogar gebeten, gelegentlich wieder vorbeizukommen.
Er hatte einen ganzen Tag verschwendet, dachte er, und das war ihm nicht angenehm, aber vielleicht war es die Anstrengung wert gewesen, sich dort draußen einen Ruf zu schaffen, als ein Mann, der ein bißchen schwach im Kopf war und vom Wert des Geldes nicht viel verstand. Auf diese Weise würde es ihm vielleicht bei einer anderen Gelegenheit gelingen, in der Nachbarschaft ein paar Geschäfte zu machen.

Er hörte das Fernsehgerät laut und deutlich, als er die Hintertür öffnete, und er polterte entsetzt die Kellertreppe hinunter. Denn jetzt, nachdem er das Tischgerät angebracht hatte, befand sich nur noch Abbies Apparat im Keller, und dieser Kasten war defekt.
Es war tatsächlich Abbies Apparat. Er stand genau dort, wo ihn Beasly und Taine am Morgen hingestellt hatten, und nichts war daran defekt — überhaupt nichts. Er übertrug sogar Farbfernsehen.
Farbfernsehen!
Er blieb unten an der Treppe stehen und lehnte sich hilfesuchend an das Geländer. Das Fernsehgerät ließ sich nicht stören.
Taine schritt vorsichtig um den Kasten herum.
Die Rückwand war abgeschraubt und lehnte an einer Drehbank.
Er sah die Röhren glühen und leuchten.
Er ging in die Hocke und starrte in das Gerät hinein. Die Apparatur sah ganz anders aus, als er es gewohnt war. Er hatte das Gerät schon oft repariert und glaubte, recht genau zu wissen, wie der Fernsehapparat innen ausgesehen hatte. Und jetzt schien alles ganz anders, obwohl er den Unterschied nicht genau zu bestimmen vermochte.
Auf der Treppe hörte man schwere Schritte, und eine tiefe Stimme dröhnte durch den Keller:
„Na, Hiram, Sie haben es ja schon geschafft."
Taine richtete sich blitzschnell auf. Dann blieb er sprachlos und wie angewurzelt stehen.
Henry Horton stand mit zufriedenem und freundlichem Gesicht auf der Treppe.
„Ich sagte Abbie, daß Sie doch noch nicht fertig wären, aber sie meinte, ich solle mal auf alle Fälle 'rüberschauen. He, Hiram, das ist ja farbig! Wie haben Sie denn das gemacht, Mann?"
Taine verzog das Gesicht zu einem schwachen Grinsen. „Ich hab' einfach herumgebastelt", sagte er.
Henry ging mit gewichtigen Schritten die restlichen Stufen hinab und blieb vor dem Gerät stehen, die Hände hinter dem Rücken verschränkt.

Er schüttelte langsam den Kopf. „Das hätte ich nie für möglich gehalten", meinte er.
„Ihre Frau sagte, daß Sie gern Farbfernsehen hätten."
„Na gewiß. Selbstverständlich. Aber nicht mit diesem alten Kasten. Ich hätte nie erwartet, daß man mit diesem alten Ding farbfernsehen kann. Wie haben Sie das gemacht, Hiram?"
Taine sagte die reine Wahrheit. „Das weiß ich nicht recht", erwiderte er.
Henry zog eine Kiste vor den Fernsehapparat und setzte sich.
„Sehen Sie, so ist es", sagte er. „Es gibt Männer wie Sie, aber nicht sehr viele. Typische Yankees. Ihr bastelt herum, versucht hier das eine und dort das andere, und bevor ihr selbst richtig Bescheid wißt, habt ihr etwas Neues erfunden."
Er starrte den Bildschirm an.
„Das ist wirklich großartig", sagte er. „Die Farben sind besser als in Minneapolis. Ich hab' mir neulich dort ein paar moderne Geräte angesehen. Und ich sage Ihnen ehrlich, Hiram, da war nicht eines dabei, was mit diesem konkurrieren könnte."
Taine wischte sich mit dem Hemdsärmel die Stirn. Irgendwie schien es im Keller warm zu werden.
Henry holte eine Zigarre aus der Tasche und bot sie Taine an.
„Nein, danke. Ich rauche nie."
„Vielleicht haben Sie recht", meinte Henry. „Eine ekelhafte Angewohnheit."
Er steckte die Zigarre in den Mund und rollte sie hin und her. „Jedem das Seine", verkündete er weitschweifig. „Für solche Sachen sind Sie bestimmt der richtige und geeignete Mann. Ich hab' keine Ahnung davon. Selbst in meiner Fabrik versteh' ich nichts von den Rechenmaschinen. Dafür stelle ich die entsprechenden Leute an. Ich kann nicht einmal ein Brett auseinandersägen oder einen Nagel einschlagen. Aber ich kann organisieren. Erinnern Sie sich, Hiram, wie alle grinsten, als ich die Fabrik aufmachte?"
„Na, vielleicht haben sich ein paar Leute amüsiert."
„Ganz sicher sogar. Ein paar Wochen lang haben sie die Hand vors Gesicht gehalten, damit man ihr Gegrinse nicht sehen soll-

te. Sie sagten: ‚Was denkt sich der Henry eigentlich, hier draußen eine Rechenmaschinenfabrik aufzumachen? Er glaubt doch wohl nicht, daß er mit den großen Gesellschaften an der Ostküste konkurrieren kann, oder?‘ Und sie hörten erst zu lachen auf, als ich ein paar Dutzend Geräte verkauft hatte und Aufträge für ein oder zwei Jahre hereinbekam.“

Er nahm ein Feuerzeug aus der Tasche und zündete sorgsam die Zigarre an, ohne die Augen vom Bildschirm abzuwenden.

„Da haben Sie etwas“, meinte er gewichtig, „was sich als Goldgrube entpuppen könnte. Irgendeine einfache technische Veränderung, die sich bei jedem Gerät durchführen läßt. Wenn Ihnen bei dieser alten Kiste die farbige Übertragung gelingt, schaffen Sie es bei jedem Apparat.“

„Aber ich weiß ja gar nicht, was ich gemacht habe“, protestierte Taine.

„Das macht überhaupt nichts“, sagte Henry zufrieden. „Ich nehme dieses Gerät morgen in die Fabrik mit und lasse meine Leute darauf los. Sie finden schon heraus, was Sie gemacht haben.“

Er nahm die Zigarre aus dem Mund, betrachtete sie genau und steckte sie wieder zurück.

„Wie ich schon sagte, Hiram, das ist der Unterschied zwischen uns: Sie bringen etwas fertig, aber Sie sehen die Möglichkeiten nicht. Ich kann nichts bauen oder anfertigen, aber dafür organisieren und planen. Mit dieser Sache hier werden Sie nach kurzer Zeit in Geld schwimmen.“

„Aber ich hab’ doch nicht —“

„Machen Sie sich keine Sorgen. Überlassen Sie das alles mir. Ich hab’ die Fabrik und das nötige Anlaufkapital. Wir werden uns schon arrangieren.“

„Sehr freundlich von Ihnen“, sagte Taine automatisch.

„Aber überhaupt nicht“, meinte Henry großzügig. „Ich habe eben einen Riecher für Profite. Eigentlich sollte ich mich schämen, daß ich hier so einfach mitmische.“

Er starrte unentwegt den Bildschirm an und rauchte.

„Wissen Sie, Hiram“, sagte er „ich wollte schon lange etwas tun, wozu ich einfach nie die Zeit gefunden habe. In der Fabrik steht ein altes Elektronengehirn herum, das wir verschrotten müssen, weil es uns Platz wegnimmt. Es ist eines unserer ersten Modelle, ein Experimentiergerät, das uns vollkommen danebengelang. Wirklich ein merkwürdiges Ding. Niemand hat so recht etwas damit anfangen können. Wir haben ein paar Versuche damit angestellt, die vielleicht nicht richtig waren, oder wir wußten einfach nicht genug, um sie zu Ende zu führen. Die Maschine steht schon seit Jahren in einer Ecke, und ich hätte sie längst verschrotten lassen sollen. Aber irgendwie bringe ich es nicht fertig. Möchten Sie nicht damit herumbasteln?"

„Na, ich weiß nicht recht", meinte Taine.

Henry wurde noch gesprächiger. „Ohne jede Verbindlichkeit natürlich. Vielleicht können Sie überhaupt nichts damit anfangen. Es würde mich sehr überraschen, wenn es nicht so wäre, aber schließlich kann ein Versuch nichts schaden. Vielleicht können Sie auch nur die Einzelteile irgendwie verwerten. Sie sind immerhin mehrere tausend Dollar wert. Irgendwie könnten Sie die Einzelteile sicher verwenden."

„Könnte ganz interessant sein", gab Taine vorsichtig zu.

„Na gut", sagte Henry begeistert. „Ich lasse das Ding morgen 'rüberbringen. Es ist ziemlich schwer. Ich werde natürlich genug Hilfskräfte mitschicken, die es abladen und in den Keller schaffen können."

Henry stand auf und blies sich flüchtig die Zigarrenasche vom Rock.

„Meine Leute können dann gleich den Fernsehapparat mitnehmen", sagte er. „Ich muß Abbie inzwischen eben sagen, daß er noch nicht repariert ist. Wenn ich ihn nämlich jetzt nach Hause bringe, gibt sie ihn nicht mehr her."

Henry stieg mit schweren Schritten die Treppe hinauf, und Taine begleitete ihn bis zur Tür.

Taine stand im Schatten und wartete, bis Henry in der Nacht verschwunden war. Dann atmete er in tiefen Zügen die Nachtluft ein und schüttelte den Kopf, um das Brummen im Schädel loszuwerden. Aber es half nichts.

Zuviel ist geschehen, dachte er. Zuviel für einen einzigen Tag. Zuerst die Decke und jetzt der Fernsehapparat. Wenn er erst die ganze Nacht geschlafen hatte, konnte er sich vielleicht damit auseinandersetzen.

Towser kam um die Hausecke, schlich langsam die Stufen hinauf und blieb neben seinem Herrn stehen. Der Hund war bis zu den Ohren mit Dreck verschmiert.

„Du hat ja ganz schön 'rumgetobt", sagte Taine. „Und das Murmeltier hast du auch nicht erwischt."

„Wuff", meinte Towser traurig.

„Du bist wie die meisten von uns", erklärte Taine streng. „Wie ich und Henry Horton und alle anderen. Du bist hinter etwas her, und du glaubst, du wüßtest, was du suchst, aber das stimmt gar nicht. Und was noch schlimmer ist, du hast nicht die geringste Ahnung, warum du dahinter her bist."

Towser klopfte müde mit dem Schwanz auf den Boden.

Taine öffnete die Tür und trat beiseite, um Towser hineinzulassen, dann betrat er selbst das Haus.

Er durchsuchte den Kühlschrank und fand etwas kalten Braten, ein größeres Stück eingetrockneten Käse und eine Schüssel, halbvoll mit gekochten Spaghetti.

Er kochte eine große Kanne Kaffee und teilte das Essen mit Towser.

Dann ging Taine wieder in den Keller und schaltete das Fernsehgerät ab. Er holte eine Arbeitslampe, schloß sie an das Stromnetzt an und leuchtete damit in das Innere des Fernsehapparates.

Er kauerte hinter dem Gerät, hielt die Lampe hoch und versuchte herauszubekommen, was mit dem Gerät geschehen war. Es hatte sich natürlich verändert, aber man konnte nicht genau bestimmen, wie. Irgend jemand hatte an den Röhren herumgebastelt und sie verformt; an verschiedenen Stellen befanden sich kleine Würfel aus weißem Metall, die auf völlig unlogische und x-beliebige Weise verteilt zu sein schienen — obwohl Taine vor sich selbst zugab, daß das alles sicherlich sehr planvoll geschehen war. Auch die Schaltung hatte sich verändert.

Das Erstaunlichste an der ganzen Sache aber war, daß die Apparatur offensichtlich nur provisorisch aufgebaut zu sein schien — als hätte jemand hastige und unvollständige Arbeit geleistet, um das Gerät wenigstens vorübergehend wieder in Betrieb setzen zu können.

Jemand! dachte er.

Und wer war dieser Jemand gewesen?

Er drehte sich um und starrte in die dunklen Ecken des Kellers. Es lief ihm kalt über den Rücken.

Jemand hatte die Rückwand des Fernsehgeräts abgenommen und gegen die Drehbank gelehnt. Jemand hatte die Schrauben säuberlich auf dem Boden in eine Reihe gelegt. Dann hatte man das Gerät behelfsmäßig repariert, aber jetzt ging es besser als jemals zuvor.

Wenn das eine Behelfsreparatur war, wie würde das Gerät wohl aussehen, wenn der oder die Zeit zu ordentlicher Arbeit gehabt hätten?

Der oder diejenigen hatten sie natürlich nicht gehabt. Vielleicht waren sie vertrieben worden, als er nach Hause kam, so daß sie nicht einmal mehr die Rückwand anschrauben konnten.

Er stand auf und wich ein paar Schritte zurück.

Zuerst am Morgen die Decke — und jetzt, am Abend, Abbies Fernsehgerät.

Und die Decke war übrigens nicht nur eine Decke. Man hatte, wenn man es so nennen wollte, eine Ausfütterung aus dem gleichen Material wie die Decke unter den Boden gelegt, so daß sich ein abgeschlossener Raum zwischen den Querbalken ergab. Er war auf diese Ausfütterung gestoßen, als er versucht hatte, den Boden zu durchbohren.

Und wenn es nun im ganzen Haus so war? fragte er sich selbst.

Darauf gab es nur eine einzige Antwort: Es befand sich irgend etwas bei ihm im Haus!

Towser hatte es gehört oder gerochen oder auf irgendeine andere Art gefühlt; deswegen hatte er wie wild am Boden gekratzt. Es war ein Versuch, dieses Etwas herauszuscharren, als sei es ein Murmeltier.

Ein Murmeltier war es bestimmt nicht.
Er knipste die Arbeitslampe aus und ging nach oben.
Towser hatte sich im Wohnzimmer neben dem Lehnstuhl auf einem Teppich zusammengerollt und schlug in höflicher Begrüßung mit dem Schwanz auf den Boden.
Taine starrte auf den Hund hinunter. Towser sah ihn mit zufriedenen und schläfrigen Augen an, dann seufzte er tief und legte sich zum Schlafen zurecht.
Was immer Towser am Morgen auch gehört oder gerochen haben mochte, es war ganz deutlich, daß er es jetzt nicht mehr spürte.
Dann fiel Taine noch etwas anderes ein. Er hatte den Kessel mit Kaffeewasser gefüllt, ihn auf den Herd gestellt und dann die Kochplatte eingeschaltet. Sie hatte gleich beim erstenmal funktioniert. Er hatte dem Herd keinen Tritt zu versetzen brauchen.

Er erwachte am anderen Morgen, weil etwas seine Füße festhielt. Er setzte sich schnell auf, um zu sehen, was hier vor sich ging. Aber die Aufregung war unnötig. Towser war zu ihm ins Bett geklettert und lag jetzt quer über seinen Füßen.
Der Hund winselte leise, und seine Hinterfüße zuckten, als er im Traum Hasen jagte.
Taine zog vorsichtig seine Füße unter dem Hund heraus und setzte sich auf. Dann griff er nach seiner Kleidung. Es war noch sehr früh, aber er erinnerte sich plötzlich daran, daß er das ganze am Vortag gekaufte Mobiliar im Lieferwagen hatte stehenlassen. Er mußte es in den Keller bringen und sich an die Arbeit machen.
Towser schlief weiter.
Taine stolperte in die Küche und sah zum Fenster hinaus. Auf den Stufen vor der Hintertür saß Beasly.
Taine ging hinaus.
„Ich hab' gekündigt, Hiram", sagte Beasly. „Sie hat dauernd in mich hineingenörgelt, mit nichts war sie zufrieden, und deswegen bin ich weggegangen."
„Na, dann komm herein", meinte Taine. „Du magst doch sicher etwas zu essen und eine Tasse Kaffee."

„Könnt' ich nicht hierbleiben, Hiram? Ich arbeite auch nur für Essen und Schlafen, bis ich etwas anderes finden kann."
„Zuerst gibt's Frühstück", sagte Taine, „dann können wir darüber sprechen."
Es war ihm nicht angenehm. Aber schon gar nicht, denn in weniger als einer Stunde würde Abbie auftauchen und mit großem Geschrei erklären, daß er Beasly von ihr weggelockt habe. Denn so dumm Beasly auch sein mochte, er arbeitete viel und ließ sich viel gefallen. Außerdem gab es sonst keinen Menschen in der Stadt, der für Abbie Horton arbeiten wollte.
„Deine Mama hat mir immer Plätzchen gegeben", sagte Beasly. „Deine Mama war wirklich eine gute Frau, Hiram."
„Ja, das war sie", erwiderte Taine.
„Meine Mama hat immer gesagt, daß ihr etwas Besonderes seid, nicht wie die anderen, auch wenn sie noch so angeben. Sie hat gesagt, daß eure Familie schon bei den ersten Siedlern dabeigewesen ist. Stimmt das wirklich, Hiram?"
„Nun, nicht ganz, aber dieses Haus steht immerhin schon fast hundert Jahre hier. Mein Vater pflegte immer zu sagen, daß während dieser ganzen Jahre nicht eine Nacht verging, in der nicht wenigstens ein Taine unter diesem Dach schlief. So etwas scheint meinem Vater viel bedeutet zu haben."
„Es muß nett sein", meinte Beasly wehmütig, „so ein Gefühl zu haben. Du mußt stolz auf dieses Haus sein, Hiram."
„Es ist nicht so sehr Stolz. Ich gehörte einfach hierher. Ich könnte mir nicht vorstellen, daß ich in irgendeinem anderen Haus lebe."
Taine schaltete die Kochplatte ein und füllte den Kessel mit Wasser. Als er ihn zurückbrachte, versetzte er dem Herd einen Tritt. Aber das war gar nicht nötig; die Heizplatte glühte bereits auf. Zweimal hintereinander, dachte Taine. Das wird ja immer besser!
„Oh, Hiram", sagte Beasly, „das ist aber ein tolles Radio."
„Das Ding ist kaputt", meinte Taine. „Ich hab' einfach keine Zeit für die Reparatur."
„Das glaub' ich nicht, Hiram. Ich hab' den Kasten gerade eingeschaltet. Jetzt wird er schon warm."

„Er wird was? — He, laß mich mal hin", schrie Taine.
Beasly sprach die Wahrheit. Der Apparat begann leise zu summen.
Dann hörte man eine Stimme, die langsam lauter wurde.
Sie redete unsinniges Zeug.
„Was soll denn das sein?" fragte Beasly.
„Ich weiß nicht", erwiderte Taine erschreckt.
Zuerst das Fernsehgerät, dann der Herd und jetzt der Radioapparat!
Er drehte an der Sendereinstellung und der Zeiger wanderte langsam über die Skala, statt darüberzuhuschen, wie er es gewöhnt war; eine Rundfunkstation nach der anderen meldete sich. Er ließ den Zeiger bei der nächsten Station stehen und auch von dort wurde eine fremde Sprache gesendet. Und jetzt wußte er genau, was er vor sich hatte.
Statt eines billigen Kleinempfängers hatte er hier auf dem Küchentisch einen Hochleistungsempfänger für sämtliche Wellenbereiche, wie sie in den teuren Magazinen angepriesen wurden. Er richtete sich auf und sagte zu Beasly: „Such' mal irgendwas, wo Englisch gesprochen wird. Ich kümmere mich inzwischen um die Eier."
Er schaltete die zweite Kochplatte ein und stellte die Bratpfanne darauf. Dann holte er Eier und Speck aus dem Kühlschrank.
Beasly fand einen Sender, der Tanzmusik brachte.
„Wie ist's damit?" fragte er.
„Das ist in Ordnung", meinte Taine.
Towser kam aus dem Schlafzimmer; er streckte sich und gähnte.
Dann lief er zur Tür und kratzte.
Taine ließ ihn hinaus.
„Wenn ich du wär'," sagte er zu seinem Hund, „würde ich das Murmeltier in Ruhe lassen. Du kratzt doch nur den ganzen Waldboden umsonst auf."
„Er sucht kein Murmeltier, Hiram."
„Na, dann eben einen Hasen."
„Auch keinen Hasen. Ich hab' mich gestern fortgeschlichen, wie ich Teppiche klopfen sollte. Deswegen ist Abbie so wütend geworden."

Taine brummte etwas und schlug Eier in die Bratpfanne.
„Ich schlich mich fort und ging in den Wald zu Towser. Ich hab' mich mit ihm unterhalten, und er hat mir gesagt, daß er keinem Murmeltier und keinem Hasen nachstellt. Er hat gesagt, es wär' etwas ganz anderes. Ich hab' ihm beim Graben geholfen. Es sieht so aus, als hätte er irgendeinen alten Tank gefunden, den jemand draußen im Wald vergraben hat."
„Towser würde nie einen Tank ausgraben", wandte Taine ein. „Er interessiert sich doch höchstens für einen Hasen oder ein Murmeltier."
„Er hat ganz fest gegraben", beharrte Beasly. „Er war ganz aufgeregt."
„Vielleicht hat sich das Murmeltier unter diesem alten Tank eine Höhle gegraben."
„Vielleicht", gab Beasly zu. Er drehte wieder am Radiogerät herum. Nach einer Weile fand er einen Sender mit einem schrecklichen Diskjockey.
Taine häufte Eier und Speck auf die Teller und brachte sie an den Tisch. Dann füllte er große Tassen mit Kaffee und schmierte die Brote.
„Also, mach dich 'ran", sagte er zu Beasly.
„Das ist nett von dir, Hiram, daß du mich aufnimmst. Ich bleib' nur so lange, bis ich eine neue Stellung gefunden hab'."
„Na, es war eigentlich nicht die Rede von —"
„Es gibt Zeiten", meinte Beasly, „wo ich mein', daß ich überhaupt keinen Freund hab', und dann fällt mir deine Mama ein, wie nett sie zu mir war und —"
„Na ja, in Ordnung", sagte Taine.
Er wußte, wann er geschlagen war.
Er brachte die Brote und ein Glas Marmelade, setzte sich an den Tisch und begann zu essen.
„Vielleicht kann ich dir bei irgendeiner Arbeit helfen", sagte Beasly und wischte sich mit dem Handrücken Eigelb vom Kinn.
„Ich hab' eine Ladung Möbel draußen im Wagen. Ich könnte jemanden brauchen, der sie mir in den Keller tragen hilft."

„Das mach' ich gern", erklärte Beasly. „Ich bin stark. Mir macht die Arbeit gar nichts aus. Ich mag nur die Leute nicht, die mich dauernd anmeckern."

Sie verzehrten ihr Frühstück, dann trugen sie die Möbel in den Keller. Mit der großen Truhe hatten sie einige Schwierigkeiten, weil sie sehr unhandlich war.

Als sie schließlich unten stand, trat Taine ein paar Schritte zurück und sah sie an. Dann sagte er zu Beasly: „Wir müssen diese scheußliche Farbe wegmachen. Aber ganz vorsichtig. Am besten wickelst du einen Lumpen um einen Spachtel und schabst sie mit Terpentin ab. Möchtest du es probieren?"

„Natürlich. Sag, Hiram, was gibt's denn zum Mittagessen?"

„Ich weiß nicht", erwiderte Taine. „Wir werden schon etwas finden. Sag mir bloß nicht, daß du Hunger hast."

„Nun, es war doch keine leichte Arbeit, das ganze Zeug hier 'runterzuschleppen."

„In dem großen Glas auf dem Küchenbüfett sind Plätzchen", sagte Taine. „Bedien dich."

Nachdem Beasly die Treppe hinaufgestiegen war, ging Taine langsam im Keller umher. Die Decke war immer noch intakt. Auch sonst erschien nichts verändert.

Vielleicht ist das mit dem Fernsehgerät und dem Herd und dem Radio nur ihre Art, mit Miete zu bezahlen, dachte er. Und wenn das zutraf, konnten sie ruhig bleiben, wer sie auch sein mochten.

Er sah sich noch eine Weile um und fand nichts Bemerkenswertes.

Dann ging er nach oben und rief Beasly, der immer noch in der Küche war.

„Komm zur Garage 'raus, dort hab' ich die Farbe. Wir müssen Terpentin suchen, dann zeig' ich dir, wie man es macht."

Beasly kam mit einer Portion Plätzchen heraus und trottete willig hinter ihm her.

Als sie um die Ecke gingen, konnten sie Towser bellen hören. Er ist schon ganz heiser, dachte Taine.

Drei Tage, dachte er — oder waren es vier?
„Wenn wir nicht etwas unternehmen", sagte er, „macht sich dieser närrische Hund noch kaputt."
Er ging in die Garage und kam mit zwei Schaufeln und einer Spitzhacke zurück.
„Komm", sagte er zu Beasly. „Wir müssen das erledigen, sonst gibt es keinen Frieden."
Towser hatte großartige Ausgrabungsarbeit geleistet. Er war fast völlig im Erdboden verschwunden. Nur die Spitze seines Schwanzes zeigte sich noch über dem Loch, das er in den Waldboden gescharrt hatte.
Beasly hatte nicht zu Unrecht von einem Tank gesprochen. Einen Teil davon konnte man bereits erkennen.
Towser kletterte rückwärts aus dem Loch und setzte sich erschöpft nieder. Die Zunge hing ihm aus dem Maul.
„Er sagte, es wär' auch Zeit, daß wir endlich kommen", meinte Beasly.
Taine ging um das Loch herum und kniete nieder. Dann kratzte er mit der Hand den Schmutz von dem hervorstehenden Rand des Tanks ab. Der Lehm war hart und nicht leicht zu entfernen, aber es war doch auszumachen, daß der Tank aus schwerem Metall zu bestehen schien.
Taine nahm eine Schaufel und schlug damit gegen den Tank. Ein Dröhnen klang durch den Wald.
Sie machten sich an die Arbeit und schaufelten eine etwa dreißig Zentimeter dicke Erdschicht weg, die über dem Tank lag. Es war mühsame Arbeit und das Ding hatte einen größeren Umfang, als erwartet. Sie brauchten daher einige Zeit, um es wenigstens oberflächlich freizulegen.
„Ich hab' Hunger", beschwerte sich Beasly.
Taine warf einen Blick auf seine Uhr; es war beinahe eins.
„Lauf zum Haus zurück", sagte er zu Beasly. „Im Kühlschrank findest du schon etwas. Zu trinken gibt es Milch."
„Und was ist mit dir, Hiram? Hast du denn nie Hunger?"
„Du kannst mir belegte Brote mitbringen. Außerdem siehst du nach, ob du eine Kelle findest."

„Wozu brauchst du denn eine Kelle?"
„Ich möchte den Lehm abkratzen und feststellen, was das ist."
Er setzte sich neben den Tank auf den Boden und sah Beasly nach, wie er im dichten Wald langsam verschwand. „Towser", sagte er, „das ist die merkwürdigste Beute, die du jemals aufgespürt hast."
Es war wohl am besten, sich daraus einen Spaß zu machen — wenn auch nur, um die Angst fernzuhalten.
Beasly hatte natürlich keine Angst. Beasly hatte nicht genug Verstand, um sich vor so einem Ding zu fürchten.
Vier Meter breit, sechs Meter lang und von ovaler Form. Ungefähr die Größe eines beachtlichen Wohnzimmers, dachte er. Und es hatte in ganz Willow Bend noch nie einen Tank von dieser Größe oder Form gegeben.
Er nahm sein Taschenmesser aus der Jacke und begann, den Lehm von der Oberfläche des Tanks abzukratzen. Es gelang ihm, eine kleine Fläche freizuscharren, und es war ein Metall, wie er es noch nie gesehen hatte. Es sah um alles in der Welt wie Glas aus.
Er kratzte weiter, bis er einen sauberen Fleck von der Größe einer ganzen Hand hatte.
Es war überhaupt kein Metall. Das hätte er beschworen. Es sah wie milchiges Glas aus — wie die Milchglaskelche und -schalen, hinter denen er immer her war. Es gab eine Menge Leute, die beinahe jeden Preis dafür zu zahlen bereit waren.
Er klappte das Messer zusammen und steckte es wieder in die Tasche. Dann starrte er das ovale Ding an, das Towser entdeckt hatte.
Und seine Überzeugung wuchs: Was immer es war, das nun bei ihm lebte, es war unzweifelhaft in diesem Apparat hierhergekommen. Aus dem Raum oder aus der Zeit, dachte er, und dieser Gedanke erstaunte ihn, denn er hatte noch nie einen solchen Einfall gehabt.
Er hob die Schaufel auf und begann wieder zu graben, diesmal nach unten, wobei er der gewölbten Seite dieses fremdartigen Dings folgte.

Während des Grabens überlegte er. Was sollte er über dieses Ding sagen? Sollte er überhaupt etwas sagen? Vielleicht war es das klügste, es wieder zuzuschütten und zu keiner Menschenseele je ein Sterbenswörtchen verlauten zu lassen. Beasly würde natürlich darüber sprechen. Aber niemand im Ort würde sich um das kümmern, was Beasly erzählte. Jedermann in Willow Bend wußte, daß Beasly nicht ganz richtig im Kopf war.

Schließlich kam Beasly zurück. Er brachte drei belegte Brote, die er in eine alte Zeitung gewickelt hatte, und eine Flasche Milch.

„Du hast ja ganz schön lang gebraucht", meinte Taine gereizt.

„Ich hab' mich interessiert", erklärte Beasly.

„Wofür denn?"

„Da waren drei große Lastwagen, und sie haben eine Menge schweres Zeug in den Keller geschafft. Zwei oder drei große Kästen und allerhand anderes Zeug. Und du kennst doch Abbies Fernsehapparat? Nun, den haben sie mitgenommen. Ich hab' ihnen gesagt, daß sie das nicht dürfen, aber sie haben's trotzdem getan."

„Das hab' ich leider vergessen", sagte Taine. „Henry sagte, daß er die Maschine herüberschicken würde, und es ist mir völlig entfallen."

Taine aß die Brote, teilte aber gerecht mit Towser, der ihn dankbar ansah. Dann stand Taine auf und nahm seine Schaufel.

„Also, an die Arbeit", sagte er.

„Aber du hast doch das ganze Zeug im Keller."

„Das kann warten", erwiderte Taine. „Wir müssen erst hier fertig werden."

Es dämmerte bereits, als es endlich soweit war.

Taine lehnte sich müde auf die Schaufel.

Oben vier Meter breit und sechs Meter lang, außerdem drei Meter tief — und alles aus diesem Milchglas, das wie eine Glocke klang, wenn man mit der Schaufel dagegen schlug.

Sie mußten sehr klein sein, dachte er, wenn sie viele waren, um in einem solchen Raum leben zu können, vor allem, wenn sie sehr lange dort bleiben mußten. Und das stimmte natürlich auch überein, denn wenn sie nicht klein wären, könnten sie jetzt nicht

in den Raum zwischen den Querbalken und der Kellerdecke leben.
Wenn sie wirklich dort lebten, dachte Taine. Wenn das nicht alles nur Vermutungen waren.
Und selbst wenn sie im Haus gelebt haben, vielleicht sind sie nicht mehr da, denn Towser hatte sie zwar am Morgen gerochen oder gehört oder irgendwie gefühlt, aber schon am selben Abend war ihm nichts mehr aufgefallen.
Taine warf die Schaufel über die Schulter und hob die Spitzhacke auf. „Komm", sagte er, „gehen wir. Wir haben einen langen, schweren Tag hinter uns."
Sie trotteten durch das Unterholz und erreichten die Straße. Am Waldrand schwirrten Glühwürmchen hin und her, und die Straßenlampen schwankten in der Sommerbrise. Die Sterne leuchteten klar und hell.
Vielleicht sind sie noch im Haus, dachte Taine. Vielleicht hatten sie herausgefunden, daß Towser etwas gegen sie hatte, und es war ihnen gelungen, das abzustellen.
Wahrscheinlich waren sie sehr anpassungsfähig. Das schien sogar sehr plausibel. Sie hatten jedenfalls nicht lange gebraucht, um sich einem von Menschen bewohnten Haus anzupassen.
Er ging mit Beasly die mit Kies beworfene Einfahrt im Dunkeln entlang, um die Werkzeuge in die Garage zu bringen, und es mußte irgend etwas Merkwürdiges passiert sein, weil keine Garage mehr da war.
Es gab keine Garage und keine Vorderseite des Hauses mehr, die Einfahrt war plötzlich abgeschnitten und dort befand sich nichts als die gewölbte Wand dessen, was einmal das Ende der Garage gewesen war.
Sie standen vor der gewölbten Wand und starrten sie ungläubig an.
Da war keine Garage, keine Veranda, überhaupt keine Vorderseite des Hauses. Es war, als hätte jemand die beiden Ecken der Vorderseite genommen und sie zusammengebogen, bis sie sich berührten, die ganze Vorderseite in die Wölbung der zueinandergeführten Ecken zusammengefaltet.

Taine hatte jetzt ein Haus mit einer gewölbten Vorderfront. Obwohl es andererseits auch wieder nicht so einfach war, denn die Wölbung stand nicht im Verhältnis zu dem, was wirklich geschehen wäre, wenn man so etwas Verrücktes hätte tun können. Die Wölbung war lang und graziös und schien irgendwie gar nicht besonders hervorzutreten. Es war, als hätte man die Vorderfront beseitigt und eine Illusion vom Rest des Hauses hervorgebracht, um das Verschwinden der Vorderfront zu verdecken.
Taine ließ Schaufel und Spitzhacke fallen. Er rieb sich die Augen, als wären sie schuld an dem, was er vor sich sah.
Als er die Hand von den Augen wegnahm, hatte sich nichts verändert. Das Haus hatte keine Vorderfront.
Dann rannte er, ohne es bewußt zu spüren, um das Haus, und in ihm wuchs die Angst vor dem, was er jetzt erleben würde.
Aber die Rückseite des Hauses war in Ordnung. Sie zeigte sich genauso, wie sie immer gewesen war.
Er polterte die Stufen hinauf, Beasly und Towser eilten ihm nach. Er schob die Tür auf und hastete in die Diele, eilte die Treppe zur Küche hinauf, durchmaß die Küche mit drei Schritten, um zu sehen, was mit der Vorderfront des Hauses geschehen war.
An der Tür zwischen Küche und Wohnzimmer blieb er stehen, und er hielt sich mit den Händen an der Tür fest, als er ungläubig die Fenster des Wohnzimmers anstarrte.
Draußen war es Nacht. Daran gab es nichts zu zweifeln. Er hatte am Waldrand die Glühwürmchen tanzen sehen, die Straßenlampen hatten gebrannt, die Sterne geleuchtet.
Aber heller Sonnenschein flutete durch die Fenster des Wohnzimmers, und draußen vor dem Fenster lag ein Land, das nicht Willow Bend war.
„Beasly“, stöhnte er auf, „schau dort hinaus!“
Beasly gehorchte.
„Was ist denn das für eine Gegend?“ fragte er. „Das möchte ich auch wissen“, antwortete Taine.
Towser hatte seine Schüssel gefunden und schob sie nun in der Küche herum, um Taine darauf aufmerksam zu machen, daß Essenszeit war.

Taine ging durch das Wohnzimmer und öffnete die Eingangstür. Die Garage war da. Der kleine LKW stand davor und der Wagen befand sich in der Garage.
Der Vorderfront des Hauses fehlte nicht das geringste.
Aber das war auch alles.
Die Einfahrt war kaum einen Meter von dem kleinen Lastwagen entfernt abgeschnitten, und dort befand sich kein Vorgarten, kein Wald, keine Straße. Dort war einfach eine Wüste — eine flache, sich unendlich weit hinziehende Wüste, kahl wie ein Brett, mit gelegentlichen Dünen und Büschen. Der ganze Boden war mit Sand und Kieselsteinen bedeckt. Eine große, blendend helle Sonne hing ganz niedrig über einem Horizont, der zu weit entfernt schien, und das Merkwürdigste daran war, daß sich die Sonne im Norden befand, wo eine anständige Sonne nichts zu suchen hatte. Sie war auch seltsam weiß. Beasly trat auf die Veranda hinaus und Taine sah, daß er zitterte wie ein verängstigter Hund.
„Du gehst wohl am besten hinein und machst Abendbrot für uns", meinte Taine freundlich.
„Aber, Hiram —"
„Es ist in Ordnung", sagte Taine. „Es muß in Ordnung sein."
„Wenn du meinst, Hiram."
Beasly ging hinein, die Schwingtür klapperte hinter ihm, und wenige Augenblicke später konnte ihn Taine in der Küche rumoren hören.
Er konnte gut verstehen, daß Beasly heftig und andauernd gezittert hatte. Es war zweifelsohne ein Schock, wenn man vor sein Haus trat und ein unbekanntes Land vor sich sah. Vielleicht würde man sich einmal daran gewöhnen, aber das sicher nicht leicht.
Er trat von der Veranda herunter, ging um den Lastwagen und die Garage herum und erwartete halb, wieder das vertraute Willow Bend vor sich zu sehen, denn als er das Haus durch die Hintertür betreten hatte, war der Ort noch da gewesen.
Von Willow Bend keine Spur. Nichts als Wüste.

Er ging um das Haus herum, und das Haus hatte keine Rückseite. Die Rückseite des Hauses war jetzt genauso wie vorher die Vorderseite — dieselbe glatte Wölbung.

Er ging wieder nach vorne und sah nichts als Wüste. Vorn hatte sich nichts verändert. Der Lieferwagen stand auf der abgeschnittenen Einfahrt, die Garage war offen und beherbergte wie vorher den Wagen.

Taine ging ein Stück in die Wüste hinaus, kauerte nieder und hob eine Handvoll Kieselsteine auf. Es waren ganz gewöhnliche Kiesel. Er hockte nachdenklich da und ließ die Steinchen durch die Finger rinnen.

In Willow Bend befand sich eine Hintertür und keine Vorderseite. Hier, wo immer er sich auch befinden mochte, gab es einen Vordereingang, aber keine Rückseite.

Er stand auf, warf die restlichen Kiesel weg und wischte sich die staubigen Hände an der Hose ab.

Aus dem Augenwinkel bemerkte er eine Bewegung auf der Veranda, und da waren sie.

Eine Reihe winziger Tiere, wenn es Tiere waren, marschierte die Stufen hinunter, säuberlich hintereinander. Sie waren etwa zehn Zentimeter groß und gingen auf allen vieren, obwohl man deutlich erkennen konnte, daß ihre Vorderfüße in Wirklichkeit Hände waren. Sie hatten rattenähnliche Gesichter, mit langen, spitzen Nasen, aber die Köpfe wirkten irgendwie menschlich. Sie sahen aus, als besäßen sie statt eines Fells Schuppen, weil ihre Leiber beim Gehen wellenförmig aufglitzerten. Und alle hatten Schwänze, die den Spiralfederschwänzen an manchen Spielzeugtieren glichen; die Schwänze standen steil empor und bebten beim Laufen.

Sie kamen im Gänsemarsch die Stufen herunter, militärisch ausgerichtet, in gleichmäßigen Abständen von etwa fünfzehn Zentimetern.

Sie kamen die Stufen herunter und marschierten in gerader Linie in die Wüste hinaus, als wüßten sie genau, wohin sie unterwegs waren. Sie hatten etwas schrecklich Zielbewußtes an sich, und trotzdem zeigten sie keine Eile.

Taine zählte sechzehn dieser Wesen, und er sah ihnen aufmerksam und angestrengt nach, bis sie in der Wüste seinen Blicken fast entschwunden waren.
Dort gehen die Wesen, dachte er, die bei mir gewohnt haben. Sie sind diejenigen, die die Decke eingezogen, Abbies Fernsehapparat repariert, das Radio und den Herd wieder in Gang gebracht haben. Und sicherlich waren sie auch in diesem merkwürdigen Milchglasding draußen im Wald zur Erde gekommen.
Und wenn sie wirklich in diesem Apparat auf der Erde gelandet waren, welche Gegend lag dann jetzt vor ihm?
Er stieg auf die Veranda, öffnete die Tür und sah das kreisrunde Loch, das seine Gäste in das Fliegengitter geschnitten hatten, um das Haus verlassen zu können. Das mußte er gelegentlich reparieren.
Er ging hinein und warf die Tür hinter sich zu.
„Beasly", rief er.
Keine Antwort.
Towser kroch unter dem Sofa hervor und schämte sich.
„Schon gut, mein Freund", sagte Taine. „Die haben mir auch einen schönen Schrecken eingejagt."
Er ging in die Küche. Die trübe Deckenlampe beleuchtete die umgeworfene Kaffeekanne, die zerbrochene Tasse auf dem Boden, die umgekippte Schale mit den Eiern. Ein zerbrochenes Ei lag auf dem Linoleum.
Er trat in die Diele hinaus und sah, daß die Hintertür schwer beschädigt war; das rostige Fliegengitter war auseinandergeplatzt, die Holzfassung zerbrochen.
Taine starrte sie bewundernd an.
„Der arme Narr", sagte er. „Er sauste einfach durch, ohne sie aufzumachen."
Er knipste das Licht an und ging die Kellertreppe hinunter.
Auf halbem Weg blieb er wie angewurzelt stehen.
Zu seiner Linken befand sich eine Mauer — eine Mauer aus demselben Material, das zur Herstellung der Decke verwendet worden war.

Er bückte sich und sah, daß die Mauer vom Boden bis zur Decke reichte und quer durch den Keller lief. Sie hatte die Reparaturwerkstätte abgetrennt.
Und was befand sich in der Werkstätte?
Das Elektronengehirn, das Henry erst am Morgen herübergeschickt hatte. Drei Lastwagen, hatte Beasly gesagt — drei LWK-Ladungen erstklassiger Geräte und Einzelteile, direkt ihnen in die Hände gespielt!
Taine setzte sich erschöpft auf die Treppe. Sie mußten gedacht haben, daß er zur Zusammenarbeit bereit war! Vielleicht hatten sie angenommen, daß er wußte, was sie vorhatten. Oder vielleicht glaubten sie, er wolle sie für die Reparaturen an dem Fernsehgerät, dem Herd und Radio bezahlen.
Aber hübsch der Reihe nach. Warum hatten sie das Fernsehgerät, den Herd und das Radio repariert? Als eine Art Mietzahlung? Als freundliche Geste? Oder als eine Art Übung, um festzustellen, wie weit sie mit der Technik dieser Welt kommen konnten? Vielleicht auch, um herauszufinden, wie sich ihre Technik auf die Materialien und Bedingungen auf diesem Planeten anwenden ließ?
Taine hob eine Hand und klopfte mit den Knöcheln an die Mauer neben der Treppe. Die glatte, weiße Oberfläche gab einen glokkenreinen Klang von sich.
Er legte das Ohr an die Wand und lauschte angestrengt. Er glaubte, ein leises Summen zu hören, aber er war sich nicht ganz sicher. Hinter der Mauer befand sich Stevens' Rasenmäher und eine Menge anderes Zeug, das auf Reparatur wartete. Die Leute würden ihm die Hölle heißmachen, dachte er, vor allem Stevens. Stevens war ein Geizhals.
Beasly mußte vor Angst halb verrückt geworden sein. Als er diese Wesen aus dem Keller hatte kommen sehen, mußte er übergeschnappt sein. Er war einfach durch die Tür gesaust, ohne sie zu öffnen, und jetzt lief er sicher im Ort herum und jammerte jedem, der ihm zuhören wollte, etwas vor.
Normalerweise würde niemand Beasly Aufmerksamkeit schenken, aber wenn er lange und wild genug jammerte, würden sie wahrscheinlich nachsehen kommen. Sie würden hierherlaufen,

um sich das Haus anzusehen, und sie würden baßerstaunt die Vorderfront anstarren. Dann konnte es aber nicht mehr lange dauern, bis sich ein paar Leute der Sache annehmen und allerhand organisieren würden.
Aber das ging sie alle nichts an, dachte Taine halsstarrig, als sein Geschäftssinn sich zu Wort meldete. In seinem Vorgarten gab es jetzt riesige Grundstücke, und man konnte sie nur erreichen, indem man durch sein Haus ging. Daraus ergab sich von selbst, daß das ganze Land dort draußen ihm gehörte. Vielleicht taugte es überhaupt nichts. Vielleicht gab es dort gar nichts. Aber bevor sich dort andere Leute herumtrieben, würde er wohl besser selbst nachsehen. Er ging in die Garage.
Die Sonne hing immer noch niedrig über dem nördlichen Horizont. Es rührte sich nichts.
Er fand einen Hammer, ein paar Nägel und einige Bretter in der Garage. Er nahm alles mit ins Haus.
Towser hatte sich die Gelegenheit zunutze gemacht und schlief im guten Polstersessel. Taine ließ ihn in Ruhe.
Taine sperrte die Hintertür ab und nagelte ein paar Bretter darüber. Dann schloß er die Küchen- und Schlafzimmerfenster und vernagelte auch sie mit Brettern. Das würde die Leute aus dem Ort eine Weile aufhalten, sagte er sich, wenn sie hierhereilten, um nachzusehen, was los war.
Aus einem Schrank nahm er seine Flinte, eine Schachtel mit Patronen, ein Fernglas und eine alte Feldflasche. Er füllte die Feldflasche mit Wasser, packte einen großen Beutel mit Lebensmitteln für sich und Towser, weil sie nicht mehr die Zeit hatten, vorher zu essen.
Dann ging er ins Wohnzimmer und kippte Towser aus dem Sessel.
„Komm, Towser“, sagte er. „Wir wollen uns das mal ansehen.“
Er warf einen Blick auf die Benzinuhr im Lieferwagen. Der Tank war fast voll.
Er stieg mit Towser ein und legte das Gewehr in Reichweite. Dann stieß er mit dem Lieferwagen zurück, wendete und fuhr nach Norden, in die Wüste hinaus.

Er kam gut vorwärts. Die Wüste war so flach wie ein Brett. Manchmal wurde der Boden ein bißchen uneben, aber es war nicht schlimmer als auf vielen Landstraßen, die er bei seiner Jagd nach Antiquitäten befahren hatte.

Die Landschaft veränderte sich nicht. Ab und zu tauchten niedrige Hügel auf, aber die Wüste selbst blieb meistens flach und erstreckte sich bis zum fernen Horizont. Taine fuhr weiter nach Norden, direkt auf die Sonne zu. Gelegentlich traf er auf Sandboden, aber der Sand war fest und hart, und es gab keine Schwierigkeiten.

Nach einer halben Stunde holte er die Wesen ein, die sein Haus verlassen hatten. Es waren immer noch sechzehn. Sie marschierten gleichmäßig hintereinander dahin.

Taine verlangsamte das Tempo und fuhr einige Zeit neben ihnen her, aber das erwies sich als nutzlos. Sie blieben auf ihrem Kurs und sahen weder nach links noch nach rechts.

Taine gab wieder Gas und ließ die Wesen hinter sich.

Die Sonne blieb bewegungslos im Norden stehen, und das war gewiß seltsam. Vielleicht drehte sich diese Welt weit langsamer um ihre Achse als die Erde, dachte Taine, so daß der Tag bedeutend länger dauerte.

Während er in die endlose Wüste hinausstarrte, kam ihm die Fremdartigkeit der Landschaft erstmals voll zum Bewußtsein.

Dies war eine andere Welt — darüber gab es keinen Zweifel —, ein anderer Planet, um eine andere Sonne kreisend, und wo er sich wirklich im Weltraum befand, konnte niemand auf der Erde ahnen. Und doch lag diese Welt, bedingt durch irgendeine Leistung jener sechzehn Wesen direkt vor der Eingangstür seines Hauses. In einiger Entfernung voraus erhob sich ein größerer Hügel aus der Ebene. Als er näher herankam, erkannte Taine eine Reihe von schimmernden Objekten auf dem Hügelkamm. Nach einiger Zeit hielt er den Lieferwagen an und hob das Fernglas an die Augen.

Er sah, daß es sich bei den schimmernden Objekten um die gleichen Apparate aus dem milchglasartigen Marterial handelte, wie bei dem einen Exemplar im Wald. Er zählte acht Stück, die auf

felsgrauen Startschlitten standen. Andere Startschlitten waren leer.
Er ließ das Fernglas sinken und überlegte einen Augenblick, ob er auf den Hügel steigen und sich alles näher ansehen sollte. Aber dann schüttelte er den Kopf. Dazu war später auch noch Zeit. Es war besser, wenn er weiterfuhr. Er unternahm hier schließlich keine Forschungsfahrt, sondern nur eine schnelle Erkundung.
Er stieg wieder in den Lieferwagen und fuhr weiter, wobei er die Benzinuhr ständig im Auge behielt. Sobald der Tank nur noch halbvoll war und der Benzinvorrat zur Neige ging, mußte er umkehren.
In weiter Ferne sah er eine schmale, weiße Linie über dem Horizont. Er beobachtete sie genau. Manchmal verschwand sie, aber immer wieder tauchte sie auf.
Er warf einen Blick auf die Benzinuhr. Der Zeiger stand fast genau in der Mitte; er hielt den Wagen an und stieg aus.
Als er um sein Fahrzeug herumging, bemerkte er erstaunt, wie müde er sich fühlte. Aber dann fiel ihm ein, daß er schon seit vielen Stunden nicht mehr geschlafen hatte. Er warf einen Blick auf die Uhr. Es war zwei Uhr, und das bedeutete, daß es auf der Erde zwei Uhr morgens war. Er hatte seit zwanzig Stunden nicht mehr geschlafen und die meiste Zeit davon schwere körperliche Arbeit verrichtet.
Er hob das Fernglas an die Augen, und die flüchtige, weiße Linie entpuppte sich als Gebirgszug. Das große, blaue, zerklüftete Massiv türmte sich über der Wüste empor. Auf den Hängen und Gipfeln sah man Schnee.
Das Gebirge erstreckte sich zu beiden Seiten den Horizont entlang.
Er betrachtete die Wüste, die zwischen ihm und dem Gebirge lag. Auch sie völlig flach, mit gelegentlich auftretenden Hügeln, der gleiche verkümmerte Pflanzenwuchs.
Und ein Haus!
Seine Hände zitterten, und er ließ das Fernglas sinken, dann hob er es wieder an die Augen. Es war wirklich ein Haus. Ein seltsa-

mes Haus am Fuß eines kleinen Hügels, von dessen Schatten es immer noch halb verborgen wurde.
Es schien ein kleines Haus zu sein. Sein Dach glich einem stumpfen Kegel, und es lag eng am Boden, als ducke es sich vor irgendeinem Angriff. Taine sah eine ovale Öffnung, wahrscheinlich eine Tür, aber Fenster waren nicht zu erkennen.
Er ließ das Fernglas wieder sinken und starrte zu dem Hügel hinüber. Sechs oder sieben Kilometer entfernt, dachte er. So weit würde das Benzin noch reichen, und notfalls konnte er die letzten paar Kilometer nach Willow Bend zu Fuß gehen.
Merkwürdig, dachte er, daß sich hier draußen ein einzelnes Haus befindet. Auf dem ganzen Weg durch die Wüste hatte er — abgesehen von den sechzehn kleinen, rattenähnlichen Wesen — kein Anzeichen von Leben bemerkt, kein künstliches Bauwerk, außer den acht Milchglasapparaten.
Er stieg in den Lieferwagen und startete den Motor. Zehn Minuten später hielt er vor dem Haus, das immer noch im Schatten des Hügels lag.
Er stieg aus und nahm seine Flinte mit. Towser sprang auf den Boden. Seine Haare sträubten sich, und er knurrte bösartig.
„Was ist denn los?" fragte Taine.
Towser knurrte wieder.
Im Haus blieb alles still. Es schien verlassen.
Taine sah, daß die Wände aus grobem, rauhem Mauerwerk bestanden und daß man offensichtlich anstelle des Mörtels ein lehmartiges Material verwendet hatte. Das Dach hatte ursprünglich aus Gras bestanden, und das war sicherlich merkwürdig und verwunderlich, weil es in dieser Wüste überhaupt kein Gras gab. Aber jetzt war es nur noch von der Wüstensonne hartgebrannte Erde.
Das Haus selbst besaß keinerlei Ornamente; man hatte nicht den geringsten Versuch unternommen, die brutale Nützlichkeit als Unterschlupf irgendwie mit Schmuck zu verbrämen. Es sah so aus, als sei es von Hirten errichtet worden. Außerdem wirkte es sehr alt. Das Gestein bröckelte an mehreren Stellen ab.

Taine nahm die Flinte unter den Arm und ging darauf zu. Er erreichte die Tür und warf einen Blick ins Innere. Völlige Dunkelheit und keine Bewegung.
Er sah sich nach Towser um. Der Hund war unter den Lieferwagen gekrochen und knurrte argwöhnisch.
„Bleib hier“, sagte Taine. „Lauf mir nicht davon.“
Die Flinte schußbereit im Arm, trat Taine durch die Tür in das Dunkel. Er blieb einige Zeit stehen, damit sich seine Augen an die Dunkelheit gewöhnen konnten.
Schließlich konnte er den Raum erkennen, in dem er stand. Er war einfach und karg, an einer Wand stand eine grobbehauene Steinbank. In einer anderen Wand hatte man seltsame Nischen ausgehöhlt. Ein Holzmöbel befand sich in einer Ecke, aber Taine konnte nicht erkennen, wozu es diente.
Ein altes und verlassenes Haus, dachte er, schon vor langer Zeit aufgegeben. Vielleicht hatten in einem früheren Zeitalter hier Hirten gelebt, als die Wüste noch eine fruchtbare Ebene gewesen war.
Es gab einen Durchgang zu einem anderen Zimmer, und als Taine hineinging, hörte er ein fernes Donnern und auch noch etwas anderes — das Geräusch prasselnden Regens! Durch die offene Tür, die hinten ins Freie führte, drang salzige Luft herein, und Taine blieb in der Mitte des zweiten Raumes wie erstarrt stehen.
Noch eines!
Noch ein Haus, das zu einer anderen Welt führte!
Er ging langsam weiter und trat in einen bewölkten, düsteren Tag hinaus, in dem der Regen aus wild dahinstürmenden Wolken herunterströmte. Einen Kilometer voraus, nach einer Reihe von zerklüfteten, eisengrauen Hügeln tobte eine Brandung gegen den Strand, große Schaumberge wild in die Höhe spritzend.
Er sah zum Himmel empor, und die Regentropfen peitschten sein Gesicht. Die Luft war kalt und feucht, und die Landschaft wirkte unheimlich und düster.
Er sah sich um, konnte aber sonst nichts entdecken, weil der Regen wie ein Vorhang vor der Küste ausgebreitet schien, aber hinter dem Regen glaubte er etwas zu erfühlen, das ihm kalte

Schauer über den Rücken jagte. Entsetzt wandte sich Taine um und stolperte durch die Tür zurück ins Haus.
Eine Welt entfernt war weit genug, dachte er. Zwei Welten schienen mehr, als man ertragen konnte. Er zitterte bei dem Gefühl völliger Einsamkeit, die sich um ihn breitete, und plötzlich wurde dieses längst verlassene Haus unerträglich. Er rannnte hinaus.
Draußen schien die Sonne. Sie verbreitete wohlige Wärme. Seine Kleidung war feucht vom Regen, der Gewehrlauf war dicht mit Wassertropfen übersät. Er sah sich nach Towser um, aber der Hund ließ sich nirgends blicken. Er befand sich nicht unter dem Wagen.
Taine rief und erhielt keine Antwort. Seine Stimme klang einsam und hohl durch die Leere und Stille.
Er ging langsam um das Haus herum, und es besaß keine Hintertür. Die groben Mauern waren in dieser merkwürdigen Wölbung zusammengezogen, so daß das Haus überhaupt keine Rückseite hatte.
Aber Taine interessierte sich nicht dafür; er hatte schon gewußt, wie es sein würde. Jetzt suchte er nach seinem Hund, und er spürte, wie die Angst in ihm aufstieg.
Er suchte drei Stunden lang. Er ging zurück in das Haus, aber Towser war nicht dort. Er trat wieder in die andere Welt und suchte unter den Felsbrocken, aber Towser war nicht da. Er ging zurück in die Wüste, wanderte um den Hügel, stieg hinauf, hob das Fernglas an die Augen. Aber er sah nichts als leblose Wüste, die sich in alle Richtungen erstreckte.
Völlig erschöpft stolperte er zu seinem Fahrzeug. Er lehnte sich dagegen und versuchte, einen klaren Gedanken zu fassen.
Es zwar zwecklos, auf diese Weise weiterzusuchen. Er mußte zuerst schlafen. Er mußte nach Willow Bend zurückkehren, tanken und einen Zusatzkanister mitnehmen, damit er in seiner Bewegungsfreiheit nicht behindert war.
Er konnte den Hund nicht hier draußen lassen — das war undenkbar, aber er mußte planen, er mußte vernünftig handeln. Es würde Towser nicht nützen, wenn er in diesem Zustand weiter herumtorkelte.

Er zog sich mühsam in das Führerhaus und trat die Rückfahrt nach Willow Bend an, wobei er den manchmal nur schwer sichtbaren Spuren seiner Reifen folgte. Verzweifelt kämpfte er mit der Müdigkeit, die seine Lider bleischwer werden ließ.

Als er an dem großen Hügel vorbeikam, auf dem die Milchglasdinger gestanden hatten, hielt er den Wagen an und vertrat sich ein bißchen die Beine, damit er nicht hinter dem Steuerrad einschlief. Jetzt befanden sich nur noch sieben dieser Apparate auf ihren Startschlitten.

Aber das bedeutete ihm nichts mehr. Es handelte sich jetzt nur noch darum, die Müdigkeit abzuwehren, die ihn überfiel, sich an das Steuerrad zu klammern und die Kilometer hinter sich zu bringen. Nach Willow Bend zurückzukehren, zu schlafen und dann wiederzukommen und nach Towser zu suchen.

Etwa auf halbem Weg sah er den anderen Wagen. Er starrte ihn verwirrt an, denn sein Lastwagen und das Auto in seiner Garage zu Hause waren die einzigen Fahrzeuge, mit denen man diese Welt erreichen konnte.

Er brachte den Lastwagen zum Stehen und kippte heraus.

Das Auto fuhr heran, hielt, und Henry Horton, Beasly und ein Mann, der einen goldenen Stern trug, sprangen schnell heraus.

„Gott sei Dank, daß wir Sie gefunden haben!“ rief Henry, als er herbeieilte.

„Ich hab' mich nicht verirrt“, wandte Taine ein. „Ich bin eben auf dem Heimweg.“

„Er ist völlig fertig“, sagte der Mann, der den Stern trug.

„Das ist Sheriff Hanson“, erklärte Henry. „Wir sind Ihren Spuren gefolgt.“

„Ich hab' Towser verloren“, murmelte Taine. „Ich mußte ihn zurücklassen. Kümmert euch nicht um mich. Sucht nach Towser. Ich komm' schon nach Hause.“

Er hielt sich schnell am Führerhaus seines Lastwagens fest, um nicht zu fallen.

„Sie haben die Tür aufgesprengt“, sagte er zu Henry. „Sie sind in mein Haus eingebrochen und haben meinen Wagen genommen —“

„Wir mußten es tun, Hiram. Wir befürchteten, daß Ihnen etwas zugestoßen sein könnte. Nach allem, was Beasly erzählte, mußten einem die Haare zu Berge stehen."
„Schaffen Sie ihn in das Auto", sagte der Sheriff. „Ich komme mit dem Lastwagen nach."
„Aber ich muß doch nach Towser suchen!"
„Sie können gar nichts tun, bis Sie sich ausgeruht haben." Henry packte ihn beim Arm und führte ihn zum Auto. Beasly riß die Tür auf.
„Haben Sie eine Ahnung, was das hier für eine Gegend ist?", flüsterte Henry im Verschwörerton.
„Ich weiß es nicht genau", murmelte Taine. „Es könnte irgendeine andere —"
Henry kicherte. „Nun, das spielt auch gar keine Rolle. Was es auch immer ist, wir sind berühmt. Man erwähnt uns in allen Nachrichtensendungen. Die Zeitungen bringen riesige Schlagzeilen, die Stadt ist voll von Reportern und Photographen, und man erwartet hohe Persönlichkeiten. Jawohl, ich sage Ihnen, Hiram, wir sind gemachte Leute —"
Taine hörte es nicht mehr. Er schlief bereits fest, bevor er auf den Sitz sank.

Er wachte auf und blieb ruhig im Bett liegen. Er sah, daß man die Vorhänge vorgezogen hatte. Das Zimmer war kühl und friedlich. Es ist wunderbar, in einem Zimmer aufzuwachen, das man kennt, dachte er — in einem Zimmer, das man ein ganzes Leben gekannt hat. In einem Haus, das seit fast hundert Jahren den Taines gehörte.
Dann kehrte schlagartig die Erinnerung zurück, und er setzte sich blitzschnell auf.
Und jetzt hörte er es — das vielstimmige Gemurmel draußen vor dem Fenster. Er sprang aus dem Bett und schob den Vorhang zur Seite. Eine Kette von Soldaten drängte die dichte Menschenmenge zurück, die hinter seinem Haus hin und her wogte.
Er ließ den Vorhang los und suchte nach seinen Schuhen, denn er war völlig angekleidet. Wahrscheinlich hatten ihn Henry und

Beasly ins Bett gesteckt und es damit bewenden lassen. Aber er konnte sich an nichts erinnern. Er mußte sofort weggewesen sein, als ihn Henry in das Auto geschafft hatte.
Er fand die Schuhe unter dem Bett und zog sie an.
Und er überlegte in rasender Eile, was jetzt zu tun war.
Er mußte sich irgendwie Benzin besorgen, den Tank füllen und ein oder zwei zusätzliche Kanister auf die Ladefläche stellen. Er mußte Lebensmittel und Wasser und vielleicht einen Schlafsack mitnehmen. Denn er würde nicht eher zurückkommen, bis er seinen Hund gefunden hatte.
Als er die Schnürsenkel gebunden hatte, ging er in das Wohnzimmer.
Dort war niemand, aber aus der Küche drangen Stimmen.
Er sah zum Fenster hinaus. Die Wüste hatte sich nicht verändert. Die Sonne war am Himmel höher geklettert, aber draußen war es immer noch Vormittag. Er sah auf die Uhr. Es war sechs. An der Länge der Schatten hinter dem Haus hatte er aber erkennen können, daß es sechs Uhr nachmittags war.
Er begriff plötzlich schuldbewußt, daß er beinahe zwölf Stunden geschlafen haben mußte. Das hatte er sicherlich nicht gewollt. Er hatte nicht vorgehabt, Towser so lange da draußen allein zu lassen.
Er ging in die Küche und fand dort drei Personen — Abbie, Henry Horton und einen Mann in Uniform.
„Da sind Sie ja“, rief Abbie fröhlich. „Wir haben uns schon gefragt, ob Sie überhaupt noch aufwachen.“
„Ist Kaffee da, Abbie?“
„Ja, eine ganze Kanne. Ich mach’ Ihnen schnell noch etwas zu essen.“
„Nur ein paar Brote“, meinte Taine. „Ich hab’ nicht viel Zeit. Ich muß nach Towser suchen.“
„Hiram“, sagte Henry, „das ist Colonel Ryan von der Nationalgarde. Seine Leute haben draußen abgesperrt.“
„Ja, ich konnte es durchs Fenster sehen.“
„Das ist erforderlich“, erklärte Henry. „Absolut erforderlich. Der Sheriff wurde nicht mehr damit fertig. Die Leute hätten das ganze

Haus auseinandergenommen. Deswegen habe ich den Gouverneur angerufen."

„Taine", sagte der Colonel, „Setzen Sie sich. Ich muß mit Ihnen sprechen."

„Gewiß", erwiderte Taine und zog sich einen Stuhl heran. „Tut mir leid, daß ich's so eilig hab', aber mein Hund ist mir da draußen verlorengegangen."

„Diese Angelegenheit da draußen ist weitaus bedeutender, als es jeder Hund sein könnte", erklärte der Colonel gewichtig.

„Na, Colonel, das beweist nur, daß Sie Towser nicht kennen. Er ist der beste Hund, den ich jemals gehabt habe, und ich hatte schon viele. Ich hab' ihn aufgezogen, und er war mir die ganzen Jahre ein guter Freund —"

„Schon gut", erwiderte der Colonel, „Dann ist er eben ein Freund. Aber ich muß trotzdem mit Ihnen sprechen."

„Bleiben Sie nur sitzen und reden Sie mit dem Colonel", sagte Abbie zu Taine. „Ich mach' ein paar Pfannkuchen und Henry hat etwas von der guten Wurst mitgebracht, die wir immer von der Farm bekommen."

Die Hintertür öffnete sich, und Beasly stolperte herein, begleitet von einem Riesenlärm. Er trug drei leere 20-Liter-Benzinkanister in einer Hand und zwei in der anderen, und sie schlugen und polterten gegeneinander.

„He", brüllte Taine, „was ist denn hier los?"

„Nur die Ruhe", meinte Henry. „Sie können sich nicht vorstellen, mit welchen Schwierigkeiten wir zu kämpfen haben. Wir wollten einen großen Benzintank hereinschaffen, aber es ging nicht. Wir versuchten, die Rückwand der Küche herauszureißen, aber wir konnten nicht —"

„Was haben Sie getan?"

„Wir haben versucht, die Rückwand der Küche niederzureißen", sagte Henry ruhig. „Durch eine normale Tür geht nämlich so ein Benzintank nicht. Aber als wir es versuchten, stellten wir fest, daß das ganze Haus mit dem gleichen Material verstärkt ist, das Sie unten im Keller verwendet haben. Daran schlägt man jedes Beil schartig —"

„Aber, Henry, das ist mein Haus, und niemand hat das Recht, es niederzureißen!"
„Das dürfte uns wohl auch kaum gelingen", meinte der Colonel. „Was ist denn dieses Zeug eigentlich, Taine, durch das wir nicht durchgekommen sind?"
„Reg dich nicht auf, Hiram", beschwichtigte Henry. „Da draußen wartet eine große, neue Welt auf uns —"
„Auf Sie nicht! Überhaupt auf niemand!" schrie Taine.
„Und wir müssen sie erforschen. Dazu brauchen wir aber ein Benzinlager. Weil wir aber keinen Benzintank hereinbringen können, nehmen wir so viele Kanister wie nur möglich und ziehen dann einen Schlauch durch —"
„Aber, Henry —"
„So lassen Sie mich doch endlich einmal ausreden", sagte Henry streng. „Sie können sich nicht vorstellen, wie schwierig die Nachschubfrage ist. Wir haben einen Engpaß in Form einer schmalen Tür zu überwinden. Wir brauchen alle möglichen Ausrüstungsgegenstände, und wir brauchen Transportmittel. Bei Autos und Lastwagen ist das nicht so schlimm. Wir können sie auseinandernehmen und stückweise durch die Tür schaffen, aber bei einem Flugzeug wird es schon schwieriger.
„Jetzt hören Sie mal gut zu, Henry. Hier wird niemand ein Flugzeug hereinbringen. Dieses Haus gehört seit fast hundert Jahren meiner Familie. Und es ist mein Eigentum, ich habe ein Recht darauf, und Sie können hier doch nicht einfach das Kommando übernehmen und alles mögliche durch das Haus transportieren."
„Aber wir brauchen doch ganz dringend ein Flugzeug", meinte Henry klagend. „Mit einem Flugzeug kann man wesentlich größere Strecken schaffen."
Beasyl polterte mit seinen Kanistern durch die Küche ins Wohnzimmer.
Der Colonel seufzte.
„Ich hatte gehofft, Mr. Taine, daß Sie Verständnis für die Lage zeigen würden. Es scheint mir ganz klar zu sein, daß es Ihre patriotische Pflicht ist, mit uns zusammenzuarbeiten. Die Regie-

rung könnte natürlich das Recht des Obereigentums des Staates an allem Grundbesitz geltend machen und gerichtlich gegen Sie vorgehen, aber das wollen wir doch vermeiden. Ich spreche hier natürlich nicht in meiner amtlichen Eigenschaft, aber ich glaube doch, sagen zu dürfen, daß der Regierung daran gelegen ist, die Angelegenheit im guten zu bereinigen."

„Ich bezweifle, daß das Recht des Obereigentums an allem Grundbesitz hier anwendbar ist", meinte Taine, der zu bluffen versuchte, da er davon überhaupt nichts verstand. „Soviel ich weiß, bezieht es sich nur auf Gebäude und Straßen —"

„Das ist eine Straße", erklärte der Colonel rundheraus. „Eine Straße, die durch Ihr Haus in eine andere Welt führt."

„Erstens müßte die Regierung beweisen, daß sie im öffentlichen Interesse handelt und daß die Weigerung des Eigentümers, seinen Anspruch aufzugeben, einer Einmischung in staatliche Befugnisse gleichkommt, und —"

„Ich glaube, die Regierung kann in allen Einzelheiten und eindeutig beweisen, daß das alles im öffentlichen Interesse liegt", meinte der Colonel.

„Und ich glaube, daß ich schnellstens einen Rechtsanwalt brauche", erwiderte Taine zornig.

„Wenn das Ihr Ernst ist", meinte Henry, „und wenn Sie, was ich annehme, einen guten Anwalt haben wollen, könnte ich Ihnen ein paar Juristen empfehlen, die Ihre Interessen nicht nur sehr geschickt vertreten, sondern auch mit ihren Honorarforderungen vernünftig bleiben."

Der Colonel erhob sich wutentbrannt. „Sie werden noch eine Menge Fragen zu beantworten haben, Taine. Die Regierung wird vor allem wissen wollen, wie Sie das alles zustande gebracht haben. Sind sie bereit, darüber eine Erklärung abzugeben?"

„Nein", erwiderte Taine, „ich glaube nicht."

Und er dachte erschreckt: Sie glauben, daß ich das alles gemacht habe, und sie werden sich auf mich stürzen, um herauszubekommen, wie es mir gelungen ist. Er glaubte sich schon von Beamten des FBI, des Außenministeriums und des Pentagon eingekreist.

Der Colonel drehte sich auf dem Absatz um und stakte steif aus der Küche. Er verließ das Haus durch die Hintertür und warf sie krachend ins Schloß.

Henry sah Taine nachdenklich an.

„Ist das wirklich Ihr Ernst?“ fragte er. „Wollen Sie sich mit den Leuten anlegen?“

„Ich hab' eine Mordswut im Bauch“, meinte Taine. „Sie können doch nicht einfach hier 'reinkommen und herumkommandieren, ohne mich zu fragen. Es ist mir gleich, was die anderen denken. Das ist mein Haus. Ich bin hier geboren, ich habe mein ganzes Leben hier verbracht, mir gefällt es hier und —“

„Natürlich“, sagte Henry. „Ich kann Sie sehr gut verstehen.“

„Vielleicht ist es kindisch von mir, aber ich würde das alles nicht so tragisch nehmen, wenn man bereit wäre, sich darüber zu unterhalten, was überhaupt veranlaßt werden soll. Aber man scheint nicht geneigt zu sein, mich auch nur nach meiner Meinung zu fragen. Und ich sage Ihnen, Henry, das hier ist nicht so einfach, wie es aussieht. Wir können nicht einfach hergehen und alles mit Beschlag belegen. Auch wenn man das in Washington gerne möchte. Dort draußen existiert etwas, und wir müssen wirklich vorsichtig sein —“

„Ich bin zu der Ansicht gekommen“, unterbrach ihn Henry, „daß Ihre Einstellung sehr lobenswert ist und daß man sie unterstützen muß. Es wäre sehr wenig nachbarschaftlich von mir, wenn ich hier nur herumsitzen und Sie im Kampf allein lassen würde. Wir könnten uns eine Reihe angesehener Juristen engagieren, die vor Gericht unsere Ansprüche geltend machen, und in der Zwischenzeit eine Grundstücks- und Bebauungsfirma eröffnen. Auf diese Weise wäre sichergestellt, daß Ihre neue Welt so verwendet wird, wie es sich gehört. Es ist ganz klar, Hiram, daß wir auch hier Schulter an Schulter stehen müssen, nachdem wir schon in der Fernsehsache Partner sind.“

„Was ist mit dem Fernsehen?“ sagte Abbie mit schriller Stimme und setzte Taine einen Teller mit Pfannkuchen vor die Nase.

„Also, Abbie“, meinte Henry geduldig, „ich hab' dir doch schon hundertmal erklärt, daß dein Fernsehapparat im Keller hinter dieser Trennwand steht, und daß niemand weiß, wann wir ihn wiederbekommen."

„Ja, ich weiß", sagte Abbie, stellte außerdem eine Platte mit Würsten auf den Tisch und goß Taine eine Tasse Kaffee ein.

Beasly kam aus dem Wohnzimmer und stolperte zur Hintertür hinaus.

„Immerhin", erklärte Henry nachdrücklich, „bin ich nicht ganz unbeteiligt. Ich bezweifle, ob Sie ohne das Elektronengehirn, das ich Ihnen geschickt habe, viel hätten ausrichten können."

Schon wieder, dachte Taine. Selbst Henry glaubte, daß er für das alles verantwortlich war.

„Aber hat euch Beasly denn nichts erzählt?"

„Doch, eine ganze Menge, aber Sie wissen ja, wie Beasly ist."

Und da lag natürlich der Hase im Pfeffer. Für die Leute im Ort war das alles nicht mehr als eines von Beaslys Märchen. Kein Mensch glaubte ein Wort von dem, was Beasly erzählt hatte.

Taine schlürfte seinen Kaffee und versuchte, Zeit für eine Antwort zu gewinnen. Aber er fand nicht die richtige. Wenn er die Wahrheit sagte, würde sie weit unglaubhafter klingen als jede Lüge.

„Mir können Sie es doch sagen, Hiram. Schließlich sind wir doch Partner."

„Sie würden mir ja doch nicht glauben, Henry."

„Na gut", sagte Henry resigniert, „das eilt ja nicht so."

Beasly polterte mit neuen Benzinkanistern durch die Küche.

„Ich brauche Benzin", sagte Taine, „damit ich nach Towser suchen kann."

„Ich werde sofort dafür sorgen", versprach Henry. „Ich schicke Ernie mit dem Tankwagen herüber. Dann ziehen wir einen Schlauch durch und füllen die Kanister. Und ich werde sehen, ob sich jemand finden läßt, der Sie begleiten kann."

„Das ist nicht nötig. Ich kann allein gehen."

„Wenn wir wenigstens ein Funksprechgerät hätten, dann könnten Sie mit uns in Verbindung bleiben."

„Aber wir haben keins. Und ich kann nicht warten, Henry. Towser ist irgendwo da draußen —"

„Natürlich. Ich weiß, wie gern Sie ihn haben. Suchen Sie nach ihm, wenn Sie meinen. Inzwischen mache ich mich an die Arbeit. Ich besorge ein paar Anwälte, und wir entwerfen einen Vertrag für unsere Grundstücksfirma —"

„Würden Sie für mich auch etwas tun, Hiram?" mischte sich Abbie ein.

„Selbstverständlich", erwiderte Taine.

„Sprechen Sie doch mit Beasly. Er benimmt sich ganz unvernünftig. Er hatte überhaupt keinen Grund, fortzulaufen. Vielleicht war ich ein bißchen streng zu ihm, aber manchmal kann er einen schon auf die Palme treiben. Er rannte davon und half Towser einen halben Tag lang, dieses Murmeltier auszugraben, und—"

„Ich werde mit ihm reden", sagte Taine.

„Danke, Hiram. Auf Sie hört er wenigstens. Nur auf Sie. — Wenn Sie nur meinen Fernsehapparat repariert hätten, bevor das alles hier passiert ist. Ich weiß gar nicht, was ich ohne ihn anfangen soll. Im Wohnzimmer ist direkt ein Loch. Er hat so schön zu meinen anderen Möbeln gepaßt, wissen Sie."

„Ja, ich weiß", sagte Taine.

„Kommst du endlich, Abbie?" fragte Henry an der Tür. „Wir sehen uns später, Hiram. Ich veranlasse alles Nötige."

Darauf möchte ich wetten, dachte Taine.

Nachdem die beiden das Haus verlassen hatten, setzte er sich wieder an den Tisch. Die vordere Eingangstür fiel krachend ins Schloß, und Beasly sauste aufgeregt herein.

„Towser ist wieder da!" brüllte er. „Er treibt das größte Murmeltier vor sich her, das ich jemals gesehen habe."

Taine sprang auf. „Murmeltier! Das ist ein fremder Planet. Es gibt keine Murmeltiere."

„Schau's dir selber an", schrie Beasly.

Er drehte sich um und rannte wieder hinaus. Taine folgte ihm.

Das Wesen sah wirklich wie ein Murmeltier aus, ein Murmeltier von Mannsgröße. Allerdings eher wie ein Murmeltier aus einem Märchenbuch, weil es auf den Hinterfüßen ging und sich bemühte, würdevoll auszusehen, während es gleichzeitig Towser argwöhnisch im Auge behielt.

Towser befand sich etwa dreißig Meter dahinter. Er verhielt sich wie ein guter Schäferhund, lief geduckt und wachsam, um jeden Ausbruch des Murmeltiers zu verhüten.
Das Murmeltier kam ganz nahe ans Haus heran und blieb stehen. Dann drehte es sich um, so daß es auf die Wüste hinaussah. Schließlich kauerte es sich nieder.
Es wandte den großen Kopf zur Seite, um Beasly und Taine anzustarren. In den hellen, braunen Augen sah Taine mehr als den Blick eines Tieres.
Taine ging schnell hinaus, umschlang den Hund mit beiden Armen und drückte ihn an sich. Towser fuhr seinem Herrn mit der Zunge übers Gesicht.
Taine stand da, den Hund in den Armen, sah das mannsgroße Murmeltier an, fühlte Erleichterung und Dankbarkeit.
Jetzt war alles in Ordnung, dachte er. Towser war zurückgekommen.
Er ging zurück ins Haus.
In der Küche setzte er behutsam Towser ab, holte eine Schüssel und füllte sie mit Wasser. Er stellte sie auf den Boden, und Towser begann durstig zu schlabbern, wobei er den ganzen Boden vollspritzte.
„Nur langsam, du“, warnte Taine. „Sonst wird dir schlecht.“
Er suchte im Kühlschrank, fand ein paar Reste und legte sie in den Eßnapf.
Towser wedelte glücklich mit dem Schwanz.
„Eigentlich müßte ich dich ja verhauen“, sagte Taine, „weil du mir davongerannt bist.“
Beasly schlenderte herein.
„Das Murmeltier ist ganz zutraulich“, verkündete er. „Es wartet auf jemanden.“
„Das ist nett“, sagte Taine, ohne zuzuhören.
Er warf einen Blick auf die Uhr. „Es ist halb acht“, sagte er, „wir können gerade die Nachrichten erwischen. Suchst du den Sender Beasly?“
„Natürlich. Es ist der mit dem Sprecher in New York.“
„Genau“, sagte Taine.

Er ging ins Wohnzimmer und sah zum Fenster hinaus. Das mannsgroße Murmeltier hatte sich nicht bewegt. Es saß mit dem Rücken zum Haus und starrte auf die Wüste. Es wartete auf jemanden, hatte Beasly gesagt, und es sah beinahe so aus, aber wahrscheinlich war das alles nur Beaslys Einbildung.
Und wenn es wirklich auf jemanden wartete, fragte sich Taine, wer könnte dieser Jemand sein? Was konnte dieser Jemand sein? Sicherlich hatte sich inzwischen herumgesprochen, daß ein Tor zu einer anderen Welt existierte. Und wie viele Türen hatten sich im Laufe der Jahrhunderte aufgetan?
Henry hatte gesagt, daß dort draußen eine große, neue Welt lag, die nur darauf wartete, daß die Menschen von ihr Besitz nahmen. Aber so war es ja gar nicht. Ganz im Gegenteil.
Die Stimme des Nachrichtensprechers tönte laut aus dem Rundfunkgerät:
„... inzwischen eingemischt. Radio Moskau erklärte heute abend, daß der sowjetische Delegierte morgen in der UN die Internationalisierung dieser anderen Welt und des Zugangs zu ihr fordern wird. Über den Zugang selbst, das Haus eines Hiram Taine, liegen keine neuen Meldungen vor. Es ist strikte Geheimhaltung befohlen worden und das Haus mit Truppen umstellt, um die Menschenansammlungen fernzuhalten. Versuche, das Haus telefonisch zu erreichen, werden durch eine knappe Stimme abgewehrt, die lediglich mitteilt, daß Anrufe unter dieser Nummer nicht entgegengenommen werden. Und Taine hat das Haus bisher nicht verlassen."
Taine ging dann zurück in die Küche und setzte sich auf einen Stuhl.
„Er redet von dir", sagte Beasly bedeutsam.
„Heute morgen gingen Gerüchte, daß Taine, ein ruhiger, bescheidener Reparaturfachmann und Antiquitätenhändler, bis gestern völlig unbekannt, von einer Fahrt in dieses neue und unbekannte Land zurückgekehrt sei. Aber noch niemand weiß, was er entdeckt hat. Außerdem ist bisher nur bekannt geworden, daß es sich bei diesem Land um eine Wüste handelt, die, soweit sich bisher feststellen ließ, ohne Leben ist.

Im Laufe des gestrigen Tages wurde durch die Auffindung eines seltsamen Objektes im Wald gegenüber Taines Haus eine gewisse Aufregung verursacht, aber man hat diese Stelle sofort abgesperrt. Colonel Ryan, der die Truppen befehligt, hat über den Fund bisher keinerlei Mitteilungen gemacht.

Die Schlüsselfigur der gesamten Vorkommnisse ist ein Henry Horton, der als einzig nichtamtliche Person Zutritt zum Haus Taines zu haben scheint. Bei einem Interview hatte Horton wenig mitzuteilen, aber er deutete an, daß er und Taine Partner eines geheimnisvollen Unternehmens seien, und hinterließ auch den Eindruck, daß durch seine Zusammenarbeit mit Taine der Zugang zu dieser neuen Welt frei gemacht worden sei.

Interessanterweise betreibt Horton eine kleine Fabrik für Elektronengehirne. Wie wir aus gut unterrichteter Quelle erfahren, hat er erst kürzlich ein Elektronengehirn oder jedenfalls irgendeine geheimnisvolle Maschine an Taine geliefert. Wie man hört, soll dieses Gerät schon seit sechs oder sieben Jahren in der Entwicklung stehen.

Ein Teil der Antworten auf die Frage, wie es zu diesen Vorkommnissen kam und was tatsächlich geschehen ist, hängt von den Feststellungen eines wissenschaftlichen Teams ab, das nach einer ganztägigen Konferenz im Weißen Haus heute abend aus Washington abgeflogen ist. An der Konferenz nahmen Vertreter der Armee, des Außenministeriums, des Geheimdienstes und der Spezialwaffenabteilung teil.

In der ganzen Welt kann die Wirkung der Ereignisse in Willow Bend nur mit der Sensation verglichen werden, die vor nahezu zwanzig Jahren der Abwurf der ersten Atombombe auslöste. Zahlreiche Beobachter glauben sogar, daß Willow Bend weitreichendere Bedeutung haben könnte als selbst Hiroshima.

In Washington ist man natürlich der Ansicht, daß es sich hier um innere Angelegenheiten handelt, die allein im Sinne des nationalen Interesses gehandhabt werden müssen.

Aber im Ausland setzt sich immer mehr die Anschauung durch, daß hier nicht innere Angelegenheiten eines Staates zur Debatte stehen, sondern Ereignisse von weltweiter Bedeutung.

Nach einer bisher unbestätigten Meldung wird ein Beobachter der UN in Kürze in Willow Bend eintreffen. Frankreich, Großbritannien, Bolivien, Mexiko und Indien haben in Washington bereits um Genehmigung nachgesucht, Beobachter nach Willow Bend entsenden zu dürfen. Weitere Nationen dürften sich dieser Bitte anschließen.
Die Welt wartet heute abend gespannt auf die Nachrichten aus Willow Bend, und —"
Taine schaltete den Radioapparat ab.
„So, wie sich das anhört", meinte Beasly, „wird ein Haufen Ausländer unser Haus stürmen."
Ja, dachte Taine, wahrscheinlich würden viele Ausländer kommen, aber nicht in dem Sinn, wie es Beasly meinte. Der Gebrauch dieses Wortes war jetzt aus der Mode, soweit er irgendeinen Menschen betraf. Man konnte keinen Bewohner der Erde jemals wieder einen Ausländer nennen — wenn nebenan Fremde, wirklich Fremde, wohnten. Was waren die Leute aus dem Steinhaus?
Und vielleicht nicht nur die fremden Wesen eines einzigen Planeten, sondern vieler Welten. Denn er selbst hatte eine Tür zu einem weiteren Planeten gefunden, und es konnte viele solche Türen geben; wie würden diese anderen Welten aussehen, und was war der Zweck dieser Türen?
Irgend jemand, irgend etwas hatte einen Weg gefunden, einen anderen Planeten zu erreichen, ohne die Lichtjahre des einsamen Weltraums durchmessen zu müssen — einen einfacheren und kürzeren Weg, als durch die endlose Leere zu reisen. Und sobald dieser Weg einmal offenstand, blieb er auch offen, und alles war so einfach, als ginge man unbeschwert von einem Zimmer ins nächste.
Aber mit einer Tatsache, einer lächerlichen kleinen Tatsache wurde er nicht fertig, und das war die Rotation und die Bewegung der Planeten, aller Planeten, die miteinander verbunden waren. Man kann doch nicht eine feste Verbindung zwischen zwei Objekten schaffen, die sich unabhängig voneinander bewegen.

Dabei hätte er noch vor ein paar Tagen diese Idee als phantastisch und unmöglich abgelehnt. Trotzdem war es zuwege gebracht worden.

Es läutete an der Haustür. Taine öffnete.

Es war Ernie, der Tankstellenbesitzer.

„Henry meinte, Sie brauchen Benzin, und ich wollte Ihnen nur sagen, daß ich es erst morgen kriegen kann."

„Schon gut", sagte Taine. „Ich brauch' es jetzt nicht."

Und er schlug schnell die Tür zu.

Er lehnte sich dagegen und dachte: Ich muß Ihnen ja irgendwann einmal gegenübertreten. Ich kann nicht die Tür vor der Welt abschließen. Früher oder später muß eine Entscheidung zwischen mir und der Erde fallen.

Es schien albern, so etwas zu denken, aber so war es nun einmal.

Er hatte etwas hier, was die Erde verlangte, etwas, was die Erde brauchte oder zu brauchen glaubte. Und doch lag am Ende die Verantwortung bei ihm. Es war auf seinem Land, in seinem Haus geschehen. Er hatte unwissentlich sogar dazu beigetragen.

Aber das Land und das Haus sind mein Eigentum, dachte er halsstarrig. Und diese Welt da draußen ist eine Verlängerung meines Gartens, gleichgültig, wie weit sie auch reichen mag.

Beasly hatte die Küche verlassen, und Taine ging in das Wohnzimmer. Towser lag zusammengerollt auf dem Polstersessel und schnarchte.

Taine beschloß, ihn dort liegenzulassen. Schließlich hatte sich Towser das Recht erworben, zu schlafen, wo es ihm beliebte.

Er ging am Stuhl vorbei zum Fenster, und die Wüste erstreckte sich zum fernen Horizont. Vor dem Fenster saßen das mannsgroße Murmeltier und Beasly nebeneinander, und sie starrten hinaus auf das weite Land.

Irgendwie schien es ganz natürlich, daß das Murmeltier und Beasly beieinandersaßen — vielleicht hatten die beiden viel gemeinsam.

Und es war ein guter Anfang, daß ein Mensch und ein fremdes Wesen von dieser anderen Welt sich freundschaftlich zusammensetz-

ten. Er versuchte, sich den Aufbau dieser verbundenen Welten, zu denen jetzt auch die Erde gehörte, vorzustellen und die Möglichkeiten, die in dieser Verbindung beschlossen lagen.
Zwischen der Erde und diesen anderen Welten würde es zu einer Berührung kommen. Und was mochte sich daraus ergeben?
Übrigens hatte die Berührung bereits stattgefunden, aber so natürlich, so undramatisch, daß sie gar nicht als bedeutendes und wichtiges Zusammentreffen in Erscheinung trat. Denn Beasly und das Murmeltier draußen waren die Berührung, und wenn alles so gut ablief, brauchte man sich überhaupt keine Sorgen zu machen.
Das alles war schließlich nichts Zufälliges, erinnerte er sich. Es war geplant und mit der aus langer Übung gewonnenen Sicherheit ausgeführt. Dies war nicht die erste Welt, zu der ein Zugang gefunden war, und es würde nicht die letzte sein.
Die kleinen, rattenähnlichen Wesen hatten den Weltraum in dem Fahrzeug durchquert, das er im Wald ausgegraben hatte. Dann hatten sie es vergraben, wie ein Kind, das einen Löffel versteckt, indem es ihn in einen Sandhaufen schiebt. Dann waren sie zu diesem Haus gekommen und hatten die Maschine aufgebaut, die das Haus zu einem Tunnel zwischen zwei Welten machte. Von diesem Augenblick an war die Notwendigkeit der Durchquerung des Weltraums für immer entfallen. Es bedurfte nur eines Fluges, und dieser eine Flug verband die Planeten miteinander.
Als sie ihre Aufgabe gelöst hatten, waren die kleinen, rattenähnlichen Wesen abgezogen, aber nicht, bevor sie sichergestellt hatten, daß dieses Tor zu ihrem Planeten jedem Angriff widerstehen konnte. Sie hatten das Haus mit einem Wundermaterial verkleidet, das einem scharfen Beil und unzweifelhaft gewaltigeren Waffen widerstehen konnte.
Und sie waren im Gänsemarsch zu dem Hügel hinausgegangen, wo noch acht von den Raumschiffen auf ihren Startschlitten ruhten. Und jetzt erhoben sich dort nur noch sieben Schiffe, und die kleinen, rattenähnlichen Wesen waren fort. Nach einiger Zeit würden sie auf einem anderen Planeten landen und ein neues Tor öffnen, eine Verbindung zu einer weiteren Welt.

Aber es war mehr als die Verbindung bloßer Welten, dachte Taine. Es würde gleichzeitig die Verbindung aller Bewohner dieser Welten sein.

Die kleinen, rattenähnlichen Wesen waren die Forscher und die Pioniere, die andere erdähnliche Planeten suchten. Das Wesen, das mit Beasly vor dem Fenster wartete, mußte auch einen bestimmten Zweck erfüllen, und vielleicht würde es eines Tages auch eine Aufgabe geben, die der Mensch übernehmen konnte.

Er wandte sich vom Fenster ab und sah sich im Zimmer um. Das Zimmer sah genauso aus, wie er es während seines ganzen Lebens gewohnt war. Bei all der Veränderung draußen war der Raum unverändert geblieben.

Das ist die Wirklichkeit, dachte Taine. Das ist die ganze Wirklichkeit, die es gibt. Was immer auch geschehen mag, hier stehe ich — in diesem Zimmer, mit dem von vielen Winterfeuern geschwärzten Kamin, den Bücherregalen mit den vergilbten Bänden, dem Lehnstuhl, dem alten, abgewetzten Teppich — abgewetzt von den Füßen geliebter und unvergessener Menschen im Laufe der Jahre. Aber dies war auch die Ruhe vor dem Sturm.

In Kürze würden die hohen Persönlichkeiten eintreffen — das Team der Wissenschaftler, die Regierungsbeamten, die Generäle, die Beobachter aus anderen Ländern, die zahlreichen Beamten der UN.

Und ihnen allen stand er waffenlos und seiner Kraft beraubt gegenüber. Gleichgültig, was ein Mensch sagen oder denken mochte, er konnte nicht allein die ganze Welt aufhalten.

Dies war der letzte Tag, an dem das hier das Haus der Taines sein würde. Nach beinahe hundert Jahren stand es vor einer gänzlich anderen Zukunft.

Und zum erstenmal würde in all diesen Jahren kein Taine unter seinem Dach schlafen.

Er starrte auf den Kamin und die Bücherregale, er sah die alten Geister im Zimmer umherwandern, und er hob zögern die Hand, als wolle er nicht nur den Geistern, sondern auch dem Zimmer abschiednehmend winken. Aber er ließ den Arm wieder sinken.

Was hatte es für einen Sinn, dachte er.

Er ging auf die Veranda hinaus und setzte sich auf die Stufen. Beasly hörte ihn und drehte sich um.
„Es ist nett“, sagte er zu Taine, und klopfte dem Murmeltier auf die Schulter. „Es ist wie ein ganz großer Teddybär.“
„Ja, ich seh's“, sagte Taine.
„Und was das beste ist, ich kann sogar mit ihm sprechen.“
„Ja, ich weiß“, sagte Taine, denn er erinnerte sich daran, daß Beasly auch mit Towser sprechen konnte.
Er fragte sich, wie es sich wohl in der einfachen Welt Beaslys lebte. Manchmal mußte es sehr heimelig sein.
Die rattenähnlichen Wesen waren mit dem Raumschiff erschienen, aber warum sie nach Willow Bend gekommen waren, warum sie sein Haus ausgesucht hatten, das einzige Haus im ganzen Ort, wo sie das fanden, was sie für den Bau ihrer Maschine brauchten? Denn es gab keinen Zweifel, daß sie das Elektronengehirn auseinandergenommen hatten, um die erforderlichen Teile zu erhalten. In dieser Beziehung jedenfalls hatte Henry recht gehabt.
Konnten sie vorausgesehen haben, daß gerade in dieser Woche, gerade in diesem Haus alles für sie so günstig stehen würde? Besaßen sie auch noch die Gabe der Hellsichtigkeit?
„Es kommt jemand“, sagte Beasly.
„Ich seh' nichts.“
„Ich auch nicht“, erwiderte Beasly, „aber Teddy sagt mir, daß er sie gesehen hat.“
„Er hat es dir gesagt?“
„Ich hab' dir doch erzählt, daß wir uns unterhalten. Da, jetzt kann ich sie auch sehen.“
Sie waren noch weit entfernt, kamen aber rasch heran — drei Punkte, die schnell größer wurden. Er sah sie herankommen, und er überlegte, ob er sein Gewehr holen sollte, aber er rührte sich nicht. Das Gewehr würde nichts nützen, sagte er sich. Es würde sinnlos sein, die Waffe zu holen; mehr noch, eine sinnlose Einstellung. Das wenigste, was der Mensch tun konnte, war, daß er diesen Wesen von einer anderen Welt mit sauberen und leeren Händen gegenübertrat.

Sie waren jetzt sehr viel näher gekommen, und es erschien ihm, als säßen sie in unsichtbaren Lehnsesseln, die mit großer Geschwindigkeit dahinschossen.
Er erkannte, daß sie, bis zu einem gewissen Grad, menschliches Aussehen besaßen, und es waren nur drei Wesen.
Sie schossen heran und blieben abrupt stehen, etwa dreißig Meter von ihm entfernt.
Er bewegte sich nicht — er sagte nichts. Es gab nichts zu sagen, es war zu lächerlich.
Sie waren vielleicht ein bißchen kleiner als er und kohlschwarz. Sie trugen hautenge, kurze Hosen und weite Westen, und die Kleidung war von himmelblauer Farbe.
Aber das war nicht das Schlimmste.
Sie saßen auf Sätteln, vorne mit Hörnern, an der Seite mit Steigbügeln hinten etwas Ähnliches wie zusammengerollte Schlafsäkke, aber sie hatten keine Pferde.
Die Sättel schwebten in der Luft, die Steigbügel befanden sich etwa einen Meter über dem Boden, und die Fremden saßen nachlässig in den Sätteln und starrten ihn an, und er starrte sie an.
Schließlich erhob er sich und trat ein paar Schritte vorwärts, und als er das tat, schwangen sich die drei aus den Sätteln und gingen ebenfalls auf ihn zu, während die Sättel dort in der Luft hingen, genauso, wie sie sie verlassen hatten.
Taine trat vor, und die drei traten vor, bis sie nur mehr zwei Meter voneinander entfernt waren.
„Sie sagen dir guten Tag", erklärte Beasly. „Sie begrüßen dich."
„Nun gut, dann sag ihnen — hör mal, woher weißt du denn das?"
„Teddy erzählt mir, was sie sagen, und ich geb' es an dich weiter. Du sagst es mir, ich sag' es ihm, und er sagt es ihnen. So funktioniert das. Deswegen ist er ja da."
„Na, mich soll doch —", sagte Taine. „Du kannst also wirklich mit ihm sprechen!"
„Ich hab' dir's doch gesagt", brauste Beasly auf. „Ich hab' dir auch erzählt, daß ich mit Towser reden kann, aber du hast mich für verrückt gehalten."

„Telepathie!“ sagte Taine. Und alles war schlimmer als zuvor. Die rattenähnlichen Wesen waren nicht nur über alles andere unterrichtet gewesen, sie hatten auch über Beasly Bescheid gewußt.
„Was hast du da gesagt, Hiram?“
„Laß nur“, sagte Taine. „Sag deinem Freund, er soll ihnen mitteilen, daß ich mich freue, sie zu treffen. Er soll sie fragen, was ich für sie tun kann.“
Er starrte die drei verlegen an und bemerkte, daß ihre Westen viele Taschen hatten und daß diese Taschen alle vollgestopft waren, wahrscheinlich mit Tabak, Taschentüchern, Taschenmessern und ähnlichem.
„Sie sagen“, erklärte Beasly, „daß sie Tauschhandel treiben wollen.“
„Tauschhandel?“
„Sicher, Hiram.“ Beasly kicherte leise. „Ausgerechnet mit einem Yankee-Händler legen sie sich heftig an. So nennt dich Henry. Er meint, daß du einen Mann so über den Löffel balbieren kannst —“
„Laß Henry aus dem Spiel“, knurrte Taine. „Lassen wir wenigstens Henry hier aus dem Spiel.“
Er setzte sich auf den Boden, und die drei folgten seinem Beispiel.
„Frag sie, mit was sie handeln wollen.“
„Mit Ideen“, sagte Beasly.
„Mit Ideen! Das ist ja Blödsinn —“
Und dann begriff er, daß das alles andere war als Blödsinn.
Von allen Waren, die man zwischen einander fremden Völkern austauschen konnte, waren die Ideen am wertvollsten, aber auch am einfachsten zu behandeln. Sie nahmen keinen Platz in Anspruch und stellten Wirtschaftssysteme nicht auf den Kopf — jedenfalls nicht sofort; außerdem konnten sie einen größeren Beitrag für die Kulturen liefern als ein Handel mit richtigen Waren.
„Frag sie“, sagte Taine, „was sie für die Idee verlangen, die hinter diesen Sätteln steckt.“
„Sie sagen: Was hast du anzubieten?“
Und das war die große Schwierigkeit.

Automobile und Lastwagen, der Benzinmotor — nein, wahrscheinlich nicht zu gebrauchen. Denn sie hatten ja bereits die Sättel. Vom Standpunkt dieser Leute aus war das Transportsystem der Erde rückständig.
Hausbau — nein, das war wohl kaum eine richtige Idee, und außerdem gab es ja dieses andere Haus, also wußten sie Bescheid.
Kleidung? Nein, die hatten sie.
Farbe, dachte er. Vielleicht war das etwas.
„Erkundige dich, ob sie an Farbe interessiert sind", sagte Taine zu Beasly.
„Sie fragen, was das ist. Du sollst dich etwas deutlicher erklären."
„Okay, also paß auf. Es ist eine Schutzschicht, die sich nahezu über jede Oberfläche legen läßt. Leicht anzubringen. Schützt gegen Wetter und Korrosion. Sie ist auch für Schmuckzwecke zu gebrauchen. Es gibt sie in allen möglichen Schattierungen. Und man kann sie billig herstellen."
„Sie zucken die Achseln", sagte Beasly. „Sie sind nur ein bißchen interessiert. Aber sie wollen noch mehr hören. Erzähl ihnen mehr." Das war schon eher etwas, dachte Taine.
Damit konnte er etwas anfangen.
Er setzte sich bequemer, beugte sich etwas vor und sah die drei schwarzen Sphinxgesichter an, um herauszufinden, was sie dachten.
Es gab nichts herauszufinden.
In ihren Gesichtern rührte sich nicht ein Muskel.
Das war ihm alles vertraut. Hier fühlte er sich in seinem Element.
Und diese drei da vor ihm waren die schlauesten Händler, denen er je gegenübergesessen hatte. Und auch das hob seine Stimmung.
„Sag ihnen", meinte er, „daß ich mir nicht ganz sicher bin. Vielleicht war ich ein wenig zu hastig. Schließlich ist Farbe doch eine sehr wertvolle Idee."
„Sie sagen: Nicht daß sie wirklich interessiert wären, aber aus Gefälligkeit ihnen gegenüber möchtest du ihnen doch ein bißchen mehr erzählen."

„Schon angebissen", sagte sich Taine. Wenn er es jetzt nur ein bißchen schlau anfing...
Er begann mit Feuereifer zu handeln.

Stunden später tauchte Henry Horton auf. Ein äußerst höflicher, elegant gekleideter Gentleman, der eine dicke Aktentasche trug, begleitete ihn.
Henry und der Mann blieben auf der Veranda erstaunt stehen.
Taine hockte auf dem Boden, ein Brett vor sich, auf das er Farbe pinselte, während ihm die Fremden zuschauten. Überall lagen bekleckste Bretter und zahlreiche Farbbüchsen herum.
Taine sah auf und bemerkte Henry mit seinem Begleiter.
„Ich habe gehofft", sagte er, „daß sich endlich jemand melden würde."
„Hiram", erklärte Henry gewichtig, „darf ich Mr. Lancaster vorstellen. Er ist Sonderbeauftragter der Vereinten Nationen."
„Sehr erfreut", sagte Taine. „Wären Sie vielleicht so gut —"
„Mr. Lancaster", fuhr Henry fort, „hatte einige Schwierigkeiten, durch die Absperrung zu kommen, deshalb bot ich ihm meine Dienste an. Ich habe ihm bereits unser gemeinsames Interesse an der Sache erklärt."
„Es war sehr freundlich von Mr. Horton", sagte Lancaster. „Dieser dumme Sergeant —"
„Es kommt immer darauf an", meinte Henry, „wie man mit den Leuten umgeht."
Diese Bemerkung gefiel dem Mann von der UN gar nicht, wie Taine deutlich erkannte.
„Darf ich fragen, Mr. Taine", meinte Lancaster, „was Sie hier machen?"
„Ich schachere", sagte Taine.
„Schachern. Eine wunderliche Ausdrucksweise —"
„Das ist ein altes Yankee-Wort", mischte sich Henry schnell ein, „mit ganz besonderer Bedeutung. Wenn Sie Handel treiben, tauschen Sie einfach Waren aus, aber wenn Sie mit jemandem schachern, dann versuchen Sie, dem anderen das Fell über die Ohren zu ziehen."

„Interessant“, sagte Lancaster. „Und ich nehme an, Sie wollen diesen Herren mit den himmelblauen Westen auch das Fell über —“

„Hiram“, sagte Henry stolz, „ist der beste Schacherer in der ganzen Gegend. Er betreibt ein Antiquitätengeschäft, und da muß er schon auf Draht sein —“

„Und darf ich fragen“, fuhr Lancaster fort, ohne Henry zu beachten, „was Sie mit diesen Farbdosen machen? Sind diese Herren künftige Kunden oder —“

Taine warf das Brett weg und stand wütend auf.

„So haltet doch endlich mal euren Mund!“ rief er. „Seit ihr hier seid, versuche ich, etwas zu sagen. Und es ist sehr wichtig —“

„Hiram!“ sagte Henry entsetzt.

„Schon gut“, meinte der Mann von der UN. „Wir haben wirklich zuviel geschwätzt. Also, Mr. Taine?“

„Ich bin in einer schwierigen Situation“, erklärte ihm Taine, „und ich brauche Hilfe. Ich habe diese Leute für die Farbe interessieren können, aber ich weiß zuwenig — ich kenne das Prinzip nicht, ich weiß nicht, wie man sie macht, aus welchen Bestandteilen sie zusammengesetzt ist und —“

„Aber, Mr. Taine, wenn Sie ihnen Farbe verkaufen, welchen Unterschied macht es dann —“

„Ich verkaufe Ihnen nicht die Farbe“, brüllte Taine, „können Sie denn das nicht verstehen? Sie wollen die Farbe nicht, sie möchten die Idee der Farbe, das Prinzip der Farbe. Das ist etwas, das sie noch nicht kennen, deshalb interessieren sie sich dafür. Ich habe ihnen die Idee der Farbe für die Idee ihrer Sättel angeboten und ich hab' es beinahe geschafft —“

„Sättel? Meinen Sie diese Dinger, die dort drüben in der Luft hängen?“

„Natürlich. Beasly, würdest du einen unserer Freunde bitten, einen Sattel vorzuführen?“

„Darauf kannst du dich verlassen“, sagte Beasly.

„Was hat Beasly mit der ganzen Sache zu tun?“ mischte sich Henry ein.

„Beasly ist ein Dolmetscher. Ihr würdet ihn wahrscheinlich einen Telepathen nennen. Könnt ihr euch daran erinnern, daß er immer behauptet hat, mit Towser sprechen zu können?"
„Beasly hat jeden Tag etwas anderes behauptet."
„Aber damit hatte er recht. Er gibt das, was ich sagen will, an Teddy weiter und Teddy erklärt es dann den Fremden. Die Fremden sagen es Teddy, Teddy sagt es Beasly, und Beasly sagt es mir."
„Lächerlich!" schnaubte Henry. „Beasly hat nicht Verstand genug, um ein ... was soll er sein?"
„Ein Telepath!", sagte Taine.
Einer der drei Fremden war aufgestanden und auf einer der Sättel gestiegen. Er fuhr damit hin und her, dann schwang er sich herunter, dann setzte er sich wieder auf den Boden.
„Bemerkenswert", sagte der Mann von der UN. „Eine Art Antischwerkraftgerät mit Supersteuerung. Das könnten wir wirklich gebrauchen." Er kratzte sich am Kinn. „Und Sie wollen die Idee der Farbe für die Idee des Sattels geben?"
„Genau", sagte Taine. „Aber ich brauche Hilfe. Ich brauche einen Chemiker oder einen Farbenfabrikanten oder irgend jemanden, der erklären kann, wie Farbe hergestellt wird. Und ich brauche irgendeinen Professor, der versteht, wovon sie reden, wenn sie mir das Prinzip des Sattels erklären."
„Aha", sagte Lancaster. „Ja, da stehen Sie wirklich vor einem schwierigen Problem. Mr. Taine, Sie scheinen mir ein scharfsinniger Mann zu sein."
„O ja, das ist er gewiß", unterbrach ihn Henry. „Hiram ist sehr schlau."
„Sie werden also sicher begreifen", fuhr der Mann von der UN fort, „daß Ihre Methode alles andere als tragbar ist —"
„Aber das ist ja gar nicht wahr", fuhr Taine auf. „Das ist eben ihre Art. Sie öffnen den Zugang zu einem Planeten, und dann tauschen sie Ideen aus. Das machen sie schon seit ewiger Zeit, auch mit anderen Planeten. Und sie wollen nur Ideen, nur die neuen Ideen, weil das der richtige Weg ist, eine Kultur und eine Technologie weiterzubauen. Und sie haben viele Ideen, Sir, die der Menschheit nützlich wären."

„Das ist es ja eben", sagte Lancaster. „Wir stehen hier wahrscheinlich vor dem bedeutsamsten Ereignis der ganzen menschlichen Geschichte. In einem knappen Jahr können wir Ideen und Prinzipien erfahren, die uns einen — zumindest theoretischen — Fortschritt von tausend Jahren ermöglichen. Und bei einer so wichtigen Sache müssen wir Experten beauftragen."
„Aber Sie können keinen Mann finden, der besser schachert alsHiram", wandte Henry ein. „Wenn Sie mit ihm handeln, verlieren Sie Ihr letztes Hemd. Warum lassen Sie ihn nicht in Ruhe? Er erledigt alles für Sie. Sie können Ihre Experten und Ihre Planungskommissionen zusammenrufen, aber Hiram muß weiter mit diesen Leuten verhandeln. Diese Wesen haben ihn akzeptiert und bewiesen, daß sie mit ihm Geschäfte machen wollen. Was verlangen Sie noch? Er braucht nur ein bißchen Hilfe."
Beasly kam herüber und starrte den Mann von der UN an. „Ich arbeite mit keinem anderen", sagte er. „Wenn Sie Hiram hier 'rauswerfen, geh' ich mit ihm. Hiram ist der einzige, der mich wie einen Menschen behandelt hat —"
„Da, hier haben Sie's!" meinte Henry triumphierend.
„Einen Augenblick mal, Beasly", sagte der Mann von der UN, „es wird sich für Sie bezahlt machen. Ich kann mir vorstellen, daß ein Dolmetscher in einer solchen Lage ein hübsches Gehalt verlangen könnte."
„Geld bedeutet mir überhaupt nichts", erwiderte Beasly. „Damit kann ich mir keine Freunde kaufen. Die Leute lachen mich trotzdem aus."
„Das ist sein Ernst, Mister", warnte Henry. „Niemand kann so halsstarrig sein wie Beasly. Ich weiß es. Er hat früher mal für uns gearbeitet."
Der Mann von der UN starrte ihn verblüfft und verzweifelt an.
„Sie werden auch eine Weile brauchen", meinte Henry, „bis Sie einen anderen Telepathen gefunden haben — das heißt, einen, der mit diesen Leuten hier sprechen kann."
Der Mann von der UN wurde krebsrot. „Ich zweifle", sagte er, „daß es außer Beasly noch einen gibt."

„Na gut“, meinte Beasly rundheraus, „dann wollen wir uns auch gleich entscheiden. Ich bleib’ nicht den ganzen Tag hier stehen.“
„Also gut!“ rief der Mann von der UN. „Dann macht Ihr zwei eben weiter. Bitte, Ihr macht doch weiter? Wir können uns diese Chance nicht entgehen lassen. Braucht Ihr irgend etwas? Kann ich irgend etwas tun?“
„Ja, gewiß“, erwiderte Taine. „Da kommen doch die Leute aus Washington und hohe Tiere aus anderen Ländern. Die brauchen Sie nur fernzuhalten.“
„Ich werde das Nötige veranlassen. Sie haben keine Störung zu befürchten.“
„Und ich brauche diesen Chemiker und irgendeinen Fachmann, der das mit den Sätteln versteht. Und ich brauche sie schnell. Ich kann diese Herren noch ein bißchen hinhalten, aber nicht mehr sehr lange.“
„Sie bekommen alles, was Sie brauchen“, sagte der Mann von der UN. „Jeden Fachmann. Ich bin in Kürze zurück. Und in ein, zwei Tagen wird ein großer Kreis von Experten jederzeit für Sie bereitstehen.“
„Sir“, sagte Henry salbungsvoll, „das ist sehr freundlich von Ihnen. Hiram und ich sind Ihnen sehr verbunden. Das wäre also erledigt. Wie ich höre, warten draußen Reporter. Sie werden sich für Ihre Mitteilungen interessieren.“
Der Mann von der UN, so schien es, war nicht mehr fähig, Protest zu erheben. Gemeinsam mit Henry stapfte er die Treppe hinauf.
Taine wandte sich um und starrte in die Wüste hinaus.
„Ein großer Vorgarten“, sagte er.

1959

Daniel Keyes

Blumen für Algernon

(Flowers für Algernon)

Theodore Sturgeon

Verlorene See

(The Man Who Lost the Sea)

1959

In der BRD gibt es weniger Arbeitslose als offene Stellen. Willy Brandt wird Regierender Bürgermeister von Berlin. Es sterben: der Clown Grock, der Tenor Mario Lanza, der Grafiker Alfred Kubin, der amerikanische Außenminister John Foster Dulles, der Schriftsteller Hans Henny Jahnn. Jean-Luc Godard dreht den Film „Außer Atem“ und begründet damit die „Neue Welle“ des französischen Films. In den Hauptrollen Jean-Paul Belmondo und Jean Seaberg. Bernhard Wicki dreht in der Bundesrepublik den Antikriegsfilm „Die Brücke“, Wolfgang Staudte präsentiert den sozialkritischen Film „Rosen für den Staatsanwalt“. Auf Kuba kommt es zu einer Revolution gegen den Diktator Batista. Fidel Castro wird neuer Ministerpräsident. Der französische Schauspieler Gérard Philippe stirbt, der amerikanische Filmregisseur Cecil B. De Mille stirbt. Ingmar Johannson aus Schweden gewinnt gegen Floyd Patterson die Boxweltmeisterschaft im Schwergewicht. Internationale Hits werden „Mack the Knife“ von Bobby Darin, „Lonely Boy“ von Paul Anka und „Volare“ von Domenico Modugno. Furore macht Federico Fellini mit seinem Film „Das süße Leben“ (in den Hauptrollen Marcello Mastroianni und Anita Ekberg). In dem SF-Film „Das letzte Ufer“ mit Gregory Peck wird die Vernichtung der Menschheit in einem atomaren Krieg geschildert. Eintracht Frankfurt wird deutscher Fußballmeister. Francoise Sagan landet einen Bestseller mit „Lieben Sie Brahms…“. Die UdSSR startet eine Rakete, die auf dem Mond aufschlägt. Die USA schicken zwei Affen in eine Höhe von 480 Kilometern; die Affen kehren unversehrt zur Erde zurück. Ein Raumschiff der UdSSR funkt Bilder von der Rückseite des Mondes. Heinrich Lübke wird Bundespräsident. Salvatore Quasimodo erhält den Nobelpreis für Literatur. Der frühere NS-Gauleiter Koch wird in Warschau zum Tode verurteilt. Chruschtschow besucht die USA. Die VR China wirft einen Aufstand in Tibet nieder.

Daniel Keyes

Blumen für Algernon

(Flowers for Algernon)

Der 1927 in New York geborene Daniel Keyes fiel eigentlich nur durch einen einzigen SF-Text auf: durch die hier vorliegende Geschichte ***„Flowers for Algernon“ („Blumen für Algernon“).*** *Keyes, der hauptberuflich Professor für Englisch an der Universität von Ohio ist, war Anfang der fünfziger Jahre Mitherausgeber von* ***„Marvel Science Fiction“,*** *einem ziemlich unbedeutenden SF-Magazin, und schrieb zwischen 1953 und 1962 lediglich ein knappes Dutzend Geschichten, unter denen* ***„Flowers for Algernon“*** *wie ein strahlender Stern funkelt. Zu einem Roman erweitert, gewann Keyes 1967 damit den Nebula Award, und der Stoff wurde unter dem Titel* ***„Charly“*** *auch verfilmt. Cliff Robertson, der im Film den Protagonisten Charly Gordon verkörperte, erhielt übrigens für seine schauspielerische Leistung einen Oscar. Ein weiterer Roman von Daniel Keyes ist* ***„The Touch“ („Kontakt radioaktiv“*** *bzw.* ***„Wer hat Angst vor Barney Stark?“****). Dieses Buch erschien 1968.*

„Flowers for Algernon“ *drückt ein fundamentales Mißtrauen gegenüber der Wissenschaft aus. Ein Mensch, der hier eindrucksvoll-radikal in den Mittelpunkt des Geschehens gerückt wird, erweist sich als hilfloses Opfer einer experimentierfreudigen, aber nicht an humanistische Kriterien gebundenen Wissenschaft. In stilistischer und psychologischer Hinsicht ein kleines Meister-*

werk und Vorzeigestück einer psychologischen Science Fiction, drückt diese Story vor allem Respekt vor der Würde der Kreatur aus, die nicht festgemacht ist an Intelligenzgrad oder Nützlichkeit.

„Flowers for Algernon“ *wäre in einem Magazin wie* ***„Astounding“*** *unter Campbell wohl undenkbar gewesen. Die Tatsache, daß sie in* ***„The Magazine of Fantasy and Science Fiction“*** *erschienen ist, beweist einmal mehr die Stärke dieses Magazins in den fünfziger Jahren. Im übrigen war* ***„Flowers for Algernon“*** *die einzige Story dieses Bandes, die so unstrittig für ihren Autor steht (und umgekehrt), daß eine andere Wahl nicht in Frage kam.*

tagesreport 1 5. März 1965

Dr. Strauss sagt ich soll niderschreiben was ich denke unt auch alles was von jezt ab mit mir passirt. Ich weis nicht warum aba er sagt es ist wichtik damit sie sehen können ob sie mich brauchen. Ich hoffe sie brauchen mich. Miss Kinnian sagt vileicht können sie mich kluk machen. Ich möchte gern kluk sein. Ich heisse Charlie Gordon. Ich bin 37 und for zwei Wochen hatte ich geburtztag. Ich weiss jezt nichts mehr zu schreiben darum mache ich heute Schluss.

tagesreport 2 6. März

Heute haben sie mit mir einen test gemacht. Ich glaube ich bin nicht durchgekomen und vileicht nemen sie mich jezt nich. was los war war das ein netter junger Mann war in dem zimmer und er hatte ein pahr weisse karten mit lauter tinten klekssen darauf. Er fragte Charlie was sihste auf dise karte. Ich hatte grosse Ankst trozdem ich meine Hasenfoote in der tasche hatte weil als ich noch klein war bin ich in der Schule imer durch di Prifungen gefalen, unt tinten habe ich auch imer verschittet.

Ich sagte zu im ich see tintenklekssen. Er sagte ja unt ich war fro. Ich dachte das were alles aba als ich aufschten will sagt er nein. Er sagt jezt sezt dich wida hin Charlie wir sint noch nich fertik. ab dan eriner ich mich nich mer so gut aba ich solte sagen was in der tinte war. ich habe rein gar nichtz nich gesen aba er sagt da weren Bilder andere leute sen Bilder sagte er. Ich konte gar keine Bilder nich seen. wirklich habe ich mich angestrenkt. Ich habe die Karte weit wek unt ganz dicht rangehalten. Dan sage ich wenn ich meine Brille hette könte ich vileicht besser seen weil fir geweenlich setze ich meine Brille nur im kinoo auf unt auch wenn ich fernsee aba ich sagte ich hette sie im schrank aufm fluhr. Ich holte sie. dann sagte ich lassen sie mich nochmal auf die Karte kucken ich wette dann see ich was.

Ich strenkte mich doll an aba ich konte einfach die bilder nich seen immer nur die tinte. Ich sagte ihm vileicht brauche ich neuhe Brillen gleser. Er schrip etwas auf ein Blattpapir unt ich krikte ankst das ich durch die Prifung fallen würde. Ich sagte ihm das

es ein ser schöner tintenkleksser were mit lauta punktten an den ekken. Er sah seer traurig aus unt ich krikte noch meer ankst. ich sagte bitte ich will es nochmal versuchen. ich habs bestimt in ein pahr Minuten weil manchmal bin ich etwas lanksam. In der Klasse von Miss Kinnians für zurück Geblibene bin ich auch seer lanksam im lesen aber ich strenge mich doll an.
Er gab mir eine andere karte mit zwei verschidenen tinten drauf rot und blau.
Er war seer net und redete so lanksam wi Miss Kinnian unt er erklerte mir das were ein ror schack. Er sagt die Leute seen dinge drin. In der tinte. Ich sagte zeigen sie mir wo. Er sagte denken soll ich. Ich sagte ihm ich denke einen tintenklekss aba das war auch nich richtik. Er sagt woran erinern sie sich ich soll mir was forstelln. Ich machte lange zeit die augen zu um mir was forzustellen. Ich sagte ich stelle mir einen Brunnen for aus dem an allen seiten die tinte heraus läuft auf ein sauberes Tischtuch. Da stant er auf und gink wek.
Ich glaube nich das ich den ror schack test bestanden habe.

tagesreport 3 7. März

Dr Strauss und Dr Nemur sagen das mit den tintenklekssen schadet nicht. Ich habe ihnen gesagt ich habe die tinte nich auf die karten geschittet und auch konnte ich in der tinte rein garnichts seen. Sie sagten das hilft mir vileicht trozdem. Ich sagte Miss Kinnian hat mir nimals nicht solche teste aufgegeben immer nur bustabiren und lesen. Sie fragten wie es kommt das ich fon gantz allein in die abentschule gegangen bin. Miss Kinnian sagt ich bin ihr bester Schüler weil ich mir die gröste mühe gebe und wirklich lernen will. Sie fragten wieso ich von der abentschule wußte. Ich sagte ich fragte leute und jemand hat mir dann gesagt wo ich hingehn soll damit ich richtig lesen und schreiben lerne. Sie fragten warum ich das will. Ich sagte ich will mein ganzes leben lang klug sein nicht immer nur dumm. Aber es is seer schweer klugzusein. Sie sagten das is nur jezt noch speter nich meer. Ich sagte ja ich weiss. Miss Kinnian hat es mir schon gesagt. Es macht mir nichts wenn es schweer is.

Dann hatte ich nachher noch meer tests. Die nette Frau die sie mir gegeben hat hat mir den Namen gesagt und ich habe sie gefragt wie schreibt man das damit ich es in meinen tagesrüpport schreiben kann. **Thematischer Apperzeptions-Test.** Ich kenne die beiden ersten Wörter nich aber was test heisst weiss ich. Einen test muß man besteen oder man kriekt schlechte noten. Dieser test sa leicht aus weil ich die Bilder seen konnte. Nur diesmal wollte sie nich das ich ihr die Bilder sage. Ich war gans durcheinander. Ich sagte ihr der Mann gestern wollte wissen was ich in der tinte see und sie sagte das is egal. Sie sagte ich soll geschichten über die leute in den bildern machen.
Ich sagte ihr wie kann man geschichten fon leuten erzeelen die man gar nicht kent. Ich sagte warum soll ich lügen erzeelen. Ich lüge nimals meer weil ich imer geschnapt wurde dabei.
Sie sagte mir dieser test und der andere der ror schack is damit man perseenlichkeit kriegt. Ich muste furchbar lachen. Ich sagte wie kan man das von tintenklekssen und fotos kriegen. Sie kriekte schlechte laune und pakte ihre bilder wek. das is mir egal. Ich fand es furchbar bled. Ich schetze ich bin auch durch den test gefallen. Dann brachten mich Menner in weissen Menteln in einen anderen teil von der Klinik und gaben mir ein spil zum spilen. Es war wie die jakt mit einer weissen maus. Sie nannten die maus Algernon. Algernon war in einer kiste mit vilen wegen und bigungen überal waren wende und sie gaben mir einen bleistift und ein stück papir mit linjen und vilen kesten. Auf einer seite stant **Start** unt auf der anderen seite **Ziel**. Sie sagten Algernon und ich sollen durch den selben **Irrgarten** geen so nannten sie es. Ich konnte nicht einseen wiso wir durch den selben **Irrgarten** geen können wo doch Algernon eine kiste hatte und ich hatte ein stück papir aber ich sagte nichts. Unt dann hatte ich auch gar nicht zeit was zu sagen weil die jakt schon losgink.
Der eine von den Mennern hatte eine ur die wollte er immer verstekken so das ich sie nich seen soll und versuchte immer nich hinzuseen und das machte mich ganz nerwös.
Überhaupt dieser test war schlimmer wie die anderen weil sie alles zenmal mit uns machten und immer mit anderen **Irrgarten**

und jedesmal hat Algernon gewonnen. Ich habe nich gewußt das meuse so kluk sind. Vileicht ist das auch darum weil Algernon eine weisse maus is. Vileicht sind weisse meuse klüger wie die anderen.

Tagesreport 4 8. März

Sie wollen mich nehmen! Ich bin so aufgeregt das ich gar nich richtig schreiben kann. Dr Nemur und Dr Strauss haben deshalb diskutiert. Dr Nemur war in dem Burö als Dr Strauss mich reinbrachte. Dr Nemur hatte bedenken mich zu nehmen aber Dr Strauss sagte ihm das Miss Kinnian mich als besten ihrer Schüler für geeignet halten würde. Ich habe Miss Kinnian gern weil sie ein sehr kluger leerer ist. Und sie sagte zu mir Charlie sie geben dir noch eine chanze. Wenn du dich für dies eckspriment zur Ferfügung stellst wirst du vileicht klug werden. Sie wissen nicht ob es für dauernt ist aber es könnte sein. Darum habe ich ja gesagt auch wenn ich ankst habe als sie sagte es ist eine Operazion. Sie sagte hab keine angkst Charlie du hast mit so wenig so viel geschafft darum glaube ich du ferdienst es am meisten von allen.
Deshalb kriekte ich wieder angkst als Dr Nemur und Dr Strauss deshalb diskuttiert haben. Dr Strauss sagte ich hätte was was dafür sehr gut ist. Er sagte ich habe eine gute Mutti-vierung. Ich habe gar nicht gewusst das ich das habe. Ich war stolz als er sagte das nicht jeder mit einem i-kuh von 68 sowas hat. Ich weiss nicht was das ist unt auch nicht wo ich das herhab aba er sagte Algernon hat das auch. Algernons Mutti-vierung ist der Kese den sie in seine kiste legen. Aber das kann es doch nicht sein weil ich diese Woche keinen Kese gegessen hab.
Dann erzeelte er Dr Nemur was was ich nicht versteen konnte darum schrieb ich in der zeit ein paar wörter auf.
Er sagte Dr Nemur ich weiss Charlie ist nicht so wie sie sich den ersten ihrer neuen intellik rasse** (habe das nich richtig mitgekriegt) supermann. Aber die meisten Menschen von seiner niedrign ment** sind feindselig und nicht kooper** sie sind meistens treg und appat** und es is schwierik an sie ran zu kommen. Aber er hat den wunsch zu gefallen und das rechte zu tun. Dr Nemur

sagte vergessen sie nicht er wird der erste Mensch sein von dem die intellegenz verdrei fach wird durch operazion.
Dr Strauss sagt das stimmt. Seen sie nur wie gut er lesen und schreiben gelernt hat für seine niedrige intellegenz ist das genauso erstaunlich wie wenn sie und ich ein steinz relattifirori ohne hilfe versteen. Ich finde wir sollten Charlie ruhik nehmen.
Ich habe nicht alle wörter verstanden weil sie so schnell gesprochen haben aber mir kam es so for als wäre Dr Strauss auf meiner seite und der andere gegen mich.
Dann aber nikte Dr Nemur und sagte in ordnung vileicht haben sie recht. Wir wollen Charlie benuzen. Als er das sagte war ich so aufgerekt das ich aufgesprungen bin und seine hand geschüttelt habe. Ich sagte danke doktor das sie mir noch eine chanze geben wollen. Und das war wirklich ehrlich gemeint von mir. Nach der operazion will ich versuchen klug zu werden. Ich gebe mir bestimmt große mühe das verspreche ich.

tagesreport 5 10. März

ich habe dolle angst. Eine menge leute die hier arbeiten und die Schwestern sind alle zu mir gekommen und haben mir bonbon gebracht und glück gewünscht. Ich habe meine hasenfote bei mir und auch den glücksfennig und das hufeisen. Aber als ich zu der klinick ging ist mir eine schwarze kaze über den weg gelaufen. Dr strauss sagt sei nich aber gleubich Charlie dies is wissen-schafft. trozdem behalte ich meine hasenfote bei mir.
Ich habe Dr Strauss gefragt ob ich nach der operazion Algernon besigen werde und er sagte vieleicht. Wenn die operazion gelingt dann zeige ich dieser Maus das ich genau so klug bin wie sie. Vieleicht sogar noch klüger. Dann werde ich auch besser lesen können und richtig schreiben und vieles wissen und wie die anderen Leute sein. Ich möchte so klug sein wie die anderen leute. Wenn es gelingt das ich immer klug bleibe werden sie alle leute auf der Erde klug machen.
Sie haben mir heute nichts zu essen gegeben. Ich weiss nicht was essen mit klug sein zu tun hat. Ich habe dollen hunger und Dr Nemur hat meine bonbon weg genommen. Dieser Dr Nemur

is ein alter misepeter. Dr Strauss sagt ich kann sie nach der operazion wieder kriegen. Vor einer operazion darf man nicht essen ...

Tagesreport 6 15. März

Die Operazion hat nicht weh getan. Ich habe die ganze Zeit über geschlafen. Sie haben mir die Verbände von den Augen und vom Kopf genommen damit ich meinen **Tagesreport** schreiben kann. Dr Nemur hat sich angesehen was ich geschrieben habe und hat mir gesagt daß ich **Report** falsch bustabiere und wie ich es richtig schreiben muß. Hoffentlich kann ich es behalten.

Ich habe ein sehr schlechtes gedechtnis was richtig schreiben betrifft. Dr Strauss sagt es ist schon richtig alles zu schreiben was mit mir passiert aber ich soll mehr davon berichten was ich fühle und denke.

Als ich ihm sagte ich weiß nicht wie ich denken soll sagte er ich soll es versuchen. Die ganze Zeit als die Binden um meinen Kopf waren habe ich versucht zu denken. Aber es ging irgendwie nicht richtig. Ich weiß nicht was ich denken soll. Wenn ich ihn frage sagt er mir vielleicht wie ich es anstellen soll richtig zu denken jetzt wo ich doch klug werden soll. Was denken wohl kluge leute? Bestimmt besondere sachen.

Tagesreport 7 19. März

Es ist nichts passiert ich muß ne menge tests machen und viele wettleufe mit Algernon. Ich hasse die maus. Sie besiegt mich immer. Dr Strauss sagt ich muß diese spiele machen. Und er sagt auch das ich nochmal die tests durchmachen muß. Das mit den tintenkleksen finde ich albern. Und auch die Bilder sind blöd. Ich male gern bilder von nem Mann und ner Frau aber ich erfinde keine lügen über Leute die ich garnicht kenne.

Ich kriegte kopfschmerzen weil ich mich so angestrengt habe etwas zu denken. Ich dachte Dr Strauss is mein freund aber er hilft mir nich. Er sagt mir nich was ich denken soll oder wann ich klug werde. Miss Kinnian hat mich nich besucht. Ich finde es auch dumm diesen Tagesreport zu schreiben.

Tagesreport 8 23. März

Ich gehe wieder in die Fabriek. Sie sagten es wäre besser wenn ich wieder arbeite aber ich soll niemandem sagen wofür die Operazion war und ich soll jeden abend eine stunde lang nach der arbeit in die Klinik kommen. Sie wollen mir jeden monat geld bezahlen weil ich lerne klug zu werden.

Ich bin froh daß ich wieder zur arbeit gehen kann ich habe meine arbeit schon vermißt und auch meine freunde mit denen ich immer soviel spahs hatte.

Dr Strauss sagt ich soll weiter alles aufschreiben aber ich brauche es nicht jeden tag tun nur wenn ich mir was besondres denke oder was besondres passiert. Er sagt laß dich nich entmutigen Charlie weil es nur langsam voran geht. Er sagt es hat lange gedauert bis Algernon drei mal so klug wurde wie vorher. Darum besiegt Algernon mich auch immer weil er auch eine Operazion mitgemacht hat. Ich bin froh darüber. Wahrscheinlich könnte ich schneller durch den *Irrgarten* kommen wie eine gewöhnliche maus. Vielleicht besiege ich Algernon doch noch mal. Bis jetzt sieht es so aus als würde Algernon für ständig klug bleiben.

25. März

Ich brauche nicht immer **Tagesreport** drüber zu schreiben, nur ein mal die woche wenn ich ihn Dr Nemur zu lesen gebe. Ich muß nur das Datum schreiben. Das spart zeit.

Heute hatten wir in der Fabrik eine menge spahs. Joe Carp sagte he seht mal was sie mit Charlie bei der operazion gemacht haben sie haben ihm mehr gripps eingebaut. Ich wollte es ihm sagen aber dann erinnerte ich mich daran das Dr Strauss nein gesagt hat. Dann sagte Frank Reilly was hast du gemacht Charlie hast du deinen schlüssel vergessen und die tür aufgebrochen. Darüber mußte ich lachen. Sie sind wirklich meine freunde und haben mich gern.

Manch mal sagt jemand he seht euch Joe oder Frank oder George an der is ganz Charlie Gordon. Ich weiß nicht warum sie das sagen aber dabei fangen sie immer an zum lachen. Heute morgen sagte Amos Borg das ist der 4. Mann bei Donnegans meinen namen als er Ernie den laufjungen anschrie. Ernie ließ ein Packet fallen. Er sagte umhimmelswillen Ernie was tust du willst du wie Charlie Gordon sein. Ich verste nicht warum er das gesagt hat. Ich habe niemals nich packete fallen gelassen.

28. März

Dr Strauss kam heute abend in mein Zimmer zu mir um zu sehen warum ich nich in die klinick gekommen bin wie ich sollte. Ich sagte ihm ich will nich mehr mit Algernon um die wette rennen. Er sagte das brauche ich nich für eine zeit aber ich soll auf alle fälle kommen. Er hatte mir ein geschenck mitgebracht aber es war kein richtiges geschenck sondern nur zum borgen. Ich dachte es wäre ein kleiner Ferhseh-apparat aber das war es nich. Er sagt ich soll ihn anmachen wenn ich schlafen geh. Hat man so was schon mal gehört. Aber er sagt wenn ich wirklich gescheit werden will muß ich tun was er sagt. Ich sagte ihm ich glaube nich daß ich klug werde, aber er legte die hand auf meine Schulter und sagt Charlie du merkst es noch nich aber du wirst andauernd klüger. Ich glaube er will mich nur trösten weil ich noch nich klüger ausseh.

Ach ja fast habe ich vergessen. Ich fragte ihn wann ich wieder zu Miss Kinnian in die Schule gehen kann. Er sagt ich kann da nich mehr hingehn. Er sagt Miss Kinnian wird bald in die Klinick kommen um mir extra unterricht zu geben. Ich war bös auf sie weil sie nich zu mir in die Klinick gekommen is als ich die Operazion hatte aber ich mag sie trozdem und vielleicht sind wir doch noch gute freunde.

29. März

Der verrückte fernseher hat mich die ganze nacht nich schlafen lassen. Wie soll ich schlafen können wenn die ganze nacht etwas komische Dinge blökt bis meine Ohren dröhnen. Ich versteh nich was es sagt wenn ich auf bin wie soll ich also was verstehn wenn ich schlafe. Dr Strauss sagt es ist schon in ordnung. Er sagt mein Gehirn lernt wenn ich schlafe und das wird mir auch helfen wenn Miss Kinnian mit dem unterricht anfängt. Ich habe aber jetzt heraus gefunden daß es gar keine Klinick is sondern ein labohr. Ich finde es is schon eine verrückte sache. Wenn man klug wird wenn man schläft warum gehn dann die leute in die Schule. Ich glaube nich daß das funkzioniert. Ich habe früher immer die spätsendung im Fernsehn angesehn aber klug gewordn bin ich doch nich. Vielleicht muß man schlafen wenn man zusieht.

Tagesreport 9 5. April

Dr Strauss hat mir gezeigt wie man den Fernsehr leise stellt und so kann ich jetzt schlafen. Aber ich versteh immer noch nich was er sagt. Ein paar mal habe ich mir morgens überlegt was ich gelernt hab aber ich glaube nich das es was is. Miss Kinnian sagt vielleicht is es ne andre sprache oder so. Aber meistens hört es sich amerikanisch an. Sie sprechen so schnell viel schneller als Miss Gold in der Volkschule und ich weiß noch gut sie sprach so schnell daß ich niemals was verstehn konnte.

Ich fragte Dr Strauss wozu es gut is wenn ich im Schlaf klug werde. Ich will klug sein wenn ich wach bin. Er sagt das is das selbe und ich habe zwei mal ein bewußtsein. Es gibt das *Unterbewußtsein* und das *Bewußtsein* (so wird das richtig geschrieben). Und man sagt dem anderen nich was das eine tut. Sie reden nich mal mit ein ander. Darum träume ich. Junge Junge habe ich komische Träume gehabt. Herr je. Seit dem ich den Fernsehr habe. Ich habe ganz vergessen ihn zu fragen ob das nur bei mir so is oder ob ein jeder zwei mal ein Bewußtsein hat.

(Ich habe gerade die Wörter im Lexikon nach gesehen das Dr Strauss mir gegeben hat. Das Wort heißt *unterbewußt.* adj. *geistige Tätigkeit, die noch nicht ins Bewußtsein gedrungen ist; wie unterbewußter Konflikt von Wünschen.*) Es steht noch mehr da aber ich weiß noch nich was es bedeutet. Das is nämlich kein gutes Lexikon für dumme Leute wie mich.

Auf jeden fall kommen die Kopfschmerzen von der Parti. Meine freunde von der fabrik Joe Carp und Frank Reilly haben mich eingeladen mit ihnen in eine Kneipe zu gehn und was zu trinken. Ich trinke nich gern aber sie haben gesagt wir werden eine menge spaß habn. Es war wirklich sehr lustig finde ich.

Joe Carp sagte ich soll den mädchen zeigen wie ich das Klo in der fabrik aufwische und holte mir einen Besen. Ich zeigte es ihnen und alle lachten furchtbar als ich ihnen sagte Mr Donnegan hätte gesagt ich wäre der beste Klomann den er jemals gehabt hat weil ich meine Arbeit gern tu und nie zu spät komme oder mal weg bleibe. Außer als ich meine Operazion hatte.
Ich sagte Miss Kinnian sagt immer Charlie du mußt stolz sein auf deinen job weil du ihn gut machst.
Alle lachten und wir waren so fröhlich und sie gaben mir eine Menge zum trinken und Joe sagte Charlie is ein Ass wenn er einen sitzen hat. Ich weiß nich genau was er damit meint aber alle haben mich gern und es war ein großer spaß. Ich kann gar nich abwarten bis ich so gescheit bin wie meine freunde Joe Carp und Frank Reilly.
Ich weiß nicht mehr wie die Parti zu ende ging aber ich glaube ich bin rausgegangn um Zeitungen und kaffee für Joe und Frank zu kaufen und wie ich dann zurück kam war niemand mehr da. Ich habe sie lange überall gesucht. Was dann war weiß ich nich mehr so gut, aber ich glaube ich war müde und schlecht war mir auch. Ein netter Polizist hat mich nach hause gebracht. Das sagt meine wirtin Mrs Flynn.
Aber ich hab nen schweren Kopf und überall blaue flecke. Ich glaube ich bin hin gefallen aber Joe Carp sagt das is der Polizist gewesn die haun betrunkene immer zusammen. Aber das kann ich nich glauben. Miss Kinnian sagt die Polizisten helfen den Leuten. Auf alle fälle ist mir ganz schlecht. Ich glaube nich daß ich noch mal was trinke.

6. April

Ich habe Algernon besiegt! Ich wußte es nich einmal daß ich ihn besiegt habe bis der Prüfer es mir gesagt hat. Beim zweiten mal habe ich dann aber verloren weil ich so aufgeregt war daß ich vom Stuhl gefallen bin bevor ich fertig war. Aber dann habe ich ihn 8 mal besiegt. Ich muß wohl doch gescheit werden wenn ich eine kluge maus wie Algernon besiegen kann. Aber ich komme mir garnicht klüger vor. Ich wollte noch weiter machen und mit

Algernon um die Wette durch den Irrgarten gehn aber Burt sagte für heute ists genug. Ich durfte Algernon eine Minute halten. Er is garnich so übel. Er is weich wie wolle. Er kneift die augen immer auf und zu. Sie sind schwarz.
Ich sagte kann ich ihn füttern weil es mir so leid tut daß ich ihn besiegt habe. Ich will sein freund sein. Burt sagt aber nein Algernon is ne ganz besondere Maus mit ner Operazion wie ich und er is das erste Tier das nach ner Operazion so lange klug bleibt. Er sagte zu mir Algernon is so gescheit daß er jeden tag erst mal einen Test machen muß damit er dann sein fressen kriegt. Es is ein ding wie ein schloß an der Tür immer anders und Algernon muß es jedes mal aufkriegen um hinein zu kommen weil sein fressen drin is. Das finde ich traurig weil wenn er nicht lernt is er hungrig.
Ich finde nich daß es richtig is daß man erst ne prüfung machen muß damit man was zu essen kriegt. Was Dr Nemur wohl sagen würde wenn er immer erst nen Test machen muß bis er was zu essen kriegt. Ich glaube Algernon wird mein Freund.

9. April

Heute abend war Miss Kinnian in dem Labor. Sie machte ein Gesicht als wäre sie froh mich wieder zu sehen aber als hat sie auch Angst. Ich sagte zu ihr machen sie sich keine sorgen Miss Kinnian ich bin noch nich gescheit und sie hat gelacht. Sie sagte ich habe Vertraun zu dir Charlie wie du dich so angestrengt hast besser zu lesen und zu schreiben als alle die anderen. Wenn es schlimm kommt, hast du es wenigstens für eine weile und hast was für die Wissen schafft getan.
Wir lesen ein sehr schweres Buch. Ich habe noch nie son schweres Buch gelesen. Es heißt *Robinson Crusoe* und is über nen Mann der auf ne Insel kommt ganz allein. Er is klug und denkt sich alle möglichen Dinge aus um ein Haus zu baun und essen zu suchn und er kann prima schwimmen. Er tut mir aber leid weil er ganz alleine is und gar keine Freunde hat. Aber ich glaube es is noch jemand auf der Insel weil in dem Buch nen Bild is wie er mit seinem komischen regenschirm dasteht und auf Fuß spuren run-

tersieht. Ich hoffe er kriegt einen Freund und is nich mehr so allein.

Tagesreport 10 10. April

Miss Kinnian lernt mir richtig zu schreiben. Sie sagt sieh dir ein Wort an und mach die Augen zu und sag es immer wieder und wieder bis du es nich mehr vergißt. Manchmal kann ich was gar nicht begreifen weil es ganz anders gesprochen wird. Ich bin ganz durcheinander aber Miss Kinnian sagt für die Rechtschreibung gibt es keine Gründe.

14. April

Habe *Robinson Crusoe* zu ende gelesen. Ich möchte gern wissen was noch weiter mit ihm passiert aber Miss Kinnian sagt das is alles mehr gibt es nicht. Warum.

15. April

Miss Kinnian sagt ich lerne schnell. Sie hat in dem Tagesreport gelesen und mich ganz komisch angesehn. Sie sagt ich bin ein feiner Mensch und ich werde es ihnen allen schon zeigen. Ich fragte sie warum. Sie sagte es ist nichts aber ich soll mir nichts draus machen wenn ich herausfinde daß nicht jeder so nett ist wie ich glaube.

Sie sagte für einen Menschen dem Gott so wenig gegeben hat habe ich mehr getan als andere Leute mit Verstand den sie nie gebraucht haben. Ich sagte alle meine Freunde sind klug aber sie sind nett. Sie haben mich gern und haben nie was getan was nicht nett ist. Da wurden ihre Augen ganz komisch und sie ist rausgelaufen.

16. April

Heute habe ich das *Komma* gelernt. Das ist ein Komma (,) Miss Kinnian, sagt, es ist wichtig, weil, es schreiben, besser macht, sie sagt, jemand, kann eine Menge, Geld, verlieren, wenn er, es nicht richtig, gebraucht, und das Komma, nicht an der, richtigen

Stelle, steht, ich habe, kein Geld, und ich sehe nicht ein, wie ein Komma, es verhindern, kann, daß man welches, verliert,
Aber sie sagt, alle, benutzen ein Komma, wenn sie schreiben, deshalb will ich, es auch machen, wenn ich, schreibe,

17. April

Ich habe das Komma nicht richtig gesetzt. Es ist *Interpunktion*. Miss Kinnian hat gesagt ich soll im Lexikon nach langen Wörtern suchen, damit ich lerne sie richtig zu schreiben. Sie hat mir auch erklärt wann man ein Wort groß und wann man ein Wort klein schreibt. Ich sagte was macht es schon, wenn man es auch so lesen kann. Sie sagt, das gehört mit zur Bildung und zum Klugsein, deshalb sehe ich jetzt alles nach wenn ich mal nicht weiß wie man ein Wort richtig schreibt. Es dauert lange so zu schreiben, aber ich glaube ich kann es behalten. Ich brauche jedes Wort nur immer einmal nachzusehen und danach weiß ich es. Jedenfalls konnte ich so das Wort *Interpunktion* richtig schreiben. (So steht es im Lexikon.) Miss Kinnian sagt ein Satzteil gehört auch zur Interpunktion, und es gibt noch viele andere Zeichen, die ich lernen muß. Ich sagte ihr ich glaube jeder Satzteil wird mit einem Komma getrennt, aber sie sagte nein das ist nicht so.
Man muß sie auseinanderhalten, und sie zeigte? mir“ wie. Man muß! sie (immer durcheinander, verwenden; und jetzt kenne“ ich eine Menge Satzzeichen! Es gibt? viel! Regeln; zu lernen; aber ich — werde! sie schon, lernen.
Etwas mag ich? sehr, gern an Miss Kinnian: (so macht man es in nem Geschäftsbrief!) sie sagt, mir‘ immer! einen Grund? wenn ‘ ich sie frage. Sie ist‘nen Genie! Ich möchte gern! so klug“ sein — wie sie; (Interpunktion, macht; Spaß!)

18. April

Was für ein Idiot bin ich doch! Ich habe überhaupt nicht richtig verstanden, was sie mir gesagt hat. Ich habe gestern abend das Grammatikbuch gelesen. Das erklärt alles. Dann sah ich auch, daß darin das gleiche stand, was Miss Kinnian mir beizubringen versucht hat. Mitten in der Nacht stand ich auf, und plötzlich war mir alles klar. Miss Kinnian sagt, daß der Fernseher, der an ist, wenn ich schlafe, das gemacht hat. Sie sagte, ich hätte ein Plateau erreicht. Das ist die flache Spitze eines Berges.

Nachdem ich herausgefunden hatte, wie das mit der Interpunktion ist, habe ich meine ganzen alten Tagesreports noch einmal gelesen. Junge, Junge, hab' ich komisch geschrieben! Ich sagte Miss Kinnian, ich würde alles ausbessern, aber sie sagte: „Nein, Charlie, Dr. Strauss will sie so haben, wie sie sind. Deshalb hat er sie dir gelassen, nachdem er sie fotokopiert hat, damit du selbst sehen kannst, was für Fortschritte du machst. Du kommst schnell voran, Charlie."

Darüber war ich wirklich sehr froh. Nach dem Unterricht ging ich hinunter, um mit Algernon zu spielen. Wir veranstalten jetzt keine Wettrennen mehr.

20. April

Mir ist übel. Nicht so, wie wenn man einen Arzt braucht, sondern tief in meinem Innern fühlt sich alles ganz leer an, und das Herz tut mir weh.

Eigentlich wollte ich es gar nicht aufschreiben, aber ich glaube, ich sollte es doch tun, denn es ist wichtig. Heute bin ich zum erstenmal nicht zur Arbeit gegangen.

Gestern abend haben mich Joe Carp und Frank Reilly zu einer Party eingeladen. Es waren eine Menge Mädchen dort und auch ein paar Männer von der Fabrik. Ich mußte daran denken, wie übel mir das letztemal gewesen war, weil ich zuviel getrunken hatte. Deshalb sagte ich zu Joe, daß ich nichts zu trinken haben wolle. Er gab mir statt dessen eine Coca-Cola. Es schmeckte irgendwie komisch, aber ich dachte, das käme von einem schlechten Geschmack in meinem Mund.

Eine Weile hatten wir großen Spaß. Joe sagte, ich solle mit Ellen tanzen, sie würde mir die Schritte beibringen. Ich fiel ein paarmal hin und konnte eigentlich nicht verstehen, warum, weil außer Ellen und mir sonst niemand tanzte. Die ganze Zeit stolperte ich, weil immer irgendwo von jemandem der Fuß heraussteckte. Dann, als ich aufstand, sah ich den Ausdruck auf Joes Gesicht,

und plötzlich hatte ich ein ganz komisches Gefühl im Magen. „Er ist zum Totlachen", sagte eines der Mädchen. Alle lachten.
„Ich hab schon lange nicht mehr so gelacht, außer, als wir ihn damals nach den Zeitungen schickten und ihn fertigmachten", sagte Frank.
„Seht ihn an. Er ist ganz rot im Gesicht."
„Er wird rot. Charlie wird rot!"
„He, Ellen, was hast du mit Charlie gemacht? So habe ich ihn noch nie gesehen."
Ich wußte nicht, was ich tun und wo ich hinsehen sollte. Alle starrten mich an und lachten, und ich fühlte mich nackt. Ich wollte mich verstecken. Ich lief hinaus auf die Straße und übergab mich. Dann ging ich nach Hause. Komisch, daß ich nie bemerkt habe, daß Joe und Frank und die anderen mich nur bei sich haben wollten, um sich über mich lustig zu machen.
Jetzt weiß ich, was es heißt, wenn sie sagen: „Ganz wie Charlie Gordon."
Ich schäme mich.

Tagesreport 11 21. April
Ich gehe noch immer nicht in die Fabrik. Ich habe Mrs. Flynn, meiner Wirtin, aufgetragen, anzurufen und Mr. Donnegan zu sagen, daß ich krank wäre. Mrs. Flynn sieht mich seit neuestem immer so komisch an, als hätte sie vor mir Angst.
Ich finde, es ist gut, daß ich herausgefunden habe, wie sich alle über mich lustig machen. Ich habe viel darüber nachgedacht. Das kommt daher, weil ich so dumm bin und nicht einmal merke, wenn ich etwas Dummes tue. Die Leute finden es sicherlich komisch, wenn ein dummer Mensch die Dinge nicht so tun kann wie sie selbst.
Jedenfalls weiß ich jetzt, daß ich von Tag zu Tag klüger werde. Ich kenne die Interpunktion und kann gut buchstabieren. Es macht mir Spaß, all die schweren Wörter im Lexikon nachzusehen und sie zu behalten. Ich lese jetzt sehr viel, und Miss Kinnian sagt, daß ich sehr schnell lese. Manchmal verstehe ich sogar, worüber ich lese und behalte es im Gedächtnis. Manchmal ma-

che ich die Augen zu und denke an eine Seite, und dann kehrt alles zu mir zurück, wie ein Bild.

Außer Geschichte, Geografie und Arithmetik hat mir Miss Kinnian geraten, auch einige Fremdsprachen zu lernen. Dr. Strauss gab mir ein paar neue Bänder, die ich spiele, wenn ich schlafe. Ich verstehe immer noch nicht, was es mit dem Bewußtsein und dem Unterbewußtsein auf sich hat, aber Dr. Strauss sagt, ich solle mir darüber keine Gedanken machen. Er hat mir das Versprechen abgenommen, daß ich, wenn ich in der nächsten Woche anfange, Fachgebiete aus dem Lehrplan der Universität zu studieren, keine Bücher über Psychologie lese — außer, wenn er mir die Erlaubnis dazu gibt.

Heute ist mir schon viel wohler, aber ich schätze, ich ärgere mich immer noch ein wenig darüber, daß die Leute die ganze Zeit lang über mich gelacht haben und mich komisch fanden, weil ich nicht so klug war. Wenn ich so intelligent werde, wie Dr. Strauss sagt, mit einem Intelligenzquotienten, der dreimal so groß ist wie achtundsechzig, dann bin ich vielleicht wie alle anderen, und die Leute werden mich mögen und freundlich zu mir sein.

Ich weiß nicht genau, was ein Intelligenzquotient ist. Dr. Nemur sagt, es wäre etwas, das mißt, wie intelligent man ist — wie eine Skala auf der Waage im Lebensmittelgeschäft. Aber Dr. Strauss hatte eine große Diskussion mit ihm und sagte, ein I.Q. wäge die Intelligenz ganz und gar nicht. Er sagte, ein I.Q. zeige, wieviel Intelligenz man aufbringen könnte, wie die Zahlen am Äußeren eines Meßbechers. In den muß man auch erst hineinschütten, was man messen will.

Dann, als ich Burt fragte, der mir Intelligenztests aufgibt und mit Algernon arbeitet, sagte der, daß beide unrecht hätten (ich mußte ihm allerdings versprechen, ihnen das nicht wiederzuerzählen). Burt sagt, daß der I.Q. eine Menge verschiedener Dinge mißt, wie auch einiges von dem, was man schon gelernt hat, und im übrigen tauge er überhaupt nichts.

Ich weiß also immer noch nicht, was ein I.Q. ist, außer, daß meiner bald über zweihundert sein wird. Ich wollte ja nichts sagen, aber trotzdem sehe ich nicht ein, wie sie, wenn sie nicht wissen,

was es ist oder wo es ist — ich sehe einfach nicht ein, woher sie wissen wollen, wieviel man davon hat.
Dr. Nemur sagt, daß ich morgen einen Rorschach-Test machen muß. Ich bin schon neugierig, was das ist.

22. April

Ich habe herausgefunden, was ein Rorschach ist. Es ist der Test, den ich vor der Operation durchmachen mußte — der mit den Tintenklecksen auf den weißen Karten. Der Mann, der mir den Test stellte, war der gleiche.
Ich fürchtete mich vor diesen Tintenklecksen. Ich wußte, daß er mich fragen würde, was für Bilder ich sehe, und ich wußte genausogut, daß ich es nicht könnte. Ich dachte bei mir, daß ich viel darum gäbe, zu erfahren, was für Bilder darin versteckt liegen. Vielleicht gab es gar keine Bilder. Vielleicht war es nur ein Trick, um zu sehen, ob ich dumm genug war, nach etwas zu suchen, das es gar nicht gab. Schon der Gedanke daran machte mich wütend.
„Also schön, Charlie“, sagte er, „du hast die Karten doch schon gesehen, erinnerst du dich daran?“
„Natürlich erinnere ich mich daran.“
Die Art, wie ich das sagte, ließ ihn erkennen, daß ich wütend war, und er blickte mich erstaunt an. „Ja, natürlich. Ich möchte, daß du dir jetzt diese Karte ansiehst. Was könnte das sein? Was siehst du auf dieser Karte? Die Leute sehen alle möglichen Dinge in den Tintenklecksen. Sag mir, was es für dich bedeuten könnte — woran mußt du dabei denken.“
Ich war schockiert. Ich hatte ganz und gar nicht erwartet, daß er gerade das zu mir sagen würde. „Sie meinen, daß in diesen Tintenklecksen überhaupt keine Bilder versteckt sind?“
Er runzelte die Stirn und nahm seine Brille ab. „Was?“
„Bilder. In den Tintenklecksen versteckt. Das letztemal haben Sie mir erzählt, daß sie jeder sehen könnte und daß Sie wollten, daß ich sie auch finde.“
Er erklärte mir, daß er das vorige Mal fast genau die gleichen Worte benutzt hatte wie jetzt. Ich glaubte das nicht, im Gegen-

teil, ich hegte noch immer den Verdacht, daß er sich nur über mich lustig machen wollte.
Langsam gingen wir die Karten durch. Auf der einen sah der Tintenklecks aus wie ein paar Fledermäuse, die an etwas zogen. Auf der anderen wie zwei Männer, die mit Säbeln gegeneinander kämpften.
Ich stellte mir alle möglichen Dinge vor. Ich schätze, ich übertrieb etwas. Aber ich traute ihm nicht mehr, und deshalb drehte ich sie immer um, betrachtete sie von allen Seiten, um zu sehen, ob noch irgend etwas da wäre, was ich noch erkennen mußte. Als er sich Notizen machte, bemühte ich mich angestrengt, sie zu lesen. Aber es war alles in Kode und sah so aus:

WF + A DdF − Ad orig.
WF − A SF + obj

Der Test erscheint mir noch immer nicht sehr sinnvoll. Ich finde, daß jeder Lügen erzählen kann über Dinge, die er nicht wirklich sieht. Wie sollte er wissen, daß ich mich nicht über ihn lustig machte, indem ich Dinge erwähnte, die ich mir nicht wirklich vorstellte? Vielleicht werde ich es verstehen, wenn Dr. Strauss mich Bücher über Psychologie lesen läßt.

25. April

Ich habe mir eine neue Möglichkeit ausgedacht, wie man die Maschinen in der Fabrik praktisch anordnen sollte, und Mr. Donnegan sagte, das ersparte eine Menge Geld im Jahr und steigerte die Pruduktion. Er gab mir eine Prämie von 25 Dollar.
Ich wollte Joe Carp und Frank Reilly zum Mittagessen einladen, um das zu feiern, aber Joe sagte, er müßte noch ein paar Dinge für seine Frau einkaufen, und Frank sagte, er hätte sich mit seinem Cousin zum Essen verabredet. Ich schätze, daß es eine Weile dauern wird, bis sie sich an die Veränderung in mir gewöhnt haben. Alle scheinen sich vor mir zu fürchten. Als ich zu Amos Borg ging und ihm auf die Schulter klopfte, sprang er fast in die Luft.

Niemand spricht viel mit mir, und sie reißen auch nicht mehr die Witze wie früher. Das läßt mir verständlicher weise die Arbeit etwas einsam werden.

27. April

Heute habe ich es gewagt, Miss Kinnian zu fragen, ob sie morgen abend mit mir essen will, um meine Prämie zu feiern.
Zuerst war sie sich nicht sicher, ob es recht wäre, aber ich fragte Dr. Strauss, und er sagte, das wäre in Ordnung. Dr. Strauss und Dr. Nemur scheinen nicht gut miteinander auszukommen. Die ganze Zeit über diskutieren sie miteinander. Heute abend, als ich hinging, um Dr. Strauss zu fragen, ob Miss Kinnian mit mir essen gehen könnte, hörte ich, wie sie sich anbrüllten. Dr. Nemur sagte, daß es sein Experiment wäre und seine Forschungsarbeit, und Dr. Strauss schrie zurück, daß er genausoviel dazu beigetragen hätte, denn er hätte mich durch Miss Kinnian gefunden und die Operation durchgeführt. Dr. Strauss sagte, daß später einmal Tausende von Neurochirurgen seine Technik benutzen könnten, in der ganzen Welt.
Dr. Nemur wollte das Ergebnis des Experiments gegen Ende des Monats veröffentlichen. Dr. Strauss wollte noch ein wenig länger warten, um ganz sicher zu sein. Dr. Strauss sagte, daß Dr. Nemur mehr Interesse an dem Lehrstuhl für Psychologie in Princeton hätte als an dem Experiment selbst. Dr. Nemur sagte, daß Dr. Strauss nichts wäre als ein Opportunist, der versuchte, sich mit fremden Federn zu schmücken.
Als ich wieder ging, fühlte ich, daß ich zitterte. Ich weiß nicht genau, warum, aber es war, als hätte ich beide Männer zum erstenmal wirklich deutlich gesehen. Ich erinnere mich daran, daß Burt einmal gesagt hatte, daß Dr. Nemur einen Zankteufel zur Frau habe, die ihn die ganze Zeit anhielt, seine Forschungsergebnisse zu publizieren, damit er berühmt würde. Burt sagte, daß schon immer der Traum ihres Lebens wäre, einen berühmten Mann zu haben.
Wollte sich Dr. Strauss denn wirklich mit fremden Federn schmücken?

28. April

Ich verstehe nicht, wieso ich niemals zuvor bemerkt habe, wie schön Miss Kinnian wirklich ist. Sie hat braune Augen und flauschiges, braunes Haar, das sie im Nacken zusammenhält. Sie ist erst vierunddreißig Jahre alt! Ich glaube, daß ich von Anfang an das Gefühl gehabt habe, daß sie ein unerreichbares Genie wäre — und sehr, sehr alt. Jetzt aber wird sie mit jedem Mal, das ich sie sehe, jünger und schöner.

Wir aßen zusammen und unterhielten uns lange. Als sie sagte, daß ich so schnell vorankäme, daß ich sie bald weit hinter mir lassen würde, mußte ich lachen.

„Es ist wahr, Charlie. Du kannst schon besser lesen als ich. Du liest eine ganze Seite mit einem Blick, während ich nur immer wenige Zeilen auf einmal erfassen kann. Und du erinnerst dich an jedes einzelne Wort, das du liest. Ich bin schon froh, wenn ich die hauptsächlichsten Gedanken und die allgemeine Bedeutung behalte."

„Ich fühle mich gar nicht intelligent. Es gibt so viele Dinge, die ich nicht verstehe."

Sie nahm eine Zigarette heraus, und ich zündete sie für sie an. „Du mußt ein bißchen Geduld haben. Du erreichst in Tagen und Wochen, wozu normale Menschen ein halbes Leben brauchen. Das macht die Sache ja so wunderbar. Du bist jetzt wie ein riesiger Schwamm, der alles in sich aufsaugt. Tatsachen, Zahlen, Allgemeinwissen. Und bald wirst du beginnen, alles miteinander zu verbinden. Du wirst erkennen, wie die verschiedensten Wissensgebiete miteinander in Beziehung stehen. Es gibt viele Ebenen, Charlie, wie die Sprossen auf einer riesigen Leiter, die dich immer höher und höher hinaufführt, um mehr und mehr von der Welt ringsherum zu sehen.

Ich kann nur ein ganz klein bißchen davon sehen, Charlie, und ich werde auch nicht höher hinaufkommen, als ich es jetzt bin. Aber du wirst immer weiterklettern und klettern, und mehr und mehr sehen, und jeder Schritt wird neue Welten vor dir öffnen, von denen du nie gewußt hast, daß sie überhaupt existierten." Sie runzelte die Stirn. „Ich hoffe ... ich hoffe nur zu Gott ..."

„Was?"
„Ach, nichts, Charles. Ich hoffe nur, daß ich nicht falsch daran getan habe, dir zu raten, dich in diese Sache einzulassen."
Ich lachte. „Wie könnte das sein? Es hat doch alles geklappt, nicht wahr? Sogar Algernon ist noch immer klug."
Eine Weile saßen wir schweigend da, und ich wußte, worüber sie nachdachte, während sie mich beobachtete, wie ich mit der Kette mit meinem Hasenfuß und meinen Schlüsseln spielte. Ich wollte an diese Möglichkeit nicht mehr denken als alte Leute an den Tod. Ich wußte, daß dies nur der Anfang war. Ich wußte, was sie mit verschiedenen Stufen meinte, denn ich hatte einige schon gesehen und miterlebt. Der Gedanke, sie hinter mir zu lassen, stimmte mich traurig.
Ich liebe Miss Kinnian.

Tagesreport 12 30. April

Ich habe meine Arbeit bei Donnegans Fabrik für Plastikkisten aufgegeben. Mr. Donnegan bestand darauf, daß es für alle Beteiligten besser wäre, wenn ich ginge. Was habe ich getan, daß sie mich alle so hassen?
Ich erfuhr zum erstenmal davon, als Mr. Donnegan mir die Petition zeigte. Achthundertvierzig Namen standen darauf, alles Angestellte der Fabrik, außer dem von Fanny Girden. Ich warf einen kurzen Blick auf die Liste und stellte sofort fest, daß ihr Name als einziger fehlte. Alle anderen forderten, daß ich hinausgeworfen würde.
Joe Carp und Frank Reilly wollten mit mir nicht darüber sprechen. Niemand wollte mit mir darüber reden, außer Fanny. Sie war einer der wenigen Menschen, die ich kannte, der, wenn er einmal an etwas glaubte, auch dabei blieb, und was immer auch bewiesen wurde — Fanny glaubte nicht daran, daß ich hinausgeworfen werden sollte. Sie war aus Prinzip gegen die Petition, trotz des Drucks und der Drohungen, denen sie ausgesetzt war.
„Das soll aber nicht heißen", bemerkte sie, „daß ich nicht finde, daß mit dir etwas höchst Sonderbares los ist, Charlie. Diese Veränderung! Ich weiß nicht. Du warst immer ein netter, verläßlicher,

normaler Mann — vielleicht nicht sehr gescheit, aber dafür ehrlich. Wer weiß, was du dir angetan hast, daß du ganz plötzlich so gescheit bist. Das finden alle. Charlie, es ist nicht richtig."
„Aber wie kannst du das sagen, Fanny? Was ist daran so schlimm, wenn jemand intelligent wird, Wissen erringen möchte und die Welt ringsum verstehen will?"
Sie starrte auf ihre Arbeit, und ich drehte mich um, um hinauszugehen. Ohne mich anzusehen, sagte sie: „Es war böse, als Eva auf die Schlange hörte und von dem Baum der Erkenntnis aß. Es war böse, als sie bemerkte, daß sie nackt war. Wenn das nicht gewesen wäre, müßte niemand von uns je alt und krank werden und sterben."

Wieder fühlte ich Scham in mir aufsteigen. Die Intelligenz hat zwischen mich und all die anderen Leute, die ich einst kannte und liebte, einen Keil getrieben. Früher haben sie über mich gelacht und mich wegen meiner Unwissenheit und Dummheit verachtet; jetzt hassen sie mich wegen meines Wissens und Verstehens. Was, um Gottes willen, wollen sie eigentlich von mir?
Sie haben mich aus der Fabrik verstoßen. Jetzt bin ich einsamer als je zuvor ...

15. Mai

Dr. Strauss ist sehr böse auf mich, daß ich seit zwei Wochen meinen Tagesreport nicht mehr geschrieben habe. Er hat recht, denn das Labor zahlt mir jetzt ein regelmäßiges Gehalt. Ich sagte ihm, ich wäre zu sehr mit Denken und Lesen beschäftigt. Als ich hervorhob, daß das Schreiben ein so langsamer Vorgang wäre und daß es mich ungeduldig machte, schlug er vor, ich solle Schreibmaschine schreiben lernen. Es ist jetzt viel leichter, denn ich kann fast fünfundsiebzig Worte in der Minute tippen. Dr. Strauss erinnert mich fortwährend an die Notwendigkeit, einfach zu sprechen und zu schreiben, damit die anderen Menschen mich auch verstehen können.
Ich werde versuchen, alles, was während der letzten zwei Wochen mit mir geschehen ist, nachzutragen. Algernon und ich

wurden der American Psychological Association vorgeführt, die am letzten Dienstag einen Kongreß für die World Psychological Association abhielt. Wir haben eine ganz nette Sensation hervorgerufen. Dr. Nemur und Dr. Strauss waren sehr stolz auf uns.
Ich fürchte, daß Dr. Nemur, der sechzig ist — zehn Jahre älter als Dr. Strauss —, es als notwendig erachten wird, greifbare Ergebnisse seiner Arbeit zu sehen. Zweifellos drängt ihn Mrs. Nemur. Ganz im Gegensatz zu meinen früheren Eindrücken stelle ich jetzt fest, daß Dr. Nemur ganz und gar kein Genie ist. Er hat einen sehr guten Verstand, der aber ständig mit Zweifeln zu kämpfen hat. Er möchte, daß alle ihn für ein Genie halten. Deshalb ist es für ihn wichtig zu fühlen, daß die Welt seine Arbeit akzeptiert. Ich glaube, daß Dr. Nemur vor weiteren Verzögerungen nur deshalb Angst hat, weil er fürchtet, daß irgend jemand anders eine Entdeckung auf diesem Gebiet machen könnte und den Ruhm statt seiner einsteckt.
Dr. Strauss andererseits könnte als Genie bezeichnet werden, obgleich ich fühle, daß sein Wissen zu begrenzt ist. Er wurde zu einem Spezialisten erzogen; alle anderen Wissensgebiete wurden mehr als notwendig vernachlässigt — selbst für einen Neurochirurgen.
Ich war schockiert, zu erfahren, daß die einzigen alten Sprachen, die er lesen konnte, Lateinisch, Griechisch und Hebräisch waren, und daß er fast nichts über Mathematik weiß — außer den elementaren Gleichungen. Als er mir das eingestand, fühlte ich mich fast verärgert. Es war, als hätte er diesen Teil seines Ichs vor mir verborgen, um mich zu hintergehen. Er gab vor — wie so viele Leute — etwas zu sein, was er gar nicht ist. Niemand, den ich kenne, ist wirklich das, für das er sich nach außen hin ausgibt.
Dr. Nemur scheint sich in meiner Gegenwart unbehaglich zu fühlen. Manchmal, wenn ich versuche, mich mit ihm zu unterhalten, blickt er mich nur seltsam an und wendet sich dann ab. Zuerst hat es mich geärgert, daß Dr. Strauss mir sagte, daß ich bei Dr. Nemur einen Minderwertigkeitskomplex hervorrufe. Ich dachte, er wollte sich über mich lustig machen, und in dieser Hinsicht bin ich übersensibel.

Woher sollte ich wissen, daß ein angesehener Psychoexperimentalforscher wie Nemur keine Ahnung von Hindustanisch und Chinesisch hat? Das ist absurd, wenn man die Arbeit bedenkt, die auf seinem Forschungsgebiet heute in Indien und China vollbracht wird.
Ich fragte Dr. Strauss, wie Nemur Rahajamatis Angriff auf seine Methode und seine Ergebnisse ablehnen könne, wenn er nicht einmal zu lesen vermöge, was dieser geschrieben hat. Der seltsame Blick in Dr. Strauss' Augen kann nur eines bedeuten. Entweder er will Nemur nicht sagen, was man in Indien über ihn sagt, oder aber — und das macht mir Sorgen — Dr. Strauss weiß es auch nicht. Ich muß mich bemühen, klar und deutlich zu sprechen und zu schreiben, so einfach, damit die Leute nicht über mich lachen.

18. Mai

Ich bin beunruhigt. Gestern abend sah ich Miss Kinnian wieder. Ich vermied jede Diskussion über intellektuelle Konzepte und versuchte, die Unterhaltung auf einer einfachen, alltäglichen Ebene zu belassen, aber sie starrte mich groß an und fragte mich, was ich mit der mathematischen Variantenäquivalenz in Dorbermanns fünftem Konzert meinte.
Als ich es ihr zu erklären versuchte, unterbrach sie mich und lachte. Ich glaube, ich wurde wütend, aber vielleicht nähere ich mich ihr auf der falschen Basis. Ganz gleich, was immer ich mit ihr zu diskutieren versuche, ich bin nicht in der Lage, zu kommunizieren. Ich muß mir noch einmal Vrostadts Gleichungen über *Ebenen semantischer Progression* vornehmen. Ich finde, daß ich mich nicht mehr sehr gut mit anderen Menschen verständigen kann. Gott sei Dank habe ich Bücher, Musik und Dinge, über die ich nachdenken kann. Die meiste Zeit bin ich allein in meiner Wohnung bei Mrs. Flynn und spreche kaum zu jemandem.

20. Mai

Wenn der Vorfall nicht passiert wäre, hätte ich den neuen Tellerjungen, einen Buben von ungefähr sechzehn Jahren, in dem Eck-

restaurant, in dem ich meine Abendmahlzeit einnehme, wahrscheinlich gar nicht bemerkt.
Die Teller flogen zu Boden, zersplitterten und verstreuten sich in kleinen, weißen Stücken unter den Tischen. Benommen und erschreckt stand der Junge da und hielt das leere Tablett in den Händen. Die Pfiffe und Rufe der Gäste (die Schreie wie „Hallo, dahin ist der Profit! ..." und „Nun, der hat wirklich nicht lange hier durchgehalten ...", die unweigerlich dem Brechen von Geschirr in einem Restaurant folgen) schienen ihn zu verwirren.
Als der Wirt kam, um nachzusehen, was los war, kauerte sich der Junge zusammen, als erwartete er, geschlagen zu werden, und warf die Arme hoch, um sich dagegen zu schützen.
„Schon gut! Schon gut, du Idiot", rief der Wirt, „steh nicht so blöd herum! Hol den Besen und feg den Dreck zusammen. Einen Besen ... einen Besen, du Idiot! Er ist in der Küche. Räum den Dreck weg."
Der Junge sah, daß er nicht bestraft werden würde. Der furchtsame Ausdruck verschwand von seinem Gesicht, er lächelte und summte eine Melodie vor sich hin, während er mit dem Besen den Boden säuberte. Ein paar der ungehobelteren Gäste machten noch ein paar Bemerkungen, amüsierten sich auf seine Kosten.
„He, Freundchen, da hinter dir ist noch ein nettes Stück ..."
„Los, nochmal ..."
„Der ist gar nicht so blöd. Es ist einfacher, sie zu zerbrechen, als sie abzuwaschen ..."
Seine Augen schweiften über die Menge amüsierter Zuschauer, dann spiegelte sich ihr Lächeln langsam in seinem Gesicht wider und wurde endlich zu einem ungewissen Grinsen über einen Witz, den er ganz offensichtlich nicht verstand.
Mir wurde übel, als ich dieses dumme, läppische Lächeln sah, die großen, hellen Augen eines Kindes, das nichts als gefallen wollte. Sie lachten über ihn, weil er geistig zurückgeblieben war.
Auch ich hatte über ihn gelacht.
Plötzlich war ich sehr wütend auf mich. Ich sprang auf und schrie: „Seid ruhig! Laßt ihn zufrieden! Es ist nicht sein Fehler, er

kann nichts dafür! Er versteht es nicht! Aber schließlich ist er doch ein Mensch!"

Stille breitete sich im Raum aus. Ich verfluchte mich, weil ich die Beherrschung verloren hatte und eine Szene heraufbeschwor. Ich versuchte, nicht mehr den Jungen anzusehen, während ich meine Rechnung bezahlte und, ohne das Essen berührt zu haben, das Lokal verließ. Ich schämte mich für uns beide. Es ist seltsam, daß Leute mit ehrlichen Gefühlen, die nie aus jemandem einen Vorteil schlagen würden, der ohne Arme oder Beine oder Augen geboren wird — wie solche Leute sich über jemanden mit geringer Intelligenz lustig machen können. Es machte mich wild, daran zu denken, daß vor nicht allzu langer Zeit ich selbst, wie dieser Junge, den Clown für sie gespielt hatte.

Fast hätte ich es vergessen.

Ich hatte das Bild des alten Charlie Gordon vor mir selbst versteckt, weil es jetzt, da ich intelligent war, aus meinen Gedanken gestrichen werden mußte. Aber heute, als ich diesen Jungen beobachtet hatte, habe ich mich zum erstenmal selbst klar erkannt. Ich war wie er gewesen!

Vor noch gar nicht so langer Zeit hatte ich erfahren, daß die Menschen über mich lachten. Jetzt mußte ich erkennen, daß ich, ohne es zu wissen, mit ihnen in das Gelächter über mich selbst einstimmte. Das schmerzt wohl am meisten von allem.

Ich habe meinen Tagesreport immer wieder und wieder gelesen und die kindische Naivität erkannt, diese Einfältigkeit! Ich kann sehen, daß ich selbst in meiner Dummheit gewußt hatte, daß ich minderwertig war und daß andere Leute etwas besaßen, das mir fehlte — etwas, das mir verwehrt war. In meiner geistigen Blindheit hatte ich geglaubt, daß es irgendwie mit der Fähigkeit, zu lesen und zu schreiben, zusammenhing, und ich war sicher gewesen, daß ich automatisch intelligent werden würde, wenn ich mir diese Fähigkeiten aneignete.

Selbst ein begrenzt intelligenter Mensch möchte wie die anderen sein.

Ein Kind weiß zwar nicht, wie es essen oder was es essen soll, aber es kennt den Hunger.

So war ich tatsächlich immer gewesen. Ich hatte es nur nicht selbst erkannt.
Dies war ein guter Tag für mich. Jetzt, da ich die Vergangenheit ganz klar vor mir sehe, habe ich mich entschlossen, mein Wissen und meine Fähigkeiten dazu zu benutzen, um auf dem Gebiet zu arbeiten, das sich mit dem Steigern der menschlichen Intelligenz beschäftigt. Wer wäre für eine solche Arbeit besser geeignet als ich? Wer sonst hatte in beiden Welten gelebt? Dies sind meine Menschen. Ich will meine Gabe dazu benutzen, um etwa für sie zu tun.
Morgen will ich mit Dr. Strauss darüber sprechen, wie ich mich am besten auf diesem Gebiet betätigen kann. Vielleicht kann ich ihm dabei helfen, die Probleme der Verbreitung und Anwendung der Mittel zu bearbeiten, die er bei mir angewandt hat. Ich habe einige gute, eigene Ideen.
Mit dieser Technik könnte soviel gemacht werden. Wenn ich zu einem Genie gemacht werden konnte, warum dann nicht tausend andere auch? Welch phantastische Idee, wenn man sie auch auf völlig normale Menschen anwendete? Auf Genies? Es gibt so viele Türen, die geöffnet werden müssen. Ich bin unbeduldig und möchte sofort beginnen.

Tagesreport 13 23. Mai

Heute geschah es. Algernon hat mich gebissen. Ich ging in das Labor, um ihn, wie ich es gelegentlich tue, zu besuchen, und als ich ihn aus seinem Stall nahm, schnappte er nach meiner Hand. Ich tat ihn zurück und beobachtete ihn eine Weile. Er war ungewöhnlich unruhig und bösartig.

24. Mai

Burt, der die Experimentiertiere versorgt, sagt mir, daß Algernon sich verändert. Er ist nicht mehr zur Zusammenarbeit bereit; er weigert sich, durch den Irrgarten zu laufen; und er frißt auch nichts mehr. Alle machen sich darüber Gedanken, was das bedeuten könnte!

25. Mai

Sie haben Algernon gefüttert, der sich jetzt auch weigert, die Türen zum Freßkasten zu öffnen. Jeder identifiziert mich mit Algernon. Auf eine gewisse Art sind wir beide der erste unserer Rasse. Sie tun alle so, als wäre Algernons Benehmen nicht unbedingt auch für mich kennzeichnend. Aber es ist schwer, die Tatsache zu verbergen, daß die anderen Tiere, die bei dem Experiment benutzt wurden, ein seltsames Benehmen zutage legen.

Dr. Strauss und Dr. Nemur haben mich gebeten, nicht mehr ins Labor zu kommen. Ich weiß, was sie denken, aber ich kann das nicht akzeptieren. Ich arbeite an meinen Plänen weiter, ihre Forschungen fortzuführen. Bei allem Respekt für diese guten Wissenschaftler bin ich mir ihrer Grenzen voll bewußt. Wenn es eine Antwort gibt, werde ich sie selbst herausfinden. Plötzlich ist die Zeit etwas sehr Wichtiges geworden.

29. Mai

Ich habe ein eigenes Labor bekommen und auch die Erlaubnis, meinen Forschungen nachzugehen. Ich bin etwas auf der Spur. Ich arbeite Tag und Nacht. Ich habe mir ein Bett in mein Labor stellen lassen. Ich notiere alles nur auf Zettel, die ich in einen Ordner einhefte, aber von Zeit zu Zeit halte ich es für notwendig, meine Stimmungen und Gedanken niederzuschreiben. Ich finde, daß der Kalkulus der Intelligenz ein faszinierendes Thema ist. Hier kann ich all das Wissen, das ich errungen habe, richtig anwenden. In gewissem Sinn ist das das Problem, mit dem ich mich mein ganzes Leben lang beschäftigt habe.

31. Mai

Dr. Strauss findet, daß ich zu hart arbeite. Dr. Nemur sagt, ich dränge die Forschungsarbeit eines ganzen Lebens in ein paar Wochen zusammen. Ich weiß, daß ich mich ausruhen sollte, aber irgend etwas in mir treibt mich voran, und ich kann es nicht aufhalten. Ich muß den Grund für den krassen Rückfall bei Algernon herausfinden. Ich muß wissen, ob und wann es mit mir geschehen wird.

4. Juni

Brief an Dr. Strauss (Kopie)

Sehr geehrter Herr Dr. Strauss,

mit getrennter Post sende ich Ihnen eine Kopie meines Berichts mit dem Titel „Der Algernon-Gordon-Effekt: Ein Studium der Struktur und Funktion erhöhter Intelligenz", den ich Sie bitte, zu lesen und zu publizieren. Wie Sie sehen, habe ich meine Experimente beendet. Ich habe meinem Bericht alle Formeln beigefügt sowie auch die mathematischen Analysen im Anhang vermerkt. Natürlich sollten diese noch verifiziert werden.

Wegen seiner Wichtigkeit für Sie und Dr. Nemur (und — muß ich es noch erwähnen? — auch für mich selbst) habe ich meine Ergebnisse Dutzende Male überprüft, in der Hoffnung, einen Fehler zu finden. Es tut mir leid, eingestehen zu müssen, daß die Resultate endgültig sind. Aber zum Wohle der Wissenschaft bin ich für das Wenige dankbar, das ich hiermit dem Wissen über die Funktion des menschlichen Gehirns und der Gesetze, die das künstliche Ansteigen der menschlichen Intelligenz beherrschen, beigetragen habe.

Ich wiederhole, was Sie selbst einmal zu mir gesagt haben: Ein experimenteller Mißerfolg oder das Widerlegen einer Theorie ist für den Fortschritt genauso wichtig wie ein Erfolg. Ich weiß jetzt, daß das wahr ist. Es tut mir jedoch leid, daß mein eigener Anteil auf diesem Gebiet auf der Asche der Arbeit zweier Männer ruhen muß, die ich so hoch schätze. Ihr sehr ergebener

Charles Gordon

Anlage

5. Juni

Ich darf mich nicht von Gefühlen hinreißen lassen. Die Tatsachen und Ergebnisse meiner Experimente sind klar, und die sensationellen Aspekte meines eigenen, raschen Aufstiegs können die Tatsache nicht verdunkeln, daß die Verdreifachung der Intelligenz durch chirurgische Mittel, die von Dr. Strauss und Dr. Nemur entwickelt wurden, nur wenig oder gar keine praktische Anwendbarkeit (im augenblicklichen Stadium) für die Erhöhung menschlicher Intelligenz haben.

Wenn ich die Aufzeichnungen und Daten über Algernon durchsehe, stelle ich fest, daß seine geistigen Fähigkeiten nachgelassen haben, obgleich er sich körperlich noch in einem frühen Stadium befindet. Die Aktivität seines Gehirns ist beeinträchtigt; die Drüsentätigkeit verringert sich; ein ständiger Verlust der Koordination ist bemerkbar.

Ebenfalls lassen sich auffällige Hinweise von progressiver Amnesie feststellen.

Wie meinem Bericht zu entnehmen ist, können diese und andere physische und geistige Entartungssymptome mit statistischer Genauigkeit vorherbestimmt werden — durch die Anwendung meiner Formel.

Der chirurgische Stimulus, dem wir beide unterworfen wurden, resultierte in einer Intensivierung und einem Ansteigen aller geistigen Prozesse. Die unvorhergesehene Entwicklung, die ich die Freiheit hatte, den Algernon-Gordon-Effekt zu nennen, ist die logische Ausdehnung der gesamten Intelligenzbeschleunigung. Die Hypothese, die hier bewiesen wird, kann mit folgenden Worten einfach beschrieben werden: Künstlich gesteigerte Intelligenz verringert sich in einer Zeitspanne, die der Quantität der Steigerung direkt proportional ist. Ich glaube, daß dies allein eine wichtige Entdeckung ist.

Solange ich fähig bin, zu schreiben, werde ich fortfahren, meine Gedanken im Tagesreport niederzulegen. Das ist eins der wenigen Vergnügen, die ich noch habe. Allen Anzeichen nach wird meine eigene geistige Rückentwicklung jedoch sehr schnell vorangehen.

Ich habe bereits begonnen, Anzeichen emotionaler Instabilität und Vergeßlichkeit zu bemerken, die ersten Symptome des Ausbrennens.

10. Juni

Verschlechterung schreitet schnell voran. Ich bin zerstreut. Algernon ist vor zwei Tagen gestorben. Die Sektion zeigt, daß mei-

ne Voraussage stimmte. Sein Gehirn hatte an Gewicht verloren, es war verweicht, und die Spalten und Risse darin hatten sich vertieft und erweitert.
Ich schätze, daß mit mir bald das gleiche geschehen wird. Jetzt, da es endgültig ist, möchte ich nicht, daß es geschieht.
Ich legte Algernons Körper in eine Käsekiste und begrub ihn im Hinterhof. Ich weinte.

15. Juni

Dr. Strauss wollte mich wieder besuchen. Ich habe die Tür nicht geöffnet und ihm gesagt, er solle weggehen. Ich möchte allein sein. Ich bin nervös und leicht reizbar geworden. Ich fühle, wie sich die Dunkelheit um mich schließt. Es ist ausgesprochen schwer, Selbstmordgedanken beiseitezuschieben. Ich halte mir immer wieder vor Augen, wie wichtig dieser anschauliche Bericht sein wird.
Es ist ein seltsames Gefühl, ein Buch in die Hand zu nehmen, das man vor wenigen Monaten noch gelesen und an dem man sich erfreut hat, und feststellen zu müssen, daß man sich nicht mehr daran erinnern kann. Ich weiß noch, wie hoch ich John Milton einschätzte, aber als ich *Paradise Lost* ergriff, konnte ich es absolut nicht mehr verstehen. Ich wurde so wütend, daß ich das Buch quer durch das Zimmer schleuderte.
Ich muß versuchen, mich an einige Dinge zu klammern. An einige der Dinge, die ich gelernt habe. O Gott, bitte nimm mir nicht alles fort.

19. Juni

Manchmal mache ich nachts einen Spaziergang. Gestern nacht konnte ich mich nicht mehr daran erinnern, wo ich wohnte. Ein Polizist hat mich nach Hause gebracht. Ich habe das seltsame Gefühl, daß mir all dies schon früher einmal passiert ist — vor sehr, sehr langer Zeit. Ich sage mir immer wieder, daß ich der einzige Mensch in der Welt bin, der beschreiben kann, was mit mir geschieht.

21. Juni

Warum kann ich mich nicht erinnern? Ich muß kämpfen. Tagelang liege ich im Bett und weiß nicht, wer oder wo ich bin. Dann kommt alles blitzartig zu mir zurück. Amnesie. Symptome von Senilität — zweite Kindheit. Ich kann beobachten, wie es näher kommt. Es ist so grausam logisch. Ich habe so viel und so schnell gelernt. Jetzt entartet mein Geist rasch. Ich darf es nicht geschehen lassen. Ich werde dagegen ankämpfen. Ich muß immer an den Jungen im Restaurant denken, den leeren Gesichtsausdruck, das alberne Grinsen, an die lachenden Leute. Nein — bitte —, nur das nicht wieder ...

22. Juni

Ich vergesse Dinge, die ich erst kürzlich gelernt habe. Es scheint den klassischen Mustern zu folgen — die letztgelernten Dinge sind die ersten, die man vergißt. Oder ist es andersherum? Ich sehe besser einmal nach ...

Ich habe meine Niederschrift über den *Algernon-Gordon-Effekt* noch einmal gelesen, und ich habe das seltsame Gefühl, daß jemand anders sie geschrieben hat. Es sind Teile darin, die ich nicht einmal verstehe.

Progressive Amnesie. Andauernd stolpere ich über Dinge, und es fällt mir ständig schwerer, die Schreibmaschine richtig zu benutzen.

23. Juni

Ich habe es aufgegeben, die Schreibmaschine zu benutzen. Meine Koordination ist schlecht. Ich fühle, daß ich mich nur noch langsam bewegen kann. Heute bekam ich einen furchtbaren Schreck. Ich nahm eine Kopie eines Artikels auf, den ich während meiner Forschungsarbeit benutzt hatte, Kruegers *Über psychische Ganzheit*, um zu sehen, ob er mir helfen würde, zu verstehen, was ich getan habe. Zuerst glaubte ich, daß mit meinen Augen irgend etwas nicht stimmte. Dann wurde mir klar, daß ich nicht mehr Deutsch lesen kann. Ich versuchte es in anderen Sprachen. Es ist alles weg.

30. Juni

Eine Woche ist vergangen, seitdem ich das letztemal geschrieben habe. Es entgleitet mir wie Sand in den Fingern. Die meisten der Bücher, die ich besitze, sind jetzt zu schwierig für mich. Ich ärgere mich über sie, weil ich weiß, daß ich sie noch vor wenigen Wochen lesen und verstehen konnte.

Ich halte mir immer wieder vor, daß ich diese Berichte schreiben muß, damit irgend jemand wissen wird, was mit mir geschehen ist. Aber es fällt mir immer schwerer, die Worte zu formen und richtig zu schreiben. Selbst einfache Wörter muß ich im Lexikon nachschlagen, und das läßt mich ungeduldig werden.

Dr. Strauss kommt fast jeden Tag vorbei, aber ich habe ihm gesagt, daß ich niemanden sehen oder sprechen will. Er fühlt sich schuldig. Alle haben ein schlechtes Gewissen. Aber ich mache keinen verantwortlich. Ich wußte, was geschehen könnte. Aber wie sehr es schmerzt!

7. Juli

Ich weiß nicht, wie die Woche vergangen ist. Heute ist Sonntag, denn ich kann durch mein Fenster die Leute zur Kirche gehen sehen. Ich glaube, ich bin die ganze Woche im Bett geblieben, aber ich erinnere mich daran, daß Mrs. Flynn mir manchmal etwas zum Essen gebracht hat. Immer wieder sage ich mir, daß ich etwas tun muß, aber dann vergesse ich es wieder, oder vielleicht ist es auch einfach leichter, nicht zu tun, was ich tun wollte.

Ich denke jetzt viel an meine Mutter und an meinen Vater. Ich habe ein Bild gefunden, auf dem sie und ich am Strand zu sehen sind. Mein Vater hält einen großen Ball unter dem Arm, und meine Mutter führt mich an der Hand. Ich erinnere mich nicht so an sie, wie sie auf dem Bild sind. Alles, woran ich mich erinnere, ist, daß mein Vater die meiste Zeit über getrunken hat und mit Mutter über Geld stritt. Er rasierte sich nie, und wenn er mich auf den Arm nahm, zerkratzte er mir das Gesicht. Meine Mutter sagte, er wäre gestorben, aber mein Cousin Miltie sagte, er hätte seine Mutter und seinen Vater sagen hören, daß mein Vater mit einer anderen Frau davongelaufen wäre. Als ich meine Mutter danach fragte, schlug sie mir ins Gesicht und sagte, mein Vater wäre tot. Ich glaube, ich habe es nie herausgefunden, was nun eigentlich stimmte, aber jetzt ist es mir egal. (Er sagte, er würde mich zu einer Farm führen, um Kühe anzusehen, aber er hat es nie getan. Er hat sein Versprechen nie gehalten ...)

10. Juli

Meine Wirtin, Mrs. Flynn, macht sich große Sorgen meinetwegen. Sie sagt, so wie ich den ganzen Tag herumliege und nichts tue, erinnere ich sie an ihren Sohn, den sie später hinauswarf. Sie sagt, sie kann Faulenzer nicht leiden. Wenn ich krank bin, dann ist das eine Sache, aber wenn ich ein Faulenzer bin, dann ist das etwas völlig anderes, und sie duldet es nicht. Ich sagte ihr, ich wäre krank.

Ich versuche jeden Tag ein wenig zu lesen, meistens Geschichten, aber manchmal muß ich dieselbe Seite immer wieder und wieder lesen, weil ich nicht weiß, was es bedeutet. Und das Schreiben ist so schwierig. Ich weiß, ich sollte alle Worte im Lexikon nachschlagen, aber es ist so schwierig, und ich bin die ganze Zeit so müde.

Mir kam die Idee, nur noch die leichten Worte zu gebrauchen anstatt der langen schwierigen. Das spart Zeit. Einmal in der Woche lege ich frische Blumen auf Algernons Grab. Mrs. Flynn findet es verrückt, Blumen auf das Grab einer Maus zu legen, aber ich sagte ihr, daß Algernon etwas Besonderes war.

14. Juli

Es ist wieder Sonntag. Ich habe nichts zu tun, jetzt, wo auch noch mein Fernsehgerät kaputt ist und ich kein Geld habe, um es reparieren zu lassen. (Ich glaube, ich habe diesen Monat meinen Scheck vom Labor verloren. Ich kann mich nicht daran erinnern.)

Ich kriege furchtbare Kopfschmerzen, und Aspirintabletten helfen kaum. Mrs. Flynn weiß, daß ich wirklich krank bin, und sie bedauert mich. Sie ist eine wunderbare Frau, wenn jemand krank ist.

22. Juli

Mrs. Flynn hat einen fremden Arzt geholt. Sie hatte Angst ich würde sterben. Ich sagte dem Doktor ich wäre sehr krank und daß ich nur manchmal alles vergesse. Er fragte mich ob ich Freunde oder Verwandte hätte und ich sagte nein ich habe keine. Ich erzählte ihm ich hätte einen Freund gehabt mit dem Namen Algernon aber es war eine Maus und wir sind immer um die Wette durch Irrgärten gelaufen.
Er blickte mich ziemlich komisch an als dächte er ich wäre verrückt.
Er lächelte als ich ihm sagte ich wäre einmal ein Genie gewesen. Er redete mit mir als wäre ich ein Baby und blinzelte Mrs. Flynn zu. Ich wurde wütend und jagte ihn hinaus weil er sich über mich lustig machte wie früher all die anderen.

24. Juli

Ich habe kein Geld mehr und Mrs. Flynn sagt ich muß mir irgendwo Arbeit suchen und die Miete bezahlen weil ich schon über zwei Monate nichts mehr bezahlt habe. Ich kann keine andere Arbeit außer dem Job den ich früher in der Plastigfabrik von Mr. Donnegan verrichtet habe. Ich möchte nicht dorthin zurückgehen weil sie mich dort alle kannten als ich klug war und vielleicht werden sie über mich lachen. Aber ich weiss nicht was ich sonst tun soll um Geld zu kriegen.

25. Juli

Ich habe mir ein baar Seiten von früher angesehen die ich im Tagesreport geschriben habe und es ist sehr komisch aber ich kann nichts mer davon lesen. Ich kann ein paar der wörter verstehen aber sie geben keinen Sin.
Miss Kinnian war an der Tür aber ich sagte gehen Sie weg ich will Sie nicht sehen. Sie weinte und ich weinte auch aber ich lies sie nicht herein, weil ich nicht wollte daß sie über mich lacht. Ich sagte ihr das ich sie nicht mer mag. Ich sagte ihr das ich nicht mer klug sein wolte. Das ist nicht war. ich liebe sie noch imer und ich möchte auch noch imer klug sein aber ich muste das sagen

damit sie wegging. Sie gab Mrs. Flynn geld für die miete. Das will ich nicht.
Bitte ... bitte last mich nicht vergessen wie man liest und schreibt ...

27. Juli

Mr. Donegan war ser nett als ich zurückkam und fragte ob ich meinen alten job wieder haben kann. zuerst war er sehr mißtrauisch aber ich erzählte im was mit mir geschehn war dann blikte er mich ser traurik an und legte die hand auf meine schulter und sagte Charlie Gordon du hast mut.
Alle sahen mich an als ich die treppen runterging und in der toilette zu arbeiten begann und auffegte wie früher immer. ich sagte mir Charlie wenn sie sich über dich lustig machen ärgere dich nich weil du erinnerst dich daß sie früher einmal nich so gescheit waren wi du. und dann waren sie auf einmal deine freunde unt wenn sie mal über dich lachten dann hat das nichts zu bedeuten weil sie dich auch gern haben.
Einer der neuen männer der erst in der faprik zu arbeiten anfing nachdem ich wegwar machte einen schlechten Witz er sagte he Charlie ich höre du bist ein so gescheiter knabe ein richtiger quizjunge. sak was intellegentes. los. es war nicht schön aber Joe Carp kam rüber und packte in am hemd und sagte laß ihn zufrieden du dreckige laus oder ich brech dirs genick. ich habe nich erwartet daß Joe meine partei ergreift.
Später kam Frank Reilly rüber und sagte Charlie wenn dir irgentjemand was will oder versucht dich übers ohr zu hauen rufst du mich oder Joe und wir werden in uns vornemen. ich sagte danke Frank und kriegte einen klumpen indi kehle so daß ich mich wegdrehn mußte und in den lagerraum ging damit er nicht sehn konte wie ich weinte. es ist schön freunde zu haben.

28. Juli

Heute hab ich was furchtbar dummes gemacht ich vergaß das ich gar nich mehr in Miss Kinnians klasse für Erwachsene war wie früher. Ich ging hin und setzte mich auf meinen alten Plaz

hinten hin und sie sah mich ganz komisch an und sagte Charles zu mir. Ich glaube nich daß sie mich früher so genannt hat nur immer Charlie und so sagte ich hallo Miss Kinnian heute bin ich wida da zum lesen nur hab ich mein lese Buch verlorn. Sie fink an zu heuln und rannte aus dem klassen zimmer und alle haben mich angesehn und da merkte ich das das garnich die selben Schüler warn wie in meiner alten klasse.
Dann fiel mir ganz plötzlich was über die operazion ein und wie ich gescheit geworden bin un ich rufe heiliger bimbam das is wirklich un warhaftik ganz Charlie Gordon. Ich bin weg gegangen noch befor sie wieder kam.
Darum will ich fort fon New York für immer. So was will ich nich noch einmal machn. Ich will nich daß Miss Kinnian wegen mir traurik is. In der fabrick da bedauan mich alle un das will ich auch nich un darum gehe ich wo hin wo mich niemant nich kennt und wo niemantweiß das Charlie Gordon mal nen Jenie war un jezt kann er nich mal meer lesen un schreiben. Ich nehm ein pahr bücher mit und wenn ich se auch nich lesen kann will ichs doch versuchn un vileicht werd ich dann doch noch en bischen gescheiter wie forder operazion. Ich hab meinn Hasenfuß und den glüksfennik un vileicht helfn die mir.
Miss Kinnian wenn sie das lesen was ich schreibe seinse nich traurik ich bin fro das ich noch ne chanze hatte klug zu wern und ich bin fro das ich sovil sachen geseen hab von denen ich nich mal wußte das es si giebt. Ich weiß nich warum ich wieder dum bin oder was ich falsch gemacht hab vileicht weil ich mich nich genuk an gestrenkt habe. Aber wenn ich mir müe gebe und imer übe vileicht wer ich dann ein bizschen klüger un weis wie man die wörter schreibt. Ich weis noch wie schön es war als ich das blaue buch gelesn habe das mit dem kaputten umschlag. Darum strenge ich mich so an damit ich das wider mal fülen kann. Es is nen schönes gefül alles zu wissen und klug zu sein. Ich möchte das jezt auch gerne habn dann würde ich mich sofort hinsezen und lesen. Auf alle felle bin ich scheze ich die einzigsste Person auf der Erde die dumm is un doch was wichtiges für die wissen Schaft rausgefundn hat. Ich weiss das ich was gefundn habe

aber nich mehr was. Darum scheze ich ist das so wie wenn ichs für alle dummen Leute auf der Erde getan hette so wi ich. Auf-widerseen Miss Kinnian un Dr Strauss und alle. Un sagen sie wohl bitte PS Dr Nemur er soll nich son mise peter sein wenn andere lachen und dann wird er vil meer freunde habn. Es is leicht freunde zu habn wenn man andre leute über sich lachn lest. Wo ich hin gee werde ich vil freunde habn. PPS Bitte wenn sie können legn sien paar blumen auf Algernons grab im hof ...

Theodore Sturgeon

Verlorene See

(The Man Who Lost the Sea)

Der 1918 als Edward Hamilton Waldo in New York geborene Sturgeon ging einer Vielzahl von Berufen nach — u. a. war er Hausmeister und Erdarbeiter, bevor er zur SF kam. Als seine erste Geschichte gilt ***„Ether Breather“,*** *1939 in* ***„Astrounding“*** *erschienen. Sturgeon war einer von Campbells Stammautoren in der „goldenen Zeit“ von* ***„Astounding“*** *und* ***„Unknown“.*** *Während der vierziger Jahre verfeinerte er seinen Stil, und Anfang der fünfziger Jahre galt er neben Ray Bradbury als der größte Stilist der Genre-SF und als ihr literarisches Hätschelkind. (In einem Kurzgeschichtenwettbewerb schlug er Graham Greene.) Trotz seiner hervorragenden Geschichten in den vierziger Jahren (****„Microcosmic God“*** *u. a.) waren die fünfziger Jahre die Zeit seines Durchbruchs. Hier erschien sein bekanntestes Werk, der moderne SF-Klassiker* ***„Mor Than Human“*** *(1953,* ***„Die neue Macht der Welt“****). Dieser Roman gewann den International Fantasy Award und war aus mehreren Stories bzw. Noveletten zusammengesetzt. Sturgeons Romane sind im Vergleich zu seinen kürzeren Werken trotz dieser Ausnahme nicht so wichtig. Er verfaßte eine Vielzahl guter Geschichten, die in vielen Sammelbänden vorliegen. Herausragend sind die Stories* ***„Baby is Three“*** *(1952),* ***„Slow Sculpture“*** *(1970), Hugo- und Nebula-Gewinner,* ***„And Now The News“*** *(1956) und die von uns ausgewählte* ***„The Man Who Lost the Sea“,*** *die in eine Sammlung der besten amerikani-*

schen Kurzgeschichten des Jahres aufgenommen wurde. In seiner emotional eindringlichen Weise schildert Sturgeon den Tod eines Raumfahrers, als die Raumfahrt in der Realität gerade erst begonnen hatte. Er beschließt die Dekade mit einem gleichermaßen optimistischen wie pessimistischen Ausblick auf die Zukunft.

Stell dir vor, du seiest ein Kind und liefest in einer dunklen Nacht, einen Hubschrauber in der Hand, über den kalten Sand. Du rufst dreimal sehr schnell Hexi-Hexi-Hexi. Du kommst an dem kranken Mann vorbei, und er will, daß du das Ding wegwirfst. Vielleicht denkt er, daß du zu alt bist, um dich mit Spielzeug zu beschäftigen. Du läßt dich also neben ihm im Sand nieder und erzählst ihm, daß es gar kein Spielzeug wäre, sondern ein Modell. Du hältst es ihm unter die Nase und zeigst ihm etwas, das die meisten Menschen nicht kennen. Du nimmst einen der Rotoren zwischen die Finger und zeigst ihm, wie er sich bewegt, ein wenig auf und nieder, vor und zurück. Du beginnst ihm zu erzählen, wie seine Flexibilität mit dem gyroskopischen Effekt fertig wird — aber er hört dir nicht zu. Er will nicht über das Fliegen nachdenken, nicht über Hubschrauber, nicht über dich. Und vor allem will er keine Erklärungen über irgend etwas, von niemandem. Nicht jetzt. Jetzt möchte er über die See nachdenken. Deshalb gehst du fort.

Der kranke Mann ist in dem kalten Sand begraben, nur sein Kopf und sein linker Arm sehen heraus. Er ist in einen Druckanzug gekleidet und sieht aus wie ein Mensch vom Mars. In seinem linken Ärmel ist die Kombination eines Zeit- und eines Druckmessers eingebaut. An dem Meßgerät ist ein leuchtender, blauer Zeiger, der keinen Sinn ergibt, die Zeitzeiger sind leuchtend rot. Er kann das Dröhnen der Brandung und das schnelle Schlagen der Pumpen hören. Vor langer Zeit einmal war er schwimmen gegangen, aber er war zu tief hinabgetaucht, hatte sich zu lange unten aufgehalten und war zu schnell wieder an die Oberfläche zurückgekehrt. Als er wieder zu sich kam, war es genauso gewesen. Sie sagten: „Schön ruhig, Junge. Beweg dich nicht. Schön ruhig." Er hatte trotzdem versucht, sich zu bewegen. Es schmerzte. Deshalb lag er diesmal im Sand, ohne sich zu bewegen, ohne es überhaupt zu versuchen.

In seinem Kopf war irgend etwas nicht in Ordnung. Aber er erkannte ganz genau, daß es so war — das geht manchen Leuten nach einem Schock so. Stell dir vor, du seist jenes Kind, dann könntest du jetzt erzählen, wie du dich gefühlt hast; denn einmal wachtest du in der Turnhalle deiner Schule auf und fragtest, was geschehen wäre. Man erklärte dir, du hättest am Barren geturnt und wärest auf den Kopf gefallen. Du verstandest das genau, obgleich du dich an den Augenblick des Fallens nicht erinnern konntest. Eine Minute später fragtest du noch einmal, und sie sagten es dir. Du verstandest es. Aber gleich darauf fragtest du wieder. Es war ganz gleich, wie oft sie es dir beibrachten, du konntest es nicht behalten; aber die ganze Zeit über wußtest du, daß bald alles wieder in Ordnung sein würde. Und das war auch wirklich so ... Aber selbst wenn du jenes Kind gewesen wärest, das sich und den anderen immer alles selbst erklären wollte, dann würdest du doch jetzt sicher nicht den kranken Mann damit belästigen wollen.

Schau nur, was du schon angerichtet hast: Er hat dich mit einem ärgerlichen Gedanken verbannt, denn seine Gedanken sind neben seinen Augen das einzige, was er jetzt noch bewegen kann. Diese Anstrengung ist für ihn eine Qual. Zwar hat er sich schon früher einmal seekrank gefühlt, aber er ist es nie wirklich gewesen, dagegen hat er ein Rezept, er richtet die Augen auf den Horizont und beschäftigt sich anderweitig. Jetzt! Jetzt müßte er das auch tun; denn es gibt einen Ort, an dem man nicht seekrank werden sollte, und das ist ein Druckanzug. Jetzt!

Deshalb beschäftigt er sich, so gut er kann, mit der Küstenlandschaft, mit dem dahinter liegenden Land, mit dem Himmel. Er liegt auf dem Boden, sein Kopf ist auf einen schwarzen Felsbrokken gebettet. Vor ihm ragen noch andere Felsen aus dem Boden, ihre Oberfläche ist mit weichem weißem Sand bedeckt. Dahinter erstreckt sich eine ebene Fläche, mit Salz bedeckt, die Gezeitengrenze; er weiß es noch nicht ganz sicher. Genau sieht er nur die Fußabdrücke, die hinter ihm beginnen, sich nach links wenden und in den Schatten der Felsbrocken verschwinden, wieder hervortreten und endlich gegen das Tal zu immer undeutlicher werden. Am Himmel hängt ein altes, zerschlissenes Tuch, in das das Sternenlicht Löcher gebrannt hat; zwischen diesen Löchern ist die Schwärze am tiefsten — es ist Winter, die Bergkuppen heben sich kaum von der Schwärze des Himmels ab.

Er spürt, wie sich seiner eine unaufhaltsame Übelkeit zu bemächtigen droht; er versucht, sich dagegen zu wehren, indem er sich ganz und gar seiner Schwäche hingibt. Er muß sich beschäftigen. Jetzt zeig ihm das X-15-Modell. Das wird ihn interessieren. He — wäre das nicht ein feines Spielzeug? Es fliegt zu hoch, so daß die dünne Luft keine Steuerung zuläßt. In den Flügelspitzen sind kleine Düsen eingebaut, hier, siehst du? Und darin ist Druckluft.
Aber der kranke Mann kräuselt die dünnen Lippen: Geh weg, Kind, ja? — Das hat nichts mit der See zu tun. Geh weg.
Der kranke Mann zwingt sich, immer weiter und weiter in die Ferne zu spähen, er betrachtet alles mit einer peinlichen Genauigkeit, als würde man ihm eines Tages die Aufgabe stellen, all dies nachzumalen. Zu seiner Linken befindet sich nur die sternenhelle ruhige See. Das Tal vor ihm ist von Hügeln umgeben. Zu seiner Rechten ist die schwarze Felsmauer, gegen die er seinen Helm lehnt.
Er hofft, die Übelkeit bezwungen zu haben, aber er ist sich noch nicht sicher. Deshalb blickt er in den Himmel auf, der schwarz und hell zugleich ist. Er ruft Sirius, Polaris, Ursa, ruft, daß ... daß ... es bewegt sich. Beobachte es genau: Ja, es bewegt sich! Es ist ein Lichtflecken, an den Kanten ausgefranst. Natürlich weiß er, daß er seinen Augen gerade jetzt nicht trauen darf. Aber diese Bewegung ...
Als Kind hatte er einmal auf dem kalten Sand gestanden und das Aufsteigen des Sputniks im Dunst beobachtet; und danach hatte er nicht schlafen können und für seinen Empfänger besondere Drähte geformt, hatte unter Lebensgefahr hohe Antennen montiert, nur um unverständliche Signale vom Vanguard, Explorer, Lunik, Discoverer und Mercury zu hören. Er kannte sie alle, und er kannte vor allem dieses stete Gleiten im Himmel.
Der sich bewegende Fleck war ein Satellit, und gleich wird er wissen, welcher — ohne sich zu bewegen, ohne mit Instrumenten ausgestattet zu sein, außer seinem Chronometer in seinem Gehirn. Er ist unendlich dankbar dafür; ohne diesen gleitenden Fleck im Himmel hätte er nur die Fußabdrücke, diese wandern-

den Fußabdrücke, die einem zu deutlich zu verstehen gaben, daß man ganz allein auf der Welt war.
Angenommen, du wärest ein Kind, eifrig und neugierig und überdurchschnittlich intelligent, dann könntest du in einem Tag oder ein wenig mehr eine Methode ausarbeiten, um die Zeit eines Satelliten zu messen, mit nichts als einem Zeitmesser und einem Gehirn.
Aber wenn du dieses Kind wärest, eifrig oder neugierig oder sonst was, dann würdest du darüber nicht zu dem kranken Mann plappern, denn er möchte deswegen nicht gestört werden. Er hat schon vor langer Zeit darüber nachgedacht, und selbst jetzt beobachtet er die Schatten, um in Gedanken nachzurechnen. Ja, jetzt! Seine Augen blicken zu seinem Chronometer: 0400, genauer geht es nicht.
Er muß minutenlang warten — zehn? ... dreißig? ... dreiundzwanzig? — Es ist schlimm genug, das Warten, denn die See ist ruhig, aber darunter fließen viele Ströme, Schatten, die sich bewegen und schwimmen. Aufgepaßt. Er darf auf keinen Fall nahe der großen, unsichtbaren Amöbe schwimmen: Sie greift nach seinem Leben.
Da du ein junger Bursche bist, gar nicht mehr ein richtiges Kind, möchtest auch du dem kranken Mann helfen, du möchtest ihm alles erzählen, was du über das kalte Gefühl im Magen weißt, über diese um sich greifende, unsichtbare Amöbe. Du weißt alles über sie — hör zu, du möchtest ihn anschreien, möchtest ihm sagen, daß er sich nicht von der kalten Berührung beunruhigen lassen soll. Er muß nur wissen, was es ist, weiter nichts. Du möchtest es ihm sagen:
Hör zu, so hast du das Ungeheuer gesehen und zergliedert. Hör nur zu, du befandest dich zwischen Hunderten von tropischen Inseln, die von seichten Gewässern umgeben waren; du wolltest tauchen; du hattest einen neuen, blauen Schnorchel, dessen Gesichtsstück und Atemröhre in einem Stück gebaut waren, neue, blaue Flossen an den Füßen und eine neue, blaue Harpune — all dies war neu, denn du hattest gerade erst damit begonnen, verstehst du? Dieser Sport war etwas Neues, auch für dich, du

warst vor Freude ganz verrückt, du begeistertest dich an der Entdeckung der Unterwasserwelt. Du warst in einem Boot draußen gewesen, du warst zurückgekommen, du hattest gerade die Mündung einer kleinen Bucht erreicht, da hattest du Lust verspürt, den restlichen Weg zu schwimmen. Das hattest du den anderen gesagt und warst in das warme, weiche Wasser gesprungen.

Du hattest deine Harpune mitgenommen.

Es war nicht mehr weit, aber Anfänger unterschätzen Entfernungen im Wasser. Während der ersten fünf Minuten war es wunderschön, die Sonne brannte auf deinen Rücken, und das Wasser war weich und warm, und du fühltest dich, als flögest du. Mit dem Gesicht unter Wasser, der Maske auf dem Kopf, den breiten, blauen Flossen, die das Wasser zur Seite traten, der Harpune, die schwerelos in deiner Hand lag, glittest du durch das sonnenhelle Grün. In deinen Ohren dröhnte das monotone Atmen des Schnorchels, und durch die undurchsichtige Glasplatte deiner Maske sahest du Wunder. Die Bucht war flach — nur drei bis vier Meter tief, sandig, mit Korallen bewachsen, mit phantastischen Seepflanzen und Fischen belebt — außerordentliche Fische! Von roter und grüner Farbe, blau, gold und rosa, dazwischen grau, orange und silber. Und dann erfaßte dich dieses ... Ungeheuer.

In dieser fremden Welt gab es Feinde: die sandfarbene, gesprenkelte Seeschlange mit ihrem großen, häßlichen Kopf und dem nach unten gezogenen Mund, die nicht zurückschreckte, sondern den Eindringling beobachtete; gefleckte, breite Fische mit starken Kiefern und Kiemen; Quallen mit langen Fangarmen und Riesenkrebse. Tintenfische und Stachelfische. Aber all dies waren keine Ungeheuer, sie störten dich nicht, sie würden dir nichts anhaben. Denn du glittest über ihnen dahin — gewappnet, intelligent, beruhigt durch die nahe Küste und das Boot. Und doch wurdest du angegriffen.

Zuerst war es nur Unruhe, keine starke Unruhe, nur ein Kontakt, so intim wie der mit der See; du wurdest eingehüllt. Und dann die Berührung — eine kalte, innere Berührung. Als du dich ihrer end-

lich bewußt wurdest, lachtest du. Wovor solltest du dich auch fürchten? Das Ungeheuer, die Amöbe.
Du hobst den Kopf und blicktest hinauf. Das Boot hatte an der Steilküste zur Rechten angelegt; irgend jemand stocherte noch nach Austern. Du winktest zum Boot hin; du hobst die Harpune, dabei sank dein Körper ein wenig weiter ins Wasser ein, und als hättest du gar keinen Schnorchel auf, warfst du den Kopf ein wenig zurück, um zu atmen. Dadurch aber wurde das Ende der Schnorchelröhre unter Wasser gezogen; die Röhre schloß sich; du atmetest eine Handvoll Nichts ein. Du stecktest das Gesicht wieder unter Wasser; der Schnorchel ragte weit und sichtbar heraus; du bekamst deine Luft und zusammen mit ihr einen kleinen Schluck salziges Seewasser. Du hustetest und spucktest es aus, du schlucktest, als du wieder atmen konntest, deine Brust schmerzte, und die Luft, die du einzogst, schien dir nicht gut zu tun.
Du bissest die Zähne aufeinander und bewegtest dich in Richtung auf den Strand zu, du schlugst mit den Armen heftig um dich und wußtest, daß es das Richtige war; und dann sahst du plötzlich rechts unter dir einen riesigen Leib, der sich vom Sandboden des Meeres aufwölbte. Du wußtest, daß es die Felsen, die Korallen und die Seepflanzen waren, trotzdem schriest du bei dem Anblick auf; du kümmertest dich nicht darum, was du wußtest. Du wandtest dich nach links, um es zu umgehen, kämpftest dich an ihm vorbei, als wollte es nach dir greifen; du bekamst keine Luft, die Schnorchelröhre schien verschlossen zu sein. Plötzlich konntest du die Maske keine Sekunde länger ertragen, deshalb schobst du sie über deinen Mund hinauf und zogst sie über den Kopf, so daß sie auf deinem Rücken hing, und du öffnetest den Mund und atmetest tief und keuchend die klare Luft des Himmels ein.
Es war damals, daß das Ungeheuer dich wirklich und wahrhaftig einhüllte, sich um dich schlang und dich in sich aufnahm — formlos, ohne Begrenzung, eine endlose, grenzenlose Amöbe. Die Küste, die nur wenige Meter entfernt war, die felsigen Arme der Bucht und die Nähe des Bootes — dies alles konntest du erken-

nen, aber nicht länger auseinanderhalten, denn sie waren alle ein und dasselbe Ding ... das, was man unerreichbar nennt.
Auf diese Weise kämpftest du dich eine ganze Weile voran, legtest dich auf den Rücken, zogst die Harpune hinter dir her, und am meisten warst du darauf bedacht, die von der Sonne gewärmte Luft einzuatmen. Und dann kehrte allmählich dein kühler Verstand zurück, löste das Ungeheuer auf und verjagte es. Die Luft, die du durch deinen vor Entsetzen verzerrten Mund einatmetest, beruhigte dich, und das Ungeheuer wich vor dir zurück.
Du sahst die Brandung, den Strand, Bäume. Du fühltest, wie dein Körper von den Wellen emporgehoben wurde, die sich am Strand brachen. Du schleudertest gegen harten Felsen, die scharfen Korallenspitzen zerfetzten deine Haut, aber du warst glücklich. Du richtetest dich in dem schäumenden Wasser auf und watetest zum Strand. Du erreichtest zuerst den nassen, harten Sand, und nach einigen letzten, anstrengenden Schritten warfst du dich in den trockenen Sand, unfähig, dich weiterzubewegen.
In dir fühltest du Triumph — einen Triumph darüber, daß du lebtest.
Als du wieder denken konntest, galt dein erster Gedanke der Harpune, und die erste Bewegung, die du ausübtest, war, sie loszulassen. Du wärst beinahe gestorben, weil du dich so fest an sie geklammert hattest; ohne sie hättest du keine Last zu tragen gehabt und wärest nicht in Panik geraten. Du hattest sie — und das begannst du jetzt zu verstehen — behalten, weil sie dir sonst jemand anders wieder hätte bringen müssen, und du hättest das spöttische Gelächter der anderen nicht ertragen.
Dies war der Beginn einer Sektion, einer Analyse, ein Studium des Ungeheuers. Damals begann alles; seitdem hatte es nie geendet. Einiges von dem, was du gelernt hattest, war einfach wichtig; das andere war lebensnotwendig.
Zum Beispiel hattest du gelernt, niemals weiter mit einem Schnorchel hinauszuschwimmen, als du ohne ihn würdest zurückschwimmen können. Du lerntest, niemals mehr bei dir zu tragen, als in einem Notfall notwendig war. Stolz und Würde konn-

ten abgelegt werden. Du lerntest, niemals allein zu tauchen, selbst wenn sie dich auslachten, selbst wenn du einen Fisch allein erlegtest und nachher sagen mußtest, *wir* haben ihn geschossen. Aber vor allem lerntest du, daß die Furcht viele Gestalten hat, und eine davon — eine einfache Art, die von einer zu großen Konzentration von Kohlensäure in deinem Blut herkommt, wie von zu schnellem Aus- und Einatmen durch den Schlauch — ist nicht wirkliche Furcht, sondern erzeugt nur die gleichen Symptome wie Furcht und kann sich in Panik verwandeln und dich töten.

Hör zu, möchtest du sagen, hör zu, eine solche Erfahrung ist nichts Schlimmes, und auch nicht das, was man daraus lernt, denn ein Mensch, der daraus genug lernen kann, könnte fähig genug werden, vorsichtig genug, voraussehend, ohne Furcht, bescheiden, aufnahmebereit genug, um ausgewählt zu werden, um qualifiziert zu werden für ...

Du gibst diesen Gedanken auf, oder vielmehr, du schiebst ihn beiseite, denn der kranke Mann spürt wieder tief im Inneren diesen kalten Hauch, er fühlt ihn, kann ihn nicht unterdrücken, übermächtig breitet er sich in ihm aus, und du, mit all deiner Erfahrung, könntest es ihm nicht erklären, selbst wenn er zuhörte. Bring ihn zum Zuhören! Sag ihm, daß dieser kalte Hauch etwas Erklärliches ist wie zum Beispiel Sauerstoffarmut, ja selbst Freude oder eine Art von Triumph, den er erst zu schätzen wissen wird, wenn sein Gehirn wieder richtig funktioniert.

Triumph? Er lebt doch, trotz allem ... Aber das scheint ihn nicht mit Triumph zu erfüllen, obgleich er doch damals bei den Inseln mit dem Leben davonkam und ein anderes Mal zwei Menschen rettete. Jetzt scheint das nicht mehr zu zählen: Es scheint einen Grund zu geben, so daß das Leben danach kein Triumph ist.

Warum kein Triumph? Weil es nicht zwölf, nicht zwanzig, nicht einmal dreißig Minuten dauert, bis der Satellit seine Achtelkreisbahn vollendet hat: Fünfzig Minuten sind vergangen, und noch immer ist der Schattenstreifen da drüben. Das ist es, was sich wie eine kalte Hand auf sein Herz legt, und er weiß nicht, warum, er weiß nicht, warum, er wird nicht wissen, warum; er befürchtet aber, daß er es wissen wird, wenn seine Gedanken wieder richtig funktionieren ... Wo ist das Kind? Wo ist etwas, mit dem sich die Gedanken beschäftigen können, auf das sie sich konzentrieren können, etwas anderes außer dem Uhrzeiger, der dem Mond davonzulaufen scheint? Komm her, Kind, komm hierher — was hast du da?

Wenn du ein Kind wärst, dann würdest du ihm alles verzeihen und dich mit deinem neuen Modell neben ihn hocken, dem Modell, das kein Spielzeug ist, kein Helikopter und auch keine Rakete, sondern ein großes Modell, das aussieht wie eine überdimensionale Patrone. Selbst für ein Modell ist es so groß, daß auch ein kranker Mann es nie als Spielzeug bezeichnen würde. Eine gigantische Patrone, aber paßt nur auf: Die unteren vier Fünftel, das ist Alpha — mit der großen Schubkraft. Die Hälfte des übrigen ist Beta — das Gehirn —, das dich auf deinen Weg bringt. Und jetzt sieh dir den glänzenden Teil an, der noch übrig ist, wenn Alpha und Beta abgetrennt worden sind. Berühre irgendeine Stelle der Kontrollvorrichtung und sieh nur — siehst du? Es hat Flügel — weite, dreieckige Flügel. Das ist Gamma, das mit den Flügeln, und auf seinem Rücken befindet sich eine kleine Wurst. Die Wurst — klick! sie löst sich — ist Delta. Delta ist das letzte, das kleinste: Delta ist der Weg nach Haus.

Was werden sie als nächstes ausdenken? Ein hübsches Spielzeug, wirklich, ein hübsches Spielzeug. Beeil dich, Kind. Der Satellit ist jetzt fast genau über uns. Der Schatten schwindet — schwindet — ist fast weg und ... jetzt, jetzt ist er nicht mehr da.

Überprüf es: Vier Uhr neunundfünfzig. Neunundfünfzig Minuten? Die Zeit ist acht ... 472 ... ist, eh, sieben Stunden zweiundfünfzig Minuten.

Sieben Stunden und zweiundfünfzig Minuten? Wieso, es gibt doch gar keinen Satelliten mit einer solchen Umlaufzeit um die Erde. Im ganzen Sonnensystem gibt es nur ...

Die kalten Finger greifen fester zu. Der Osten hellt sich auf, und der kranke Mann wendet sich ihm zu, er lechzt nach Licht, nach der Sonne, nach einem Ende der Fragen, deren Antworten er

nicht finden konnte. Die See erstreckt sich endlos dem Licht entgegen, und die Brandung tobt unaufhörlich. Das schwache Licht im Osten bleicht die sandigen Hügelspitzen, und plötzlich erleichtern ihn die Fußabdrücke, die er jetzt wieder bemerkt. Das war doch der Freund, denkt der kranke Mann, der Hilfe herbeiholt. Er könnte im Augenblick nicht sagen, wer dieser Freund ist, aber es wird ihm schon wieder einfallen, und inzwischen helfen ihm die Fußabdrücke über die Einsamkeit hinweg. Der obere Rand der Sonne taucht hinter dem Horizont auf, ein plötzliches Grün, das gleich wieder verschwindet. Es gibt keine Dämmerung, nur dieses grüne Aufleuchten und dann ein weißes Strahlen des Sonnenaufgangs. Die See könnte nicht weißer sein, nicht stiller, selbst wenn sie gefroren wäre und unter einem Schneetuch läge. Im Westen blinken noch immer Sterne, und direkt über ihm wird der gezackte Satellit in fahles Licht getaucht. Ein formloser Haufen im Tal beginnt sich langsam zu einer Art Zeltstadt zu bilden, einer Art Siedlung mit röhrenähnlichen Gebäuden. Dies hätte für den kranken Mann eine Bedeutung, wenn seine Gedanken richtig arbeiteten. Bald würde es soweit sein.
Die See, weit draußen am Horizont, direkt unter der aufsteigenden Sonne, benimmt sich seltsam; denn dort, wo sie eigentlich von einer unerträglichen Helle sein sollte, breitet sich ein brauner Flecken aus. Es ist, als würde das weiße Feuer der Sonne die See ausdörren — sieh nur, sieh! Der Flecken, mehr eine Kerbe, wird zu einem Bogen, der einen Halbmond bildet und vor dem Sonnenlicht dahinjagt, sich ausdehnt, bis zu ihm, direkt zu ihm. Neben der Furcht, die ihn erfüllt, breitet sich etwas anderes aus, etwas, das ihn auf die letzte Panik vorbereitet. Und doch liegt darunter auch Triumph — Triumph und Ruhm. Vielleicht besteht der ganze Kampf, den er austrägt, darin: daß er sich darauf vorbereitet, das Äußerste, das ihm Furcht antun kann, zu ertragen, denn wenn ihm das gelingt, dann darf er triumphieren. Aber ... noch nicht jetzt. Bitte, noch nicht.
Etwas fliegt (oder flog oder wird fliegen — darüber ist er sich nicht ganz im klaren) auf ihn zu, und zwar von der rechten Seite, auf der die Sterne noch immer blinken. Es ist kein Vogel, und es

gleicht auch keinem Flugzeug der Erde, denn seine Aerodynamik stimmt nicht mit der der Erde überein. Die Flügel sind zu breit und zu leicht, so daß sie nutzlos wären, schmelzen und abfallen würden, wenn sie sich in die äußeren Regionen der Erdatmosphäre begeben würden. Dann sieht er (denn er will es so sehen), daß es das Modell des Kindes ist, oder wenigstens ein Teil davon, und für ein Spielzeug macht es sich wirklich sehr gut.
Es ist der Teil, der Gamma heißt, er gleitet dahin, über den Sand, immer niedriger, dann läßt er sich nieder, ganz langsam, wühlt den feinen Sand mit den Spitzen auf. Er gleitet eine lange Strekke über den Boden, senkt sich immer tiefer, sieh nur, Kind, sieh nur! Dann bohrt Gamma seinen breiten linken Flügel in den Sand, gräbt sich darin fest; und während der Flügel abbricht, gleitet Gamma, rutscht vorwärts, senkt sich zur Seite, bis sich der andere Flügel gegen den Himmel richtet. Dann stürzt es krachend in die Felsen am Ende des Tales.
Während es sich überschlägt, bricht die breite Wurst am hinteren Teil ab, das kleine Delta, überschlägt sich und reißt auf den spitzen Felsen auf. Sieh nur, sieh! Und im gleichen Augenblick löst sich von Gamma eine Puppe, die in den Sand taumelt, gegen die Felsen und das heiße Graphit des Wracks von Delta schlägt.

Benommen beobachtet der kranke Mann, wie sich das Spielzeug selbst zerstört: Was werden sie sich als nächstes ausdenken? — Entsetzt betet er, daß die Puppe, die in der Nähe des zerstörten Atomreaktors liegt, sich entfernen möge! Bleib nicht dort, Mann — schnell, geh fort! Das ist heiß, weißt du? Aber es scheint eine Nacht und ein Tag und die Hälfte einer anderen Nacht zu vergehen, bevor die Puppe auf die Füße taumelt und unbeholfen in ihrem Druckanzug durch das Tal läuft, auf einen Sandhügel steigt, ausrutscht, niederfällt, vom langsam fließenden, kalten, fremden Sand begraben wird, bis nur noch ein Arm und der Helm hervorschauten.
Die Sonne steht jetzt hoch am Himmel, hoch genug, um zu zeigen, daß die See gar keine See ist, sondern eine braune Fläche, von der der nächtliche Rauhreif weggebrannt ist, so wie er jetzt

auch von den Hügeln verschwindet, sich in Luft auflöst, die Kanten der Sonnenscheibe verwischt, bis nach wenigen Minuten keine Sonne mehr da ist, sondern nur ein matter Schein im Osten. Dann verschwinden die Schatten im Tal und geben die Trümmer frei: Es ist keine Zeltstadt, sondern das Wrack von Gamma und der ausgebrannte Leib von Delta. Alpha waren die Schubkräfte, Beta war das Gehirn, Gamma war ein Vogel, aber Delta, Delta — das war der Weg nach Hause!
Und von diesem Wrack führen die Fußabdrücke zu dem kranken Mann hin. Wessen Fußabdrücke? Er weiß, wessen Fußabdrücke es sind, ganz gleich, ob er es wissen möchte oder nicht. Er weiß, welcher Satellit eine solche Umlaufzeit wie diese hat. Er weiß, welche Welt eine solche Nacht hat und solch einen frostigen Schimmer. Er weiß diese Dinge, genausogut wie er weiß, daß atmosphärische Störungen, durch die Kopfhörer eines Empfängers vermittelt, sich wie das Rauschen der Meeresbrandung anhören.
Angenommen, du wärest dieses Kind oder vielmehr, dieser kranke Mann, denn beide sind ein und dieselbe Person; sicher könntest du dann verstehen, warum du ausgerechnet jetzt, da du einen Schock hast, unter dem Sand begraben liegst, krank, von Strahlen zerstört, in diesem Augenblick an die See denken möchtest. Denn kein Bauer, der den Ackerboden bestellt, kein Poet, der davon singt, kein Künstler, kein Ingenieur, selbst kein Kind, das bei der unbeschreiblichen Schönheit eines Blumenbeets in Tränen ausbricht — keines dieser Geschöpfe ist so eng mit der Erde verbunden wie jene, die in ihren Meeren und Seen leben, atmen und dahingleiten. Deshalb mußt du an diese Dinge denken; mit ihnen mußt du leben, bis du nicht mehr so krank und besser für die Wahrheit gewappnet bist.
Die Wahrheit ist nämlich, daß der Satellit, der über dir seine Bahn zieht, Phobos ist, daß diese Fußabdrücke deine eigenen sind, daß es hier gar keine See gibt, daß du abgestürzt bist und gleich tot sein wirst. Die kalte Hand umschließt dein Herz stärker, aber es ist jetzt keine Furcht mehr — es ist der Tod. Und wenn es irgend etwas Wichtigeres gibt als dies, dann ist jetzt die Zeit, es

zu beweisen. Der kranke Mann blickt auf die Fußabdrücke, die zeigen, daß er allein ist, er blickt auf die Trümmer unten, die ihm sagen, daß es keinen Weg zurück zur Erde gibt; er blickt auf das Weiß im Osten, auf den befleckten Westen und auf den fahlen Satelliten oben. Die Brandung braust in seinen Ohren. Er hört seinen Herzschlag. Er hört seinen keuchenden Atem. Die Kälte umklammert ihn fester, läßt sich auf ihm nieder, hüllt ihn ein, endgültig und für ewig.

Dann spricht er, schreit auf: Er nimmt die Freude, den Triumph mit in den Tod. Und so wie er früher sagte: „Wir haben einen Fisch erlegt", so sagt er jetzt auch nicht „Ich", sondern:

„Oh, mein Gott", ruft er, während er stirbt, „oh, mein Gott, wir haben es geschafft! Wir haben den Mars erreicht!"

Anhang

Die wichtigsten Romane der fünfziger Jahre

1950

Isaac Asimov: Pebble in the Sky (Radioaktiv ...!)
Jack Vance: The Dying Earth (Die sterbende Erde)
Theodore Sturgeon: The Dreaming Juwels (Die lebenden Steine)

1951

Robert A. Heinlein: The Puppet Masters (Weltraummollusken erobern die Erde)
Isaac Asimov: The Stars Like Dust (Sterne wie Staub)
John Wyndham: The Day of the Triffids (Die Triffids)

1952

Cyril M. Kornbluth: The Syndic (Schwarze Dynastie)
Frederik Pohl & C. M. Kornbluth: The Space Merchants (Eine Handvoll Venus und ehrbare Kaufleute)
Kurt Vonnegut jr.: Player Piano (Das höllische System)

1953

Arthur C. Clarke: Childhood's End (Die letzte Generation)
Theodore Sturgeon: More Than Human (Die neue Macht der Welt)
Ray Bradbury: Fahrenheit 451 (Fahrenheit 451)
Ward Moore: Bring the Jubilee (Der Große Süden)

1954

Alfred Bester: The Demolished Man (Demolition)
Edgar Pangborn: A Mirror of Observers (Der Beobachter)
Mark Clifton & Frank Riley: They'd Rather Be Right (Computer der Unsterblichkeit)
Hal Clement: Mission of Gravity (Unternehmen Schwerkraft)
R. J. J. Tolkien: The Fellowship of the Ring (Der Herr der Ringe, Teil 1)

1955

Isaac Asimov: The End of Eternity (Das Ende der Ewigkeit)
James Blish: Earthman Come Home (Stadt zwischen den Planeten)
John Wyndham: The Crysalids (Wem gehört die Erde?)

1956

Robert A. Heinlein: Double Star (Doppelleben im Kosmos)
Frank Herbert: The Dragon in the Sea (Atom-U-Boot S1881)
Isaac Asimov: The Naked Sun (Die nackte Sonne)
Alfred Bester: The Stars my Destination (Die Rache des Kosmonauten)

1957

Robert A. Heinlein: The Door into Summer (Tür in die Zukunft)
Fred Hoyle: The Black Cloud (Die schwarze Wolke)
Jack Vance: Languages of Pao (Der neue Geist von Pao)

1958

Fritz Leiber: The Big Time (Eine tolle Zeit)
Algis Budrys: Who? (Zwischen den Welten)
John Wyndham: The Midwich Cuckoos (Es geschah am Tage X)
Hal Clement: Close to Critical (Botschafter von den Sternen)
James Blish: A Case of Conscience (Der Gewissensfall)

1959

Kurt Vonnegut jr.: The Sirens of Titan (Die Sirenen des Titan)
Mordecai Roshwald: Level 7 (Das Ultimatum)
Gordon R. Dickson: Dorsai (Der General von Dorsai)
Robert A. Heinlein: Starship Troopers (Sternenkrieger)
Walter M. Miller jr.: A Canticle for Leibowitz (Lobgesang auf Leibowitz)

Ausgewählte Sekundärliteratur

Aldiss, Brian W.: Der Millionen-Jahre-Traum. Die Geschichte der Science Fiction (Billion Year Spree. The History of Science Fiction), Bergisch Gladbach 1980

Alpers/Fuchs/Hahn/Jeschke: Lexikon der Science Fiction-Literatur, 2 Bände, München 1980

Alpers/Fuchs/Hahn: Reclams Science Fiction-Führer, Stuttgart 1982

Ash, Brian (H): The Visual Encyclopedia of Science Fiction, London 1978

Barmeyer, Eike (H): Science Fiction. Theorie und Geschichte, München 1972

Barron, Neil: Anatomy of Wonder: Science Fiction, New York 1976

Ermert, Karl (H): Neugier oder Flucht? Zu Poetik, Ideologie und Wirkung der Science Fiction, Stuttgart 1980

Hienger, Jörg: Literarische Zukunftsphantastik. Eine Studie über Science Fiction, Göttingen 1972

Jehmlich, Reimer: Science Fiction, Darmstadt 1980

Lem, Stanislaw: Phantastik und Futurologie, 2 Bände, Frankfurt 1977 und 1980

Lück, Hartmut: Fantastik, Science Fiction, Utopie: Das Realismusproblem der utopisch-fantastischen Literatur, Gießen 1977

Lundwall, Sam J.: Science Fiction. What It's All About, New York 1971

Nicholls, Peter (H): The Encyclopedia of Science Fiction. An Illustrated A to Z, London 1979

Platt, Charles (H): Wer schreibt Science Fiction? (Who Writes Science Fiction), Köln 1982

Reginald, R.: Science Fiction and Fantasy Literature, 2 Bände, Detroit 1979

Rottensteiner, Franz: The Science Fiction Book. An Illustrated History, London 1975

Schäfer, Martin: Science Fiction als Ideologiekritik? Utopische Spuren in der amerikanischen Science Fiction-Literatur 1940—1955, Stuttgart 1977

Schröder, Horst: Science Fiction in den USA: Vorstudien für eine materialistische Paraliteraturwissenschaft, Gießen 1978

Suerbaum, Ulrich: Science Fiction. Theorie und Geschichte, Themen und Typen, Form und Weltbild, Stuttgart 1981

Suvin, Darko: Poetik der Science Fiction. Zur Theorie und Geschichte einer literarischen Gattung, Frankfurt 1979

Tuck, Donald H.: The Encyclopedia of Science Fiction and Fantasy, 2 Bände, Chicago 1974 und 1978